Frank Littek

Schinderhannes

Historischer Roman

Droste

Bibliografische Informationen der Deutschen Nationalbibliothek
Die Deutsche Nationalbibliothek verzeichnet diese Publikation in der Deutschen Nationalbibliografie; detaillierte bibliografische Daten sind im Internet über http://dnb.d-nb.de abrufbar.

Umschlaggestaltung: Guido Klütsch, Köln, unter Verwendung eines Fotos von © akg-images / Electa (Zwei Pistolen, Norditalien, um 1670; Mailand, Museo Poldi Pezzoli)
Satz: Droste Verlag
Druck und Bindung: CPI – Clausen & Bosse, Leck
ISBN 978-3-7700-1274-9

www.drosteverlag.de

Die Personen

Nikolaus Becker:	als Richter für die Verbrechen der Räuberbande des Schinderhannes zuständig
Karl Benzel:	Räuber
Julchen Bläsius:	Musikantin aus Weierbach
Franz Brixius:	ein Förster, der einmal mit den Räubern zusammenarbeitet
Johannes Bückler (Schinderhannes):	Räuber aus dem Hunsrück
Isabelle Dupré:	Tochter von Marie Dupré
Marie Dupré:	Lebensgefährtin von Jakob Hahn
Marilene Dupré:	Tochter von Marie Dupré
Franz Engisch:	Räuber
Jakob Fink (der Rote Fink):	ein älterer Räuber
Manne Friedrich:	Räuber
Eisik Fuchs:	Polizist
Jakob Hahn:	Cousin des Vaters von Johannes Bückler; betreibt zusammen mit Marie Dupré eine Herberge in Muhl
Peter Hassinger:	Räuber
Iltis Jakob:	Räuber

Niklas Klaas:	ein reicher Händler aus Oberstein
Philipp Klein (der Husarenphilipp):	Räuber
Philipp Mosebach:	Räuber
Matthias Nagel:	ein bedeutender Abdeckermeister mit mehreren Betrieben, der sich außerdem als Heilkundiger und „Knochenflicker“ einen Namen gemacht hat
Niklas Nagel:	Räuber
Peter Petry (der Schwarze Peter):	ein erfahrener, als besonders grausam und brutal geltender Räuber
Johann Porn:	Räuber
Johann Scherer:	Händler, der für die Räuber als Hehler tätig ist
Johann Seibert:	ein junger Räuber
Peter Stiebitz:	Räuber
Jakob Zerfass:	ein junger Bursche, den Johannes trifft, bevor er Räuber wird, und dem er später wieder begegnet
Peter Zughetto:	Räuber

1. Pik-Sieben

In der Nacht hatte es geregnet. Dicke Tropfen hingen noch immer an den Blättern der Bäume, unter denen sich die beiden jungen Männer fest auf den Boden drückten. Sie hatten Angst. Keine 50 Schritte vor ihnen marschierten französische Soldaten durch den Wald. Johannes Bückler hob den Kopf. Durch die Zweige der Büsche konnte er die Männer in ihren blauen Uniformröcken gut erkennen. Sie gingen zu zweit nebeneinander auf der schmalen Straße durch den Wald. Es mochten vielleicht 20 oder 30 Soldaten sein. Er konnte Anfang und Ende der Kolonne im Wald nicht erkennen. Jetzt kam ein Karren, gezogen von zwei Pferden, vor ihm ins Bild.

Langsam beruhigte sich sein Herzschlag. Er war zwischen Armeezelten groß geworden und traf nicht zum ersten Mal auf französische Soldaten – seit sie im Sommer vergangenen Jahres wieder bis zum Rhein vorgestoßen und zu den neuen Herren des Landes geworden waren. Erst vor zwei Wochen hatte er sich in Kreuznach mit einigen von ihnen unterhalten, jungen Burschen, kaum älter als er, die aus dem Elsass kamen und zwangsweise zur Armee eingezogen worden waren. Hier im Wald aber wollte er ihnen nicht begegnen. Zu wertvoll war das, was er und sein neuer Freund bei sich trugen: zwei geschlachtete Hühner, Brot und Korn, mit denen die Herrschaften vom Hof Iben die Arbeit des Vaters vor einigen Tagen entlohnten. In dieser Zeit, in der die Franzosen wie die Heuschrecken in die Dörfer und Städte einfielen, um den Menschen alles Essbare für ihre Armee zu rauben, eine überaus kostbare Fracht. Die Familie würde Wochen davon leben können. Es war ein äußerst unglücklicher Zufall, dass ihnen hier, auf diesem Weg durch den Wald, ein Franzosentrupp entgegenkam. Aber sie hatten Glück, unglaubliches Glück, die Soldaten als Erste gesehen zu haben.

Jakob Zerfass, ein junger Bursche, der sich seit einigen Wochen in der Gegend herumtrieb und sich mit Johannes angefreundet hatte, hob neben ihm den Kopf. Johannes sah seine Augen und erschrak über die Angst, die darin flackerte. Da war mehr als die Furcht davor, entdeckt zu werden und ihre wertvolle Last zu verlieren. Johannes wusste, dass Jakob aus Mainz kam. Dort tobten seit einiger Zeit heftige Kämpfe. Er begann zu ahnen, was Jakob dort vielleicht erlebt hatte.

„Sie sind gleich weg", beruhigte er ihn. „Wir müssen nur noch einen Moment so ruhig bleiben. Du siehst ja: Sie suchen niemanden im Wald und fühlen sich völlig sicher. Sie werden uns nicht entdecken."

Der Junge nickte. Johannes sah, wie seine Lippen zitterten.

Er wandte sich wieder nach vorn. Auf der Straße waren jetzt die letzten Männer der Kolonne zu sehen. Sie trugen die Vorderlader lässig über die Schulter oder zwischen Brust und Oberarm an den Körper geklemmt. Die Uniform bestand nur aus einem blauen Rock, unter dem die Männer trugen, was immer ihnen gefiel oder sie gerade besaßen. Johannes sah die weißen, zerrissenen Hosen, die unter den Rockschößen von zwei der Soldaten herausschauten, während der dritte Mann rot-weiß gestreifte Hosen trug. Früher, als Johannes seinen Vater bei seinem Dienst im kaiserlichen Regiment begleitete, hatte er sich so die Räuber vorgestellt, die nach den Geschichten der Erwachsenen in den tiefen Wäldern hausen sollten. Jetzt sahen so die Soldaten aus, die nach der Revolution aus Frankreich gekommen waren.

Plötzlich wusste Johannes, wohin die Soldaten wollten: zum Hof Iben, dorthin, wo sie sich heute in der Früh verabschiedet hatten. Er erschrak. Ihm wurde klar, was das für den Bauern bedeutete. Im vergangenen Jahr war ein Großteil seiner Kühe an der Rinderseuche gestorben. Erst vor wenigen Wochen hatte er sich neue Tiere gekauft – und das Geld dafür gegen hohe Zinsen bei einem Wucherer in Kreuznach geliehen.

„Sie sind weg", flüsterte Jakob neben ihm. „Wir müssen weiter. Sonst schaffen wir es nicht mehr vor dem Abend."

Johannes wusste, dass er möglichst schnell Abstand zu den Soldaten gewinnen wollte. Er konnte ihn verstehen. Gleichzeitig hatte er einen anderen Entschluss gefasst: Sie mussten den Leuten in Iben helfen. Sein Vater würde toben und ihn bestrafen, seine Mutter sich ängstigen, wenn er bis zum Abend nicht nach Hause kam. Trotzdem hatte er keine Wahl. Dem Bauern vom Hof Iben ging es längst selbst nicht mehr gut. Trotzdem hatte er dem Vater immer wieder geholfen, ihm kleine Aufträge verschafft und ihn dafür mit Lebensmitteln entlohnt. Ohne den Bauern hätten sie schon lange hungern müssen. Jetzt war es nur recht, wenn er dem Mann half. Die Franzosen brauchten auf der Straße noch den Rest des Nachmittags für den Weg bis zum Hof. Wenn sie quer durch den Wald liefen, immer dem alten Wildwechsel nach und dann über den Bach, würden sie es in der Hälfte der Zeit schaffen, vielleicht sogar schneller. Dann konnten sie den Bauern noch warnen und er hatte die Möglichkeit, seine wertvollen Tiere im Wald zu verstecken. Er würde schon wissen, wo.

Langsam setzte sich Johannes auf. „Wir lassen die Hühner hier, die Stiefel am besten auch – und gehen zurück. Wir warnen den Bauern."

Jakobs Augen weiteten sich. Auch er setzte sich jetzt auf, musterte dann noch einmal den Pfad im Wald. „Nein. Ich nicht. Ich komme nicht mit ...", stammelte er nervös.

„Schon gut." Johannes wollte ihn nicht bedrängen. „Dann geh ich allein. Du nimmst das halbe Brot, das ich dir versprochen habe, und sagst meinen Eltern Bescheid."

Der Junge nickte eifrig und für einen kurzen Moment fragte sich Johannes, ob er ihn jemals wiedersehen würde. Aber warum nicht? Wo sollte Jakob schon hin? Er schob den Gedanken beiseite und schnitt mit seinem Messer eines der Brote entzwei.

„Dein Lohn dafür, dass du mich begleitet hast."

Einen Augenblick später war Jakob im Wald verschwunden. Johannes nahm die beiden Säcke, in denen sich die Hühner, das

Korn und die restlichen Brote befanden, schnürte sie fest zu und kämpfte sich ein kleines Stück durch das Gestrüpp am Rand des Weges. Dann hängte er sie in Kopfhöhe zwischen die Zweige einer Eiche, die hinter einem umgestürzten Baum stand. Bis morgen früh würde dieser Platz reichen. Dann war er auch schon auf dem Weg zurück zum Hof.

Die Bäuerin trug gerade zwei Eimer mit Wasser vom Brunnen zum Haus, als er den Hof erreichte. Ihre jüngste Tochter lief neben ihr. Sie sah ihn als Erste.

„Johannes", rief das Mädchen erfreut, riss die Arme auseinander und wollte auf ihn zustürmen, um ihn zu begrüßen. Johannes lachte fröhlich und sah im selben Augenblick den mahnenden Blick der Mutter, der die Kleine traf. Das Mädchen ließ die Arme sinken und blieb traurig stehen. Johannes biss die Zähne zusammen und schluckte. Das kannte er schon. Er war der Sohn eines Abdeckers. Einem solchen gab man nicht die Hand und warf sich ihm schon gar nicht an den Hals – wenn man zu einer rechtschaffenen Bauernfamilie gehörte. Es waren immer die Kinder, die das nicht verstanden.

„Hast du etwas vergessen?", begrüßte die Bauersfrau Johannes freundlich.

„Die Franzosen kommen", stieß er nur hervor.

Sie sah ihn mit aufgerissenen Augen an und ließ die beiden Holzeimer fallen.

„Beim Allmächtigen. Bist du sicher?"

Schon standen der Bauer, zwei Knechte und die anderen Kinder des Bauern auf dem Hof.

„Wir haben sie gesehen. Sie kommen über den alten Köhlerweg." Kaum zu Atem gekommen, berichtete Johannes von dem, was er wusste.

Jetzt ging alles schnell. Zwei Söhne des Bauern brachten die Kühe in ein Waldstück, das die Soldaten kaum entdecken konnten. Drei Tiere ließen sie auf der Weide – sonst hätte es für die

Viehspuren überall auf dem Hof keine Erklärung gegeben. Die Knechte trieben die meisten Schweine, Schafe und Pferde in einen anderen Wald. Auch hier ließen sie einige Tiere zurück. Der Bauer selbst blieb. Sein Blick ruhte auf seiner großen Tochter, die schon fast erwachsen war, ihrer kleinen Schwester und einer jungen Magd.

„Ihr verschwindet auch“, ordnete er an. „Geht zur alten Köhlerhütte. Dort könnt ihr übernachten. Und kommt erst morgen Mittag wieder. Mutter wird euch noch etwas zu essen geben.“

„Die Soldaten dürfen sich zur eigenen Versorgung aus dem Land besorgen, was sie brauchen“, stellte seine Frau fest. „So ist das französische Kriegsrecht, das nun auch für uns gilt. Wir Bauern dürfen uns dagegen nicht wehren. Das hat der Bürgermeister verlesen. Davon, dass sie unsere Töchter nehmen dürfen, sagte er nichts.“

„Kreuznach ist weit“, brummte der Bauer. „Weiß ich, ob diese Lumpen sich daran halten und davon überhaupt wissen?“

Einen Augenblick später waren die beiden jungen Frauen und das Mädchen vom Hof verschwunden.

Die Soldaten gingen kein Risiko ein. Johannes saß mit einem Knecht und einem der Söhne des Bauern vor der Scheune, als plötzlich drei Soldaten, die schweren Gewehre mit aufgepflanzten Bajonetten nach vorn gerichtet, auf den Hof stürmten. Sie gingen sofort im Schutz der Scheune, eines Stalls und des Bauernhauses in Deckung – so geschickt, dass sie sich bei Gefahr gegenseitig mit ihren Gewehren unterstützen konnten und jeweils eine glatte Wand im Rücken hatten. Johannes blieb ruhig sitzen. Er war die Nähe von Soldaten gewöhnt. Die halbe Kindheit hatte er zusammen mit der Mutter im Tross des kaiserlich österreichischen Regimentes Nr. 8 Hildburghausen verbracht. Er erinnerte sich noch gut an die weißen Uniformen der Soldaten, den Rock mit den roten Rabatten, roten Ärmelaufschlägen und die blitzend schwarzen Stiefel, die auch der Vater trug. Im Tross waren sie ihm durch halb Europa gefolgt – zusammen mit anderen Müttern, Kindern, Huren und Kaufleuten, wie sie jedes Heer begleiteten. Kommandos von Soldaten, ihr Gebrüll und raues Lachen geleiteten ihn in seiner Kindheit in jeder Nacht in den Schlaf, während er an den Tagen zusammen mit den anderen Soldatenkindern zwischen Vorderladern, Bajonetten und Patronentaschen spielte. Im Alter von sieben Jahren sah er den ersten Mann sterben, erstochen von einem betrunkenen Kameraden wegen eines Streites beim Kartenspiel. Noch heute ließ ihn die Erinnerung daran so manche Nacht schweißgebadet erwachen. Mit acht brachten ihm sein Vater und ein altgedienter Soldat den Umgang mit Dolch und Degen bei, mit neun konnte er ein Gewehr laden und abschießen.

Neben ihm sprangen der Knecht und der Sohn des Bauern beim Anblick der heranstürmenden Soldaten auf, hoben die Hände und rissen ihn aus seinen Gedanken.

Aufgeregt gackernd flüchteten einige Hühner über den Hofplatz. Johannes' Blick glitt weiter. Am Waldrand erkannte er etwas Blaues zwischen den Zweigen. Dort waren also auch Soldaten in Stellung gegangen, um ihre Kameraden auf dem Hof zu decken. Das hatte er sich schon gedacht. Erst jetzt marschierten die restlichen Soldaten in einem locker formierten Pulk zwischen die Gebäude. An ihrer Spitze schritt ein Mann, bei dem es sich um einen Offizier handeln musste. Wie sich die Männer auf dem Hof verhalten würden, hing ausschließlich von seiner Einstellung ab. Johannes kniff die Augen im Sonnenlicht etwas zusammen und musterte ihn genauer. Die Uniform sah tadellos aus. Unmittelbar hinter ihm schritten vier Soldaten in ebenfalls guter Ausrüstung. Das war ein gutes Zeichen. Es handelte sich sehr wahrscheinlich um Soldaten der alten königlichen Armee Frankreichs, die die Revolution zusammen mit ihrem Offizier lebend überstanden hatten und nun den Kern der Revolutionsarmee bildeten – neben all den zwangsgepressten elenden Gestalten und fanatischen Freiwilligen, die den Großteil des Heeres ausmachten und von deren Plünderungen die Bauern überall im Land Schlimmes zu berichten wussten.

Der Bauer trat aus dem Haus und blickte den Franzosen ängstlich entgegen.

Der Offizier rief einige Kommandos in französischer Sprache – ohne den Bauern bisher auch nur beachtet zu haben. Die Männer, die hinter ihm marschierten, stoben im Laufschritt auseinander. Jeweils drei Soldaten stürmten auf das Bauernhaus, die Scheune, den Stall und das Backhaus des Hofes zu. Nur die vier ebenfalls sehr sorgfältig uniformierten Soldaten marschierten jetzt noch unmittelbar hinter ihm. Neben Johannes standen immer noch der Sohn des Bauern und der Knecht. Beide drückten sich jetzt mit dem Rücken an die Wand der Scheune und starrten den Soldaten, die auf sie zurannten, ängstlich entgegen. Johannes schien der Einzige zu sein, der noch saß. Im nächsten Augenblick waren die Franzosen auch schon an ihnen vorbei im Inneren der Scheune verschwunden. Krachend schlug Holz auf Holz. Der Knecht neben Johannes zuckte zusammen. Irgendetwas in der Scheune war umgestürzt. Die Soldaten schienen bei ihrer Suche nach Essbarem nicht gerade zimperlich vorzugehen.

Französische Kommandos waren aus dem Bauernhaus und dem Stall zu hören. Der Karren, den sie schon auf der Straße gesehen hatten, rollte auf den Hof.

Erst jetzt schien der Offizier den Bauern zu bemerken, der sich ängstlich an die Seite des Eingangs zum Bauernhaus gedrängt hatte, als die Soldaten hineinstürmten. Der Offizier musterte den Bauern, sagte etwas zu seinen Begleitern und schritt dann direkt auf ihn zu. Jetzt begleitete ihn nur noch einer der Soldaten.

„Bonjour Monsieur“, sagte der Offizier nicht unfreundlich, als er vor dem Bauern stand.

„Der Leutnant wünscht Ihnen einen guten Tag“, übersetzte der Soldat neben ihm.

„Wir sind gekommen, um Lebensmittel und Ausrüstung für die neue französische Armee zu requirieren. Sie wurden über dieses Vorgehen informiert?“

Der Bauer nickte ängstlich. Im Haus krachte es ohrenbetäubend. Ein großer Schrank musste umgefallen sein. Der Bauer zuckte zusammen und drehte sich ruckartig um. Eine französische Stimme rief fordernd etwas im Inneren des Hauses, wiederholte die Worte noch einmal lauter. Eine kurze Pause entstand, dann krachte ein Schuss, gefolgt von einem Schrei. Jetzt hielt es den Bauern nicht mehr auf seinem Platz. Aber noch bevor er sich umdrehen und einen ersten Schritt in Richtung Tür machen konnte, spürte er auch schon den kalten Stahl eines Bajonettes auf seiner Brust. Der Soldat, der eben noch den Gruß seines Kommandanten übersetzt hatte, richtete nun den Vorderlader mit der aufgepflanzten messerscharfen Spitze auf den Bauern. Hilflos wankte dieser einen Schritt zurück. Im selben Augenblick stürmten quiekend die Schweine aus dem Stall auf den Hof, getrieben von zwei Soldaten.

Neben Johannes schwankte ein anderer Soldat schwer beladen aus der Scheune. Auf seinem Rücken trug er einen Sack, in dem sich wohl Getreide oder Saatgut befinden mochten.

„La charrette?“, brüllte der Mann und ließ den Sack vor der Scheune auf den Boden fallen.

„Ici.“ Einer der Soldaten wies auf den Karren, der jetzt neben der Scheune stand. Ein weiterer Soldat kam schwer beladen mit einem Sack aus der Scheune und ließ ihn vor Johannes auf den Boden krachen. Es folgten einige französische Kommandos, die er nicht verstand. Trotzdem war klar, was der Soldat von ihm wollte. Er hob den schweren Sack vom Boden und brachte ihn zum Wagen. Der Knecht tat es ihm mit dem zweiten Sack nach, während der Sohn des Bauern einem der Soldaten in die Scheune folgte. Wenig später pendelten sie schwer beladen mit Getreidesäcken zwischen Scheune und Karren hin und her. Als sich abzeichnete, dass der Karren der Soldaten nicht ausreichen würde, um die Vorräte aufzunehmen, beschlagnahmten die Soldaten kurzerhand einen Wagen des Bauern und spannten zwei der Pferde, die sie mittlerweile von der Weide auf den Hof getrieben hatten, davor. Auch aus dem Bauernhaus schleppten Knechte jetzt Säcke und Kisten herbei – und luden sie auf den zweiten Wagen. Johannes erkannte einige riesige Schinken und Würste. Er wusste, dass der Bauer gerade geschlachtet hatte. Auch die restlichen Tiere, die sich noch auf dem Hof und den Weiden befanden, trieben die Soldaten am Rand des Hofes zusammen. Während Johannes weiter Sack um Sack auf den zweiten Karren schleppte, lief der Bauer jammernd hinter dem Offizier her, der in großen Schritten über den Hof marschierte, um das Plündern und Packen seiner Männer zu überwachen.

Der Speicher des Bauern leerte sich zusehends. Nur noch wenige Säcke, dann gab es nichts mehr für Johannes aus der Scheune zu tragen. Die Soldaten schienen gut in der Zeit zu liegen. Jedenfalls trieben sie ihn schon seit einiger Zeit nicht mehr beim Schleppen an. Zu dritt saßen sie auf einigen halbvollen Säcken und unterhielten sich. Der Sohn des Bauern und der Knecht waren auffällig darum bemüht, die Nähe der französischen Soldaten zu meiden. Johannes sah, wie gerade der Sohn des Bauern die Männer immer wieder ängstlich musterte. Bei dem großen Mundwerk, das der Junge normalerweise hatte, eine erstaunliche Entwicklung, wie Johannes belustigt feststellte. Auf der anderen Seite konnte er ihn durchaus verstehen. Immerhin war es sein Zuhause, das die Männer gerade plünderten, hatte er um Vater, Mutter und die Entdeckung der Schwestern und des versteckten Viehs zu fürchten. Johannes aber fand die Soldaten durchaus interessant. Zwei der Männer schienen kaum älter zu sein als er und waren bester Laune. Einen hatte er sogar schon auf Deutsch fluchen gehört, auch wenn er sonst französisch sprach. Wahrscheinlich kam er aus der Nähe der deutschen Grenze. Die Soldaten griffen nach ihren Gewehren, die seitlich an den Säcken lehnten, standen auf und schlenderten langsam zur Tür der Scheune. Johannes wartete unschlüssig im Raum. Der Soldat, der schon auf Deutsch geflucht hatte, sah ihn an.

„Du sprichst deutsch?“, wandte er sich an den Mann.

„Woher weißt du das? Sieht man mir das an?“, fragte dieser zurück.

„Ich habe dich fluchen gehört.“

Der junge Soldat lachte. Seine Kameraden drehten sich kurz um, schlenderten dann aber gelangweilt durch das Tor der Scheune nach draußen.

Auf die Säcke, auf denen die Soldaten eben noch gesessen hatten, schienen sie keinen Wert mehr zu legen. Vielleicht erwarteten sie auch, dass Johannes sie stillschweigend auch noch auf den Karren trug. Er beschloss, sie einfach zu vergessen. So behielt der Bauer zumindest noch diesen kleinen Rest.

„Ich komme aus dem Elsass. Deutsch ist meine Muttersprache.“ Der Blick des Soldaten glitt über die verbliebenen Säcke am Boden. Er sagte aber nichts.

„Da bist du nicht der Einzige. Ich habe erst kürzlich mit einigen Kameraden von dir gesprochen, die auch aus dem Elsass kamen.“

Der Soldat wurde ernst und nickte. „Wir haben uns nicht freiwillig gemeldet wie viele der anderen. Wir hatten keine Wahl und wurden eingezogen. Sie nennen es *Levée en masse* – alle Bürger zu den Waffen.“ Er sah Johannes an. „Wartet ab. Ihr seid besetzt und Frankreich braucht Soldaten. Wenn es so weitergeht, werdet ihr die *Levée en masse* auch in Deutschland kennenlernen. Dann sind wir vielleicht schon bald Kameraden.“ Er lachte.

„Warum nicht?“ Johannes zuckte mit den Achseln. „Wenn es regelmäßig Sold und Verpflegung gibt.“

„Erwarte lieber nicht zu viel.“ Der Soldat grinste. „Sonst würden wir uns kaum hier getroffen haben. Es gibt Sold. Aber die Verpflegung müssen wir uns selber suchen.“

Die Soldaten verbrachten die Nacht auf dem Hof in Iben. Bewirtet wurden die Männer vom Bauern und seiner Frau. Auch Johannes übernachtete auf dem Hof. Er schlief bei den Knechten, während die Soldaten in der Scheune kampierten. Der Schuss, der sich im Bauernhaus gelöst hatte, hatte den ältesten Knecht des Hofes getötet. Er hieß ebenfalls Johannes. Die Küche war sein Reich gewesen, wie er immer wieder jedem Besucher des Hofes stolz und auch ein wenig eigensinnig erzählte. Jetzt hatte ihn die Verteidigung der Küche sein Leben gekostet. Noch bevor die Sonne am nächsten Morgen aufging, weckte ein Schrei Johannes und die anderen Knechte. Lara, die Frau des alten Knechtes und selbst seit vielen Jahren als Magd auf dem Hof, hatte sich im Stall erhängt. Die Bäuerin fand die Leiche. Die Soldaten kümmerten sich nicht darum. Nach einem ausgiebigen Frühstück spannten sie die Pferde vor die beiden Wagen und machten sich auf den Weg. Johannes half der Familie beim Aufräumen des Hofes. Die Speicher, die Scheune und der Stall waren nun leer. Zum Glück hatte der Bauer zumindest einen kleinen Teil seiner Vorräte und viele Tiere retten können. Johannes wusste, dass es noch weitaus schlimmer hätte kommen können. Überall im Land erzählten Bauern und Händler von Überfällen der Soldaten, bei denen ganze Familien ihr Leben gelassen und die Soldaten wahllos alles in Brand gesteckt hatten. Als die Knechte aufbrachen, um die Tiere zurück zum Hof zu treiben, und die beiden jungen Frauen mit der Magd wieder wohlbehalten auf dem Hof erschienen, verabschiedete sich Johannes. Wenig später wanderte er wieder über den Waldpfad. Nun musste er nur noch die Hühner, das Brot und das Korn wiederfinden, dann konnte er sich auf den Weg zu seinen Eltern machen.

Die Sonne hatte den höchsten Punkt ihrer Bahn bereits überschritten, als Johannes die Stelle erreichte, an der er sich von Jakob Zerfass getrennt hatte. Er sah den umgestürzten Baum etwas abseits des Weges, dahinter die Eiche, an deren Zweige er die beiden Säcke mit den Vorräten gebunden hatte. Er verließ den Pfad und kämpfte sich durch das dichte Gestrüpp an den Baum heran. Täuschte er sich, oder waren das Gestrüpp und die Dornenranken stärker niedergetreten als noch am Tag zuvor? Er kletterte über den umgestürzten Baumstamm. Merkwürdig. Er konnte immer noch keine Säcke an der Eiche dahinter erkennen. Hatte er sie so gut versteckt? Ihm schwante Unheil. Und tatsächlich: Als er direkt unter dem Baum stand, konnte er sie immer noch nicht sehen. Dabei stand er sicher an der richtigen Stelle. Er hatte die Säcke etwas über Kopfhöhe befestigt. Er sah genauer hin. Dort, wo sie gehangen hatten, waren jetzt abgebrochene Zweige zu erkennen. Jemand hatte die Säcke gestohlen. Auch die Stiefel waren weg. Das konnte nur einer gewesen sein: Jakob Zerfass. Johannes ballte vor Wut die Fäuste – vor Wut auf seinen jungen Begleiter, vor Wut aber auch auf sich selbst, dass er ihm so in die Falle gegangen war. Was sollte er nun tun? Eine ganze Weile starrte er in den Wald. Er fühlte sich leer und betrogen. Der Vater hatte für diesen Lohn mehrere Wochen lang hart für den Bauern gearbeitet. Und genauso lange hätten die Vorräte die Familie ernährt. Es war Vaters erste Arbeit als Knecht seit Jahren gewesen. Sie hatten im Sommer gut in der Abdeckerei zu tun gehabt und wieder einmal etwas Geld für den Aufbau eines eigenen kleinen Hofes zurücklegen können. Jetzt brauchten sie genau dieses Geld, um die nächsten Wochen zu überstehen. Sein Vater würde wütend brüllen, ihn vielleicht sogar schlagen – und sich anschließend betrinken. Er sah schon die Tränen der Mutter. Aber was sollte er machen? Er musste nach Hause und wohl oder übel beichten, was geschehen war.

Schwerfällig wuchtete sich Johannes wieder auf die Beine. Er sah noch einmal in die Äste des Baumes über ihm, blickte sich dann noch einmal unschlüssig um. Wenn er Jakob Zerfass begegnete, würde der was erleben. Wütend stampfte er durch das Gestrüpp zurück zum Pfad und machte sich auf den Weg nach Hause.

An einer Stelle, an der die Straße ganz nah an den Waldweg heranreichte, hörte er Stimmen.

Instinktiv duckte er sich. Am Rand der Straße vor sich sah er blaue Uniformen: die französischen Soldaten. Vorsichtig spähte Johannes durch das Gestrüpp in Richtung der Männer. Sie schienen zu lagern. Natürlich: Sie waren sicher bei Kreuznach stationiert. Bis dahin hatten sie es nicht mehr weit, sie konnten sich durchaus eine Pause erlauben. Dafür hatten sie einen guten Platz gewählt. Neben der Straße öffnete sich der Wald zu einem Halbrund, das eine Wiese füllte. Darauf saßen die Soldaten in kleinen Gruppen zusammen. Er hörte das Murmeln ihrer Gespräche. Einige der Männer schienen einen Mittagsschlaf zu machen, andere hatten sich einfach zurückgelehnt, mit ihren Mänteln zugedeckt und blinzelten genüsslich in die Sonne, deren Strahlen an diesem klaren Herbsttag zumindest noch ein bisschen Wärme spendeten.

Vom Rande des Waldes war das Plätschern eines Baches zu hören. Davor grasten die Kühe, die sie dem Bauern genommen hatten. Eines der Tiere trug noch immer die Glocke um den Hals, die Johannes schon beim Bauern aufgefallen war. Niemand hatte daran gedacht, sie dem Tier abzunehmen und dem Bauern zu geben. Die Kuhglocke klang leise zu ihm herüber, als das Tier kurz den Kopf hob und mit dem Fressen innehielt. Ein Soldat schien die Kühe zu bewachen, ein blutjunger Kerl, wie Johannes selbst aus der Entfernung erkannte. Die Schweine befanden sich wahrscheinlich im Wald, vielleicht von einem weiteren Mann gehütet. In einiger Entfernung, ebenfalls am Rand des Waldes, standen die beiden Wagen, prall gefüllt mit den Vorräten des Bauern. Als Johannes sie sah, erkannte er sofort die Gelegenheit, die sich ihm dort bot: Er konnte durch den Wald bis an die Wagen gelangen. Mit ein wenig Geschick sollte es möglich sein, einige Kleinigkeiten von der Ladefläche zu ziehen – vielleicht einige Würste, vielleicht einen Schinken oder einige Brote. Es war ganz leicht. Es konnte eigentlich gar nichts passieren. Er sah die Möglichkeit jetzt so klar vor Augen, dass er gar nicht anders konnte, als sich dafür zu entscheiden.

Er kroch ein Stück zurück. Wenn er an die Wagen heranwollte, musste er zunächst die Straße überqueren, um so auf das Waldstück auf der gegenüberliegenden Seite zu gelangen. Die Straße konnte er natürlich nicht hier passieren. Das tat er am besten ein Stück abseits des Lagerplatzes der Männer, in der Richtung, aus der sie gekommen waren. Dazu musste er den Pfad, auf dem er sich befand, verlassen und sich im Unterholz eine Weile parallel zur Straße zurückkämpfen. In den dichten Dornen würde das nicht einfach sein. Es konnte durchaus dauern, bis er die Straße und vor allem die Wagen erreicht hatte. Und ewig würden die Soldaten sicher nicht mehr Rast machen. Er musste sich also beeilen.

Er kam nur langsam voran. Immer wieder zerrten Dornen an seiner Kleidung, rissen seine Haut vor allem an Armen und Beinen auf. Ein morscher Ast knackte unter seinen Füßen. Er duckte sich instinktiv – und hörte das Klingen der Kuhglocke von der Weide mit den Soldaten. Er musste leise sein. Das verlangsamte sein Vorwärtskommen weiter. Endlich hatte er die Straße erreicht. Sie machte eine leichte Biegung. Das Lager der Franzosen war von hier aus nicht zu sehen. Besser hätte es gar nicht kommen können. Er nahm die Straße noch einmal genau in den Blick. Sie war leer. Mit einem Satz richtete er sich auf und stürmte auf die andere Seite – immer noch bemüht, leise zu sein. Ein Sprung, dann verbarg ihn wieder der Wald mit seinem dichten Gestrüpp.

Er hockte sich auf den Boden und atmete tief durch. Das also war geschafft. Der Weg bis zu den Wagen mochte noch einmal so dornig sein wie die Strecke, die er zurückgelegt hatte. Dafür war er aber mit Sicherheit kürzer. Langsam und leise schlich er in Richtung des Lagerplatzes der Soldaten. Endlich konnte er einen der beiden Karren durch das Gestrüpp sehen. Nun war es nicht mehr weit. Brombeerzweige rankten sich jetzt vor ihm, so dicht, dass er es nicht schaffte, weiterzukommen. Nur am Boden klaffte eine Lücke. Auf dem Bauch kroch er weiter. Irgendein Tier krabbelte über seinen Nacken, verschwand in seinem Hemd. Er verspürte instinktiv den Drang, aufzuspringen, sich zu kratzen – und kämpfte bewusst dagegen an. Das konnte er sich jetzt nicht leisten, darum musste er sich später kümmern. Endlich war er unter den Brombeerzweigen hindurch und konnte wieder aufstehen. Beim Hochdrücken rutschte sein linker Fuß zur Seite. Er war auf einen fauligen Birkenstamm getreten, der am Boden lag. Johannes zog das Bein herunter und trat auf einen danebenliegenden Ast. Es knackte, als dieser brach. Für einen Moment blieb er völlig bewegungslos, wagte kaum zu atmen und lauschte. Das Murmeln der Männer vor ihm hatte sich nicht verändert. Erleichtert atmete er aus und tastete sich behutsam weiter vor. Jetzt kam er gut voran. Große Farnbüschel bildeten den Abschluss des Waldes, vor dem dann die beiden Wagen am Rand der Wiese standen. Langsam schlich er weiter. Die Wagen schützten ihn vor möglichen Blicken der Soldaten. Nur unter den Karren wäre es möglich gewesen, ihn zu sehen. Dort aber wuchsen Farne und anderes Gestrüpp so dicht, dass sie ihm ebenfalls guten Schutz boten.

Dann hatte er einen der Wagen erreicht. Es war der mit den Säcken aus der Scheune. Die Schinken, Würste und Vorräte aus dem Bauernhaus befanden sich auf dem anderen Wagen. Vorsichtig schlich er bis zum zweiten Karren. Durch eine schmale Lücke im Gestrüpp konnte er unter dem Wagen hindurch auf die Wiese blicken. Keiner der Männer dort schien sich für die Karren zu interessieren. Trotzdem saßen einige mit dem Gesicht in seine Richtung gewandt. Er konnte also unmöglich über den Rand des Wagens klettern oder greifen und so an die Vorräte kommen. Aber wahrscheinlich war das auch gar nicht nötig. Vorsichtig tastete er nach den Holzbrettern, die den Karren zur Seite begrenzten. Bei den meisten Wagen der Bauern waren diese am Rand des Wagenbodens übereinandergeschoben. Damit bestand die Möglichkeit, die Begrenzung des Wagens je nach zu befördernder Fracht höher zu bauen oder auch ganz wegzulassen.

Johannes fasste eines der Bretter an und versuchte, es zu bewegen. Er hatte richtig vermutet. Mit ein bisschen Kraft konnte er die Bretter nach hinten oder vorne verschieben, sodass ein Zwischenraum entstand, durch den er an den Inhalt des Wagens gelangen konnte. Wenn er die Bewegung langsam genug ausführte, fiel sie kaum auf, zumal auch schon jetzt einige der Bretter ein ganzes Stück über den Wagenrand hinausragten und beim weiteren Verschieben vom ersten Karren verdeckt würden.

Vorsichtig, ganz langsam, schob Johannes zwei der Bretter ein kleines Stück nach hinten. Dann hielt er in der Bewegung inne – und überblickte erst einmal unter dem Wagen das Treiben auf der Wiese. Niemand hatte etwas bemerkt. Er hob wieder den Kopf und begann erneut, die Bretter zu verschieben. Nach kurzer Zeit war die Lücke so breit wie sein Unterarm lang und deutlich höher. Die Öffnung, die er nun vor sich hatte, reichte nicht aus, um einen Sack vom Karren zu ziehen. Sie war aber groß genug, um eine Wurst oder einen Schinken hindurchzulassen – vorausgesetzt, solche Vorräte befanden sich in Griffweite. Er tastete mit der Hand vorsichtig auf dem Wagen. Seine Finger spürten zunächst nur den Boden. Direkt hinter der Lücke schien sich eine freie Stelle zu befinden. Dann tastete er etwas weiter links den rauen Stoff eines Sacks. Er drückte mit den Fingern hinein. Der Inhalt gab nach, er fühlte Getreidekörner.

Instinktiv spürte Johannes plötzlich den dringenden Wunsch, einen weiteren Blick auf die Wiese zu werfen. Er hatte sie schon viel zu lange aus den Augen gelassen. Er zog die Hand von der Ladefläche, bückte sich und spähte über die freie Fläche. Seine Beunruhigung war wohl unbegründet. Auf dem Lagerplatz saßen und unterhielten sich die Männer wie zuvor. Seltsam. Er gab viel auf seinen Instinkt. Dieser hatte ihn zuvor noch nie getäuscht.

Er griff wieder in das Loch auf dem Wagen. Aber so weit er den Arm auch streckte: Er bekam außer dem Sack nichts zu fassen. Entschlossen steckte er beide Arme und den Kopf in die Öffnung und zog sich bis zur Brust hinein. Tatsächlich: Direkt vor ihm befand sich ein schmaler Hohlraum. Ansonsten standen überall auf dem Wagenboden Säcke. Doch dann sah Johannes, worauf er gehofft hatte: Auf diesen Säcken – auch auf dem, den er berührt hatte – standen Kisten. Über den Rand der nächsten Kiste ragten Brotlaibe hinaus. Er hatte es geschafft. Wenn er an diese Brotlaibe kam und an die anderen Schätze, die diese Kiste vielleicht noch enthielt, konnte er zufrieden sein. Johannes wusste jetzt, wie er weiter vorgehen würde. Alles war ganz einfach. Er musste nur seine Ungeduld und Aufregung zügeln und genauso ruhig weitermachen wie zuvor.

Langsam zog er sich in den Wagen hinein. Jetzt lagen auch seine Beine auf dem Boden des Karrens. Er konnte sie – auf der Seite liegend – zwischen Säcken und Seitenwand des Wagens ausstrecken und mit der Hand die nächste Kiste erreichen. Er war sich nicht sicher, ob man seine Hand von der Wiese aus sehen konnte, wenn er nach dem Brot griff. Die Kiste stand hoch auf den Säcken. Er sah eine weitere, die auf den Säcken weiter in Richtung Wiese auf dem Karren stand. Er hoffte, dass ihn diese Kiste – und vielleicht weitere – gegen Blicke vom Lagerplatz aus abschirmte. Vielleicht aber auch nicht. Trotzdem konnte er nicht länger warten. Er musste es riskieren. Kurz entschlossen langte Johannes zu – und hatte einen Laib Brot in der Hand, den er auf seine Beine legte. Er holte einen zweiten heraus. Nun kam er mit der Hand an keine weiteren Vorräte in der Kiste mehr heran. Er zog den Arm zurück. Zunächst musste er etwas höher rutschen. Johannes war klar, dass er nicht viel Zeit hatte, um in der Kiste nach Essbarem zu tasten. Wenn er etwas fühlte, musste er es herausziehen, so schnell er konnte. Selbst dann war sein Arm vielleicht schon viel zu lange zu sehen. Er riskierte es erneut. Seine Finger tasteten etwas Weiches, das unter ihnen nachgab. Es war einer der großen Schinken. Den wollte er haben und dann sollte es genug sein. Er rutschte erneut ein Stück höher, konnte den Schinken am schmalen Ende jetzt mit voller Kraft packen und zog ihn über den Rand. Erschöpft presste er sich ganz tief auf den Wagenbogen und lauschte. Die Kuhglocke bimmelte mehrfach. Ansonsten war alles wie zuvor. Ganz leise kroch er zurück, tastete mit den Füßen nach dem Loch, fand es und steckte die Beine hindurch. Einen Moment lang hingen seine Beine in der Luft. Er schob sich weiter und stand wieder auf dem Boden. Jetzt noch den Oberkörper hindurch – und dann hatte er es geschafft. Er sah sich kurz um: kein Mensch zu sehen. Johannes griff nach den beiden Broten und dem großen Schinken, die sich noch im Wagen befanden. Als er seine Beute glücklich in den Händen hielt und sich umdrehte, starrte er in die Mündung eines Gewehres. Ein Soldat war hinter dem Wagen hervorgetreten.

„Lève les mains“, sagte er mit harter Stimme. Klang und Betonung der Worte verrieten deutlich, dass der Soldat nicht in seiner Muttersprache redete. Die braunen Augen des Mannes, der die Waffe hielt, funkelten eiskalt. „Lève les mains“, wiederholte er lauter und deutete mit dem Bajonett eine Bewegung nach oben an. „Laisser tomber.“

Johannes ließ Brote und Schinken fallen und hob die Hände.

„Allez!“, herrschte ihn eine zweite Stimme in seinem Rücken an.

Der Soldat vor Johannes machte eine Kopfbewegung, die ihm anzeigte, dass er ihm folgen sollte. Dann drehte er sich um und schritt voran. Zögernd setzte sich Johannes in Bewegung.

Der Aufschlag des Gewehrkolbens in seinem Rücken raubte ihm den Atem. Er taumelte einige Schritte nach vorn und stürzte zu Boden. Ihm war schwarz vor Augen, als er wieder auf die Knie kam.

„Allez!“, wiederholte der Soldat. Johannes drehte den Kopf. Er konnte wieder sehen und erblickte einen Mann, der gerade die fallen gelassenen Vorräte aufhob und wieder auf den Wagen warf. Für einen kurzen Moment ruhte der Blick des Soldaten auf dem Loch. Er nickte kurz und verzog die Mundwinkel zu einem Lächeln. Dann zog er die Bretter mit einem Ruck zurück auf ihren ursprünglichen Platz.

Johannes stemmte sich trotz der Schmerzen in seinen Rippen, wo ihn der Gewehrkolben getroffen hatte, auf die Beine. Der Soldat fixierte ihn scharf. Dann kam er auf ihn zu.

Er brauchte nichts weiter zu sagen. Johannes beeilte sich, dem vorausgegangenen Soldaten auf die Wiese zu folgen.

Mit einem Schwall schwerfällig gesprochener französischer Worte, die Johannes nicht verstand, kündigte dieser ganz offensichtlich seinen Fang an. Überraschung zeichnete sich auf den Gesichtern der ausruhenden Soldaten ab. Die meisten standen auf und blicken sie erwartungsvoll an. Jetzt erkannte Johannes auch den Offizier, der sich ihnen mit energischen Schritten näherte. Ein ausführlicher Wortwechsel folgte. Niemand machte sich die Mühe, Johannes zu übersetzen, was gesprochen wurde. Er erkannte den jungen Soldaten, mit dem er in der Scheune gesprochen hatte. Doch der hielt sich zurück und mied seinen Blick.

Es war offensichtlich, dass ihn keiner der Männer auf der Wiese bei seinem Diebstahl beobachtet hatte. Die Soldaten, die ihn nun vorführten, waren also wahrscheinlich einfach Wachen, die die Karren und das Lager während der Rast beobachtet hatten. Auch wenn die Soldaten Lumpen trugen und undiszipliniert wirkten: Johannes nahm sich vor, die Franzosen nie wieder zu unterschätzen. Ein Soldat kam mit einem Strick direkt auf ihn zu.

„Du kennst die Strafe, die dich erwartet?“, grinste der Mann Johannes frech an. Er sprach deutsch mit starkem französischen Akzent.

„Ich komme ins Gefängnis“, mutmaßte Johannes, während der Mann ihm die Hände vor dem Bauch fesselte. Dann fiel ihm die Bestrafung eines Bauern für einen Brennholzdiebstahl ein, von der er vor Jahren gehört hatte. „Oder ich bekomme Stockschläge?“

Das Grinsen des Soldaten gefror. Seine Augen funkelten eiskalt. Mit einem Ruck zog er den Knoten zusammen.

„Hier herrscht das Kriegsrecht“, stellte er fest. „Wer die französische Armee schädigt, wird erschossen.“

Johannes wurde schwindelig. Eine Woge der Panik schoss durch seine Adern, er bekam keine Luft mehr. Erschossen. Wieder und wieder hallte das Wort in seinem Kopf nach. Schlagartig, zum ersten Mal in seinem Leben, wurde ihm bewusst, was der Tod wirklich bedeutete. Er war das Ende. Das absolute Ende. Und das stand ihm jetzt unmittelbar bevor. Er sah es mit einer Klarheit, die ihn entsetzte. Seine Panik wuchs. Johannes riss den Kopf nach oben und sog Luft in seine Lungen. Er musste sich von diesen Gedanken lösen, die ihn zu überwältigen drohten. Bewusst ließ er den Blick über die Wiese, die Soldaten gleiten. Endlich. Endlich schwand die Angst. Ihm war heiß. Und sein Puls raste.

Der Soldat kniete vor Johannes. Er warf ihm einen merkwürdigen Blick zu, sagte aber nichts. Dann stand er auf und ging davon. Erst jetzt bemerkte Johannes die Stricke, die der Soldat auch um seine Fußgelenke gebunden hatte. Sie ließen ihm gerade so viel Spiel, dass er laufen konnte.

Die Soldaten hatten sich unterdessen marschbereit gemacht. Nur wenig später zogen sie über die Straßen nach Norden, nach Kreuznach. Zwischen sich zwei Karren mit Vorräten und einen verzweifelten, gefangenen jungen Räuber.

2. *Herz-König*

Eisik Fuchs war besorgt. Unruhig marschierte er durch die Gassen von Kreuznach. Vielleicht würde er heute seine Frau und seinen kleinen Sohn wiedersehen. Endlich, nach mehr als einem Jahr. Hoffentlich hatten sie einen guten Weg aus Mainz heraus gefunden, einen Weg herum um marodierende Soldaten und die Schrecken des Krieges. Er hoffte es so sehr. Er hatte so lange gewartet. Es durfte jetzt nichts mehr schiefgehen.

Gleich aber musste er zunächst noch das Gespräch mit dem französischen Kommandanten des Regiments hier in Kreuznach führen. Eine reine Formalie. Aber die Armee hatte seit der Besetzung nun einmal das Sagen und als Polizist aus dem weiter entfernten Kirn musste er bei einem Besuch dem Befehlshaber hier in Kreuznach die Ehre erweisen.

Sein Blick glitt über die gepflegten Fachwerkhäuser der Stadt, die Marktstände am Rand der Straße. Wie schön es in Kreuznach war. Hier ließ es sich bestimmt gut leben. Gerade im vergangenen Jahr hatte sich das Leben für die Menschen deutlich verbessert. Nach dem Einmarsch der Franzosen war die Polizeiarbeit zunächst völlig zusammengebrochen. Raub und Plünderung durch die Soldaten gehörten zur Tagesordnung. Viele Häuser brannten, aufgebrachte Bauern schlugen zurück, dazwischen militärische Gefechte mit den zurückweichenden kaiserlichen Truppen aus Österreich. Wie sollte er als Polizist Mord und Diebstahl ahnden, wenn Mord und Diebstahl zur Tagesordnung gehörten und die neuen Herren die Mörder waren? Die meisten Kollegen quittierten den Dienst oder erschienen einfach eines Tages nicht mehr auf der Wache. Die Franzosen störte es zunächst kaum, deren Offiziere hatten genug mit der Versorgung und dem Schutz der eigenen Truppen zu tun. Dabei griffen sie erbarmungslos durch. Zum Glück war alles besser geworden. Die Polizei ging wieder ihrer Arbeit nach. Und er hatte es gewusst. Von Anfang an. Und deshalb war er auch weiterhin jeden Tag zur Wache gegangen und Polizist geblieben. Er hatte nie daran gezweifelt, dass irgendwann wieder Ordnung herrschen würde. Noch war es nicht ganz geschafft, aber sie befanden sich auf dem besten Wege. Diebstahl, Betrug und Mord durfte es nicht geben. Ganz egal, was für Herren im Land das Sagen hatten und wer gegen wen Krieg führte. Es war Aufgabe der Polizei, seine Aufgabe, das zu verhindern. Natürlich missfielen ihm die Übergriffe der Soldaten auf die Bauern. Es gab sie immer noch. Er wusste es nur allzu gut. Aber es waren deutlich weniger geworden als am Anfang der französischen Besatzung. Die Requirierungen verliefen jetzt geordneter. Offiziere begleiteten die Aktionen, es gab eine offizielle Verordnung, in der die Regelung für die Versorgung der Truppen im Land festgelegt war. Immerhin.

Er schauderte, als er daran dachte, wie marodierende, betrunkene Soldaten im ersten Jahr der Besetzung durch die Dörfer gezogen waren und sich einfach genommen hatten, was sie brauchten. Er wischte den Gedanken fort. Frankreich und sein Revolutionsheer siegten überraschend an allen Fronten. Daran änderten auch die Rückschläge nichts, die es seit einigen Wochen gab. Selbst die Uniformen der Soldaten waren besser geworden. Auch in Paris schienen sich die Verhältnisse zu verbessern. Wenn man noch etwas wartete, würden schon bald auch die Übergriffe der Armee Vergangenheit sein und eine neue Ordnung würde herrschen. Vielleicht eine bessere als jemals zuvor. Den Kommandanten des Regiments hier in Kreuznach hatte er bereits kennengelernt. Sie verstanden sich gut. Warum auch nicht. Es hatte sich herumgesprochen, was er für Recht und Ordnung tat. Und das diente allemal auch den Franzosen.

Eine junge Frau lächelte ihm im Vorbeigehen zu. Sicher: Er war immer noch ein stattlicher Mann. Nicht mehr ganz der Jüngste. Aber in seiner Polizeiuniform, groß und kräftig mit dem breiten Schnurrbart im Gesicht, für so manche Frau eine gute Partie. Doch darüber musste er sich keine weiteren Gedanken machen. Er übersah ihr Lächeln großzügig und blickte demonstrativ durch sie hindurch. Er hatte bereits eine Frau: Anna. Und einen wunderbaren Sohn. Hendrik war jetzt fünf. Ein halbes Jahr nach der Geburt seines Sohnes hatte man ihn von Mainz in die Provinz nach Kirn versetzt. Wann immer er konnte, sobald er sich freinehmen durfte, fuhr er zu seiner Frau und seinem Sohn nach Mainz. Nach etwas mehr als einem Jahr waren dann der Krieg und die Franzosen gekommen. Man wusste lange nicht, wer siegen würde, der Krieg ging hin und her. Seit nunmehr einem Jahr belagerten die Franzosen Mainz, das von den Österreichern gehalten wurde. Jetzt schien sich das Kriegsglück überraschend gegen die Franzosen zu wenden. Die Österreicher und ihre Verbündeten hatten den Belagerungsring der Franzosen um Mainz gesprengt. Die französische Armee hatte sich zurückgezogen – viele Einheiten waren geflohen, wie manche hinter vorgehaltener Hand zu berichten wussten. Angeblich waren sogar schon österreichische Husaren auf ihren Pferden im Umland von Kreuznach gesichtet worden. Das hielt Eisik allerdings für übertrieben.

Die Gasse mündete auf dem Platz, auf dem das Militärlager der Franzosen begann. Überrascht sah Eisik Fuchs die Gräben, die die Soldaten ausgehoben hatten, die Sandsäcke und die aufgestellten Kanonen. War es doch schon so schlimm? Bestand sogar schon Gefahr für das Heerlager am Rand der Stadt? Unfassbar. Er würde den Kommandanten darauf ansprechen.

Eisik Fuchs ging schneller. Drei Hühner liefen aufgeregt gackernd zur Seite. Eine Marktfrau warf ihm einen vorwurfsvollen Blick zu. Er bemerkte es nicht. Anna war klug. Sie wusste normalerweise Gefahren aus dem Weg zu gehen. Aber wenn jetzt die Österreicher so rasch vordrangen, konnte sie jederzeit auf kämpfende Truppen stoßen. Er schloss für einen kurzen Augenblick die Augen. Daran durfte er noch nicht einmal denken.

Der Besuch beim Kommandanten verlief wie zu erwarten kurz und höflich. Tatsächlich waren österreichische Husaren schon mehrfach östlich von Kreuznach gesichtet worden. Der Kommandeur rechnete allerdings nicht mit einem weiteren Vordringen. Trotzdem hatte er aus Vorsicht das Heerlager zusätzlich mit den Geschützen und Gräben befestigen lassen. Französische Reiter durchstreiften jetzt ebenfalls verstärkt die Gegend.

Besorgt verließ Eisik Fuchs die Kommandantur. Jetzt musste er noch zum Militärgefängnis der französischen Truppen. Wie immer gab es in den Zellen zahllose Gefangene, die nach Kirn überstellt werden mussten. Dort befand sich nicht nur das Hauptquartier der Polizei, sondern auch das zuständige zivile Gericht und das Gefängnis der Region. Auch Übergriffe auf die französische Armee wurden dort verhandelt und nicht mehr – wie in der Anfangszeit direkt nach der französischen Besatzung – vom Militär selbst geahndet. Natürlich musste jedes Urteil von einem Vertreter der Militärbehörde, der ebenfalls in Kirn saß, genehmigt werden. Alle paar Monate wurden Gefangene aus Kreuznach nach Kirn transportiert und von mindestens einem Polizeibeamten und einer kleinen Eskorte von Soldaten begleitet. Dazu gesellten sich dann meist noch einige Händler, Kaufleute und auch einige Bauern, da man auf diese Weise sicher nach Kirn reisen konnte, ohne von Soldaten, Wegelagerern oder gar Räubern belästigt zu werden. Viele Polizisten begleiteten gerne diese Transporte, konnten sie doch auf diese Weise dem tristen Dienstalltag für einige Tage entfliehen. Eisik Fuchs mochte diese Arbeit allerdings nicht. Er hatte bisher einen Gefangenentransport begleitet, sich ansonsten immer davor drücken können. Jetzt allerdings bot ihm diese Arbeit die Möglichkeit, Anna auf der Hälfte der Strecke entgegenzukommen. Damit konnten sie und der Junge zumindest auf einem Teil des Weges sicher reisen.

Die Wache vor dem Gefängnis grüßte, als sie Eisik Fuchs' Polizeiuniform erkannte. Er grüßte zurück und betrat auch schon das Gebäude. Der Leiter des Gefängnisses – ein ergrauter Unteroffizier – war hilfsbereit und umgänglich. Der Transport konnte schon am nächsten Tag beginnen oder auch noch einige Tage warten, falls Eisik Fuchs seine Frau noch nicht so schnell antreffen sollte.

Ohne großes Interesse warf er durch ein kleines Gitter in der massiven Holztür der Zelle einen Blick auf die gefangenen Männer, die zusammen in einer großen Zelle untergebracht waren. Es waren die Ärmsten der Armen: ausgemergelte Gestalten, hungrig und schmutzig. Aus den Akten wusste er, dass die meisten kleinere Diebstähle begangen hatten. Ein Bauer befand sich darunter, ein alter Mann, der gegen Soldaten bei der Beschaffung von Nahrungsmitteln auf seinem Hof vorgegangen war. Dann zwei ebenfalls schon ältere Männer, die in einer Gaststätte französische Soldaten bestohlen hatten. Ein junger Kerl war – ziemlich tollkühn, wie Eisik Fuchs fand – beim Stehlen von Schinken aus einem Proviantwagen der Armee ertappt worden. Er ließ kurz seinen Blick durch den Raum kreisen – und sah den jungen Räuber. Anders als sonst, wenn er auf solche armen Gestalten schaute, zog ihn der Anblick dieses Mannes sofort in seinen Bann. Es war das erste Mal, dass er so etwas erlebte. Er stand am vergitterten Fenster und starrte hinaus. Ein schlanker Bursche, mittelgroß, mit kurzen, dunkelblonden Haaren und einer für einen so armen Kerl verblüffend aufrechten, sogar stolzen Haltung. Mit der rechten, überraschend feingliederigen Hand hielt er einen der Gitterstäbe umschlossen. Jetzt drehte er langsam den Kopf und sah ihn mit braunen, wachen Augen an. Für einen Augenblick trafen sich ihre Blicke. Dann wandte sich der junge Bursche wieder ab und sah erneut aus dem Fenster.

Überrascht trat Eisik Fuchs einen Schritt zurück. Der Bursche wirkte eher wie ein junger Adeliger oder Offizier als wie einer aus den untersten Reihen des einfachen Volkes – der er zweifellos war. Laut Akten hatte er selbst angegeben, Sohn eines Abdeckers zu sein. Eisik schüttelte leicht den Kopf. Das zeigte wieder einmal, wie man sich vom äußeren Anblick eines Menschen täuschen lassen konnte. Er drehte sich um. Den Blick in die Zelle für die Frauen schenkte er sich ganz. Dort saß ohnehin nur eine einzelne Gefangene. Eine ältere Prostituierte, die einen Soldaten bei ihrer Arbeit bestohlen hatte.

Eisik Fuchs war froh, als er wieder das Gefängnis verließ und auf die Straße trat. Recht und Ordnung mussten sein – und wer dagegen verstieß, musste bestraft werden. Trotzdem gefiel ihm nicht, wer seit dem Einmarsch der Franzosen in das Gefängnis nach Kirn kam und dort vor dem Richter saß. Das waren nicht die Räuber und Mörder, wie sie früher in Haft gesessen hatten. Er schüttelte den Kopf und dachte an sein erstes Jahr in Kirn, noch bevor die Franzosen ins Land gekommen waren. Er hoffte wirklich, dass bald wieder die alte Ordnung herrschen würde – und sei es auch unter den Franzosen.

Er straffte sich und schritt durch die Hauptgasse der Stadt, die direkt auf den Marktplatz führte. Es dämmerte bereits und das Leben auf den Straßen nahm zu. Ein Ochsenkarren kam ihm entgegen, voll beladen mit Stroh, wahrscheinlich auf dem Weg in das französische Lager. Der Karren rollte auf der Mitte der Straße und machte keine Anstalten, auch nur ein Stück zur Seite zu fahren. Zahllose Menschen waren in der Gasse unterwegs und mussten zu beiden Seiten ausweichen, um den Wagen passieren zu lassen. Soweit er wusste, durfte in Kreuznach zur Marktzeit kein Ochsenkarren mehr durch die Gassen in der Stadt rollen. In Kirn war es nicht anders. Er wollte schon auf den Wagen zumarschieren und den Kutscher zur Rede stellen, als er die zusammengesunkene Gestalt auf dem Kutschbock genauer sah. Er konnte dem alten Mann dort ansehen, dass er schon den ganzen Tag auf dem Kutschbock saß und sich kaum noch hinter den Zügeln halten konnte. Eisik Fuchs' Schritte wurden langsamer. Er beschloss, den Mann in Ruhe zu lassen, und trat ebenfalls zur Seite. Knarrend rumpelte der Karren an ihm vorbei. Er folgte ihm mit seinem Blick. Etwas auf der Ladefläche fiel ihm auf. Er sah genauer hin. Dort lag ein Mensch, zwei Menschen – eine Frau und ein Kind – und schliefen. Er kannte diese Frau. Es war Anna. Und das Kind, das sich da an sie kuschelte, war sein Sohn, war Hendrik.

„Halt", rief er durch die Gasse. „Kutscher: Halten Sie an!" Er lief dem Karren hinterher, hatte ihn auch schon erreicht. Die Menschen auf der Straße drehten sich um. Der Wagen hielt. Die Frau im Stroh rappelte sich – gerade erwacht – mühsam hoch und blickte sich verwundert um.

„Anna", rief er vergnügt. „Anna. Ihr habt es geschafft!"

Jetzt sah sie ihn, lächelte, und auch der Junge wurde wach. Er hatte seine Familie wieder. Jetzt würde er sie mit nach Kirn nehmen. Sie konnten endlich zusammen leben. Es gab niemanden, der sie jetzt wieder trennen konnte. Immer noch müde breitete sie die Arme aus – und er zog sie an sich, hielt sie fest, während der Junge sie verwundert mit großen Augen ansah und sie dann beide zusammen umarmte.

Die Sonne war noch nicht aufgegangen, als am nächsten Morgen der Gefangenentransport auf dem Platz vor dem französischen Heerlager zusammengestellt wurde. Eisik Fuchs fröstelte in der Kälte. Zufrieden blickte er auf den Wagen, auf dem Anna und sein Sohn Platz gefunden hatten. Sie waren lange gelaufen, bevor sie der Kutscher mit seinem Karren am Vortag mitgenommen hatte – und die Füße des Jungen waren voller Blasen. Jetzt hatten sie es besser und konnten auf dem Wagen eines der Händler mitfahren, der den Gefangenentransport begleiten würde. Er hob noch einmal den Arm und winkte. Dann ging er weiter nach vorn, dorthin, wo auch beim Marsch sein Platz war. Ein französisches Kommando ertönte. Die Kolonne setzte sich in Bewegung. Er schritt schneller und erreichte die Gefangenen. Sie waren durch einen Strick miteinander verbunden und gingen in einer Reihe hintereinander. Zusätzlich hielt jeder Gefangene die Hände auf dem Rücken gefesselt. So würde ihr Weg bis Kirn zwei Tage dauern. Auf der Hälfte der Strecke, bei Sobernheim, war das Lager für die Nacht geplant. Eisik Fuchs ging neben der Reihe der Gefangenen. Vor ihm marschierten zwei Soldaten, ebenso auf der anderen Seite der Gefangenenreihe. Vor ihnen marschierten noch einmal zehn Soldaten in Zweierreihen, angeführt von einem Offizier zu Pferde. Eisik wusste, dass außerdem noch zwei Husaren zu ihrer Kolonne gehörten, Männer, die sie allerdings während der Reise nur selten sehen würden. Sie erkundeten auf ihren Pferden den Marschweg der Kolonne und sicherten ihn gegen Überraschungen ab.

Nach einer längeren Rast am Mittag waren sie am Nachmittag nicht mehr weit von Sobernheim entfernt. Eisik Fuchs wunderte sich. Bisher hatte er die Husaren nicht gesehen. Bei dem anderen Transport waren sie zweimal am ersten Tag direkt an der Kolonne vorbeigesprengt und einmal an einem Waldrand in der Entfernung zu sehen gewesen. Der Schritt der Männer vor ihm verlangsamte sich. Französische Kommandos wurden leise von Soldat zu Soldat weitergeben. Er konnte sie nicht verstehen, wusste aber, dass irgendetwas geschehen war. Die Kolonne kam jetzt ganz zum Stehen. Die Soldaten verharrten ruhig neben den Gefangenen, wandten sich aber wachsam dem Wald zu, die Gewehre schussbereit im Anschlag.

„Pardon." Leise machte Eisik Fuchs die Soldaten auf sich aufmerksam und hastete zwischen ihnen und den Gefangenen nach vorn, vorbei auch an den Soldaten, bis er die Spitze ihres Zuges mit dem Offizier erreicht hatte. Erschrocken blieb er stehen. Der Offizier war vom Pferd gestiegen und beugte sich über einen Mann, der von zwei Soldaten gestützt wurde. Er blutete aus einer Schusswunde in der Brust. Eisik erkannte die dicken, geflochtenen Zöpfe, wie sie nur die Husaren trugen, um damit die Ohren gegen Säbelhiebe zu schützen. Auch die blutverschmierte Uniform war die eines Husaren. Etwas abseits tänzelte nervös ein weißes Pferd. Der Offizier sprach zu den Soldaten, die den Husaren hielten. Die hoben ihn vorsichtig hoch und machten sich auf den Weg, ihn an der Kolonne vorbei nach hinten zu tragen. Der Offizier erhob sich und sah Eisik Fuchs.

„Kaiserliche", sagte er nur kurz. Seine französische Muttersprache war deutlich im Klang des Wortes zu hören. „Husaren. Es sind sehr viele. Wir müssen uns verstecken. Sie gehen am besten auf Ihren Platz."

Eisik nickte nur. Dann hastete er auch schon wieder zurück. Seine Gedanken waren bei Anna und dem Jungen. Konnte er es riskieren, zu ihnen zu gehen, oder musste er bei den Gefangenen bleiben?

Während er nach hinten ging, wanderten neben ihm leise die französischen Befehle von Mann zu Mann.

Langsam setzte sich die Kolonne wieder in Marsch, bog nach rechts in einen kleinen Seitenweg ein. Schon nach Kurzem hatten sie einen alten Steinbruch erreicht. Die Straße im Wald war von hier aus gut zu sehen. Fünf französische Soldaten, die vorher an der Spitze der Kolonne marschiert waren, bildeten jetzt ihre Nachhut. Wachsam, die Straße im Blick behaltend, gingen sie langsam den Nebenweg zum Steinbruch zurück, während hier bereits die beiden Wagen direkt an die steile, teilweise überhängende Felswand geschoben wurden. Anna sah ihn ängstlich an. Er winkte ihr aufmunternd zu. Mehrere Soldaten mit Beilen schwärmten in den Wald aus, der sich seitlich des Steinbruches erstreckte. Von zwei Soldaten geführt und bewacht kauerten sich die Gefangenen vor dem ersten Wagen an die Felswand. Hier wurde er ganz offensichtlich nicht weiter gebraucht. Er ging zum hinteren Wagen, nahm Anna und seinen Sohn in den Arm und erzählte ihnen, was er wusste. Aus dem Wald kam das trockene Geräusch von Beilen, die Holz schlugen. Wenig später schleppten die Soldaten große Äste, sogar zwei kleinere Bäume herbei und tarnten damit die Wagen. Als Eisik zusammen mit Anna und dem Jungen einige Schritte von der Felswand wegspazierte, sah er, wie gut die Soldaten ihre Arbeit gemacht hatten. Von den Wagen war nichts mehr zu erkennen. Auch die Gefangenen waren von Zweigen überdeckt. Es sah nun aus wie ein alter Steinbruch, den sich die Natur nach dem Ende der menschlichen Arbeit zum Teil zurückerobert und mit Grün bewachsen hatte.

„Attention!“, war plötzlich aus dem Wald zu hören. Zwei Soldaten rannten in ihre Richtung. „Attention, vite!“

Eisik schaltete blitzschnell und führte Anna und seinen Sohn zur Felswand, wo beide unter den Karren krochen. Überall um ihn herum zogen sich jetzt die Soldaten unter die Karren, hinter die Zweige zurück. Er erkannte zwei Soldaten bei den Gefangenen, von denen nichts mehr zu sehen war. Würden zwei Wachen reichen? Er zögerte. Die Gefangenen konnten mit ihren Fesseln kaum weglaufen. Er konnte getrost bei seiner Frau bleiben. Als einer der letzten Männer kroch er hinter die Zweige.

Er hatte kaum die Äste wieder zusammengeschoben, als auch schon die Hufe von Pferden auf der Straße zu hören waren. Durch die Büsche erkannte Eisik die Soldaten: österreichische Husaren mit ihren hellblauen Jacken, grauen Hosen und roten Tschakos auf dem Kopf. Die Männer trabten mit hoher Geschwindigkeit die Straße herunter, spähten dabei mit wachsamen Blicken in den Wald. Sein Herz begann rasend schnell zu schlagen. Aber er wusste: Aus dieser Entfernung würden die Reiter ihr Versteck nie erkennen. Dumpfer Hufschlag erklang von links. Das war das Geräusch von Pferdehufen auf weichem Waldboden. Eisik drehte den Kopf nach links, konnte aber keinen Reiter erkennen. Der Klang änderte sich, das Pferd trabte jetzt über Felsen. Der Husar musste sich bereits im Steinbruch befinden. Jetzt konnte Eisik ihn erkennen. Der Mann befand sich vielleicht noch 50 Schritte vor ihnen. Eisiks Herz raste, er bekam kaum noch Luft. Wenn jetzt irgendwo einer der Soldaten, einer der Händler ein Geräusch machte, waren sie verloren. Und wie schnell kam es, dass jemand niesen oder husten musste, dass ein Zweig überraschend knackte. Er drängte die Gedanken fort und drehte sich ganz langsam zu Anna und seinem Sohn um. Beide waren still, wirkten ruhig. Er nickte ihnen aufmunternd zu und blickte wieder nach vorn. Der Reiter wurde langsamer. Hatte er etwas entdeckt? Eisik hielt die Luft an. Aber nein. Er sah nach vorn, blickte jetzt zur Straße, wo in diesem Augenblick die letzten Reiter hinter Bäumen verschwanden. Langsam, im Schritt, ritt der Husar weiter. Jetzt begann er zu traben. Langsam atmete Eisik aus, ließ die Luft genussvoll zwischen seinen Lippen hervorströmen und schloss für einen kurzen Augenblick die Augen.

In diesem Moment erklangen die Rufe.

„Hilfe! Helft uns!"

Ruckartig drehte sich Eisik nach rechts, konnte aber nichts erkennen.

„Helft uns", schrie eine junge Stimme. Ein Kopf erschien zwischen den Zweigen, der Kopf des jungen Räubers mit den wachen, braunen Augen, des Mannes, der ihm schon im Gefängnis aufgefallen war.

„Merde."

Jemand versuchte, ihn zurückzuziehen. Er hörte einen Schlag, dann noch einen.

„Die Franzosen!", schrie die Stimme jetzt erneut. Ein weiterer Schlag erklang, dann wurde der Junge zurückgerissen.

Der Husar hatte sein Pferd herumgerissen, das für einen Augenblick nur noch auf den Hinterläufen stand und die Vorderbeine in die Luft hob. Jetzt zog er eine Pistole aus einer Tasche am Sattel. Zwei Schüsse peitschten gleichzeitig auf und zerrissen die Stille. Der Soldat zuckte zurück, wie eine Marionette unter einer ungeschickten Bewegung, und stürzte vom Pferd. Pulverdampf stieg an zwei Stellen zwischen den Zweigen ihrer Tarnung auf, als von der Straße schon der Donner herannahender galoppierender Pferdehufe zu hören war. Dann konnte Eisik die Reiter sehen. Sie zögerten kurz auf der Straße, blickten in ihre Richtung. Einer der Männer wies auf den Steinbruch, trieb sein Pferd von der Straße in ihre Richtung und hielt jetzt eine Pistole in die Luft. Die anderen Husaren folgten. Sie kamen jetzt im Galopp rasend schnell näher. Die Pferdehufe donnerten über den Waldboden.

„Hurra!" Das Gebrüll der angreifenden Reiter erklang.

Eisik zerrte an seiner Säbelscheide, konnte die Waffe aber in seiner gehockten Haltung nicht herausbekommen. Er zog am Griff, sah hinter sich Anna, an die sich Hendrik ängstlich klammerte, riss den Kopf wieder nach vorn. Die Husaren hatten sie fast erreicht. Mit ohrenbetäubendem Krachen schossen die französischen Soldaten ihre Gewehre ab. Im selben Augenblick feuerten die Husaren aus ihren Pistolen. Fassungslos riss Eisik die Augen auf. Es pfiff und knallte beinahe gleichzeitig, als die Geschosse um ihn herum einschlugen. Holz- und Steinsplitter und lockere Erde spritzten herum, trafen seine Hände, sein Gesicht. Beißender Pulverdampf zog auf. Von rechts hörte er Schreie, ein Zischen in der Luft, das Geräusch von Schlägen. Einer der Husaren schlug mit seinem Säbel auf die Äste ihrer Deckung ein. Die abgefeuerte Pistole hing an einem Lederband von seinem Arm herunter. Der Pulverdampf wurde dichter. Eisik bemerkte auch vor sich eine Bewegung. Er sah etwas Weißes aufsteigen. Es war ein Pferd, das Pferd eines der Husaren. Es stieg, stand auf den Hinterbeinen. Er erkannte im Pulverdampf die Vorderhufe.

Schlagartig begriff er, was nun passieren würde.

„Halt!", brüllte er aus Leibeskräften. „Halt!"

Die Vorderhufe des Pferdes stießen krachend zwischen die Äste. Instinktiv warf sich Eisik zu Boden. Über sich hörte er den Säbel durch die Luft zischen und einen Ast treffen.

„Halt!", brüllte er erneut, so laut er es im Liegen konnte, und hob dabei den Kopf. „Zivilisten! Wir sind keine Soldaten. Keine Franzosen. Hier sind Frauen und Kinder."

Der Säbel wurde aus dem Holz gezogen. Über ihm spürte er keine neue Bewegung – während von rechts der Lärm von Schreien, Kommandos, Schlägen und vielfachem Handgemenge zu ihm herüberklang.

„Wir sind Zivilisten! Frauen und Kinder!", wiederholte er noch einmal.

„Wie viele Männer?", hörte er über sich eine Stimme.

„Ich weiß es nicht genau", brachte er unsicher hervor und versuchte sich zu erinnern, mit wie viel Personen sie noch vor so kurzer Zeit in ihre Deckung hinter die Zweige gekrochen waren. „Vielleicht fünf Männer. Dazu eine Frau und ein Kind."

„Aufstehen", kommandierte die Stimme. „Ganz langsam. Die Hände zuerst. Ich will Ihre Hände sehen."

Langsam und vorsichtig schob Eisik erst die Hände, dann seinen ganzen Körper durch die Deckung der Zweige. Entsetzt sah er sich um. Vor ihm erstreckte sich ein Schlachtfeld. Noch immer zog Pulverdampf durch die Luft. Auf dem Boden des Steinbruchs vor ihm lagen mehrere tote Pferde. Er sah drei tote Husaren. Ein Mann lag auf dem Rücken neben einem der toten Tiere. Er blutete aus der Brust, hustete. Dann stöhnte er laut. Der Kampfeslärm war jetzt verebbt.

Der Husar stieg von seinem Pferd. Er hielt den Säbel auf Eisik gerichtet, ließ ihn dann aber langsam sinken.

„Fünf Männer, eine Frau und ein Kind?" Der Soldat sah ihn fragend an.

Eisik nickte. „Vielleicht auch noch ein Mann mehr. Ich habe nicht gezählt, als wir uns versteckten."

„Kannten Sie die anderen?"

„Ja, es ist meine Frau, mein Kind, warum fragen Sie? Warum kannten?"

Der Husar senkte den Blick. „Tut mir leid. Normalerweise kämpfen wir nicht gegen Zivilisten. Aber in diesem Fall ..."

Er steckte den Säbel ein und drehte sich um.

„Was ...?" Eisik verstand nicht, was der Mann ihm damit sagen wollte. Dann drehte er sich um. Hinter ihm, ganz an den Felsen gedrückt, stand einer der alten Händler, die ihre Kolonne begleitet hatten. Niemand sonst. Sein Mund wurde trocken, sein Magen krampfte sich zusammen. Er stürzte auf die Knie und riss die Zweige auseinander. Was er sah, war wie der Blick in ein Massengrab. Tote Leiber, blutverschmiert, neben- und übereinander. Und direkt vor ihm: die Leichen von Anna und seinem Sohn.

3. Karo-Sieben

◆

Johannes hob den Kopf. Noch nie im Leben hatte er solche Angst gehabt. Das Gewehrfeuer, das Fechten und die Schreie waren verstummt. Pulverdampf biss immer noch in seiner Nase. Er sah nach rechts – und erschrak. Die toten Augen des Gefangenen, der den ganzen Tag vor ihm gegangen war, starrten ihn an. Immerhin lag das Seil, das sie verbunden hatte, in Fetzen zwischen ihnen. Erst leicht verzögert wurde ihm klar, was das bedeutete. Er war frei. Er konnte gehen, laufen – sofern die Kaiserlichen nichts dagegen hatten. Am besten, sie bemerkten es gar nicht. Er hastete ein Stück nach vorn und spähte durch die Zweige. Seine Hände waren noch immer auf dem Rücken gefesselt. Die Husaren schritten geschäftig umher, einige der Männer kümmerten sich um ihre eigenen Toten und Verletzten. Links von ihm sank der Polizist, der sie begleitet hatte, auf die Knie und hielt sich die Hände vor das Gesicht. Das sollte ihn nicht weiter kümmern. Er blickte wieder nach rechts. Dort war das Ende des Steinbruchs nicht mehr weit. Der Fels endete abrupt. Wenn er bis dorthin kam, konnte er vielleicht ungesehen im Wald verschwinden. Ein Großteil des Weges war hinter den zur Tarnung ausgelegten Ästen versteckt. Wenn er vorsichtig war, würde er es schaffen.

Langsam machte er sich auf den Weg, stieg über einige Tote. Mit aufgerissenen Augen starrte ihn ein anderer Gefangener, der ebenfalls überlebt hatte, an. Johannes warf einen Blick auf den Strick, der den Mann mit den anderen Gefangenen verbunden hatte. Auch hier war er durchtrennt. Der Mann konnte ihm folgen, wenn er wollte. Johannes ging in die Hocke und sah ihm in die Augen, erhielt aber keine Reaktion, bemerkte kein Erkennen, kein Verstehen, sah stattdessen nur flackernde Leere.

„Willst du mit? Wir können hinter dem Felsen verschwinden."

Der Mann starrte ihn weiter an.

„Komm. Schnell, bevor uns die Österreicher entdecken. Wer weiß, was die mit uns machen."

Als der Gefangene immer noch nicht reagierte, wandte Johannes den Blick ab und schlich weiter. Bald hatte er das Ende der Deckung durch die Zweige erreicht. Jetzt musste er noch einige Meter vor dem Fels schaffen, bevor er im Wald verschwinden konnte. Er warf einen aufmerksamen Blick auf die Husaren. Diese schienen sich nun um die anderen Verletzten zu kümmern. Zwei der Männer trieben die herrenlosen, verstreut herumstehenden Pferde ihrer toten Kameraden zusammen. Niemand stand Wache oder blickte auch nur in seine Richtung. Aber seitdem die Franzosen ihn bei dem Diebstahl auf dem Proviantwagen erwischt hatten, wusste er, dass er sich vielleicht täuschte. Natürlich konnten immer noch einige Husaren etwas abseits das Treiben ihrer Kameraden als Wachposten absichern. Er wischte den Gedanken fort. Das Risiko musste er eingehen. Mit schnellen Schritten huschte er weiter. Er sah sich nicht einmal mehr um, jeden Augenblick den Schrei eines der Husaren, der ihn entdeckt hatte, fürchtend. Aber ein solcher Ruf kam nicht. Er erreichte das Ende des Felsens, bog um die Ecke, hastete noch einige Schritte weiter, bis er das erste Gestrüpp des Waldes erreichte, hinter dem er sich verbergen konnte. Hier warf er sich auf den Boden und atmete durch. Als sein Atem zur

Ruhe kam, schlich er zurück und spähte über das Vorfeld des Steinbruchs. Von hier aus sah er nur noch einige Pferde und gelegentlich einen Soldaten herumstolzieren. Niemand hatte ihn gesehen. Er war frei.

An einem scharfkantigen Felsen befreite er sich von seiner Fessel. Dann machte er sich auf den Weg nach Hause. Einen kurzen Moment schoss ihm der Gedanke an eine drohende Gefahr durch den Kopf. Würden ihn die französischen Soldaten dort vielleicht schon erwarten? Er glaubte es nicht. Soweit er gesehen hatte, waren alle Revolutionssoldaten bei dem kurzen Gefecht gestorben. Und er freute sich, seinen Vater und seine Mutter endlich wiederzusehen.

Das Haus der Eltern war klein. Das kleinste im Dorf, eigentlich nur eine Hütte. Es lag abseits von den anderen Häusern am Bach, stromabwärts, damit die faulenden Abfälle, die der Vater im Bach wegschwemmte, wenn er den toten Kühen und Kälbern die Haut abzog und sie vom verwesenden Fleisch reinigte, nicht in das Trink- oder Waschwasser des Dorfes gelangen konnten.

Trotzdem ging Johannes das Herz vor Freude auf, als er die schäbige, kleine Hütte vom nahen Hügel aus sah. Endlich, endlich war er wieder zu Hause. Jetzt musste er nur noch den Hügel über die Wiese herunterlaufen und den Bach durchqueren. Dann hatte er es geschafft, dann war er in Sicherheit, konnte etwas essen und sich endlich ausruhen. Er sah die Mutter. Sie ging eben aus der Tür der Hütte und trat auf den Hof, wo sie sich suchend umblickte. Wonach schaute sie? Johannes konnte es kaum glauben. Zwei Hühner und ein Hahn liefen ihr vor die Füße. Jetzt hörte er die Tiere sogar bis auf den Hügel gackern. Da hatten sich die Eltern doch tatsächlich das Federvieh vom dicken Mühlenbesitzer gekauft. Sie mussten mehr auf der hohen Kante gehabt haben, als er dachte. Vielleicht schafften sie es ja tatsächlich doch noch, sich die kleine Landwirtschaft aufzubauen, von der sie seit Jahren träumten und immer wieder erzählten. Zwei Schweine und eine Kuh besaßen sie schon. Und natürlich Joshua, das alte Kaltblutpferd, das Vaters Karren zog, wenn er die verendeten Rinder oder Schafe von den Höfen der Bauern holte. Johannes lächelte, als er sah, wie die Hühner ärgerlich gackernd vor Mutters Füßen davonstoben, als sie in Richtung Bach schritt. Wie immer ging sie gerade und hocherhobenen Hauptes. Für Johannes war seine Mutter die schönste Frau, die es auf Erden gab – und die stolzeste. Sie hatte nie vergessen, dass sie die Tochter eines angesehenen Handwerkermeisters war, die ihren Mann aus Liebe geheiratet hatte. Einen Abdecker, einen, den zuvor wohl noch nie eine Bürgerstochter freiwillig geheiratet hatte. Die Leute aus dem Dorf konnten ihren früheren Stand auch nicht vergessen – und räumten ihr ganz selbstverständlich einen Platz im Dorfleben ein, den wohl noch nie eine Abdeckersfrau in einem Dorf besessen hatte.

Wachsam musterte Johannes die Wiesen und den kleinen Wald, die sich an das elterliche Haus anschlossen. So ganz war die Furcht, dass die Franzosen ihn vielleicht doch schon erwarten würden, nicht aus seinen Gedanken gewichen. Dann fielen ihm die Hühner ein, das Brot, das er auf dem Hof Iben bekommen und sich im Wald hatte stehlen lassen. Für einen kurzen Augenblick schloss er vor Scham und Ärger die Augen. Dann trat er aus dem Schatten der Bäume und lief unbekümmert über die Wiese ins Tal.

„Johannes!“ Die Mutter ließ den Eimer, den sie gerade im Bach mit Wasser füllen wollte, sinken, als sie ihn kommen sah. „Johannes! Dem Herrn sei gedankt. Wir hatten uns solche Sorgen gemacht.“

Er lief ihr entgegen. Nur noch wenige Schritte, dann hatte er den Bach erreicht. „Mutter!“

Sie lächelte.

Johannes stürmte durch den Bach. Das Wasser spritzte unter seinen Füßen zu allen Seiten, während er vorwärtsrannte.

Er erreichte das andere Ufer, zog sie an sich und drückte sie fest. Als er wieder den Kopf hob, sah er, wie der Vater aus dem Haus kam. Gemeinsam gingen sie zurück.

Im einzigen Raum der Hütte erzählte ihnen Johannes, was er in den vergangenen Tagen erlebt hatte.

Am nächsten Morgen sah Johannes als Erster die Kutsche. Er erkannte sie schon, als sie noch zwischen den anderen Häusern des Dorfes rollte. Er konnte nicht sehen, wer in dem geschlossenen, schwarzen Wagen saß. Aber er sah die beiden französischen Soldaten, die hinten auf der Kutsche standen, und wusste sofort, warum sie ins Dorf gekommen waren. Er stand etwas abseits des Hauses, neben dem kleinen Stall, vor dem sich jetzt die beiden Schweine, die der Vater im Sommer gekauft hatte, im Schlamm suhlten. Mit einem Satz war er hinter dem Stall verschwunden. Die Soldaten oder der Kutscher konnten ihn noch nicht gesehen haben. Besser er verschwand, solange die Soldaten in der Nähe waren. Die Kutsche kam weiter heran. Mit einigen Sätzen hatte er das kleine Gehölz erreicht, das hinter dem Stall begann und sich längs des Baches erstreckte. Er drehte sich noch einmal um. Die Kutsche hielt vor dem Haus der Eltern. Die Tür öffnete sich und ein Mann trat heraus, ein Polizist. Ein großer, stattlicher Mann mit ernstem Gesicht und einem breiten Schnurrbart. Johannes hatte ihn schon einmal gesehen. Dieser Polizist war auch dabei gewesen, als er zusammen mit den anderen Gefangenen ins Gefängnis nach Kirn gebracht werden sollte. Johannes drehte sich um und lief tiefer in den Wald hinein.

Erst am Abend, als sich die Dunkelheit über das Land gesenkt hatte, traute er sich zum Haus zurück. Die Kutsche war längst verschwunden. Aber er wusste ja nicht, ob Polizisten oder vielleicht Soldaten die Hütte immer noch beobachteten. Er vermied es, im Dorf gesehen zu werden, und schlich durch das Gehölz zur Hütte der Eltern. Sein Vater öffnete mit besorgter Miene die Tür. Es war, wie er vermutet hatte. Die Franzosen suchten ihn. In der Kutsche hatten zwei Polizisten gesessen. Und besonders der Stattliche mit dem breiten Schnurrbart schien ganz versessen darauf, ihn zu fassen. Der Vater hatte mit ihm gesprochen und angegeben, den Sohn seit Tagen nicht gesehen zu haben. Der Polizist wollte wiederkommen und hielt sich danach noch einige Zeit im Dorf auf. Anschließend war die Kutsche davongerollt. Aber wer wusste, ob nicht von nun an einer der Knechte oder Bauern für die Polizei ein Auge auf die Hütte des Abdeckers haben würde. Es gab einige Männer im Dorf, mit denen sich Johannes und sein Vater nicht verstanden, sodass es besser war, für einige Tage im Wald zu verschwinden. Johannes schlief zu Hause. Noch vor Einbruch des Tages aber verschwand er wieder im Wald, ausgestattet mit einigen Vorräten, die die Mutter für ihn gepackt hatte.

Er wusste, wohin er gehen konnte. Einen halben Tagesmarsch entfernt gab es eine kleine Hütte am Rande einer Lichtung, in der wohl vor Jahren einmal ein Bauer sein Glück versucht hatte, dann aber gescheitert war. Die Hütte lag seit Jahren verlassen. Er hatte sie bei einem seiner langen Streifzüge durch den Wald im Sommer entdeckt. Alle paar Tage besuchte er die Eltern. Der Polizist war tatsächlich noch einmal zur Hütte der Eltern gekommen und hatte sich nach Johannes erkundigt. Es erschien ihm seltsam, dass der Sohn des Abdeckers immer noch nicht nach Hause gekommen war. Er versprach, wiederzukommen. Und tatsächlich schlich einer der Knechte aus dem Dorf auffällig oft um das Haus der Eltern herum.

Aus den Tagen im Wald wurden Wochen. Schließlich war es Johannes' Vater, der den Sohn an einem Nachmittag in seinem Unterschlupf überraschte.

Der alte Bückler nickte nur stumm zum Gruß, als er in die kleine Hütte trat, sodass Johannes erschrocken zusammenzuckte, als sein Vater plötzlich hinter ihm stand. Für einen Moment hatte er gedacht, vom Polizisten in seinem Versteck überrascht worden zu sein. Er hatte sogar schon von diesem stämmigen, schnauzbärtigen Mann geträumt, der ihn jetzt so unablässig zu suchen schien. Dann erkannte er die sehr viel kleinere Gestalt des Vaters und lehnte sich wieder beruhigt auf seinem Platz zurück.

„Hier! Was hältst du davon?“ Er hielt seinem Vater die Angel hin, an der er seit dem Morgen bastelte. „Du kannst damit im Bach Fische fangen. Ich wollte sie dir beim nächsten Besuch mitbringen. Es soll dort im Wasser wunderbare Aale geben – hat mir der Knecht Friedrich erzählt.“

Der Vater stand immer noch im Raum, durch dessen Fensteröffnung jetzt die tief stehende Sonne in den Raum strahlte. Ein warmes Licht lag zwischen den beiden Männern und Johannes sah an vielen Stellen kleine Staubteilchen in der Luft schweben. Mit einem Mal wurde ihm bewusst, wie alt der Vater geworden war. Gebückt – ganz anders als die Mutter –, mit nach vorn gebeugtem Kopf, stand er jetzt vor ihm. Das einst braune, kräftige Haar war längst nicht mehr nur von den ersten Strähnen des Alters durchzogen, sondern fast vollständig grau geworden.

„Du wirst uns bald für längere Zeit nicht mehr besuchen können“, hob der Vater zu sprechen an. Sein Blick ruhte liebevoll auf Johannes.

„Und Friedrich“, über seine Züge huschte ein verächtliches Grinsen, „Friedrichs Sohn schleicht ständig um unser Haus herum. Wahrscheinlich spioniert er für diesen Polizisten aus Kirn.“

Johannes nickte.

„Aber danke für die Angel. Wenn ich sie morgen früh mitnehmen darf, werde ich sie gleich probieren.“

„Was ist passiert?“, wollte Johannes wissen.

„Es besteht keine Gefahr“, beruhigte ihn der Alte sofort. „Die Polizei war noch nicht wieder da. Und auch Friedrichs Sohn wird nichts zu berichten haben. Aber ich habe mich beim Nagel, dem großen Abdeckermeister aus Bärenbach, für dich verbürgt. Du kannst dort anfangen zu lernen – mehr als ich dir je zeigen könnte.“

Er sah Johannes ruhig an. „Bärenbach ist weit. Dort wird die Polizei dich nicht suchen. Du sollst dich am Sonntag dort einfinden."

Der Sohn sah ihn staunend an. „Nagel ist doch auch ein Heiler – hast du das nicht einmal gesagt?"

„Das ist er. Zu ihm kommen auch die Bauern, wenn er ihre Tiere gesund machen soll. Das kann in weitem Umkreis nur der alte Nagel. Seine Knechte und Lehrlinge stellen sich dabei nicht so gut an – wie er mir selbst erzählt hat. Wer weiß: Vielleicht hast auch du diese Gabe und kannst von ihm das nötige Handwerkszeug lernen. Er mischt viele Salben selbst. Du musst mit der Waage umgehen können, viel über Kräuter, Arzneien und das Vieh lernen. Das gibt viel mehr Geld als die bloße Abdeckerei – und Ansehen bringt es dir noch dazu."

„Deshalb warst du beim letzten Besuch nicht zu Hause?"

Der Vater nickte nur. „Am besten brichst du in zwei Tagen auf und kommst vorher noch einmal für eine Nacht bei uns vorbei. Mutter möchte sich von dir verabschieden – und ich natürlich auch. Heute übernachte ich bei dir."

Am nächsten Morgen machte sich der Vater wieder auf den Weg. Johannes konnte sein Glück kaum fassen. Eine Lehrstelle beim Abdeckermeister Nagel war mehr, als er eigentlich erwarten durfte. Als Sohn eines Abdeckers war es ihm verwehrt, einen ordentlichen Handwerksberuf zu lernen. Er konnte als Knecht arbeiten oder eines Tages die Arbeit seines Vaters weiterführen. Mit viel Glück – wenn alles gut lief – gab es ja irgendwann einen kleinen Bauernhof, den er von seinen Eltern übernehmen konnte. Ob er als Sohn eines Abdeckers jemals eine Frau finden würde, stand ohnehin in den Sternen. Wahrscheinlich nicht. Das Glück seines Vaters würde sich wohl kaum bei ihm wiederholen. Und die Tochter des nächsten Abdeckers in Kreuznach? Er mochte nicht einmal daran denken, so unerträglich erschien ihm der Gedanke. Die Tochter war ein hässliches, fettes Weib, bei dem ihm sofort die Furunkel auf dem Hals und dem Brustausschnitt aufgefallen waren, als er sie vor einem Jahr zum ersten Mal gesehen hatte. Wenn er allerdings die Prüfungen beim Abdeckermeister Nagel bestanden hatte und sich vielleicht sogar auf das Heilen von Tieren verstand, sah das schon anders aus. Zwar war er dann immer noch ein Abdecker. Aber wer als Bauer eine besonders ergiebige Kuh oder gar einen guten Bullen durch Krankheit zu verlieren drohte, zahlte viel an den Mann, der das Tier heilte. Und zum Grüßen zog jeder vor einem solchen Abdecker sogar den Hut. Wenn es in seinem Leben eine Möglichkeit gab, alles zum Guten zu wenden, dann war sie jetzt gekommen. Er musste nur zugreifen. Arbeiten konnte er, so viel war sicher. Und ein gutes Händchen mit Kräutern und Waagen traute er sich durchaus zu. Der alten Krämerin aus dem Dorf hatte er beim Kräutersammeln immer gerne geholfen. Leider war die alte Frau im vergangenen Winter gestorben.

Zwei Tage nachdem sein Vater ihn verlassen hatte, brach Johannes am Nachmittag auf. Es dämmerte, als er die Kuppe des Hügels nahe dem Haus der Eltern überstieg und sich vorsichtig der Hütte näherte. Als er sie sah, wusste er sofort, dass irgendetwas nicht stimmte. Er ging im Schutz der Bäume langsam weiter. Richtig: Die Türen des Hauses standen offen, genauso die Türen des Stalls. Aber halt, er irrte sich. Erschrocken blieb Johannes stehen. Die Türen standen nicht einfach nur offen. Sie waren zerstört, hingen zerbrochen in ihren Angeln. Jemand hatte sie eingetreten. Er ging weiter, sah jetzt, wo er näher kam, noch mehr, was nicht so war, wie es sich gehörte. Überall auf dem Grundstück lagen Holz und Steine herum. Aber auch hier irrte er sich. Das waren keine Steine. Er sah Scherben, Scherben des Geschirrs aus ihrer Küche. Und das Holz: Das waren die Beine der Stühle aus dem Haus. Nun erkannte er auch einige Töpfe und zerbrochene Krüge. Aber was war mit den Eltern geschehen? Johannes vergaß alle Vorsicht und rannte die letzten Schritte bis zum Haus. Als er vor dem Eingang stand, zögerte er. Er sah einen Schatten am Tisch sitzen, gebeugt, den Kopf gesenkt. Das musste sein Vater sein. Er drehte nicht einmal den Kopf, als Johannes den Raum betrat. Irgendetwas hielt er in den Händen. Johannes konnte es nicht sofort in der Dunkelheit, die in der Hütte schon herrschte, erkennen. Dann sah er die Angel, die er dem Vater geschenkt hatte. Sie war zerbrochen – und der Vater versuchte ganz offensichtlich, sie mit einem Stock und etwas Band zu reparieren.

„Vater!"

Der alte Mann hielt in seiner Bewegung inne. Ganz langsam drehte er sich um. „Johannes. Gut, dass du gekommen bist. Sie haben deine Angel zerbrochen."

„Sie haben noch mehr zerbrochen", stieß Johannes wütend hervor. Erst jetzt sah er das Ausmaß der Zerstörungen im Haus. Die wenigen Möbel, die sie hatten, waren zertrümmert. Überall lag Holz und zerschlagenes Geschirr am Boden.

„Das haben sie", entgegnete der Vater. „Aber das Haus: Das Haus steht noch. Das haben sie uns gelassen. Und der Ofen wird auch noch funktionieren."

Für einen Augenblick sah er seinen Vater verblüfft an. „Waren das die Franzosen?"

„Natürlich, wer sonst?" Der Alte fummelte immer noch ungeschickt an der zerbrochenen Angel herum.

„Hatten die Soldaten keine Offiziere dabei, keinen Mann, der sie ..."

Johannes' Vater spuckte auf den Boden. Er sagte aber nichts.

„Wo ist Mutter?", wollte Johannes wissen.

Der Vater antwortete nicht. Er starrte ins Leere. Aber seine Finger an der Angel ruhten plötzlich.

Angst stieg in Johannes auf. „Wo ist Mutter?", wiederholte er seine Frage.

Der Alte sagte immer noch nichts.

„Vater!"

„Sieh dich um. Vielleicht kannst du etwas für sie tun."

Johannes hörte ein leises Stöhnen. Er wirbelte herum. Seine Mutter lag in einer Ecke des Raumes auf einem Strohlager, dort, wo einmal ihr Bett gestanden hatte, zwischen zahllosen Holztrümmern. Sein Vater musste ihr notdürftig ein provisorisches Lager gerichtet haben. Sie lag unter so vielen Decken, dass Johannes sie bisher überhaupt nicht gesehen hatte. Wieder stöhnte sie leise.

Johannes stürzte in ihre Richtung und warf sich auf die Knie. Sie zitterte – dabei konnte sie unter den vielen Decken unmöglich frieren. Ganz langsam bewegte sie den Kopf und sah ihn an.

„Mutter, was haben sie mit dir gemacht, was ...?"

Sie schloss die Augen, öffnete sie aber sogleich wieder.

Er verstand. „Möchtest du trinken? Etwas essen?"

Sie schüttelte ganz leicht, kaum zu erkennen, den Kopf.

„Gibt es jemanden, der dir helfen kann? Jemanden, den ich für dich holen soll?"

Wieder verneinte sie.

Er schob ganz sanft einen Arm über die Deckenberge, die sie zudeckten. Dann drehte er sich langsam auf Knien zu seinem Vater um. „Sie kann nicht sprechen?"

„Sie hat geschrien – so lange, bis einer der Männer sie gewürgt hat. Er hat so lange zugedrückt, bis sie still war. Und selbst da wollten sie nicht von ihr lassen. Mich haben sie festgehalten und geprügelt. Ich konnte nichts tun." Er schluckte und machte eine Pause. „Als Mutter still war und ihre Augen zu, dachte ich: Jetzt ist sie tot, jetzt ist es vorbei. Aber sie hat ihre Augen wieder aufgemacht – bald nach dem Abzug dieser Bestien." Er sah seinen Sohn mit traurigen Augen an. „Sie ist versorgt. Ich habe getan, was ich tun konnte. Nun können wir nur noch hoffen."

Johannes gab seiner Mutter ganz sanft einen Kuss auf die Stirn. Ein dankbarer Blick streifte ihn. Dann stand er auf und sah seinen Vater an.

„Die Kuh, die Schweine, die Hühner: alles weg?"

„Sie haben alles mitgenommen. Nur der treue Joshua ist uns geblieben. Zum Glück stand er auf der Weide oben am Wald. Aber selbst unsere Vorräte haben sie auf ihren Wagen geworfen und mitgenommen."

„Aber das dürfen sie nicht."

Sein Vater warf ihm nur einen fragenden Blick zu – und Johannes hatte für einen kurzen Augenblick wieder das Gefühl, ein kleiner Junge zu sein, ein kleiner Junge, der etwas sehr Dummes gesagt und sich damit vor den Erwachsenen blamiert hatte.

„Sie haben uns nicht einmal die Angel gelassen", stellte der Alte fest.

Johannes nickte. „Ich helfe dir aufräumen", sagte er nur.

Der Vater machte mit dem Arm eine wegwerfende Bewegung. „Ruh dich lieber aus. Du hast morgen eine anstrengende Reise vor dir. Ruh dich aus und schlaf. Genau das sollten wir alle möglichst bald. Schlafen. Und dabei alles vergessen."

4. Kreuz-Zehn

♣

Am nächsten Morgen, noch vor der Dämmerung, brach Johannes auf.

Er sah den Abdeckerbetrieb schon von Weitem, als er über die Hügel nach Bärenbach wanderte, die große Halle am Bach, den Hof und die angrenzenden Häuser. Er hätte niemals gedacht, dass ein Schinder, wie die Abdecker auch genannt wurden, einen so großen Betrieb haben konnte. Eine Kutsche überholte ihn, als er den Betrieb auf der Landstraße fast erreicht hatte. Auf dem offenen Wagen lagen mehrere tote Kühe. Aus dem kleinen Dorf, das er eben passiert hatte, kamen die sicher nicht. Aber er konnte sich schon vorstellen, dass der Abdeckerknecht, der auf dem Kutschbock saß, die Kadaver von weit her, bestimmt auch aus Kirn, holte. Ein leichter Wind kam von vorn und trug den Gestank toter, vergehender Tiere zu ihm herüber, wie Johannes ihn nur zu gut vom elterlichen Hof her kannte.

Als er den Hof der Schinderei betrat, stand der Karren mit den Viehkadavern bereits vor der Halle. Der Knecht, ein großer Mann mit breiten Schultern, einem dicken, fleischigen Hals und einem platten Gesicht, war vom Kutschbock gesprungen und zog die Bretter an der Seite des Wagens beiseite, um die Kadaver besser abladen zu können. Johannes schritt, einen lauten Gruß rufend, auf ihn zu und erkundigte sich, wo er sich zum Arbeitsbeginn melden sollte. Der Knecht musterte ihn aufmerksam und ließ langsam ein schweres Brett, das er in den Händen hielt, zu Boden sinken.

„Du bist der Bückler, der Hannes?"

Johannes nickte.

„Der Oberknecht hat dich schon angekündigt. Dein Vater ist Schinder?"

Johannes nickte wieder. Damit wusste der Knecht, dass er ihm zumindest am Anfang nicht allzu viel erklären musste.

„Ich heiße Karl, Karl Stein und bin Hauptknecht bei Meister Nagel. Dann fass mal mit an."

Schon löste auch Johannes ein Brett aus der Verankerung am Karren und warf es zu Boden. Anschließend fuhren sie den Wagen in die Halle, wo sie die Kadaver mit langen Eisenstangen, an deren Enden sich Haken befanden, vom Wagen zogen.

Kurz vor dem Abend wurde er dem Oberknecht vorgestellt. Er leitete den Betrieb, während Meister Nagel, der noch andere Abdeckereien im Umland betrieb, in Bärenbach selbst wohnte und sich nur gelegentlich im Betrieb sehen ließ.

Es dauerte drei Tage, bis Johannes ihn zum ersten Mal sah, einen großen, dicken Mann mit einem runden Gesicht, einem schmalen, schwarzen Vollbart und schwarzen Haaren. Er gab Johannes nicht die Hand, als er vor ihm stand.

„Du bist Hannes, der Sohn vom alten Bückler?“

Johannes nickte.

„Ich kenne deinen Vater noch von früher. Er hat sich für dich verbürgt. Sagt, du kannst arbeiten.“ Er musterte Johannes. „Ein bisschen an Kraft könnte es dir allerdings fehlen“, bemerkte er kritisch.

Johannes war nicht klein und hatte sich bisher auch nicht für schwach gehalten. Trotzdem überragten ihn Meister wie Knecht um eine Kopfeslänge und hatten zudem sehr viel breitere Schultern.

„Das wird schon“, beeilte sich der Knecht an seiner Seite zu sagen. „Er stellt sich gut an und die Muskeln werden schon noch wachsen. Wir haben hier etwas mehr zu tragen und zu schneiden als er bei seinem Vater – nehme ich jedenfalls an.“

„Das haben Sie“, pflichtete ihm Johannes bei und spürte schmerzhaft die Muskeln in seinen Armen.

„Dein Vater sagte, du kennst dich mit Kräutern aus? Er könnte sich vorstellen, dass du geschickt Salben und Arzneien anrührst und mir dabei zur Hand gehst? Du hast in der Vergangenheit schon oft einer Kräuterfrau geholfen?“

Johannes spürte, wie sich der Knecht neben ihm versteifte und ihn mit einem scheelen Seitenblick bedachte. Das schien ihm neu zu sein. Ein anderer Knecht, der nicht weit von ihnen arbeitete und ihr Gespräch hören konnte, warf ihm einen abschätzenden, fast offen feindseligen Blick zu. Doch darum konnte sich Johannes jetzt nicht kümmern. Er nickte eifrig.

„So jemanden kann ich gut brauchen.“ Er warf Johannes ein aufmunterndes Lächeln zu. „Du kannst mir morgen helfen – und dann immer wieder an einem Tag in der Woche. Salben werden in Bärenbach gemacht, am anderen Ende des Ortes in dem großen, roten Haus. Die Holztür ist grün. Du kannst es nicht verfehlen. Sei am Morgen pünktlich.“

Wenig später rollte die Kutsche des Abdeckermeisters wieder vom Hof. Johannes freute sich. Er freute sich auf den kommenden Tag, auf diese einmalige Möglichkeit, die sein Leben erhellte, und die Tatsache, dass er in Zukunft so viel Spannendes lernen konnte. Nur das Verhältnis zum Knecht, für den er in der Halle arbeitete, hatte sich plötzlich abgekühlt. Johannes ahnte, dass seine neue Arbeit ihm und den anderen Knechten nicht passte. Schade. Er hatte gerade begonnen, sich mit ihm und den anderen Männern anzufreunden. Aber damit musste er zurechtkommen. Er war fest entschlossen, durch gute Arbeit an den anderen Tagen trotzdem ihre Anerkennung zu gewinnen.

Als er am nächsten Morgen die grüne Tür des Hauses am Ortsausgang von Bärenbach öffnete, betrat er eine andere Welt. Schon im Flur hingen getrocknete Kräuter von der Decke und an den Wänden. Der Geruch von Lavendel schlug ihm entgegen, wechselte einige Meter weiter in den Geruch von Kamille. Johannes atmete voller Genuss ein. Das war eine Welt, die ihm gefiel. Er betrat einen Raum am Ende des Flures. Ein junger Mann, kaum älter als er, und zwei Frauen saßen an Tischen. Sie trugen weiße Kittel. Dass jemand weiße Kleidung trug, hatte er noch nie gesehen. Während der Mann und eine der Frauen Kräuter in Mörsern zerstampften, notierte die andere Frau fein säuberlich Zahlen in einer Liste. Eine Tür im hinteren Teil des Raumes ging auf und Meister Nagel trat in einem weißen Kittel hindurch.

„Ah, unser neuer Lehrling", begrüßte er Johannes.

„Meister Nagel." Johannes nickte zur Begrüßung. Irgendwie wusste er, dass der Meister ihm auch jetzt nicht die Hand geben würde.

„Du wirst in Zukunft jeden Samstag hier arbeiten. Am Sonntag, nach der Kirche, darfst du auch hierherkommen. Wie alle guten Christen", er warf Johannes einen prüfenden Blick zu, „arbeiten wir selbstverständlich nicht an einem Sonntag. Aber es gibt hier seit vielen Jahren die Möglichkeit, über Salben, Kräuter und Tinkturen zu reden. Die Gesellen tauschen sich aus, man kann Zahlen vergleichen, vielleicht auch das eine oder andere

Rezept notieren. Ich als Lehrling würde diese Gelegenheit nutzen. Aber den Sonntag hast du frei. Das musst du selbst entscheiden."

Johannes nickte eifrig. Er wusste schon jetzt, wo er seine Sonntage in Zukunft verbringen würde – abgesehen von den wenigen Wochenenden, an denen er seine Eltern besuchen wollte.

„Von Montag bis Freitag", fuhr der Meister mit strenger Stimme fort, „arbeitest du natürlich wie gehabt in der Schinderei für den Hauptknecht Stein und die anderen Männer."

Wieder nickte Johannes eifrig. Den Meister schien es zu freuen. Er schenkte ihm ein gütiges Lächeln.

„Und nun wird dir der Geselle Kunz deinen Arbeitsplatz zeigen. Wenn du an den Samstagen hierherkommst, kannst du dich gleich dorthin begeben und mit deiner Arbeit fortfahren – so lange, bis Geselle Kunz dir eine neue Aufgabe zeigt."

Der Mann im weißen Kittel stand sofort auf und sah Meister Nagel an. „Die Kräuterkammer?"

Der Meister nickte.

Schon stapfte der Geselle los, ging durch die Tür, durch die kurz zuvor der Meister den Raum betreten hatte. Johannes folgte. Sie marschierten durch einen weiteren Flur, durchquerten ein Zimmer und traten dann in eine größere Halle. Noch viel mehr Kräuter als im Eingangsflur hingen hier von den Wänden und den Balken an der Decke herab. Überall im Raum standen Säcke, gefüllt mit getrockneten Pflanzen, die auch in den hölzernen Regalen an den Wänden lagerten. Die Luft war trocken und stickig. Der Geruch von Jasmin schlug ihm entgegen und nahm ihm beim Betreten des Raumes fast den Atem. Sie gingen einige Schritte weiter und ein scharfer Geruch, den er nicht kannte, stieg in seine Nase. Er musste niesen. Der Geselle blieb stehen und lachte.

„Darf ich fragen, wonach es hier riecht?", wollte Johannes wissen.

„Du darfst nicht nur, du sollst", lächelte der Geselle immer noch. „Und ich war gespannt darauf, ob du hier niesen würdest. Selbst der Meister verträgt diesen Geruch nicht gut. Was deine Nase reizt, ist der Bergwegebreit. Du kennst ihn vielleicht auch unter dem Namen Fallkraut. Wir hier bezeichnen ihn allerdings als Arnika."

Johannes nickte ehrfürchtig und musste abermals niesen.

„Komm", schlug der Geselle vor, „vielleicht sollten wir uns einen anderen Platz suchen."

Er ging zügig weiter auf einem schmalen Weg, der von den zahllosen Säcken, die am Boden standen, gebildet wurde und sich durch die Halle schlängelte. Vor einem breiten Tisch, auf dem eine Waage stand, blieb er stehen. „Hier wirst du arbeiten", kündigte er an.

Johannes' Aufgabe war es von nun an, Kräuter, die er in den Säcken fand, abzuwiegen, zusammenzubinden und in die Regale zu sortieren oder unter die Decke zu hängen. Jedes Kraut hatte in dieser großen Halle seinen Platz. Er war im dicken Lagerbuch notiert, das der Geselle ihm wenig später brachte. Johannes konnte weder lesen noch schreiben. Dieses Problem teilte er mit den meisten Lehrlingen, die jemals bei Meister Nagel angefangen hatten. Und deshalb gab es eine Lösung: Nach der Arbeit am Samstag blieb er zusammen mit einem der Gesellen noch im Haus, um sich in die Geheimnisse der Zahlen und Buchstaben einweisen zu lassen. Das, was er dabei lernte, hatte er an den Abenden der anderen Tage zu üben. Zunächst aber musste er sich die Plätze der Kräuter so gut merken, wie er konnte. Vergaß er sie einmal, konnte er entweder versuchen, sie wiederzufinden, wobei ihm mehr als einmal der Geruch der Pflanzen half, oder er musste den Gesellen danach fragen, was ihm jedes Mal einen missbilligenden Blick einbrachte. Außerdem war es seine Aufgabe, die gebundenen Kräuter im Lagerbuch einzutragen – was auch schon leicht möglich für ihn war, als er noch nicht lesen und schreiben konnte. Ein Strich war ein

Bund und der musste jeweils möglichst genau eine Unze wiegen. Die Gewichte dafür lagen bei der Waage. Hatte er zwölf Unzen zusammen, nannte der Geselle das ein Pfund – obwohl es, wie Johannes schätzte, deutlich weniger wog als das, was Johannes bisher als Pfund bezeichnet hatte. Die Kräuter fand er in den Säcken. An seinem ersten Tag in Meister Nagels Haus begann Johannes mit Lavendel.

Die Arbeit ging ihm gut von der Hand. Er war schnell und stellte sich geschickt an – wohl auch geschickter als die meisten Lehrlinge, die sich zuvor an dieser Arbeit probiert hatten. Er war stolz, als er den zweiten Sack Kräuter geleert hatte und ging, um sich einen neuen zuweisen zu lassen. Der Geselle stutzte und begann dann ausgiebig, Johannes' bisherige Arbeit zu kontrollieren. Als er alles so vorfand, wie es sein sollte, erhielt dieser sein erstes Lob. Es sollte nicht das letzte sein. Auch beim Lernen der Buchstaben und Zahlen am Abend stellte er sich gut an.

In den folgenden Wochen lernte er schnell – in der Kräuterhalle wie auch beim Schreiben. Es dauerte nicht lange und er konnte erste Worte lesen und schreiben. Hier fühlte er sich glücklich. Anders war es in der Abdeckerei, wo ihn die Männer auffällig mieden. Bald hörte er erste abfällige Bemerkungen über sich in den Gesprächen der anderen, mit denen er auch die Unterkunft während der Nacht teilte. Er musste mit ihnen auskommen – so gut es eben ging. Und so arbeitete er umso härter, sprach wenig, klagte nie und erwarb sich so in den nächsten Wochen zwar keine Beliebtheit, dafür aber so viel Respekt, dass die Bemerkungen wieder verstummten.

Der Krieg kam im Winter zur Ruhe, schon bald nachdem Johannes im Wald das Gefecht mit den Husaren erlebt hatte. Mainz wurde nicht mehr von den Franzosen belagert. Den Österreichern war ein vollständiger Sieg gelungen, der sie wohl selbst überraschte. Bei ihren Ausfällen aus der Stadt beendeten sie nicht nur die Belagerung. Die Franzosen hatten sich überraschend, teilweise in wilder Flucht, zurückgezogen. Es gelang den Kaiserlichen, sie über Ingelheim bis Bingen und über Oppenheim bis Alzey zurückzudrängen. Erst dort waren sie wieder auf starken Widerstand gestoßen. Ein Waffenstillstand beendete die Kämpfe vorerst.

Der Abdeckerbetrieb hatte immer weniger zu tun. Einmal abgesehen von den Bauern, die ihr Vieh vor den Franzosen hatten verstecken können, gab es nur noch wenige große Landwirte, die noch Rinder, Schafe oder Pferde besaßen – mit ausdrücklicher Genehmigung der Franzosen, die natürlich auch an Butter, Milch und Wolle interessiert waren. Die Pferde, die immer wieder bei der französischen Kavallerie abzuholen waren, konnten den Rückgang bei der Zahl der toten Rinder nicht ausgleichen. Meister Nagel ließ diese Arbeit meist von seinen kleineren Niederlassungen in den Dörfern, die näher bei den französischen Lagern waren, erledigen.

Der erste Schnee fiel erst spät in diesem Winter, blieb dafür aber bis lange in den Frühling liegen. Einmal besuchte Johannes seine Eltern. Seiner Mutter ging es besser. Sein Vater hatte Möbel und Haus repariert. Aber auch für ihn gab es kaum Arbeit, sodass Johannes' Eltern hungerten und auf Almosen der Bauern angewiesen waren. Johannes sparte das wenige Lehrgeld, das er erhielt, um es den Eltern bei seinem nächsten Besuch zu geben.

Im Sommer durfte Johannes zum ersten Mal allein das Lagerbuch für die Kräuter führen. Am Abend dieses Tages ging er aus. Der Geselle aus der Kräuterhalle heiratete – und hatte Johannes zu seiner Hochzeit eingeladen. Sie fand in Kirn statt. Als Johannes nach dem Gottesdienst den Saal des Gasthofes am Ortsrand der Stadt betrat, drängten sich hier schon die Gäste. Er fand seinen Platz ganz am Rande des Saals, zusammen an einem Tisch mit zwei Knechten aus dem nagelschen Betrieb, die ebenfalls in der Kräuterhalle arbeiteten, einer alten Frau, die regelmäßig dort sauber machte, und einem alten Knecht, den Johannes noch niemals zuvor gesehen hatte. Seine Augen wanderten zum Gesellen, der an diesem Tag heiratete. Johannes hatte ihn schon in der Kirche kaum erkannt – so ungewohnt sah er in seinem schwarzen, festlichen Anzug aus. Neben ihm saß die Braut in einem schwarzen Kleid, wie es die Frauen als Sonntagstracht auch bei den Kirchgängen trugen. Stolz sah er aus, wie Johannes fand, stolz und zufrieden. Und stolz blickte er auch immer wieder die Braut an – eine füllige, etwas streng blickende Frau, die Johannes nicht besonders hübsch fand, die aber – wie er dachte – recht gut zum Gesellen passte. Die Türen zum Saal öffneten sich, das Essen wurde hereingetragen und von emsigen Helfern der Gaststube auf den Tischen verteilt. Johannes ließ seinen Blick über die Besucher in der Halle gleiten. Er kannte kaum einen der Gäste. Die älteren Herrschaften rechts und links unmittelbar neben dem Brautpaar waren ganz sicher die Eltern. Nicht weit davon sah er Meister Nagel mit seiner Gattin sitzen. Er sah den Oberknecht, aber sonst keinen Mann aus der Abdeckerei. Direkt vor dem Tisch des Brautpaares, in der Mitte des Saales, befand sich eine größere freie Fläche. Hier würden später, nach dem Essen, die Hochzeitsgäste tanzen. Johannes tanzte gern, auch wenn es bisher in seinem Leben nur selten Gelegenheit dazu gegeben hatte. Aber die wenigen Male – beim Erntedankfest in Kreuznach, bei einer Hochzeit in Hochstätten – hatte es ihm immer großen Spaß gemacht. Einige Schritte hatte ihm die Mutter gezeigt. Der Rest ergab sich aus der Musik, zu der sich Johannes schnell zurechtzufinden verstand. Ihm fast gegenüber war ein Teil der Wand des Saales frei von den Bänken und Tischen der Hochzeitsgäste. Dafür stand dort ein Klavier, daneben drei Stühle und ein kleiner Tisch. Das war der Platz für die Musikanten. Er freute sich schon auf die Musik. Ob er an diesem Abend aber zum Tanzen kam, hing vor allem davon ab, ob es Mädchen gab, die er auffordern konnte und die sich von ihm auffordern ließen. Hier war für ihn vieles anders als in Kreuznach oder

Hochstätten, wo er viele der jungen Leute zwanglos kannte, wo sich niemand darum scherte, wen ein Johannes Bückler zum Tanzen aufforderte und wen nicht. Hier kannte er kaum jemanden, vor allem niemanden in seinem Alter. Und er konnte unmöglich die junge Frau eines gestandenen Handwerksgesellen oder Bauern zum Tanz auffordern. Er ließ seinen Blick weiter durch den Raum gleiten. Dort hinten, an der Wand hinter dem Brautpaar, saß eine größere Gruppe junger Leute an einem Tisch. Zu ihnen würde er sich setzen, wenn sich die Tischordnung nach dem Essen allmählich auflöste. Dort würde er wahrscheinlich schnell neue Freunde, zumindest für den Abend, finden. Vor Johannes stand mittlerweile ein gefüllter Becher mit Wein. Aus dem Augenwinkel sah er, wie der Bräutigam langsam aufstand. Die Gespräche verstummten, erwartungsvolle Blicke richteten sich auf den frisch Vermählten im schwarzen Anzug, der mit wenigen Worten die Gäste begrüßte und die Hochzeitsfeier eröffnete. Leises Gemurmel begann, als er sich wieder setzte. Johannes nahm einen Schluck Wein – und hörte den ersten Ton der Geige, deren Klang er in seinem Leben niemals wieder vergessen würde. Die Musiker hatten ihre Plätze eingenommen. Johannes wandte seinen Blick in ihre Richtung. Das Klavier antwortete der Geige mit einigen kurzen Tönen, worauf erneut die Geige und kurz darauf eine zweite erklang. Die Töne passten zueinander. Da gab es nichts mehr zu stimmen und an den Wirbeln zu drehen. Die Instrumente schwiegen wieder. Und Johannes war verzaubert, verzaubert von der jungen Frau mit der Geige. Er konnte seinen Blick nicht mehr von ihr lassen. Er glaubte zu träumen. Sie saß da, aufrecht, in einem himmelblauen Kleid, nur den Kopf mit den langen, roten Haaren und den wilden Locken leicht geneigt, das Instrument zwischen Schulter und Kinn, schon ganz in der Vorfreude auf die ersten Töne des Stückes, das sie gleich spielen würde, versunken, und hob die Hand, um den Bogen über die Saiten gleiten zu lassen. Die Bewegung ihrer Hand und ihres Armes – so gleichmäßig, kraftvoll und zart zugleich – war nicht weniger schön als der Ton, der im selben Augenblick erklang. Wie gebannt sah Johannes die junge Frau an, beobachtete, wie sie den Bogen über die Saiten führte, und dem Instrument eine Melodie entlockte, die ihn berührte, wie es noch niemals zuvor bei einem Lied geschehen war. Er wusste nicht, was schöner war: der Anblick der Bewegungen ihres Armes, mit denen sie den Bogen über die Saiten führte, oder die Melodie, die dabei erklang.

Ein kurzer Stoß in die Rippen riss Johannes aus seiner Betrachtung.

Plötzlich war alles, was er zuvor für einen kurzen Augenblick ausgeblendet hatte, wieder da: das Gemurmel der anderen Hochzeitsgäste, die Gespräche in unmittelbarer Nähe, die dampfenden Speisen vor ihm und der Nachbar direkt rechts neben ihm.

„Isst du nichts?"

Johannes schloss für einen kurzen Moment die Augen. Da war immer noch die Geige, immer noch die Melodie. Zum ersten Mal nahm er jetzt die zweite Geige und das Klavier dazu überhaupt wahr. Er öffnete die Augen wieder. Er drehte sich nach rechts und erblickte den alten Knecht, den er nicht kannte.

„Willst du gar nichts essen? Sieh: das Fleisch. Da hat sicher Meister Nagel seinem Gesellen etwas Gutes tun wollen. So etwas Gutes bekommen wir bestimmt ein Jahr nicht wieder zu essen. Gerade in diesen Zeiten." Er grinste fröhlich, streckte Johannes seine Hand entgegen und murmelte seinen Namen, während er gleichzeitig mit der anderen Hand ein Stück Fleisch in den Mund schob und dann mit einem kräftigen Schluck Wein nachspülte.

„Ich bin Johannes", ergriff dieser die Hand. „Und danke der Nachfrage: Ich komme schon zurecht." Während Johannes einige Stückchen Kohl auf seinen Teller schob, sah er aus dem Augenwinkel, wie sich sein Tischnachbar zufrieden einem weiteren

Bissen widmete. Johannes wandte sich wieder der Kapelle zu. Neben der jungen Frau, deren Spiel Johannes bereits so begeistert beobachtet hatte, saß eine zweite. Sie sah ihr so ähnlich, es musste ihre Schwester sein. Hinter dem Klavier thronte ein älterer, wohlbeleibter Mann mit braunem Backenbart. Seine kleinen Augen huschten abwechselnd über die Tasten, wobei sie vergnügt aufblitzten, und über sein Publikum, wobei er leicht die Augen und den Kopf senkte, sowie über die beiden jungen Frauen, bei deren Anblick sich seine Augen argwöhnisch verengten – so als rechne er jederzeit mit falschen Tönen. Doch davon konnte keine Rede sein. Es war eine ruhige, traurige Melodie. Die junge Frau – auf der Johannes' Blick jetzt wieder ruhte – führte den Bogen immer noch so grazil, so sicher, dass für Johannes die Schönheit der Bewegung und der Musik vollkommen miteinander verschmolzen. Er hatte noch nie etwas so Wundervolles gesehen und spürte verwirrt, wie ihm Tränen in die Augen stiegen. Sein Tischnachbar, der alte Knecht, kam ihm plötzlich in den Sinn. Er konnte als erwachsener Mann unmöglich hier, vor den Knechten, in Tränen ausbrechen – und sei es vor Rührung oder Freude. Er presste die Lippen aufeinander, sah aber aus dem Augenwinkel, dass sein Tischnachbar nur noch Augen für die Speisen und den Wein auf dem Tisch zu haben schien. Johannes' Blick glitt wieder zur Kapelle, zu der jungen Frau, die in diesem Augenblick ihren Kopf ein wenig hob und ihn direkt ansah. Zunächst ein bisschen forschend. Dann öffnete sich ihr Blick und sie lächelte. Und Johannes lächelte zurück. In diesem Moment endete das Spiel und das Band zwischen ihnen zerriss. Die junge Frau hob den Blick, das Gesicht, schaute den Mann am Klavier an und stand zusammen mit ihm und der zweiten Musikerin auf. Die Hochzeitsgäste klatschten, auch Johannes applaudierte. Und noch während er das tat, setzten sich die Musiker wieder und begannen ein zweites Lied aufzuspielen, fröhlicher, beschwingter und weniger traurig als das Stück zuvor. Johannes aß und trank, unterhielt sich mit dem alten Knecht und auch dem Knecht zu seiner linken, klatschte und lachte. Und während die Musikanten Stück um Stück spielten, hatte er doch nur Augen für die junge Frau mit der Geige, zu der sein Blick immer wieder hinüberhuschte. Von dem alten Knecht erfuhr Johannes, dass es sich bei den Musikern um einen Vater mit seinen beiden Töchtern handelte, die häufig in Kirn und Umgebung aufspielten. Bald war das Essen zu Ende, der Brauttanz folgte, dem sich schon bald darauf die ersten Tänzer unter den Gästen anschlossen. Die Eltern des Brautpaares waren die Ersten, die auf Braut und Bräutigam folgten, dann kamen Meister Nagel und seine Frau und viele Gäste, die Johannes nicht kannte. Bald darauf machten die Musikanten eine Pause, kaum dass den Tänzern so richtig warm geworden war. Johannes war gerade aufgestanden, um sich an den Tisch der jungen Leute auf der anderen Seite des Saals zu setzen, als er sah, wie die junge Frau ihre Geige beiseitelegte und zusammen mit Vater und Schwester aufstand. Wenn sie sich nun zu einem Tisch begab, um etwas zu essen oder ein Glas Wein zu trinken, konnte er sich vielleicht dazusetzen und sie ansprechen, schoss es Johannes plötzlich durch den Kopf. Im selben Augenblick fing sein Puls an zu jagen. Er blieb stehen, um zu sehen, wohin die Frau ging. Noch stand sie neben der Schwester und unterhielt sich unschlüssig mit ihr, während der Vater vom Wirt aufgehalten wurde. Wie schön sie war. Jetzt, wo sie stand, fiel ihm ihre Schönheit noch mehr auf, die roten Haare, die auf das blaue Kleid fielen, die Anmut, mit der sie jetzt einen kleinen Schritt auf ihre Schwester zumachte. Und wenn sie sich nun tatsächlich an einen freien Platz im Saal setzte? Was sollte er dann überhaupt sagen? Johannes fiel nichts ein – und dabei wurde sein Puls noch ein bisschen schneller. Er wischte den Gedanken daran fort. Irgendetwas würde ihm schon einfallen. Bisher war er noch nie um eine Gesprächseröffnung verlegen gewesen. Beiläufig wunderte er sich über seinen Mund, der plötzlich staubtrocken geworden war, und sah auch schon, wie der Vater sich jetzt vom Wirt löste und auf die beiden jungen Frauen zuging. Wohin würden sie sich jetzt wenden? Er musste abwarten. Nicht weit vor ihnen war ein Tisch an der Wand frei. Sicher würden sie sich dorthin setzen. Aber nein. Jetzt führte der Vater seine Töchter zu einer Tür in der Wand. Johannes hatte sie bisher nicht einmal bemerkt. Dann öffnete er sie und führte die Mädchen hinaus. Wie angewurzelt stand Johannes immer noch im Saal inmitten der Tische, als sich die Tür vor seinen Augen wieder schloss. Gleichzeitig wusste er schlagartig: Die Geigerin war keine Frau, der er je nahe sein würde oder die er gar heiraten konnte. Keiner hier aus diesem Saal konnte das. Sie war ein Engel, vielleicht eine Frau für einen König, für einen Prinzen, aber nicht für einen armen Kerl wie ihn, der gerade eine Lehrstelle beim Abdecker Nagel bekommen hatte. Er konnte ein solches Mädchen nur bewundern. Mehr nicht. Er würde wahrscheinlich niemals auch nur mit ihr sprechen.

Zögernd trat er an den Tisch, an dem die jungen Burschen – und auch einige Mädchen – aus Kirn saßen. Ein kräftiger Kerl mit kurzen, blonden Haaren und einem vollen Gesicht reichte ihm die Hand und zeigte auf einen Platz am Tisch, ihm direkt gegenüber. Er hieß Johann.

Er schien schon einiges getrunken zu haben und grinste breit, als Johannes sich setzte.

„Hab dich beobachtet", stellte er laut fest, als Johannes saß. „Dir gefallen die Mädchen aus der Kapelle gut. Hast sie eine ganze Weile angesehen. Ist es nicht so?"

Johannes nickte nur.

Das Grinsen des jungen Burschen wurde breiter. Er senkte vertraulich die Stimme. „Geht jedem hier so. Bist also nicht alleine. Aber zu fassen bekommst du die beiden Mädchen nicht. Dafür passt der Alte viel zu gut auf."

„Lass dir vom Johann nichts erzählen", mischte sich jetzt ein junger Kerl links von Johannes in das Gespräch. „Sag uns stattdessen erst einmal deinen Namen."

Johannes stellte sich vor und befand sich schnell im Gespräch mit den Burschen aus Kirn, bei denen es sich um entfernte Verwandte des Bräutigams und der Braut handelte. Es dauerte nicht lange, und er hatte auch schon einer Cousine des Bräutigams den ersten Tanz nach der Pause versprochen.

Dann öffnete sich wieder die Tür am Rand des Saals und die Musikanten traten in den Raum. In diesem Augenblick hatte Johannes nur noch Augen für die Geigerin. Er sah ihre Augen – und sein Herz begann erneut wie wild zu schlagen. Konnte sein, was er sah? Sofort nach dem Eintreten glitt ihr Blick durch den Saal, zu der Stelle, an der er noch vor Kurzem gesessen hatte. Suchte sie wirklich ihn? Er musste sich irren. Bestimmt musterte sie nur so das Publikum. Sicher tat sie das so nach jeder Pause. Die Schwester hatte schon wieder ihre Geige in der Hand, während sie immer noch unschlüssig im Raum stand und sich erst dann langsam auf ihren Stuhl setzte und das Instrument wieder zur Hand nahm. Johannes sah, wie ihr Blick immer noch über die Tische im Saal glitt und dann auf ihm verharrte. Er hätte jubeln können. Ihre Blicke trafen sich, sie lächelte unsicher und wandte dann die Augen ab. In diesem Moment erklang das Klavier, beide Geigen setzten ein und Johannes fühlte eine warme Hand in der seinen.

„Komm! Du wolltest doch tanzen."

Überrascht drehte er sich nach links, von wo die Stimme kam – und wusste im selben Augenblick auch wieder, wen er dort sehen würde: die Cousine des Bräutigams, die er gerade noch zum Tanzen aufgefordert hatte und die bereits aufgestanden war.

„Natürlich. Und am besten bis zum frühen Morgen."

Er zwang sich zu einem Lächeln. Und sie lachte fröhlich zurück. Schon schob sie ihn durch die Tischreihen zur Mitte des Saals, wo sich bereits zahllose Paare zur Musik im Kreise drehten. Sie tanzten bis zur Pause, in der die Musikanten wieder durch die Tür hinter ihrer Bühne aus dem Saal verschwanden.

Auch wenn Johannes bald darauf, als die Musik erneut begann, immer wieder den Anblick der jungen Frau mit der Geige suchte, gelang es ihm doch nicht noch einmal, ihren Blick einzufangen.

In der nächsten Pause, es war schon spät am Abend, verließen die drei Musiker nicht sofort den Saal, wie Johannes aufmerksam bemerkte. Der Wirt trat wieder zum Vater der Mädchen. Zwischen den beiden Männern entspann sich ein Gespräch, das – wie Johannes für sich entschied – durchaus länger dauern konnte. Die beiden jungen Frauen, die ihre Geigen längst abgelegt hatten und aufgestanden waren, sahen sich unentschlossen um und setzten sich dann wieder. Johannes saß an einem Tisch zwischen den jungen Burschen aus Kirn und erkannte die Möglichkeit sofort. Das war die Gelegenheit, das Mädchen mit der Geige vielleicht doch noch anzusprechen. In dem Augenblick, in dem ihm das bewusst wurde, begann sein Herz wieder zu rasen. Wenn er sie ansprechen wollte, musste er es jetzt tun. Er würde nur diese eine Chance haben. Und er musste schnell sein. Wer wusste, wann der Vater das Gespräch mit dem Wirt beenden würde. Er atmete tief ein. Johann, der entfernte Cousin des Bräutigams mit dem vollen Gesicht, der ihm gegenübersaß und schon mehr als genug getrunken hatte, schien denselben Gedanken gehabt zu haben. Er wuchtete sich bereits mühsam in die Höhe, grinste Johannes breit zu und wankte durch die Halle auf die beiden Mädchen zu. Sein Ziel war allerdings nicht die junge Frau, die Johannes anhimmelte, sondern deren Schwester. Noch während er unterwegs war, sah Johannes das Unheil kommen. Der betrunkene Bursche baute sich vor der jungen Frau auf, worauf ihm diese einige scharfe Worte zuwarf, die Johannes nicht verstehen konnte, und sich wegdrehte. Es folgte ein strafender Blick von Vater und Wirt – und der arme Kerl kam auch schon zurück zum Tisch geschlichen. Jetzt stand Johannes auf. Wollte er nicht eine ähnliche Abfuhr erhalten, musste er sich etwas einfallen lassen. Sein Blick fiel auf den Bräutigam. Nicht weit von ihm standen noch einige leere Becher auf dem Tisch, daneben ein Krug mit Wein. Mit wenigen Schritten hatte Johannes zwei der Becher in der Hand, füllte sie mit Wein und war im nächsten Moment beim Bräutigam.

„Eine wunderschöne Hochzeit", verbeugte er sich knapp. „Ein hervorragender Wein und eine äußerst gelungene Musik. Darf ich den beiden Musikerinnen in Ihrem Namen einen Becher mit Wein bringen?"

„Nur zu. Hier soll niemand Durst leiden", forderte ihn der Bräutigam auf.

Schon war Johannes auf dem Weg und durchquerte mit beiden Bechern in den Händen den Saal. Die Frau, die eben noch den betrunkenen Burschen zurückgewiesen hatte, erblickte ihn als Erste. Ihr Blick verhieß nichts Gutes. Noch bevor Johannes die beiden Frauen erreicht hatte, wies sie ihre Schwester auf ihn hin. Diese drehte sich um, hatte ihn auch schon mit ihren Augen erfasst – die sofort zu strahlen begannen. Johannes erwiderte ihr Lächeln. Noch drei Schritte, dann war er bei ihnen.

In diesem Moment ertönten mehrere Akkorde des Klaviers, hämmerten eine Polka mächtig und laut durch den Raum. Die beiden Frauen rissen ihre Köpfe herum in Richtung des Vaters und streckten die Hände nach den Geigen aus. Die Pause war zu Ende, die Musik begann von Neuem. Und während die Geigen sich mühten, Anschluss an das zu finden, was das Klavier an Polka vorgab, stand Johannes mit seinen zwei Bechern Wein auf der Tanzfläche, auf der nun – drei Schritte vor der Bühne – die tanzenden Paare an ihm vorbeiwirbelten.

Irgendwo hinter ihm, an einem Tisch dicht vor der Wand, grinste ein betrunkener Knecht, der ihn genau beobachtet hatte, breit, während eine Cousine des Bräutigams sich bei dieser Polka gerne an seiner Seite über die Tanzfläche gedreht hätte.

Johannes ließ sich auf den nächsten freien Platz sinken und stellte beide Weinbecher vor sich ab.

„Die solltest du trinken, nicht tragen“, hörte er eine vergnügte Stimmte von links. Er drehte sich um und erblickte den alten Knecht, der schon beim Beginn der Hochzeit neben ihm gesessen hatte. Die roten Wangen und die rote Nase verrieten, dass auch dieser dem Alkohol schon mehr als genug zugesprochen hatte – und Johannes beschloss, dass es Zeit war, aufzubrechen und den langen Fußmarsch zurück nach Bärenbach anzutreten. So schnell der Entschluss gefällt war, so lange brauchte er, um sich aufzuraffen. Die Musikanten spielten ein Stück nach dem nächsten und Johannes leerte einen der Becher mit Wein. Dann stand er auf, verabschiedete sich und verließ den Saal. Das Erste, was ihm vor dem Gasthof auffiel, war die Stille, die nur vom Zirpen der Grillen und dem leisen Gespräch eines Pärchens, irgendwo links von ihm, unterbrochen wurde. Er sog tief die milde Nachluft ein und machte sich auf den Weg. Die Hände tief in den Hosentaschen vergraben, stapfte er über den Hof vor dem Gasthof. Die Musik im Inneren war verstummt. Seine Schritte wurden schneller. Er war müde, der Weg nach Bärenbach lang und am nächsten Morgen würde er schon früh zum Kirchgang aufstehen müssen. Wollte er noch etwas Schlaf in der Nacht kriegen, musste er sich beeilen. Die Ecke des Gasthofes kam näher. Er hastete weiter – und sah im letzten Augenblick den Schatten, der plötzlich um die Ecke kam und dabei nicht langsamer als er ging. Im letzten Moment riss Johannes die Hände aus den Taschen schützend in die Höhe und prallte auch schon gegen einen warmen Körper. Beide taumelten einige Schritte. Johannes hatte Mühe, auf den Beinen zu bleiben, spürte, wie der Fremde stolperte, stürzte und hielt ihn – unerwartet leicht, wie er war – mit seinen Händen auf den Beinen. Dann kamen beide zum Stehen. Johannes hielt seine Hände auf den Seiten des Fremden. Der war überraschend schmal und kleiner als er. Er schob den anderen etwas von sich weg und bemerkte erst jetzt die Haare, die auf seinen Wangen, an der Nase und seiner Stirn kitzelten. Es waren Locken und sie schimmerten im Licht der Lampe an der Gasthofwand rot. Dazu das blaue Kleid, das er jetzt erkannte ...

„Es tut mir so leid. Wir konnte ich nur so unbedacht sein? Was hätte alles passieren können?", sprudelten die Worte nur so aus ihm heraus, während er die junge Frau immer noch mit den Händen hielt.

„Ist Ihnen etwas passiert?"

Sie lächelte. Johannes sah ihr Gesicht und strahlte. In diesem Augenblick war er glücklich. Und sie strahlte zurück – und hielt ihn ebenfalls immer noch mit den Händen, wie er zufrieden bemerkte.

„Nein. Mir geht es gut", sagte sie mit warmer Stimme und sah ihn an.

Ihre Augen funkelten. „Und ich hoffe auch, dass du dich nicht irgendwo gestoßen hast."

Sie lächelte immer noch. „Ich bin Juliana. Die meisten nennen mich Julchen. Und du hast mich heute Abend sehr viel angesehen."

Johannes nickte. „Das hast du bemerkt?"

Jetzt grinste sie. „Das war kaum zu übersehen. Vor allem, als du mit den beiden Bechern Wein fast vor mir standest."

Sie sah ihn an. „Mein Vater hat ein gutes Gespür dafür, in solchen Moment zu stören. Das konnte er schon immer."

„Julchen!" Eine laute männliche Stimme dröhnte über den Hof.

„Wir packen. Ich brauche deine Hilfe."

„Siehst du?" Sie lächelte wieder und antwortete mit lauter Stimme. „Ich komme."

Dann gab sie Johannes einen Kuss auf die Wange. „Aber ich habe mich in diesem Moment nicht weniger über die Polka geärgert als du. Das darfst du mir glauben." Sie lachte. Dann war sie auch schon hinter der Ecke des Hauses verschwunden.

Johannes blieb zurück. Er schloss die Augen und strahlte. Hatte sich dieses Zusammentreffen eben tatsächlich so ereignet?

Er konnte es kaum glauben und hörte noch einmal ihre Worte in seinem Kopf, den Klang ihrer Stimme. Er drehte leicht den Kopf. Ein Hauch des Duftes ihrer Haare drang in seine Nase. Er atmete genussvoll ein. Erst danach öffnete er wieder die Augen und machte sich auf den Weg. Wieder erklang ihre Geige. Es war das Stück, das sie als Erstes an diesem Abend gespielt hatte. Aber dieses Mal war es nicht im Gasthof zu hören. Er hörte die Melodie nur in seinem Kopf – und hoffte, sie niemals zu vergessen.

5. Kreuz-Ass

♣

In der folgenden Woche wollte Johannes am Samstag nach einem kargen Frühstück gerade das Haus, in dem er mit den Knechten wohnte, verlassen, um wieder Kräuter abzuwiegen. Da vertrat ihm Karl, der Hauptknecht, den er an seinem ersten Arbeitstag kennengelernt hatte, den Weg. „Du gehst wieder zu den Kräutern?"

Johannes nickte vorsichtig. Er konnte sich nicht vorstellen, was der Mann von ihm wollte.

Karl sah ihn abschätzend an. „Es gefällt nicht jedem, was du da an den Samstagen tust."

„Ich habe nicht darum gebeten."

Der Hauptknecht spuckte vor ihm auf den Boden. Dann musterte er den Lehrling von oben herab. „Du kannst gleich zeigen, ob du zu uns gehörst. Dann wissen wir, was wir von dir zu halten haben."

Johannes sah ihn abwartend an, sagte aber nichts.

„Wohl ein Dutzend Rinder sind beim Bauern in Becherbach krepiert. Die müssen da weg, noch heute, und zwei Knechte haben sich das Fieber geholt, der Oberknecht ist mit Konrad in Kirn. Ich bin allein. Packst du mit an?"

Johannes wusste, dass er nicht nein sagen durfte. Gleichzeitig fühlte er Enttäuschung in sich aufsteigen. Er hatte sich so auf den heutigen Tag gefreut.

Der Hauptknecht musste ihm seine Enttäuschung angesehen haben.

„Einige der Kühe waren trächtig“, fügte er hinzu, so als würde er Johannes damit etwas Besonderes verkünden.

Dieser sah ihn fragend an.

„Die Häute der ungeborenen Tiere gehören dem Lehrling. Das ist Brauch bei uns – müsstest du als Sohn eines Schinders eigentlich wissen.“

Johannes zuckte entschuldigend mit den Achseln. „Klar. Ich komme mit. Und die Häute gehören wirklich mir?“

Karl grinste breit. Er wusste, er hatte sein Ziel erreicht und einen Helfer gefunden. „Die sind so gut wie bares Geld. Du kannst sie in Kirn verkaufen. Ich zeig dir, wo.“

Er schritt voran. Johannes folgte. Seine Enttäuschung war verschwunden. Er hatte keine Ahnung, wie viel Geld er mit einer Haut erzielen konnte. Aber ein Louisdor, vielleicht sogar zwei würden es schon sein. Ihm wurde ganz warm ums Herz. Damit konnte er seinen Eltern helfen – viel schneller, als er erwartet hatte. Sie konnten das Geld zurücklegen für den Winter. Oder sich vielleicht wieder ein Huhn kaufen. Wie würden seine Eltern sich freuen.

Die Arbeit war schwer. Zum Glück halfen beim Transport nach Bärenbach – sonst unüblich – der Bauer und seine Knechte, die die Kadaver so schnell wie möglich loswerden wollten. Es war schon dunkel, als sie die letzten Tiere in die große Halle der Abdeckerei warfen. Die Tiere stanken bestialisch. Und erst am folgenden Tag würden sie damit beginnen, ihnen die Haut abzuziehen. Wie weit sie dann damit kamen, Knochen und Fett für Seifen- und Leimherstellung herauszuholen, würde sich zeigen. Und dann mussten die Kadaver noch auf dem Schindanger, dem dafür vorgesehenen großen Platz, nicht weit entfernt von der Abdeckerei, vergraben werden. Zum Glück war der Knecht aus Kirn zurück und konnte ihnen helfen. Und einem der Männer mit Fieber schien es auch schon wieder besser zu gehen. Wahrscheinlich würden weitere Knechte aus den anderen Betrieben des Meisters zu Hilfe kommen.

Am nächsten Tag begannen sie schon vor der Morgendämmerung mit der Arbeit. Bis zum Abend hatten sie die Häute der Tiere in Salz eingelegt. Morgen konnten sie gewaschen werden. Johannes freute sich. Sie hatten sieben ungeborene Kälber gefunden. Die Häute wurden am nächsten Tag zum Gerbermeister nach Kirn gebracht.

Die Kadaver des Viehs waren längst auf dem Schindanger verscharrt, als eines Mittags im Sommer der Wagen des Gerbers auf den Hof der Abdeckerei rollte. Auf dem Karren lagen die zu Leder verarbeiteten Tierhäute. Johannes rannte los, in das Wohnhaus der Knechte, um die gesparten Münzen zu holen, wusste er doch, dass er zunächst den Gerber für seine Arbeit bezahlen musste, bevor er dann die Häute in Kirn verkaufen konnte. Er ließ nicht ein Geldstück liegen, steckte die Münzen in seine Tasche und stürmte zurück auf den Hof. Hier wurden bereits die kleinen Felle, die auf dem Wagen oben lagen, über den Hof zum Lager der Abdeckerei getragen. Ein komisches Gefühl beschlich Johannes, als er sah, wie seine Häute über den Hof davongetragen wurden und niemand zuvor mit ihm gesprochen oder sein Geld verlangt hatte. Aber das gehörte sich wohl so, denn wahrscheinlich war das, was ihm etwas ganz Besonderes erschien, für die anderen Knechte eine völlig normale Arbeit. Und Karl hatte ganz bestimmt schon alles für ihn geregelt. Darauf konnte er sich verlassen.

Alle Knechte standen am Karren und warteten darauf, vom Gerbergesellen Häute angereicht zu bekommen. Der Oberknecht lehnte vorn am Wagen und plauderte mit dem Kutscher. Johannes fasste sich ein Herz, ging direkt auf die beiden Männer zu und grüßte höflich.

„Ich möchte die Felle bezahlen", brachte er den beiden Männern sein Anliegen vor.

Der Kutscher sah ihn einen Moment lang verblüfft an. Seine Augen wurden groß. Dann verzog sich sein Mund zu einem Grinsen. Er sah den Oberknecht an und beide Männer lachten schallend.

„Das ist Hannes. Unser Lehrling", fasste sich der Oberknecht als Erster wieder. Der Kutscher schüttelte den Kopf vor Lachen. „Er ist manchmal etwas einfältig."

Der Kutscher nickte, so als würde das alles erklären. „Dein Geld behalte mal, Hannes", erklärte der Mann gutmütig. „Das will ich gar nicht haben."

Johannes blickte von einem Mann zum anderen. Aber er war sich seiner Sache sicher. Er musste sie nur erklären und alles würde sich regeln. Zwischen den anderen Männern erkannte er Karl. Das gab ihm Sicherheit.

„Als Lehrling stehen mir die Häute der ungeborenen Tiere zu", beharrte er mit fester Stimme. „Für das Gerben will ich bezahlen, wie es sich gehört."

Der Kutscher zog seinen Kopf etwas zurück. Auf seiner Stirn bildete sich eine tiefe Falte.

„Was dir zusteht, bestimme ganz allein ich", sagte der Oberknecht so leise, dass Johannes es kaum verstehen konnte. Doch seine Stimme klang kalt und scharf. Johannes wusste: Er durfte jetzt kein Wort mehr sagen. Er sah dem Oberknecht in die Augen. Diese funkelten kalt. Dann drehte er sich um und ging in Richtung der anderen Männer.

Noch bevor er Karl erreicht hatte, musterte ihn dieser abschätzig und setzte dann das Gespräch mit einem anderen Knecht fort. In diesem kurzen Moment zerstoben in Johannes alle Hoffnungen, doch noch zu seinem Recht zu kommen. Er wusste plötzlich: Karl würde ihm nicht helfen. Eine unbändige Wut stieg in ihm auf. Er biss die Zähne zusammen. Wollte er noch irgendetwas erreichen, musste er sich beherrschen.

„Karl!“ Der Knecht drehte sich langsam zu ihm um. „Was ist mit meinen Häuten?“

„Sie gehören nicht dir.“

„Aber sie stehen dem Lehrling zu.“

„Du passt nicht zu uns. Dieses Recht musst du dir erst verdienen.“

„Das ist nicht richtig.“

„Pass auf, was du sagst.“ Karls Augen funkelten höhnisch.

Johannes drehte sich um und rannte davon. Hinter sich hörte er die Männer lachen.

Am nächsten Morgen, als Johannes durch das Dorf zum Wiegen der Kräuter ging, kam die Wut zurück. In der Nacht hatte Johannes von seinem Strohlager aus den Spott der Männer um ihn herum gehört. Er schämte sich und er hatte Angst. Angst, dass sie ihn ansprechen und an diesem Abend nicht in Ruhe lassen würden. Noch niemals in seinem Leben war er so allein gewesen. Selbst als Kind, wenn ihn sein Vater manchmal geschlagen hatte, hatte er sich niemals so allein und verlassen gefühlt. Es gab immer noch etwas in den Augen und der Stimme des Vaters, das ihn wissen ließ, dass dieser ihn trotz der Prügel immer noch liebte. Und es gab die Mutter, die den Vater zwar gewähren ließ, dann aber doch für ihn da war. Beide lebten nun weit weg. Er ballte die Fäuste. Die Häute von sieben ungeborenen Kälbern standen ihm als Lehrling zu. So war es schon immer gewesen. Und wenn er auch nur der Sohn eines Abdeckers war. Dieses Recht musste auch für ihn gelten. Es gab keinen Grund, warum er nicht dasselbe erhalten sollte wie andere auch. Er öffnete die Fäuste. Aber noch war nichts verloren. Meister Nagel würde schon dafür sorgen, dass er sein Recht bekam. Das konnte gar nicht anders sein.

Unsicher stand Johannes wenig später vor der Tür des Meisters und klopfte. Auf ein harsches „Herein!“ öffnete er. Die Augen des Meisters weiteten sich erstaunt, als sie ihn sahen. Er lehnte sich hinter seinem Schreibtisch zurück.

„Ja?"

Das war alles, was er sagte. Sein Blick wurde ungeduldig.

„Ich komme wegen einer Angelegenheit aus der Abdeckerei", begann Johannes zögernd.

„Mm."

Ihm wurde klar, dass er sich kurzfassen musste. Der Meister würde ihm nicht lange zuhören. „Wir hatten viel Vieh aus Becherbach abzudecken", fuhr er fort. „Es sind zwölf Häute zusammengekommen. Dazu noch einmal sieben Häute von ungeborenen Tieren."

Der Meister hob eine Augenbraue.

„Ich weiß, die Häute der Ungeborenen gehören dem Lehrling", stellte Johannes fest. „Die Männer aber wollen sie mir nicht geben."

„Und damit behelligst du mich? Soll doch solche Angelegenheiten der Oberknecht klären."

„Ich habe schon mit ihm gesprochen."

„Und?"

„Er will sie mir nicht geben."

„Dann ist die Sache entschieden. Er wird seine Gründe haben." Meister Nagel beugte sich wieder nach vorn und begann zu lesen, was vor ihm lag.

Johannes stand unschlüssig vor ihm. Das war nicht das, was er sich erhofft hatte.

Ungeduldig hob der Meister den Kopf und sah ihn an. „Hast du nichts zu tun?"

„Doch, natürlich", versicherte Johannes. Er drehte sich um und beeilte sich, das Zimmer des Meisters zu verlassen.

Fassungslos blieb er im Flur vor der Tür stehen und holte tief Luft. Was war geschehen? Er hatte überhaupt nichts erreicht und würde die Häute nicht bekommen. Konnte das sein? Konnte das, was rechtens war, so gebeugt werden? Nicht einmal der Meister hatte die alte Regel in Zweifel gezogen. Zorn stieg in ihm auf. Er schüttelte den Kopf und ging den Flur hinunter. So war er also vielleicht der erste Lehrling, der nicht bekam, was ihm zustand. Und dabei hatte er mit dem Geld aus dem Verkauf der Häute schon fest gerechnet. Für seine Eltern wäre es eine so wichtige Hilfe gewesen. Johannes öffnete die Tür zur Halle mit den Kräutern. Er sah die Säcke, die sich dicht an dicht reihten, sah die Kräuter, die in den Regalen lagerten. Und plötzlich wusste er, was er tun würde.

Am nächsten Tag ging Johannes nicht zur Kirche. Stattdessen schritt er entschlossen über den Hof der Abdeckerei. Vor ihm stand das Lager. Das Gebäude kam näher, die Tür war offen. Über eine Leiter kletterte Johannes auf den Boden. Hier lagen Häute, so viele Häute, dass Johannes sie nicht zählen konnte. Er hatte keine Ahnung, wohin die Männer die Häute aus Becherbach gestapelt hatten. Er sah sich um – und entdeckte auch schon nach einem kurzen Augenblick die kleinen Häute der ungeborenen Tiere. Sie lagen auf einem Stapel normal großer Häute. Johannes nahm die oberste in die Hand. Das mussten die Häute sein, die ihm zustanden, die eigentlich ihm gehörten. Er drehte das Leder. Weiß waren die Buchstaben KS daraufgepinselt. Das Zeichen von Karl, dem Hauptknecht. Dieses Schwein. Hatte er die Häute also für sich genommen. Er zählte sie von oben nach unten durch. Es waren sechs. Er wusste, dass es eigentlich sieben sein mussten. Johannes sah sich um, hob die Häute von den umliegenden Stapeln an, konnte aber kein weiteres so kleines Leder mehr entdecken. Kein Zweifel: Eine der Häute fehlte. Johannes fühlte sich hilflos und ohnmächtig. Er wurde wütend. Würde er also auch jetzt, wenn er sich selbst nahm, was ihm zustand, nicht sein ganzes Recht bekommen? Das durfte nicht sein. Er rollte die sechs kleinen Häute zusammen. Dann griff er nach der obersten großen Haut, rollte sie ebenfalls zusammen, warf sich beide Pakete auf die Schulter und schritt zur Treppe. Wenig später überquerte er mit seiner Fracht den Hof. Es war niemand da, der ihn sehen konnte.

Der Weg bis Kirn dauerte nicht lang. Der Kirchgang war zu Ende, als er die Stadt erreichte. Die Kirchgänger kehrten noch nicht in ihre Häuser zurück, sondern saßen in den verschiedenen Gaststätten, die rund um die Kirche und den Marktplatz angeordnet waren, zusammen. Johannes wartete geduldig vor dem Haus des Händlers, von dem er aus den Beschreibungen der Männer wusste, dass er regelmäßig Häute kaufte.

Nach einer ganzen Weile kam der Mann auf der Gasse auf ihn zu. Mit Abstand folgten hinter ihm die Frau und drei Kinder. Als der Händler näher kam, stand Johannes auf und ging langsam auf ihn zu. Der Mann musterte ihn nicht unfreundlich.

„Bückler", stellte sich Johannes ihm vor. „Darf ich Sie kurz sprechen? Ich möchte Ihnen etwas verkaufen."

„Es ist Sonntag", stellte der Händler nur kurz fest. Er angelte mit seinen Fingern in der Tasche herum. Offensichtlich suchte er seinen Schlüssel. Dann zog er ihn heraus. Die Frau und die Kinder waren nun herangekommen und warteten an der Tür.

„Ich weiß. Aber ich habe keine andere Möglichkeit dazu. Ich arbeite beim Meister Nagel in Bärenbach als Lehrling und habe einige Felle von Ungeborenen bekommen. Heute ist mein freier Tag und ich möchte meine Eltern besuchen. Ich kann an keinem anderen Tag zu Ihnen kommen."

Der Händler nickte. „Gehen wir ins Haus. Wollen wir einmal schauen, was du hast."

Wenig später standen sie im Flur des Hauses. Während sich der Händler den Mantel auszog, öffnete er die Tür zu seinem Kontor und forderte Johannes auf, drinnen die Häute auszubreiten. Johannes legte sie auf einen großen freien Tisch. Der Händler betrat den Raum und musterte die Häute ausdruckslos.

„Woher kommt die?" Er wies auf das Leder des ausgewachsenen Tieres, das unter dem Stapel mit den kleinen Häuten lag.

„Der Meister hat sie mir für gute Arbeit zusätzlich gegeben."

Der Händler warf ihm einen skeptischen Blick zu, sagte aber nichts.

„Ich arbeite nicht nur in der Abdeckerei, sondern kümmere mich auch um die Kräuter", schob Johannes hinterher.

„So, so", brummte der Händler und nickte. „Zwei Louisdor für jede kleine Haut, einen für die große." Er sah Johannes an.

„Für die Große nur die Hälfte?", fragte dieser staunend.

„So sind die Preise."

Jetzt erst begriff Johannes, was für einen Verdienst sich Karl auf keinen Fall hatte entgehen lassen wollen.

Der Händler hob sorgsam eine Haut nach der anderen und nahm sie in Augenschein. Er nickte zufrieden. Dann blickte er Johannes erneut an.

„Einverstanden?"

„Ja, natürlich. Das ist für mich viel Geld."

„Das dachte ich mir."

Der Händler schlurfte zu einem Sekretär. „Sei vorsichtig damit, vor allem wenn du noch einen weiteren Weg vor dir hast. Seit die Franzosen im Land sind, nimmt die Räuberei zu. Vor einigen Wochen wurde ein anderer Händler auf dem Weg nach Oberstein von Räubergesindel überfallen und ausgeraubt. Sie nahmen ihm sogar die Stiefel."

Er öffnete eine Tür des Sekretärs, holte eine Kasse heraus und zählte die Münzen ab.

„Ich will das Geld gut verbergen. Und ich sehe sicher nicht so aus, als ob es bei mir viel zu holen gäbe", bemerkte Johannes.

„Wahrscheinlich nicht." Der Händler lächelte. Dann schlurfte er zu Johannes und zählte ihm das Geld in die Hand.

Überglücklich verließ dieser das Haus. So viel Geld hatte er noch nie besessen. Dazu kam noch der Louisdor seines Lehrlingsgehaltes, den er ebenfalls bei sich trug. Stolz marschierte er die Straße entlang. Seine Eltern würden Augen machen und sich freuen, wenn er sie erreichte.

In der Nacht schlief er im Wald. Am Nachmittag des nächsten Tages stand er auf dem Hügel und sah zum ersten Mal seit Langem wieder das Haus, in dem er aufgewachsen war. Aus dem Schornstein stieg Rauch auf. Es war unwahrscheinlich, dass seine Mutter um diese Zeit noch ein warmes Essen zubereitete. Wahrscheinlich kochte sie Obst aus dem Wald – vielleicht Fliederbeeren, die er überall am Wegesrand reif gesehen hatte – ein. Ihm wurde bewusst, wie sehr er seine Eltern liebte und welche Geborgenheit diese Hütte, so klein sie auch war, für ihn bedeutete.

Seine Mutter trat aus dem Haus. Es ging ihr also gut. Trotzdem versetzte ihr Bild ihm einen Stich. Da ging nicht mehr die stolze Frau, die sie vor dem Überfall der Soldaten gewesen war. Ihm fiel auf, wie unruhig sie die Straße auf der gegenüberliegenden Seite musterte. Er trat aus dem Schatten der Bäume und schritt auf der Wiese den Hügel herunter. Sie hatte ihn noch nicht gesehen, schaute in die andere Richtung. Er kam schnell näher, freute sich schon auf die Überraschung, wenn sie ihn so dicht vor sich entdeckte. Da drehte sie sich endlich um – und riss die Augen auf. Aber es war nicht so, wie er es erwartet hatte. Nicht freudige Überraschung – sondern etwas anderes, etwas, das er nicht sofort deuten konnte – lag in ihrem Blick. War es Angst? Aber was konnte das bedeuten?

„Johannes! Lauf schnell! Die Polizei!"

Seine Mutter schrie ihn an. Die Worte schwangen einen Moment lang in seinem Kopf. Es schien eine Ewigkeit zu dauern, bis er begriff, was sie bedeuteten. Im selben Augenblick stürmten auch schon zwei Polizisten aus dem Haus. Johannes sah noch, wie sie schnell herankamen, während er sich umdrehte und ebenfalls losrannte. Nur einen Moment später hörte er die Schritte der Polizisten unmittelbar hinter sich, hörte er sie keuchen und wusste, dass er es nicht mehr schaffen würde. Das Geld. Die Louisdor kamen ihm in den Sinn. Sie würden ihm das Geld abnehmen, wenn er nicht ...

Er stolperte, ließ sich zu Boden fallen, rollte über die Wiese, während er gleichzeitig mit der Hand in seine Tasche fuhr und die Münzen auf die Wiese fallen ließ. Überrascht stürmten seine beiden Verfolger rechts und links an ihm vorbei. Er sprang wieder auf die Beine, rannte jetzt zur Hütte herunter. Verblüfft drehten sich beide Polizisten um, rannten wieder los. Aber nun hatte er wieder einige Meter Vorsprung. Er sah seinen Vater, der im Eingang der Hütte stand, die entsetzt aufgerissenen Augen der Mutter. Er stürmte direkt auf sie zu und riss sie in seinen Armen an sich. Seine Mutter schrie erschrocken auf.

„Geld! Louisdor! Ich habe sie auf der Wiese für euch fallen lassen. Sucht sie!", hauchte er in ihr Ohr, so klar er es mit seinem drängenden Atem und pochendem Herzen konnte.

„Was?"

„Sucht Geld auf der Wiese!"

Vier starke Hände griffen nach seinen Armen und rissen ihn zurück. Seine Mutter sah ihn fragend an. Dann klärte sich ihr Blick. Sie hatte verstanden. Johannes stolperte. Jetzt hielt einer der Männer seine Arme auf dem Rücken, während der andere sofort begann seine Taschen zu durchsuchen. Der Polizist fluchte, als er nichts fand, und suchte erneut, jetzt ruhiger und gründlicher, die Taschen ab.

„Verflucht! Er hat nichts dabei."

„Vielleicht hat er ein anderes Versteck in seiner Jacke. Vielleicht steckt es im Futter. Danach können wir in Ruhe suchen, wenn er im Gefängnis ist."

„Sag: Wo hast du das Geld? Du musst das Geld doch dabeihaben", herrschte ihn der Polizist, der vor ihm stand, an. Sein Gesicht kam nah heran. Sein Atem roch nach Wein.

„Ich habe es ausgegeben. Ich wollte einmal richtig gut essen und trinken. So wie die großen Herren."

Der Polizist wich etwas zurück. „So." Die Erklärung schien für ihn durchaus im Bereich des Möglichen zu liegen. „Und wo soll das gewesen sein?"

„Auf halbem Weg nach Kirn. Ich habe Franzosen getroffen, mit zwei vollen Wagen. Die haben mir verkauft, was ich wollte. Ich konnte ja gut zahlen."

Der Polizist wechselte einen Blick mit seinem Kollegen, der hinter Johannes stand und ihn immer noch an den Armen festhielt.

Beide wussten, genau wie Johannes, dass es in der Vergangenheit solche Fälle gegeben hatte – obwohl genau das den Soldaten natürlich strengstens verboten war. Damit gab es für sie so gut wie keine Möglichkeit, Johannes' Aussage zu überprüfen.

„Wir werden sehen", brummte der Polizist, der vor Johannes stand.

Der Mann hinter ihm fesselte jetzt seine Hände. Seine Mutter kam und umarmte ihn, dann folgte sein Vater, der das ganze Geschehen mit ungläubigem Erstaunen verfolgt hatte, und zog ihn an sich.

„Was für eine Strafe hat der Junge zu erwarten?", wandte er sich an die Polizisten, als er Johannes wieder losließ.

Die beiden Männer sahen sich an.

„Wahrscheinlich den Stock", kündigte einer der Männer an. „Aber das entscheidet der Richter."

„Wohin bringen sie ihn?", wollte seine Mutter wissen.

„Nach Kirn."

Sie machten sich auf den Weg – die Polizisten auf ihren Pferden, die sie zuvor im Dorf gelassen hatten, und Johannes zu Fuß, durch einen Strick mit jeweils einem der beiden Reiter verbunden. Am späten Abend des nächsten Tages erreichten sie die Stadt. Die Polizisten sperrten Johannes in die Zelle des Gefängnisses, die er sich mit mehr als 30 anderen Männern teilte.

Zwei Tage später kam das Gericht zusammen. Schon am frühen Morgen führten die Polizisten den ersten Gefangenen hinaus, nur wenig später den zweiten. Es war kurz vor Mittag, als Johannes vor den Richter geführt wurde. Im Saal des Gasthauses, in dem das Gericht tagte, hatten sich zahlreiche Bürger aus Kirn zusammengefunden. Belustigt und erwartungsvoll musterten sie Johannes, als die Polizisten ihn in den Raum führten. Lebhaftes Gemurmel erfüllte den Raum. Ohne Umschweife schlug der Richter mit dem Hammer auf den Tisch, als Johannes, zwei Polizisten an jeder Seite neben sich, gerade zum Stehen gekommen war. Das Stimmengewirr verebbte.

Der Richter blickte in die Papiere auf seinem Tisch und murmelte: „Bückler, Johannes, Beiläufer des Hauptknechts beim Scharfrichter und Abdeckermeister Matthias Nagel aus Bärenbach im Kanton Grumbach." Er hob den Kopf und sah Johannes abschätzend an. „Ist das richtig?"

Johannes nickte.

Der Richter senkte den Kopf, las kurz in den Papieren und fuhr fort: „Beschuldigt, seinem Lehrmeister und dem Knecht Karl Wasmann sieben Häute gestohlen zu haben. Gibst du das zu?"

Er musterte Johannes.

„Ich habe sie mir genommen. Die Häute hätten eigentlich mir zugestanden ..."

Der Hammer knallte auf den Tisch.

Der Richter fixierte Johannes scharf. „Gibst du es zu oder nicht?"

„Nein."

„Mir liegt eine schriftliche Erklärung von Meister Nagel vor. Demnach gehören die Häute ihm und dem Knecht. Er kann das beweisen. Es gibt einen Kontrakt mit einem Bauern aus Becherbach über die Abdeckung von krepiertem Rindvieh." Der Richter machte eine kurze Pause, in der er den Blick nicht von Johannes ließ. „Kannst du das Gegenteil beweisen? Gibt es einen Kontrakt, den du uns vorlegen kannst?"

„Nein, aber ..."

Wieder knallte der Hammer auf den Tisch. „Verurteilt zu 25 Stockschlägen, auszuteilen durch den Bettelvogt Arloff am kommenden Sonntag, öffentlich zur Abschreckung in Kirn. Abführen."

Zustimmendes Gemurmel erfüllte den Raum. Johannes

konnte es nicht fassen. Was für ein Unrecht. Er hatte sich doch nur genommen, was ihm gehörte. Warum hörte ihm niemand zu? Warum hatte er nicht einmal die Möglichkeit, zu sagen, wie es wirklich war? Er kannte den Grund: Weil er der Sohn eines Abdeckers war. Seine Knie gaben nach. Für einen Augenblick fürchtete er zu stürzen. Flüchtig sah er, wie die Menschen im Saal ihn anstarrten. Dort zeigten sogar einige mit dem Finger auf ihn. Für sie alle war er nur der Beiläufer eines Knechtes. Und jetzt sahen sie auch noch seine Schwäche. Der kommende Sonntag kam ihm in den Sinn. Da würden alle erscheinen, um das Spektakel zu sehen. Er schloss die Augen. Er durfte jetzt nicht an die Stockschläge denken. Jetzt nicht. Beide Polizisten packten Johannes jeweils am Oberarm und führten ihn zum Ausgang. Beim Hinausgehen kam ihm schon der nächste Gefangene entgegen. Einer der Polizisten, der den neuen Häftling hereinführte, starrte ihn plötzlich an. Ein großer Mann. Johannes sah das Weiß der aufgerissenen Augen, den Schnurrbart. Schlagartig wusste er, wo er diesen Polizisten schon einmal gesehen hatte. Der Mann hatte den Gefangenentransport von Kreuznach nach Kirn begleitet und hatte ihn danach bei seinen Eltern gesucht. Im nächsten Moment waren die Polizisten mit dem Häftling an ihnen vorbei.

„Joseph Reisinger, heimatlos herumziehend …“ Der Richter begann bereits, die Angaben des nächsten Gefangenen vorzulesen, bevor Johannes den Raum ganz verlassen hatte. Dann schlug die Tür hinter ihm zu. Weniger später stand er wieder im Gefängnis.

6. *Karo-Neun*

Eisik Fuchs schritt durch den Flur des Amtsgebäudes. Es war Mittagspause. Er musste dringend mit dem Richter sprechen. Schon stand er vor der Tür und klopfte. Ein mürrisches „Herein“ war zu hören. Der Richter schien in keiner guten Stimmung zu sein. Ein schlechtes Zeichen. Aber darauf konnte er jetzt keine Rücksicht nehmen. Er öffnete die Tür und trat in den Raum.

Der Richter hatte abwartend den Kopf gehoben. Er saß hinter seinem Schreibtisch und hielt den Schenkel eines gebratenen Hahns in den Händen. Der Polizist blieb stehen.

„Eisik Fuchs, Gendarm aus Kirn. Ich muss Sie dringend im Fall des Johannes Bückler sprechen.“

Der Richter schluckte einen Bissen herunter. Dann wischte er sich die Hände an einem Lappen ab, der auf dem Tisch lag, und griff nach einem Glas Wein. „Dann muss es aber sehr dringend sein, wenn Sie mich deswegen in der Mittagspause aufsuchen.“

Eisik Fuchs sparte sich eine bissige Bemerkung. Der Mann machte regelmäßig an den Gerichtstagen zwei Stunden Pause. Eine halbe stand ihm zu, genau wie den Polizisten.

„Es ist wichtig“, sagte er nur knapp.

„Wie heißt der Mann? Bückler?“

„Das ist richtig. Johannes Bückler. Sie haben ihn heute Morgen zu 25 Stockschlägen verurteilt.“

„Ach, der Abdeckerlehrling. Ich erinnere mich. Was ist mit dem?“

„Er hat noch eine weitere Straftat begangen. Zwei sogar, um genau zu sein.“

„So.“ Der Richter beugte sich interessiert nach vorn.

„Bückler hat vor gut einem halben Jahr Verpflegung der französischen Armee gestohlen und wurde ...“

„Er hat was?" Der Richter sah ihn belustigt an. „Normalerweise ist es doch andersherum."

Eisik beschloss, auch auf diese Bemerkung nicht weiter einzugehen.

„Er stahl einige Brote und Schinken von einem Wagen, auf dem sich Verpflegung für die Soldaten befand", erläuterte er sachlich.

„Ich kann mir schon denken, wie die Soldaten zuvor an die Brote und den Schinken gekommen sind", knurrte der Richter. „Und dafür wollen Sie den Jungen jetzt noch belangen? Er würde dafür ohnehin nur einige Stockschläge erhalten. Und davon bekommt er am Sonntag ja schon genug." Er sah Eisik prüfend an.

„Das ist nicht alles", betonte dieser mit fester Stimme. „Bei dem folgenden Gefangenentransport hat er österreichische Husaren herbeigerufen. Zwölf französische Soldaten verloren beim Angriff der Kaiserlichen das Leben."

Eisik holte tief Luft. „Und einige Zivilisten."

Der Richter lehnte sich in seinem Stuhl zurück. „Das ist in der Tat ein ernster Vorgang", murmelte er.

„Das meine ich auch", bestätigte Eisik und wischte die aufsteigenden Bilder von seiner Frau und seinem Sohn aus seinen Gedanken. Er durfte sich jetzt nicht ablenken lassen. Nicht jetzt, wo es darum ging, den Schuldigen zu belangen.

„Johannes Bückler hat mit dem Feind kooperiert und der französischen Armee damit schweren Schaden zugefügt", fasste er zusammen. „Darauf steht der Tod."

„Ja, ja." Der Richter brummte und kratzte sich nachdenklich am Kinn.

Eisik beschloss, seinen Worten noch etwas mehr Nachdruck zu verleihen. Die Haltung des Richters gefiel ihm ganz und gar nicht. „Den französischen Kommandanten wird es in jedem Fall interessieren, was dieser Mann getan hat."

„Auf jeden Fall", knurrte der Richter unwirsch. „Wenn es

stimmt, was Sie sagen, müssten wir diesem Bückler tatsächlich noch einen Prozess machen."

Er hob den Kopf. Seine Augen funkelten. „Was haben Sie denn für Beweise?"

„Ich habe ihn gesehen. Ich selbst habe ja den Transport der Gefangenen begleitet."

„Wie genau hat er denn die Husaren herbeigeholt?"

„Er hat sie gerufen."

„Das können Sie zweifelsfrei beweisen?"

„Ja, ich war zwar etwas entfernt, aber ..."

„Sie waren nicht bei den Gefangenen? Als begleitender Polizist?"

„Nein, ich war bei meiner Familie."

„Bei Ihrer Familie?"

„Meine Frau und mein Sohn haben den Transport begleitet."

„So, so."

„Beide starben bei dem Überfall."

Der Richter sah ihn stumm an. Dann nickte er. „Ich verstehe. Mein Beileid."

Er machte eine kurze Pause. „Es tut mir leid. Aber wenn Sie noch nicht einmal aus der Nähe gesehen haben, wie Bückler die Husaren rief, kann ich kaum etwas für Sie tun."

„Ich habe ihn gesehen und ich habe seine Stimme erkannt."

„Hm. Gibt es andere Zeugen, die zweifelsfrei beweisen können, dass Bückler die Soldaten rief?"

„Wohl nicht mehr", brummte Eisik Fuchs zerknirscht. „Es sind ja alle tot."

„Sind Sie sich denn überhaupt sicher, dass der Mann, der heute Morgen hier vor Gericht saß, überhaupt beim Gefangenentransport dabei war? Und viel wichtiger: Können Sie das beweisen?"

Eisik wurde schwindelig. Er konnte nicht mehr klar denken. Sein Mund war trocken, er musste schlucken. Warum wurde nur plötzlich alles so kompliziert? Konnte er beweisen, dass Johannes

Bückler beim Transport unter den Gefangenen gewesen war? Das Gefängnis bei den Franzosen in Kreuznach kam ihm in den Sinn. Das war eine Möglichkeit: Dort hatten sie den Namen Bücklers doch ganz sicher protokolliert und erfasst. Dann fiel ihm ein, dass die Einheit der Franzosen Kreuznach schon bald nach dem Gefangenentransport verlassen hatte. Aus Vorsicht vor den schnell näher rückenden Österreichern, wie es hieß. Damit waren natürlich auch alle Unterlagen verschwunden. Nach dem Waffenstillstand hatte die Revolutionsarmee erneut Truppen in Kreuznach stationiert. Aber das war eine ganz andere Einheit.

Langsam und bedächtig schüttelte er den Kopf.

„Nein. Das kann ich nicht beweisen", sagte er leise.

„Dann kann ich nichts für Sie tun", bemerkte der Richter trocken.

Er warf demonstrativ einen Blick auf die Tür. „Und jetzt muss ich mich dringend auf die weiteren Prozesse vorbereiten."

Eisik Fuchs stand auf. Er war fassungslos, dankte flüchtig und verließ eilig den Raum.

7. Pik-Zehn

♠

Am Vorabend der Bestrafung auf dem Marktplatz konnte Johannes nicht schlafen. Unruhig wälzte er sich auf dem Strohlager, das sich an der einen Seite der Zelle ausbreitete, hin und her und versuchte, Schlaf zu finden. Der Mann direkt neben Johannes schlief. Aber schon der übernächste Gefangene wälzte sich ebenso rastlos wie Johannes auf seinem Lager. Und in der Ecke, einige Meter von ihm entfernt, unterhielten sich zwei Männer schon seit Langem leise miteinander. Wie er würden am kommenden Tag viele andere Männer aus der Zelle auf dem Kirner Marktplatz ihre Bestrafung erhalten. Wahrscheinlich waren sie es, die in dieser Nacht in der Zelle keinen Schlaf finden konnten. Durch das kleine, vergitterte Fenster, ganz oben in der Zellenwand, drangen die Geräusche der Stadt herein. An diesem Abend waren viele Menschen in den Gassen unterwegs. Gelegentlich hörte er Gesprächsfetzen in der Zelle, ausgelassenes Lachen – und dann den Klang einer Geige. Johannes erkannte die Melodie sofort. Er würde sie niemals vergessen. Es war das erste Lied der Musikanten bei der Hochzeit in Kirn, das erste Mal, dass er Julchen hatte spielen hören. Er hatte keinen Zweifel daran, dass es wieder die junge Frau war, deren Spiel jetzt durch das Fenster in die Zelle drang. Seine Gedanken wanderten zurück zu diesem Abend. Wieder sah er sie neben ihrer Schwester im Saal sitzen, wieder sah er ihren Arm, wie er geschmeidig den Bogen über die Saiten führte. Johannes atmete tief ein. Für den Augenblick gab es nur noch die Musik, nur noch Julchen und die Erinnerung. Dann verebbte das Lied. Ein neues Stück, fröhlicher, folgte. Fasziniert hörte Johannes weiter zu, verlor sich in den Tönen und dachte nicht mehr daran, was ihn am nächsten Tag erwarten würde. Glücklich schlief er ein.

Am nächsten Morgen weckte ihn das Geräusch des Schlüssels in der Tür kurz nach Sonnenaufgang. Der Wärter öffnete die Zelle, um das Frühstück, den großen Topf mit Getreidebrei, und die Näpfe für die Gefangenen hereinzutragen. Auch Wasser füllte er frisch auf. Als der Polizist in den Raum trat, kam schlagartig die Erinnerung. Johannes wusste wieder, was an diesem Tag geschehen würde. Die Zellentür schloss sich, der Wärter schlurfte davon. Das lange Warten auf die Bestrafung begann. Die Kirchenglocken läuteten draußen den Gottesdienst ein. Noch bestand keine Gefahr. Erst danach würden sie den ersten von ihnen holen.

Dann war es so weit. Johannes saß auf dem Strohlager, mit dem Rücken zur Wand, als zwei Wärter an die Zelle traten, das Schloss öffneten und hereinkamen.

„Franz Engisch?“ Keine Antwort. Prüfend blickten sich die Polizisten um. Johannes presste seinen Rücken an die Wand. Er wagte nicht, sich zu bewegen. Einer der Wärter deutete mit einem Kopfnicken auf einen der Gefangenen, einen kräftigen jungen Burschen mit braunen Haaren und braunen Augen, in denen jetzt unübersehbar die Angst flackerte. Sein Kollege verstand. Energisch traten beide vor und zerrten den Gefangenen an seinen Armen in die Höhe. Die anderen Häftlinge drückten sich ängstlich zur Seite. Der Mann wimmerte kläglich. Die Wärter schleiften ihn aus dem Raum. Krachend fiel die Zellentür wieder ins Schloss. Ein anderer Gefangener, der Johannes schräg gegenübersaß, ein blonder Kerl mit einem Wirbel direkt über der Stirn, suchte seinen Blick. Auch seine Augen funkelten ängstlich und glitten unruhig durch den Raum. Für einen kurzen Moment ruhte sein Blick auf Johannes. Johannes erkannte einen fragenden Ausdruck. Er nickte kurz. Ja, auch er würde heute auf dem Marktplatz bestraft werden. Dann waren wieder die schweren Schritte der Polizisten auf dem Gang zu hören. Die Tür öffnete sich.

„Johannes Bückler?“

Er schloss die Augen, öffnete sie wieder.

Was konnte er schon tun? Sich nur in das Unvermeidliche fügen.

„Ja“, nickte er, „hier bin ich“, und stand langsam auf.

Als sie aus dem Gefängnis auf die Gasse traten, schloss er geblendet die Augen. Die Sonne strahlte vom Himmel und nach der Kühle des Gefängnisses umfing ihn die frische, warme Luft wie ein wohliger Mantel. Als er die Augen wieder öffnete, blickte er auf die Rücken zweier Polizisten. Sie gingen bereits durch die Gasse, die zum Marktplatz führte. Zwei Wärter schritten neben ihm, ein jeder hatte ihn mit festem Griff am Oberarm gefasst. Vom Marktplatz scholl das Gemurmel der Menge herüber, wurde schnell lauter. Zahlreiche Menschen hatten sich nach dem Kirchgang eingefunden, wollten sich das Spektakel nicht entgehen lassen. Dann erreichten sie den Marktplatz. Das Murmeln schwoll an, immer mehr Menschen wurden seiner gewahr, drehten ihre Köpfe in seine Richtung, glotzten ihn an, drängelten und schoben, um ihn besser sehen zu können. Johannes hatte Angst. Hilflos glitt sein Blick über die Menge. Auf dem Balkon des gegenüberliegenden Hauses erkannte er französische Soldaten. Vor ihm teilte sich die Menge, schloss sich wieder hinter ihm. Johannes sah den Bäckermeister aus Kirn, dessen Tochter vor drei Wochen am Sonntagmorgen in der Kirche getauft worden war. Neben ihm stand seine Frau. Er erkannte einen Zimmermann, der ihm bei seiner Ankunft in Kirn vor Monaten den Weg zur Abdeckerei gewiesen hatte. Selbstzufrieden, wie all die anderen ehrbaren Handwerker, Krämer und Kaufleute, tuschelten sie über ihn, blickten auf ihn herab und traten zur Seite, als er näher kam. Auf der anderen Seite erblickte er ein kleines Mädchen, das ihn neugierig anstarrte, während ihre Mutter ihr leicht gebeugt etwas zu erklären schien und sie dann sanft zurückzog. Weiter ging es voran. In einer der hinteren Reihen erkannte Johannes hinter zahllosen selbstzufriedenen Gesichtern Meister Nagel und den Gesellen Kunz.

Eine Trommel erklang und begleitete jetzt seinen Gang, ganz so, wie sie sonst zum Marschieren von Soldaten zu hören war. Vor ihm trat ein wohlhabender Händler mit seiner Frau zur Seite, noch einige Bürger – dann war der Weg in die Mitte des Platzes frei. Johannes sah sofort den Prügelbock, eine hüfthohe Bank mit einem breiten, waagerecht montierten lederbezogenen Balken, auf den die Verurteilten gebückt geschnallt wurden, um so wehrlos die Prügel mit dem Stock zu empfangen. Erschrocken sah Johannes das Blut, das auf beiden Seiten des Balkens herunterlief. Jetzt erkannte er auch Blut auf dem Boden. Unwillkürlich versuchte er, stehen zu bleiben. Aber die starken Hände der beiden Polizisten an seinen Armen zogen ihn unerbittlich weiter fort. Johannes' Herz begann wie rasend zu schlagen. Auf diesen Balken würde er gleich geschnallt und dann der Prügel auf ihn niederschlagen. Und er konnte nichts dagegen tun. Jetzt hatten sie den Prügelbock fast erreicht. Johannes' Blick glitt über die Menge. Er sah die starren Blicke, abwartend, interessiert, manche teilnahmslos, andere offen lüstern und gierig, schaulustig und viele hämisch. Sie wiesen mit dem Finger auf ihn, gestikulierten, nickten und tauschten sich darüber aus, was ihm nun widerfahren würde. Noch ein Schritt, dann stand er direkt vor dem Bock. Die Trommel brach ab. Für einen Augenblick war es still. Dann rissen ihn die harten Hände seiner Bewacher nach vorn, drückten seinen Oberkörper auf den Balken des Prügelbocks, der auf der Oberseite so ausgeschnitten war, dass er den Oberkörper eines Mannes aufnehmen konnte. Der Lärm der ihn umgebenden Menschen war wieder zu hören. Weitere Hände zogen sein Hemd nach oben in Richtung Kopf und schnallten seine Hände und Füße fest. Johannes konnte sich kaum noch bewegen. Er schämte sich, wie er gebückt auf dem Prügelbock lag, während sich die schaulustigen Blicke der Menschen auf ihn richteten. Sehen konnte er nur noch nach vorn. Mit Hut und Sonntagsanzug standen sie dort vor ihm: wohlsituierte Bürger, Bauern, Ladenbesitzer und Handwerker mit ihren großen Häusern und wohlgeratenen Töchtern, die ihm nicht einmal die Hand geben würden, und ergötzten sich an diesem Schauspiel. Standen sie nicht ohnehin schon weit genug über ihm, sodass sie ihm nehmen konnten, was eigentlich ihm zustand und ihn vor Gericht noch nicht einmal anzuhören brauchten? Mussten sie ihn jetzt auch noch prügeln?

Die Trommel wirbelte. Erneut erstarb das Murmeln der Masse. Ein Mann trat vor, genau in Johannes' Blickfeld, und erhob die Stimme: „Johannes Bückler, Beilaufer beim Abdeckermeister Matthias Nagel aus Bärenbach im Kanton Grumbach: verurteilt wegen des Diebstahls von sieben Häuten zu 25 Stockhieben Prügel."

Gemurmel erhob sich im Rund. Es klang zustimmend.

Der Gerichtsdiener blickte zur Seite und nickte kurz: „Bettelvogt! Du kannst beginnen."

Ein massiger, fetter Mann erschien in Johannes' Blickfeld. Er war groß, viel größer als die Menschen in der Menge. Johannes fiel das feiste Gesicht mit den kleinen Augen auf. Es hatte die Züge eines Kindes. Der Riese sah Johannes kurz prüfend an, taxierte ihn. Dabei lächelte er, so als wollte er ein Einvernehmen mit seinem Opfer erreichen, während er gleichzeitig den Stock immer wieder mit der rechten Hand in die offene linke Hand schlug. Der Mann verschwand rechts aus Johannes' Blickfeld. Er würde jetzt an seiner Seite hinter ihn gehen. Die Menge murmelte. Johannes konnte seine Schritte nicht hören. Ein Moment verging. Die Zuschauer wurden leise. Jetzt musste der erste Schlag kommen. Johannes erwartete ihn. Er hatte Angst. Aber nichts geschah. Die Menge lachte verhalten. Im diesem Augenblick explodierte der erste Schlag auf seinem Rücken. Johannes schrie auf. Der Schmerz raste seine Wirbelsäule entlang durch den ganzen Körper. Für einen Moment spürte er sein linkes Bein nicht mehr. Seine Blase entleerte sich. Und alle konnten es sehen. Jetzt traf der nächste Hieb seinen Rücken, dieses Mal tiefer, sofort folgte ein dritter. Johannes schrie, fühlte einen stechenden Schmerz in seinem Rücken, der auch nach dem Schlag nicht mehr aufhören wollte. In seinen Ohren rauschte es, die Bilder verschwammen und vor seinen Augen wurde es schwarz.

Als er wieder erwachte, lag er bäuchlings auf einem Strohlager im Gefängnis. Es war ein großer unverschlossener Raum, nicht die Zelle, in der er vor der Bestrafung auf dem Markplatz gefangen gehalten wurde. Neben ihm lag ein anderer Mann und schlief. Von der anderen Seite hörte er ein Stöhnen. Johannes stützte sich auf, hob leicht den Oberkörper. Ein stechender Schmerz schoss durch seinen Rücken. Er sackte wieder zusammen, drehte sich etwas auf die Seite und versuchte es erneut. So ging es. Hinter dem schlafenden Mann befand sich nur die schmutzige Steinwand. Mit einem leichten Ruck drehte er sich auf die andere Seite. Wieder spürte er den Schmerz im Kreuz, dazu einen dumpfen, pochenden Schmerz auf seinem Hintern, seinen Oberschenkeln. Er erkannte mehrere Männer, alle verbunden, auf dem Strohlager. Einige schliefen, einige unterhielten sich gedämpft, leicht zueinandergedreht. Schließlich konnte er die Schmerzen nicht mehr ertragen und ließ sich fallen.

Er blieb noch zwei Wochen in dem Raum. Freiwillig. Er hatte seine Strafe bekommen und hätte das Gefängnis verlassen können. Aber in der ersten Woche konnte er nicht einmal aufstehen und in der zweiten noch nicht gehen. Im Gefängnis brachte man ihm zu essen und alle drei Tage kam ein Arzt vorbei, um nach den Gefangenen zu sehen und ihre Verbände zu wechseln. Johannes hatte Glück gehabt. Noch in der ersten Woche starb einer der anderen Gefangenen, der ebenfalls geprügelt worden war. Seine Nieren hatten den Stock nicht überstanden. Bei einem anderen Häftling entzündete sich das aufgeplatzte Fleisch der Wunden und er begann zu fiebern, bevor auch er starb.

Als Johannes das Gefängnis nach zwei Wochen verließ, konnte er sich nur mit Mühe aufrecht halten und humpelte stark. Trotzdem machte er sich auf den Weg nach Hause. Im Wald, gleich hinter dem Ortsausgang von Kirn, brach er sich zwei Stöcke mit einer Astgabel aus den Bäumen. Auf diesen Krücken konnte er schon sehr viel besser gehen. Trotzdem kam er nur langsam voran. Er übernachtete dreimal im Wald, bevor er endlich auf den Hügel stieg, der neben dem Haus der Eltern lag. Als er das Haus von oben sehen konnte, setzte er sich zwischen die Bäume und verschnaufte. Er war überglücklich. Diesen Anblick hatte er so lange herbeigesehnt. Vor der Hütte scharrten zwei Hühner und ein Hahn auf dem Hof. Seine Eltern hatten also das Geld gefunden. Er stützte sich wieder auf seine Krücken und humpelte über die Wiese den Hügel herunter.

Seine Mutter sah ihn an, als er durch die Tür in die Küche trat. Sie stand auf und hob erschrocken die Hand vor den Mund. Niemals würde er diesen Blick vergessen. Die Freude, ihn zu sehen, mischte sich darin mit der Sorge über seinen Anblick, wie er auf Krücken auf sie zugehumpelt kam. Wortlos schloss sie ihn in die Arme, während rechts und links von ihm die Krücken zu Boden fielen. Dann setzte er sich an den Tisch. Und während sie ihm etwas zu essen machte und einen Tee aus Kräutern kochte, begann er zu erzählen, berichtete vom Diebstahl der Häute und wie es dazu kam, vom Gericht und dem Gefängnis und vom Stock und dem Bettelvogt und dem, was sie mit ihm auf dem Marktplatz von Kirn gemacht hatten. Als er fertig war, saß seine Mutter ihm gegenüber am Tisch. Sie sagte nichts. Aber über ihre Wangen rollten Tränen. Sein Vater kam erst am späten Nachmittag. Auf dem Karren brachte er eine verendete Kuh nach Haus. Noch am Abend begannen sie mit der Arbeit. Johannes erzählte seinem Vater, was es zu erzählen gab, während er die Haut vom Fleisch schnitt und Johannes ihm dabei half, so gut es ging.

In den nächsten Wochen fühlte er sich immer besser. Schon bald konnte er ohne Krücken laufen, spürte er den Schmerz nur noch, wenn er zu schwer hob oder sich abends im Bett unglücklich hinlegte. Er half seinem Vater bei der Arbeit. Mit den Louisdor, die sie von Johannes' Geld noch überhatten, würden sie den kommenden Winter gut überstehen. Der Vater war zuversichtlich. Wenn es noch mehr Arbeit für ihn gab, konnten sie vielleicht sogar noch einige weitere Münzen zurücklegen und sich dann schon im nächsten oder im Jahr darauf wieder eine Kuh leisten. Und irgendwann – wer weiß – war es dann so weit, dass sie von der Landwirtschaft leben konnten. Johannes glaubte nicht daran.

„Und wenn wieder die Franzosen kommen?", wollte er eines Nachmittags von seinem Vater wissen. „Was macht ihr dann?"

Der Vater zuckte nur mit den Achseln. Darauf wusste auch er keine Antwort. Johannes sehnte sich nach der Arbeit mit den Kräutern und vor allem nach der Hoffnung, die sie ihm geboten hatte.

Und er sehnte sich nach Julchen. Manchmal, in ruhigen Nächten, wenn er am Tag schwer gearbeitet hatte, hörte er kurz vor dem Einschlafen in seinen Gedanken den Klang ihrer Geige. Die schönste Melodie, die er je gehört hatte. Einmal, ganz früh am Morgen, vor dem Aufstehen, glaubte er, einen Hauch des herrlichen Duftes ihrer Haare zu bemerken. Und in ruhigen Momenten, wenn er unbeobachtet war und die Augen schließen konnte, sah er ihr Gesicht vor sich, sah er sie in Gedanken noch einmal in dem Saal des Gasthofes in Kirn sitzen oder vor sich auf dem Hof stehen und hörte ihre Stimme. Das warme Gefühl, das er aus diesen Erinnerungen schöpfte, begleitete ihn manchmal bis in den nächsten Tag hinein. Die Gedanken an den Abend in Kirn wischte er niemals fort. Er hütete sie wie einen Schatz in seinem Herzen. Er wusste, dass er Julchen wiedersehen musste. Und mit den Tagen und Wochen wurde ihm klar, wann dazu die beste Gelegenheit war.

8. Herz-Dame

Die Zeit des Erntedankfestes kam. Es wurde in Kirn in jedem Jahr mit einem großen Umzug und einem anschließenden Fest gefeiert. Die Männer beim Abdecker Nagel hatten oft genug darüber gesprochen. Die ganze Stadt war auf den Beinen und feierte bis spät in die Nacht hinein. Als es so weit war, machte sich Johannes auf den Weg. Wenn er Julchen wiedersehen wollte, bot das Erntedankfest dazu die beste Möglichkeit.

Als er die Stadt am Mittag erreichte, drängten sich die Menschen bereits in den Gassen. Es war Samstag. Doch wer sonst arbeiten musste, hatte an diesem Tag freibekommen. Das fröhliche Treiben ließ Johannes' Herz leicht werden. Er schlenderte durch die Gasse, in der das Gefängnis lag. Das Bild der dunklen Zelle kam ihm in den Sinn. Wie oft hatte er dort unten den Schritten oder Stimmen von der Gasse gelauscht und davon geträumt, hier oben zu gehen. Die Gasse öffnete sich zum Marktplatz. Genau diesen Weg hatte er zum Prügelbock zurückgelegt. Jetzt ging er ihn als freier Mann. Wie anders der Marktplatz jetzt auf ihn wirkte. Überall auf dem Platz waren Stände aufgebaut, an denen Bauern ihre Waren verkauften. Johannes zwängte sich in die Gassen, die zwischen den Ständen verliefen. Menschenmengen drängten sich hindurch. Johannes' Blick glitt über die Stände, über Männer und Frauen, immer in der Hoffnung, vielleicht irgendwo Julchen zu entdecken. Plötzlich schlug sein Herz schneller. Eine Frau mit rotem Haar blieb, noch viele Meter von ihm entfernt, vor einem Stand in der Gasse stehen. Das Rot der Haare kannte er. Das war die Haarfarbe von Julchen und Locken sah er auch. Schnell schritt er näher heran. Vor dem Stand tummelten sich zahllose Menschen. Zeitweise verlor er die roten Haare aus den Augen. Aber dann sah er sie doch immer wieder. Johannes hastete so schnell durch die Gasse, dass er beinahe lief. Er rempelte einen alten Mann an, entschuldigte sich eilig und marschierte auch schon weiter. Jetzt hatte er den Stand beinahe erreicht. Wieder verdeckten einige ältere Frauen ihm die Sicht, wieder konnte er die roten Haare nirgendwo entdecken. Hoffentlich war die Frau nicht längst weitergegangen. Dann sah er sie wieder. Sie war bereits dabei, den Stand zu verlassen, kämpfte sich durch die dichte Traube der Menschen hindurch und würde gleich wieder auf die freiere Gasse treten. In diesem Moment war Johannes bei ihr. Sein Atem ging schnell, als er seine Hand auf ihre Schulter legte.

„Julchen! Was für ein Zufall, dich hier zu sehen."

Die Frau wirbelte herum. Erschrocken wich Johannes zurück. Vor ihm stand nicht Julchen. Vor ihm stand ein kleiner, hagerer Mann im Alter seines Vater mit langen, roten Haaren – und sah ihn erbost an. „Was erdreistet Er sich? Möge Er mit seinen Frechheiten möglichst schnell aus meinen Augen verschwinden!"

Der kleine Mann riss den Arm hoch und wies mit einem Spazierstock direkt auf Johannes' Brust. Johannes fiel auf, wie verwahrlost der Mann aussah. Seine Augen funkelten wütend. Sie waren so weit aufgerissen, dass das Weiße deutlich hervortrat. In seinem Ausdruck lag etwas Verrücktes, Verdrehtes, das Johannes schaudern ließ.

„Schon gut, schon gut", murmelte Johannes verwirrt und ging weiter zurück. „Es tut mir leid. Eine Verwechslung. Es ist mir sehr unangenehm."

Aus dem Augenwinkel sah Johannes, wie die vorbeigehenden Marktbesucher ihnen belustigte Blicke zuwarfen.

„Aus den Augen soll Er mir verschwinden – und nicht noch lange lamentieren."

Ein Stoß mit dem Stock traf Johannes unsanft auf der Brust. Er hob abwehrend die Hände, drehte sich um und hastete eilig auf der Gasse davon.

Was für ein Versehen! Wie konnte ihm das nur passieren? Aber die Haare des Mannes wiesen tatsächlich große Ähnlichkeit mit denen der jungen Frau auf. Der Mann war unzweifelhaft verrückt. Wahrscheinlich ein ehemaliger Soldat. Wer weiß, was er im Einsatz erlebt hatte. Johannes wusste, dass sich die Husaren die Haare meist lang wachsen ließen. Da viele ihren Dienst bei den Husaren als besondere Ehre empfanden, behielten sie die langen Haare auch nach dem Austritt aus der Armee bei.

Johannes ging weiter durch die Gasse. Seine Schritte wurden jetzt wieder etwas ruhiger. Dann sah er einen Mann, dessen Anblick ihn ebenfalls nicht sonderlich erfreute. Der Mann war groß, dick und trug einen gepflegten schwarzen Bart. Johannes erkannte ihn sofort. Es war Meister Nagel. Sein ehemaliger Lehrmeister hatte auch ihn erkannt. Kurz trafen sich ihre Blicke. Jetzt musste von Johannes ein Gruß kommen, verbunden mit einem demütigen Nicken und dem Senken des Kopfes. Aber Johannes sah gar nicht ein, dem Meister diese Freude zu machen. Warum auch? Er war ihm nichts schuldig. Ganz im Gegenteil.

Stolz hielt er den Kopf gehoben und sah den Meister an. Dann waren sie aneinander vorbei.

Kinder liefen fröhlich aufquietschend vor ihm über den Platz, rempelten ihn kurz an und rissen ihn aus seinen Gedanken. Eine gespielt ärgerliche Mutter folgte eilig, entschuldigte sich knapp bei ihm für das Verhalten ihrer Sprösslinge und hastete weiter hinterher. Johannes sah das wohlwollende Lachen in ihren Augen und musste lächeln. Die Welt konnte so friedlich sein. Auch auf einem solchen Platz, auf dem er so Schlimmes erlebt hatte. Er bog in eine weitere Gasse, dann in eine andere. Hier bildeten die Kirner Läden die eine Seite des Ganges, während die andere von Verkaufsständen gebildet wurde. Auch hier konnte er Julchen nirgendwo erkennen. Die Gasse war ebenfalls schmal, zahllose Menschen drängten sich hier an den Ständen und Geschäften vorbei. Er schritt weiter, betrachtete die Auslagen eines Stoffhändlers, dann die eines Händlers, der Leder in unterschiedlichster Qualität ausliegen hatte – und sah plötzlich wieder rote, lange Locken, die schwungvoll im Gedränge ganz dicht an ihm vorbeiwirbelten. Eine Frau, die sich eilig zwischen den Menschen hindurchdrängte und schon fast wieder an ihm vorbei war. Er drehte sich um, legte der Frau die Hand auf die Schulter – und blickte in ein wutverzerrtes Gesicht, das er nur zu gut kannte.

„Schon wieder Er!“

Johannes sah, wie vor ihm ein Spazierstock in die Höhe gerissen wurde und taumelte erschrocken zurück.

„Was bildet Er sich ein!“

„Ich habe Sie mit einer jungen Frau verwechselt.“

Weit aufgerissene Augen, in denen der Wahnsinn flackerte, starrten Johannes an. Der Spazierstock sauste herab und verfehlte ihn nur knapp.

„Einer sehr hübschen Frau mit roten, langen Haaren – die ich sehr gerne wiedersehen würde.“

Wieder wurde der Spazierstock gehoben. Die Passanten um

sie herum stoben zur Seite, Johannes sprang einen Satz zurück, stolperte und schlug mit dem Rücken gegen einen Passanten. Er hörte diesen verärgert schnauben. Es krachte, schepperte. Johannes fiel rückwärts zu Boden und schloss für einen Moment die Augen – während gleichzeitig polternd etwas direkt neben ihm auf dem Boden landete. Als er die Augen öffnete, blickte er auf einen Holzkäfig. Die Verriegelung der Tür hatte sich geöffnet. Langsam schwang sie auf – und gab den Blick auf ein strahlend weißes Huhn frei, das auf dem Boden des Käfigs pickte, ihn dann interessiert beäugte und langsam näher kam. Die Menschen in der Gasse waren stehen geblieben. Viele lachten. Johannes rappelte sich auf und blickte nach oben. Direkt vor ihm stand ein kräftiger älterer Mann in einem grauen Mantel mit braunem Backenbart, der aufgebracht dem Mann mit dem Spazierstock hinterherstarrte, während sich dieser beeilte, in der Menge zu verschwinden. Der Mann im Mantel drehte den Kopf und blickte jetzt Johannes wütend an. Dieser schloss entsetzt die Augen. Er kannte den Mann, der da über ihm stand: Es war Julchens Vater.

„Sie suchen also eine Frau mit roten Haaren", stellte dieser fest, während er Johannes kritisch musterte. Dieser stemmte sich mit beiden Armen in die Höhe und versuchte, auf die Füße zu kommen. Das Huhn hatte den Käfig jetzt fast verlassen. Unsicher hielt es einen Moment lang inne, so als wolle es sich den entscheidenden letzten Schritt vom Holz des Käfigs zum Stein des Platzes noch einmal besonders gut überlegen. Mit einem schnellen Tritt stieß Julchens Vater gegen die Tür, die vor dem gackernden Huhn zuschlug und es in den Käfig zurücktrieb.

„Ich habe zwei Töchter, auf die ihre Beschreibung passt. Meinen Sie vielleicht eine davon?" Er grinste und wies mit einer Armbewegung hinter sich. Johannes, der gerade wieder auf die Beine gekommen war, schlug sich den Schmutz von der Hose und folgte mit dem Blick der Hand des Mannes – und erstarrte, als er Julchen und ihre Schwester direkt hinter ihrem Vater in der Tür des Geschäftes eines Geflügelhändlers stehen sah. Beide musterten ihn belustigt. Johannes schloss die Augen. Er hätte vor Scham im Erdboden versinken können.

Dann nickte er mit gesenktem Kopf.

„Schön“, brummte der Vater. „Dann können Sie mir vielleicht zur Hand gehen. Ich habe noch einige Hühner mehr im Laden, die zu unserem Wagen gebracht werden müssen. Dann erspare ich Ihnen den Ersatz des Käfigschlosses, das Sie gerade zerstört haben. Margarete oder Julchen “, er drehte sich zu seinen Töchtern um, „eine von euch beiden führt den jungen Mann zu unserem Wagen.“

Beide Töchter wechselten einen Blick. Und zu Johannes großer Freude trat Julchen auf ihn zu. Ihren Mund umspielte ein schelmisches Grinsen, ihre Augen lachten.

„Und nehmt auch die beiden anderen Käfige mit“, brummte noch einmal die Stimme des Vaters, während er sich umdrehte und wieder in Richtung Laden stapfte. Margarete schloss sich ihm an.

„So sehen wir uns wieder“, sagte Johannes unsicher.

Sie standen direkt voreinander. Die Menschen in der Gasse zwängten sich an ihnen und den am Boden stehenden Hühnerkäfigen vorbei.

„So sehen wir uns wieder“, wiederholte sie. Ihre Augen funkelten fröhlich. „Und du hast mich also schon gesucht?“

„Das hast du gehört?“

„Natürlich. Das konnte man gar nicht überhören – so laut wie du gesprochen hast.“

Sie sah ihm in die Augen, sodass Johannes ganz warm im Bauch wurde.

„Und du hast noch etwas anderes gesagt. Auch das habe ich ebenfalls nicht vergessen.“ Sie lächelte. „Und ich freue mich ebenfalls, dich jetzt zu sehen. Jetzt aber“, sie wies mit der Hand auf die Käfige am Boden, „sollten wir die Tiere lieber zum Wagen bringen, bevor Vater und Margarete wieder aus dem Laden kommen."

Johannes nickte nur. Ihm war alles recht – solange er nur in der Nähe von Julchen sein konnte. Er nahm zwei Käfige in die Hände. Dann marschierte er hinter ihr her durch die Gassen.

Sie hatten ihr Ziel bald erreicht: einen großen Planwagen, dessen braunes Tuch unübersehbar groß das Bild einer Geige, von Noten und einem Notenschlüssel zierte. In der Gasse waren nur wenige Menschen unterwegs.

„Hier bist du zu Hause?", fragte Johannes ungläubig. Sie standen vor dem Wagen und er hielt die Hühnerkäfige in den Händen.

„Du kannst sie ruhig auf den Boden stellen. Vater soll selber sehen, wo er Platz für sie findet." Julchen setzte ihren Käfig ab und stand nun direkt vor ihm. Johannes roch wieder ihr Haar, den Geruch, der ihn so verzaubert hatte. Sie lächelte ihn an.

„Manchmal leben wir auf dem Wagen", stellte sie fest, während er die Käfige auf dem Boden absetzte. „Aber nur dann, wenn wir umherziehen und Musik machen. Oft müssen wir an vielen Abenden hintereinander irgendwo aufspielen. Natürlich haben wir auch ein richtiges Zuhause, einen kleinen Hof einen halben Tag südlich von Kirn. Dafür sind auch die Hühner. Jetzt ist nur Mutter dort. Sie bleibt häufig daheim, damit es uns auf dem Wagen nicht zu eng wird. Schon morgen in aller Frühe fahren wir mit dem Wagen dorthin zurück."

„Spielt ihr heute noch in Kirn?"

Sie nickte stolz und trat ein kleines Stück näher. Ihr Arm berührte den seinen flüchtig.

„Deshalb sind wir hier. Das ist einmal etwas anderes als auf Hochzeiten zu musizieren. Wir spielen im Gasthof Grein, dem größten der Stadt, zum Tanz auf. Wer in Kirn etwas auf sich hält, nimmt dort an der Feier des Erntedankfestes teil. Der Bürgermeister ist da, alle vornehmen Familien der Stadt, sogar Offiziere der Franzosen."

In Johannes keimte die Hoffnung auf, Julchen wieder spielen zu sehen, den Abend der Hochzeit, den er noch so schön in Erinnerung hatte, wiederholen zu können. Dann aber fiel ihm etwas ein – und seine Stimmung sank. „Sie nehmen Eintritt dafür?“

„Einen halben Louisdor.“

Das war zu teuer. „Dann kann ich nicht kommen.“

Sie nickte.

Er sah sie betrübt an. Sie erwiderte den Blick. In ihren Augen lag ein bedauernder Ausdruck.

Ein Mann lachte ganz in der Nähe. Dann gab er mit energischem Ton einige Anweisungen. Johannes erkannte die Stimme von Julchens Vater.

„Du spielst wunderschön. Ich würde dich gerne wieder einmal spielen hören. Sehr gerne sogar. Besonders das erste Stück, das ihr auf der Hochzeit gespielt habt, kann ich nicht vergessen.“

Sie lachte. „Es ist auch die schönste Melodie, die ich kenne. Margarete mag es nicht so gern. Aber ich kann mich nicht daran satthören und möchte es immer wieder spielen.“

Sie drehte sich kurz um, wandte sich dann wieder an Johannes. „Vater kommt. Du solltest jetzt besser gehen. Wir müssen uns noch auf unseren Auftritt vorbereiten. Und Vater schätzt es nicht, wenn jemand, den er nicht kennt, dabei ist.“

Johannes nickte.

Der Vater kam um die Ecke des Wagens, in jeder Hand trug er einen Käfig. Er musterte Johannes kurz. „Ah, unser junger Helfer ist auch noch da. Vielen Dank.“

„Ich bedanke mich. Es war mir eine Ehre, Ihnen zu helfen.“ Johannes verbeugte sich galant. Julchen warf ihm einen bewundernden Blick zu, den er wohlig registrierte. Julchens Vater brummte etwas Unverständliches, stellte die Kästen auf den Boden und machte sich an der Plane des Wagens zu schaffen. Margarete baute sich neben ihm auf, einen weiteren Käfig in der

Hand, und beäugte Johannes misstrauisch. Er drehte sich um und schritt davon.

„Johannes!" Er war gerade um die Ecke des Planwagens gegangen und stand auf der Gasse, als er noch einmal Julchens Stimme hörte. Dann war sie mit schnellen Schritten bei ihm. „Kennst du den kleinen Wald bei der Burg?", fragte sie hastig, als sie vor ihm stand. Sie sprach leise.

„Ich weiß nicht, ich kenne Kirn nicht besonders ..."

Ihr ungeduldiger Blick unterbrach ihn auf der Stelle. „Wenn du nach Westen gehst, dauert es nicht lange und du bist an der Ruine. In dem kleinen Wald ist ein Brunnen. Dort werde ich am Nachmittag mit meiner Geige nur für dich spielen."

„Wie ...?"

„Wenn wir für den Auftritt geprobt haben, ist meist noch viel Zeit. Vater legt sich dann hin und schläft – genau wie Margarete. Dann bin ich frei."

„Ich werde kommen. Vielleicht können wir uns anschließend sogar zusammen noch einen Teil des Umzuges ansehen."

„Julchen! Wo steckst du denn jetzt?", polterte der Vater auf der anderen Seite des Wagens.

Sie sah Johannes eindringlich an, legte die Finger an ihre Lippen und berührte anschließend mit ihrer Hand seinen Mund. Dann drehte sie sich um und rannte zurück.

Verzückt blieb Johannes noch einen Moment lang stehen. Er konnte sein Glück kaum fassen. Er würde Julchen wiedersehen. Noch heute Nachmittag. Sie würde für ihn spielen. Und sie hatte dafür gesorgt, dass es zu diesem Treffen kam. Was hatte er für ein Glück. Er lächelte, und ein älterer Mann, der vorbeiging, sah ihn erstaunt an. Beschwingt schritt Johannes weiter. Bis zu ihrem Treffen war es noch lang – viel zu lang, wie er ungeduldig feststellte. Was sollte er bis dahin tun? Er würde sich den Markt, die Buden und die Auslagen der Händler weiter ansehen. Aber es war seltsam: Das, was er ohnehin vorgehabt hatte und ihm sonst ein angenehmer Zeitvertreib gewesen wäre, erschien ihm jetzt als eine Beschäftigung, bei der ihm die Zeit nicht schnell genug vergehen konnte.

Ein harter Stoß traf ihn an der Schulter und riss ihn aus seinen Gedanken. Er drehte sich um und sah in die Augen eines Mannes in seinem Alter.

„Entschuldigung", murmelte dieser knapp. Für einen kurzen Moment trafen sich ihre Blicke. Die Augen des anderen weiteten sich erkennend. „Ich habe dich schon einmal gesehen."

„Stimmt." Auch Johannes hatte das Gesicht des Mannes schon einmal gesehen. „Im Gefängnis", erinnerte er sich. „Wir haben zusammen in der Zelle gesessen. Sie haben dich vor mir zum Prügeln abgeholt."

Johannes erinnerte sich – vor allem an den Blick, den sie kurz vor seiner Bestrafung in der Zelle getauscht hatten.

„Johannes ...? Das ist dein Name, oder?"

„Ja. Und wie heißt du?"

„Niklas, ich bin Niklas Nagel."

„Nagel?", argwöhnte Johannes kurz. „So wie der Scharfrichter und Abdecker?"

„Genau. Aber ich bin nicht verwandt. Woher kennst du den?"

„Ich war bei ihm in der Lehre."

„Als Abdecker? Kein schöner Beruf. Solltest du bleiben lassen."

„Mein Vater ist auch Abdecker. Was soll ich machen?" Johannes zuckte mit den Achseln.

„Du kannst gut zupacken, bist harte Arbeit gewöhnt. Ich wüsste da schon was."

„Und was soll das sein?", wollte Johannes wissen.

„Lass uns darüber reden, zusammen mit Franz." Er sah Johannes an. „Müsstest du eigentlich auch kennen. Franz Engisch. Saß ebenfalls mit in unserer Zelle. Ist als Erster auf den Marktplatz rausgekommen."

Johannes nickte zögernd. Ein klares Bild hatte er von dem Mann allerdings nicht mehr im Kopf. „Wo ward ihr danach? Ihr ward nicht in der Krankenzelle."

Nagel grinste. „Bei meiner Liebsten. Die hat mich gleich danach abgeholt. Und Franz hat seinen Meister. Er ist Knecht bei einem Fleischer. Dort wohnt er. Und der hat ihn auch abgeholt und verbunden."

Eine Hand legte sich schwer auf Johannes' Schulter.

„Ah, noch so ein schlimmer Bursche. Kann es sein, dass ihr beide erst gerade freigelassen wurdet?" Ein Mann gesellte sich zu ihnen. Während seine rechte Hand auf Johannes' rechter Schulter ruhte, hatte er seine linke Hand auf Niklas' linke Schulter gelegt und drängte sich so nun zwischen beide. Das musste Franz Engisch sein. Johannes erinnerte sich an das Gesicht.

„Ich bin Franz. Wie heißt du?"

„Johannes."

„War es schlimm? Auf dem Marktplatz?"

„Wahrscheinlich nicht anders als bei dir."

„Dann war es zu ertragen. Ich habe nichts Bleibendes zurückbehalten."

„Ich habe gedacht, Johannes könnte uns vielleicht helfen", sagte Nagel. „Er war beim Abdecker Nagel in der Lehre."

Engisch nickte. „Gute Idee. Dann lasst uns reden." Er wies mit dem Kopf in Richtung einer Gaststätte.

Johannes zögerte. In der Gesellschaft dieser beiden Burschen würde die Zeit bis zum Nachmittag wahrscheinlich am schnellsten vergehen. Aber eigentlich war es ihm noch viel zu früh, um schon in einem Schankraum zu verschwinden. Und irgendwie schien ihm der Aufenthalt hier draußen inmitten des fröhlichen Treibens in den Gassen auch viel besser zu seinen Gefühlen zu passen als das Sitzen in einer düsteren Schänke. Davon abgesehen wollte er sein weniges Geld nicht in einer Gaststätte lassen.

„Es könnte sich für dich lohnen", lockte Nagel, der Johannes' Zögern bemerkte. „Und wir laden dich ein."

Johannes nickte. Wenig später saßen sie an einem Tisch in der hinteren Ecke einer Gaststube am Markt. Vor jedem von ihnen standen ein Bier und ein Teller mit Kohl und Schweinefleisch. Gerade Fleisch war in diesen Zeiten nur schwer zu bekommen und musste ungeheuer teuer sein.

„Ich kann euch das nicht zurückzahlen", stellte Johannes noch einmal klar, bevor er den ersten Bissen vom Teller nahm.

„Schon klar. Das haben wir doch schon längst geklärt. Nun fang aber endlich an zu essen. Du siehst aus, als hättest du eine so gute Mahlzeit seit Langem nicht mehr gehabt."

Das stimmte. Johannes konnte sich überhaupt nicht mehr daran erinnern, wann er das letzte Mal so viel und so gut gegessen hatte. Doch, dann fiel es ihm ein: Es war auf dem Hof Iben, am Tag bevor die Franzosen kamen.

„Wir brauchen jemanden, der uns hilft. Der zupacken kann und auf den wir uns verlassen können", begann Nagel zu sprechen, während sie gierig Kohl und Fleisch aßen.

„Das, was wir hier besprechen, bleibt unter uns. Verstanden? Zu niemandem ein Wort", fuhr ihn Engisch an. „Sonst ..." Er ließ das Wort im Raum stehen und blickte demonstrativ nach unten, an seiner Seite herunter. Johannes, der neben ihm saß, folgte dem Blick. Engisch hatte ein Messer halb aus einer Lederscheide gezogen. Dazu nickte er bedeutungsvoll.

„Ihr könnt euch auf mich verlassen", stellte Johannes fest. „Ist doch klar."

Nagel und Engisch sahen sich an. Engisch nickte leicht. Nagel fuhr mit gedämpfter Stimme fort. „Franz Meister, der Fleischer, ist immer an allen möglichen Tieren interessiert. Gerade in diesen Zeiten. Schafe, Schweine, Rinder, Pferde: Er nimmt alles und bezahlt gut dafür."

„Das glaube ich wohl. Aber wie sollen wir an Schafe oder Schweine kommen? Von Kühen einmal ganz zu schweigen."

Engisch und Nagel sagten nichts. Beide sahen ihn ruhig an. In diesem Moment wurde Johannes klar, wie sie die Tiere beschafften. Die beiden anderen Männer am Tisch wussten genau, was in seinem Kopf passierte. Durch ihre Gesichter lief ein freches Grinsen. „Du verstehst?“

Johannes nickte.

„Den Kunden ist es egal, woher das Fleisch kommt, für das sie zahlen. Und sie zahlen gut im Moment. Das darfst du mir glauben.“

„Dann verdient dein Meister viel“, überlegte Johannes laut.

„Er zahlt auch gut“, sagte Engisch. „Und er ist auch sonst in Ordnung und hat schon viel für mich getan.“

Nagel sah Johannes an. „Machst du mit? Zu dritt ist es besser als zu zweit. Einer kann immer aufpassen, zwei können sich dann um die Tiere kümmern. Wir teilen gerecht durch drei. Einverstanden?“

Johannes steckte sich ein Stück Fleisch in den Mund. Das Angebot klang verlockend. Sein Vater hatte ohnehin nicht viel zu tun. Da konnte er ruhig einige Tage wegbleiben und probieren, etwas Geld zu verdienen. Er nickte. „Ich müsste irgendwo wohnen.“

„Du kannst bei mir wohnen. Hinter dem Haus ist ein alter Stall, der seit Jahren leer steht.“

„Und wie viel kann ich dabei verdienen?“

Beide sahen sich an. Engisch zuckte mit den Achseln und blickte einen Moment ratlos über den Tisch.

„Kommt ganz darauf an, was für ein Glück wir haben. Letztes Mal waren es zusammen zwölf Louisdor.“

„Zwölf?“ Johannes blieb fast der Bissen im Halse stecken. Damit hatte er nicht gerechnet.

„Das waren für jeden sechs Louisdor. Jetzt bekäme jeder vier. Das ist zwar weniger, aber dafür ist das Risiko geringer und wir können mehr schaffen.“

„Ich bin dabei.“

Mit dem Geld konnte er sich endlich neue Stiefel für den Winter kaufen – und neue Kleider. Und seine Eltern würden auch welche bekommen. Überhaupt konnte er mit dem Geld seinen Eltern helfen. Wer weiß: Vielleicht bekamen sie doch noch ihre kleine Landwirtschaft. Vor allem war es kein einmaliges Geld, das er so verdiente. Die Louisdor würden regelmäßig fließen. Was für ein Glückstag.

„Schauen wir uns gemeinsam den Umzug an?", wollte Engisch von ihm wissen.

Johannes schüttelte den Kopf. „Ich habe schon etwas vor."

Die beiden Männer am Tisch sahen ihn erstaunt an, sagten aber nichts weiter.

„Aber danach können wir uns gerne treffen."

„Wir essen hier nach dem Umzug. Komm dazu, wenn du uns sehen möchtest."

Johannes nickte. Wenig später brach er auf. Eine Weile bummelte er ziellos über den Markt, wurde dabei wie magisch vom Wagen der Musikantenfamilie angezogen, konnte Julchen aber nirgends entdecken und hörte auch keine Musik, worauf er sich aufmachte, den kleinen Wald bei der Ruine der Burg zu suchen.

Er hatte den Brunnen schnell gefunden. Er stand auf einer Lichtung in dem kleinen Wald. Julchen war noch nicht da. Dafür fielen die immer noch warmen Strahlen der Septembersonne auf den Platz. Johannes lehnte sich mit dem Rücken an den Brunnen, genoss die Wärme, das Licht der Sonne und schloss die Augen. Er dachte an Julchen, an die Hochzeit, auf der sie sich zuerst getroffen hatten, an ihre Begegnung auf dem Hof und dann ihr Wiedersehen hier in Kirn. Er war noch niemals so glücklich gewesen wie in diesem Moment. Mit einem wohligen Gefühl schlief er ein – und erwachte vom leisen Klang einer Geige, die das Lied spielte, das er so sehr liebte. Johannes öffnete die Augen und sah Julchen, die in ihrem blauen Kleid, das sie schon auf der Hochzeit getragen hatte, vor ihm stand und sich leicht zur Melodie des Liedes wiegte. Sie spielte für ihn, für sie beide – und er schaute sie mit leuchtenden Augen an, während die Zeit für ihn jegliche Bedeutung verlor. In diesem Moment fühlte er sich ihr so nah, wie er noch niemals zuvor einem Menschen nah gewesen war. Als sie den Bogen sinken ließ, stand er langsam auf und schritt auf sie zu. Er sah ihre Augen, funkelnd und erwartungsvoll, als seine Hände ihre Taille berührten, ihren Mund, als seine Finger langsam über ihren Rücken glitten. Dann berührten seine Lippen die ihren, zunächst ganz vorsichtig, fast flüchtig, bevor sie sich trennten und erneut zueinander fanden. Er küsste sie. Johannes küsste Julchen und er hätte jubeln können vor Glück.

Lachend hielten sie sich wenig später immer noch in den Armen, als sie von der Ruine in Richtung Stadt marschierten, um den Umzug mit den geschmückten Wagen der Bauern zu sehen, der schon bald durch die Stadt rollen würde.

Am frühen Abend traf Johannes seine beiden neuen Gefährten und blieb mit ihnen bis in die Nacht hinein zusammen. Wieder musste er nichts zahlen. Er trank zu viel. Am nächsten Tag erwachte er in seiner neuen Bleibe zur Mittagszeit. Franz Engisch kam vorbei. Er hatte den Vormittag bereits in der Kirche verbracht. Wenig später fand sich auch Niklas Nagel ein. Gemeinsam vereinbarten sie für den nächsten Morgen ihren ersten gemeinsamen Diebeszug. Danach wollte Johannes dann zunächst einmal zurück zu seinen Eltern.

Als am Montagmorgen die Sonne aufging, waren sie bereits unterwegs. Ihr Weg führte sie nach Süden.

„Warum laufen wir so weit?“, wollte Johannes von seinen beiden neuen Freunden wissen, als sie zu dritt nebeneinander aus dem kleinen Dorf Becherbach herausmarschierten und weiter in Richtung Süden liefen.

„Ich habe schon mehrfach Schafe oder Schweine gesehen.“ Er wies mit der Hand auf die Schweine, die sich hinter ihnen auf dem letzten Hof Becherbachs im Schlamm suhlten. „Diese Schweine dort zum Beispiel: Die könnten wir uns doch problemlos bei Dunkelheit holen. Am Ortsrand liegt der Hof doch ideal.“

„Einen guten Blick hast du“, lobte Engisch. „Da zeigt sich das Talent zum Räuber. Wenn die Tiere am Ortsrand draußen stehen, haben wir es besonders leicht. Trotzdem ist Becherbach viel zu nah. Wir laufen immer erst einen Tag – und holen uns die Tiere dann am nächsten.“

„Warum so weit?“

„Hier in Becherbach habe ich schon häufiger gearbeitet. Hier kennen viele Franz Engisch. Was ist, wenn uns jemand beim Stehlen entdeckt? Das ist uns schon häufiger passiert. Dann nützt uns auch das Abhauen nichts mehr. Dann dauert es nicht lange, und die Polizei steht bei meinem Meister vor der Tür. Wenig später binden sie mich wieder auf dem Marktplatz auf den Prügelbock. Nein, Nein.“ Er spuckte auf den Boden. „Noch mal muss das nicht sein.“

„Sind wir weiter weg, kennt uns niemand mehr“, erklärte Nagel weiter. „Werden wir ertappt, hauen wir einfach ab. Das ist, als wäre nichts geschehen.“

Johannes nickte. Das leuchtete ihm ein.

Die Nacht verbrachten sie auf einer Lichtung im Wald. Am frühen Nachmittag des nächsten Tages entdeckten sie Schafe auf einer abgelegenen Weide an einem Waldrand. Weit und breit war kein Hof zu sehen. Wahrscheinlich glaubte der Bauer sie hier besonders sicher vor einer Plünderung durch französische Soldaten. Engisch aber wollte die Tiere noch nicht stehlen. Er suchte ein Pferd. Ein Bauer aus Berschweiler hatte ihm gegenüber angedeutet, dass er ein solches Tier brauchte und dafür gut zahlen würde. Am späten Nachmittag hatten sie auch ein Pferd gefunden. Es graste auf einer Wiese am Rand eines Waldes. Vorsichtig pirschten sie sich im Wald an die Weide heran. Der Hof war von hier aus gut zu sehen. Der Bauer hackte Holz vor dem Haus, ein Knecht mistete einen Stall aus und vor dem Eingang lag ein großer Hund. Sie konnten unmöglich das Tier im Tageslicht stehlen, sondern würden bis zum Einbruch der Dunkelheit warten müssen.

„Was machen wir denn jetzt?", wollte Nagel wissen, als sie hinter den Büschen am Waldrand saßen.

„Wenn wir uns das Pferd erst im Dunkeln holen, wird es ziemlich spät heute Nacht. Danach müssen wir ja auch noch zu den Schafen. Und mit denen sollten wir dann noch einige Stunden laufen, damit wir etwas Abstand zum Bauern kriegen, bevor wir uns hinlegen."

„Mist! Du hast recht", fluchte Engisch. „Daran habe ich überhaupt nicht mehr gedacht. Dann kriegen wir ja gar keinen Schlaf mehr."

„Doch. Wenn wir uns aufteilen. Schließlich sind wir jetzt zu dritt. Einer von uns bliebt hier und holt das Pferd. Die beiden anderen gehen jetzt schon los und stehlen die Schafe", schlug Nagel vor.

„Und wo treffen wir uns?"

„Wisst ihr noch, wo wir am Mittag Rast gemacht haben?"

Beide nickten.

„Das ist unser Platz für die Nacht."

„Wer bleibt allein und nimmt das Pferd?", wollte Johannes von seinen Gefährten wissen.

Nagel kratzte sich am Kinn. „Am besten Franz", schlug er vor. „Wegen des Hundes. Außerdem kennt er sich mit Pferden am besten aus."

Johannes schaute fragend von einem zum anderen.

Engisch nickte. Er kramte kurz in der Tasche seines Mantels und zog einen Stoffbeutel heraus. Als er ihn öffnete, lagen einige Fleischstücke in seiner Hand. Sie sahen aus wie gewürfelter Schinken.

„Das reinste Zaubermittel", grinste er. „Ich weiß gar nicht, was genau mein Meister da alles reintut." Er schnupperte daran. „Sie riechen merkwürdig. Auf jeden Fall sind die Hunde verrückt danach. Wenn du ihnen diese Würfel einmal gibst, bist du danach ihr bester Freund. Pass auf." Er stand auf und verschwand hinter den Bäumen.

„Was hat er vor?“, wollte Johannes von Engisch wissen.

„Er freundet sich mit den Hunden an. Wart's ab.“

Wenig später sahen sie, wie ihr Gefährte von der anderen Seite kommend auf den Hof spazierte. Der Hund schlug an und der Bauer drehte sich in Richtung des Neuankömmlings. Als er Engisch sah, schlug er das Beil in einen Holzpflock und stemmte die Hände in die Hüften. Der Hund zerrte nach Leibeskräften an seiner Kette und bellte. Engisch ging gelassen auf den Bauern zu und sprach ihn an. Auf einen scharfen Befehl des Bauern verstummte das Bellen und der Hund legte sich sofort hin. Jetzt entspann sich zwischen beiden Männern ein lebhaftes Gespräch. Dann drehte sich Engisch um und wollte gerade gehen, als sein Blick den Hund erfasste. Wieder wechselten die Männer einige Worte. Engisch schritt auf den Hund zu und griff dabei in seine Jacke. Der Hund kam zögernd auf die Beine, den Schwanz leicht eingekniffen, die Schnauze schnüffelnd nach vorn ausgestreckt. Dann wechselte das Stück Fleisch den Besitzer – und der Schwanz des Hundes wedelte fröhlich in der Luft.

Johannes sah, wie Engisch in die Hocke ging und den Hund herzlich streichelte. Dann verschwand noch ein Fleischstück im Maul des Tieres, Engisch erhob sich und machte sich grüßend wieder auf den Weg. Grinsend erschien der Freund nach einer Weile wieder hinter ihnen im Wald.

„Der bellt mich nie wieder an“, stellte er fest, als er sich wieder zu den Gefährten setzte. „Klappt immer.“

„Aber nicht bei jedem“, stellte Nagel fest. „Ich habe es einmal probiert. Da hat der Köter gekläfft wie verrückt. Obwohl er vorher schön artig das Fleisch genommen hat.“

„Weil du nicht mit dem Wind gekommen bist. Das ist wichtig. Du musst immer aus der Richtung kommen, aus der auch der Wind weht. Dann riechen dich die Hunde schon lange, bevor sie dich sehen. Und das hast du nicht gemacht.“

„Red nicht“, brummte Nagel mürrisch. „Der Wind war

schon richtig. Aber es hat auch etwas mit deiner Art zu tun. Du kannst eben mit Hunden gut umgehen."

Er wandte sich an Johannes. „In der Fleischerei ist alles voller Hunde: große und kleine. Sein Meister liebt die Viecher. Und Franz wohl auch."

Wenig später hastete Nagel zusammen mit Johannes durch den Wald nach Norden.

Das Stehlen der Schafe war einfach. Sie umrundeten einmal die Weide und konnten keinen Bauernhof in unmittelbarer Nähe entdecken. Darauf öffneten sie noch bei Tageslicht das Gatter und ließen die Tiere heraus. Es waren 13 Schafe. Sie ließen sich willig von ihnen zum Lagerplatz führen.

Es war schon dunkel, als Engisch sie hoch auf dem Rücken des Pferdes erreichte. „Könnte mir gefallen, das Reiten", lachte er ihnen entgegen, als er auf die Lichtung trabte, auf der sie lagerten. „Wir sollten uns alle Pferde zulegen."

„Hätte ich nichts dagegen. Aber was sagen die Franzosen dazu?", erwiderte Engisch.

Am nächsten Morgen zogen sie weiter. Sie hielten sich abseits der großen Straßen und marschierten über kleine Wege, die meist durch dichten Wald führten. Dadurch brauchten sie länger. Aber das Risiko, auf Franzosen zu stoßen, auf Bauern, die sie kannten und die unbequeme Fragen stellten, oder Polizisten, die dasselbe taten, war viel geringer. Staunend folgte Johannes den Pfaden, die ihnen vor allem Nagel wies. Es schien keinen Weg zu geben, den er nicht kannte. Johannes prägte sich die Wege gut ein. Wenn er irgendwann einmal bei einem Diebstahl ertappt würde und weglaufen musste, konnten ihn diese Pfade retten. Das wusste er. Und wenn sich dieser erste Raubzug rentieren sollte, würde er auch weiterhin auf diese Art sein Geld verdienen, so viel stand fest.

Auch in der nächsten Nacht schliefen sie unter freiem Himmel, dieses Mal im großen Wald, der an Kirn grenzte. Am nächsten Morgen blieben Johannes und Nagel bei den Tieren, während sich Engisch auf den Weg zu seinem Fleischermeister und dem Bauern aus Berschweiler machte, um ihnen von der Ankunft der Schafe und des Pferdes zu berichten. In der Dämmerung kam er zusammen mit seinem Meister, dem Fleischer Franz Andres, zurück. Wenig später erschien auch der Bauer, der das Pferd kaufen wollte. Beide zahlten gut. Am Ende hielten sie 15 Louisdor in den Händen, die sie gerecht teilten. Während Engisch zusammen mit seinem Meister verschwand, ging Johannes an der Seite von Nagel in die Stadt. Er übernachtete im Stall, bevor er am nächsten Morgen zu seinen Eltern aufbrach. Er wollte schon in wenigen Tagen zurück sein, damit sie wieder zusammen aufbrechen konnten. Der Fleischer brauchte weitere Tiere. Er belieferte jetzt auch die Franzosen, die gut für seine fertigen Wurst- und Fleischwaren zahlten.

Fünf Louisdor! Johannes konnte sein Glück kaum fassen, als er über die Landstraße wanderte, die von Kirn nach Sobernheim führte. Er freute sich schon auf seine Eltern. Die Sonne schien vom strahlend blauen Himmel und blendete ihn. Er schloss kurz die Augen und genoss die Wärme. In den Nächten wurde es jetzt schon empfindlich kalt. Umso schöner war es, die Sonnenstrahlen am Tag zu spüren. Wie leicht er zu dem Geld gekommen war. Was hatten sie schon dafür getan? Sie waren gelaufen, hatten gelacht und geredet dabei. Und dafür fünf Louisdor. Kein Vergleich zur Arbeit bei Meister Nagel oder bei seinem Vater, dem Gestank und der Plagerei. Und dann war der Verdienst auch ungleich höher. Seine Eltern würden Augen machen. Er freute sich schon jetzt auf ihre Gesichter. Johannes pfiff ein Lied und marschierte fröhlich weiter. Ein Pferdefuhrwerk kam ihm entgegen – eine tote Kuh auf der Ladefläche. Kein Zweifel. Das war ein Wagen von Meister Nagel. Einer der Knechte, mit dem Johannes nie viel zu tun gehabt hatte, saß gebückt auf dem Kutschbock und hing seinen Gedanken nach. Er war sicher auf dem Weg zurück zum

Betrieb in Bärenbach. Sollte er. Johannes würde eine solche Arbeit nie wieder machen. Er hatte seinen Weg gefunden.

„Du warst lange fort. Wie hat dir das Erntedankfest gefallen?" Seine Mutter sah ihn fragend an, nachdem sie ihn zur Begrüßung im Hauseingang umarmt hatte. Der Vater kam auf dem Hof von hinten heran.

„Lass uns reingehen", forderte Johannes sie auf.

Langsam legte er einen Louisdor nach dem anderen auf den Tisch, an dem sie in der Küche zusammen saßen.

Seine Mutter sah ihm staunend zu. Auch der Vater sagte nichts. Die Augen zusammengekniffen saß er zurückgelehnt in seinem Stuhl. Seine Miene verriet nicht, was er vom plötzlichen Reichtum seines Sohnes hielt.

„Jetzt ist aber Schluss", betonte die Mutter gespielt empört, als er den vierten Louisdor auf das Holz legte.

Johannes schüttelte nur den Kopf, ließ die Münze los und griff noch einmal in seine Tasche.

„Das ist der letzte", stellte er fest und ließ die Münze auf den Tisch fallen. „Fünf Louisdor. Vier für euch und einer für mich."

Das Gesicht der Mutter wurde ernst. Sie blickte sich hilfesuchend zu ihrem Mann um.

Der kratzte sich bedächtig mit der Hand am Kopf.

„Wo hast du das Geld her?"

„Willst du das wirklich wissen?"

Die Blicke von Vater und Sohn trafen sich. Keiner sagte ein Wort. Der Blick der Mutter wanderte ängstlich von einem zum anderen.

Dann nickte der Vater leicht anerkennend. In seinen Augen begann es zu funkeln. „Nein. Nicht wirklich. Aber ich möchte, dass du auf dich aufpasst. Ich will nicht, dass sie dich noch einmal mit dem Stock prügeln."

„Das will ich auch nicht. Das kannst du mir glauben."

Wieder nickte der Vater. „Dann ist es ja gut."

„Wie lange bleibst du? Musst du bald wieder fort?"

„Einige Tage werde ich schon bei euch sein. Aber dann muss ich wieder gehen. Ich habe Freunde in Kirn, die mich schon erwarten."

Als sich Johannes wieder auf den Weg in die Stadt machte, war er nicht sicher, was sein Vater genau über sein Leben in Kirn wusste. Er hatte Johannes nicht weiter danach gefragt. Und Johannes hatte es ihm nicht von sich aus erzählt. Aber die Mutter wollte alles wissen, so genau wie möglich. Sie bestürmte ihn mit Fragen, als der Vater wieder zum Arbeiten nach draußen gegangen war und sie zusammen am Küchentisch sitzen geblieben waren. Er erzählte ihr von seinen beiden neuen Freunden und davon, wie er das Geld in Kirn verdiente. Sie machte sich Sorgen um ihn, Sorgen, dass sie ihn erwischen und wieder bestrafen würden, vielleicht noch härter als zuvor. Doch während sie das sagte, sah er die Bewunderung in ihren Augen. In diesem Augenblick wusste Johannes endgültig, dass er das Richtige tat.

Er war kaum in Kirn, als Niklas Nagel und Franz Engisch durch die Tür in den Stall traten, in dem er dort lebte. Es gab viel zu besprechen und zu planen. Engischs Meister brauchte dringend weiteres Fleisch – am besten Schweine oder Rinder. Und ein Nachbar des Bauern aus Berschweiler wollte ebenfalls ein Pferd. Schon am nächsten Tag waren sie wieder auf dem Weg nach Süden, wo sie genauso leicht wie bei ihrem ersten Raubzug eine Kuh und ein Pferd stehlen konnten. Danach war jeder um vier Louisdor reicher. Beim nächsten Raubzug stahlen sie zwei Pferde und zwei Bienenstöcke, die ihnen ein Bauer aus Bärenbach abkaufen wollte. Dabei nutzten sie wieder die Dunkelheit. Bisher hatte sie bei ihren Taten noch nie jemand gesehen. Es bestand anscheinend nicht die geringste Gefahr, ertappt zu werden.

Als sie sich erneut auf den Weg machten, hatte es in der Nacht den ersten Frost gegeben. Reif bedeckte das Gras, als Johannes zusammen mit Nagel vor dessen Haus auf Engisch wartete. Fröhlich pfeifend kam dieser die Straße entlang auf sie zu. Er nickte kurz zum Gruß. Dann warf er beiden auch schon ein schmales, braunes Bündel zu. „Hier: für euch."

Im Reflex hob Johannes die Hände und fing den Gegenstand auf. Er fühlte hartes Leder, Holz: Es war ein Messer. Er zog es behutsam zur Hälfte aus der Scheide und starrte es an.

„Ich war gestern Abend noch im Krug und habe mich eine Weile mit zwei Männern unterhalten. Angeblich Händler. Sagten, sie kämen aus Böhmen und seien auf der Durchreise nach Paris. Wenn ihr mich fragt, waren das Soldaten, Kaiserliche, die sich hier in Zivil etwas umsehen wollten. Aber was interessiert es uns. Auf jeden Fall haben sie diese beiden Messer verloren." Er grinste breit. „Ist schon seltsam, dass zwei Händler genau identische Messer tragen." Er sah seine beiden Freunde an. „Ich dachte, ihr könnt sie gut brauchen."

„Danke", strahlte Nagel und befestigte das Messer an seinem Gürtel.

Johannes zögerte noch. Das war kein einfaches Messer. Das war ein Hirschfänger – so wie ihn auch sein Vater besaß. Er hatte ihn – zusammen mit einem Degen – aus seiner Zeit als Soldat bei den Österreichern behalten. Man konnte damit Wild den Gnadenstoß geben, aber auch grobe Arbeiten verrichten. Wegen ihrer Vielseitigkeit war diese Waffe bei den Soldaten so beliebt.

„Willst du es nicht haben? Oder was wartest du noch?", hörte Johannes Engischs Stimme. Lachend stand der Gefährte vor ihm. Trotzdem schwang eine leichte Gekränktheit in seiner Stimme mit. Ganz offensichtlich nahm Johannes das Geschenk nicht so auf, wie er es sich erhofft hatte.

„Das ist kein einfaches Messer", stellte Johannes fest.

„Das ist ein Hirschfänger. Jäger benutzen ihn und auch Soldaten. Es ist eine ideale Waffe für einen Soldaten, der sich in Zivil bewegt. Du könntest recht haben mit deiner Vermutung."

Johannes lächelte Engisch an und nickte anerkennend. „Auf jeden Fall ist er schon etwas Besonderes. Danke."

Engisch nickte zufrieden. „Damit wir uns wehren können. Wenn sie uns einmal kriegen. Wem du damit in den Bauch gestochen hast, der läuft dir nicht mehr nach."

„Mit dem Hirschfänger?" Johannes starrte ihn fassungslos an. An diese Möglichkeit hatte er nicht gedacht.

„Na klar. Oder willst du dich wieder von Arloff auf dem Marktplatz prügeln lassen? Mir jedenfalls passiert das nicht wieder. Deshalb habe ich immer mein Messer dabei." Er schlug mit der Hand auf die Messerscheide an seiner Hüfte.

„Wenn uns jemand ertappt, hauen wir natürlich ab", mischte sich Nagel in das Gespräch. „So sehe ich das auf jeden Fall. Wenn es aber keinen Fluchtweg gibt, weiß ich, was ich mache. So solltest du das auch sehen."

„Ja doch, klar." Johannes schluckte. Auch er befestigte jetzt den Hirschfänger an seinem Gürtel. Das schwere, schlanke Messer reichte ihm über das Knie bis zum Unterschenkel und schlug ihm an das Bein, als sie losmarschierten. Doch nach kurzer Zeit hatte er sich schon daran gewöhnt.

Dieses Mal wanderten sie nach Westen. Sie verließen die Straße. Nagel wollte einen neuen Pfad ausprobieren, der ebenfalls in ihre Richtung führte. Am frühen Abend sah Johannes links von ihnen im Tal einen vereinzelten Bauerhof am Rand eines Waldes. Er grenzte an einen See.

„Was haben wir denn da?" Vor ihm hob Engisch die Hand. „Das ist doch genau das, was wir suchen."

Sie blieben stehen und sahen ins Tal.

„Wenn der Tiere hat", überlegte Nagel laut.

„Die hat er. Das spüre ich", sagte Engisch entschlossen.

„Lasst uns nachsehen", schlug Nagel vor.

Schon hatten sie die Straße verlassen und waren im Wald auf dem Weg zum Hof.

„Besser könnten wir es uns doch gar nicht wünschen", frohlockte Nagel neben Johannes, als sie zwischen hohen Buchen zügig vorankamen. „Nach Einbruch der Dunkelheit holen wir uns die Tiere, verstecken uns im Wald und sind morgen schon wieder auf dem Rückweg."

„Und übermorgen schon wieder um einige Louisdor reicher."

Auf dem Hof unter ihnen schlug ein Hund an.

„Was für ein nervöses Tier", schnaubte Engisch verächtlich. „Bei dieser Entfernung. Ihr bleibt hier. Ich mache den Hund mit Fleischer Andres' Wundermittel bekannt. Dabei kann ich ja gleich gucken, was der für Tiere hat."

„Was erzählst du dem Bauern eigentlich, wenn du auf den Hof kommst?", wollte Johannes wissen.

„Ich frage nach dem Weg. Und dann reden wir über dies und das. Die meisten Bauern haben etwas, das sie gerade beschäftigt: das Wetter oder was die Franzosen machen. Darüber kommen wir dann ins Gespräch. Irgendwann entdecke ich dann den Hund und mache mich mit ihm vertraut."

Er hob die Augenbrauen und lachte. Dann war er auch schon vor ihnen zwischen den Bäumen verschwunden.

„Sechs Kühe und zwei Pferde. Die Schafe konnte ich nicht zählen. Waren zu unruhig. Und die Schweine stehen im Stall. Hühner hat der auch", meldete Engisch nach seiner Rückkehr.

„So etwas gibt es noch?", staunte Nagel. „Der scheint ja völlig fernab des Krieges zu leben. Hat der überhaupt schon mitbekommen, dass die Franzosen da sind?"

„Keine Ahnung", brummte Engisch. „Wahrscheinlich versteckt er seine Tiere sonst die meiste Zeit im Wald. Ist auf jeden Fall ein echter Glücksfall für uns." Engisch rieb sich nachdenklich das Kinn. „So viele Tiere kann mir Meister Andres nicht abnehmen."

„Alle Tiere könnten wir ohnehin nicht mitnehmen", stellte Nagel fest. „Es sind zu viele Ställe und zu viele Türen, die wir öffnen müssten. Und auch für den Rückweg wären es mir zu viele Tiere."

„Dann lasst uns nur die Schafe nehmen", überlegte Engisch laut. „Zwei wird mein Meister uns in jedem Fall abkaufen. Und Schafe werden wir im Moment immer los."

„Lassen wir die Tiere so lange im Wald?", wollte Johannes wissen.

„Ja", sagte Nagel. „Auf irgendeiner kleinen Lichtung. Wir binden sie mit langen Stricken an. Das haben wir schon einmal gemacht."

Sie warteten noch, bis sich die Dunkelheit über das Land gesenkt hatte. Dann schlichen sie zum Hof. Der Vollmond warf sein bleiches Licht auf die Erde. Ein leichter Wind blies von rechts. Wollten sie ihn im Rücken haben, mussten sie zunächst den Hof halb umrunden, um ihn dann von rechts zu betreten. Sie kämpften sich durch dichtes Gestrüpp im Wald voran. Endlich hatten sie es geschafft. Der Hof lag direkt vor ihnen. Im Schutz einiger Brombeersträucher hockten sie sich auf den Boden und beobachteten Haus und Ställe. Für einen Moment war nur wenig zu erkennen. Eine dichte Wolke verdeckte den Mond. Die Wolkenränder schimmerten blass im Schein des Nachtgestirns. Dann trieb der Wind die Wolken weiter und das silberne Licht erhellte den Hof.

Zwischen den Gebäuden war alles still. Der Hund lag an einer Kette. Er hatte den Kopf gehoben und witterte in ihre Richtung.

„Ich werde erwartet", grinste Engisch und erhob sich langsam. In der Hand hielt er schon einige der kleinen Fleischstücke. „Ich hole die Schafe. Ihr wartet hier."

Langsam schlenderte der Gefährte voran. Jetzt erreichte er den Hof. Der Hund stand mittlerweile und wedelte erfreut mit dem Schwanz. Ein erwartungsvolles Fiepen war zu hören. Engisch streckte seine Hand aus und ging langsam weiter. Dann hatte er das Tier erreicht, fütterte und streichelte es. Alles blieb still – bis auf das Fiepen, das der Hund immer wieder ausstieß.

„Hoffentlich wird der blöde Köter nicht noch lauter", brummte Nagel neben Johannes leise verärgert.

Engisch ging mittlerweile weiter, an einem Stallgebäude vorbei, hinter dem er links abbog. Hier musste sich die Weide befinden, auf der die Schafe standen. Vereinzelt blökten einige Tiere. Johannes zuckte bei jedem Geräusch zusammen. Neben ihm hockte Nagel, tiefe Falten auf der Stirn, die Augen jetzt geschlossen.

Engisch kam wieder hinter dem Stall hervor. In der rechten Hand hielt er ein Band, an dem er ein Schaf führte, das jetzt in Sicht kam. Trotz der Anspannung musste Johannes grinsen, als er sah, wie die anderen Schafe brav folgten. Engisch beschleunigte seine Schritte, kam jetzt direkt auf sie zu. Der Hund hatte sich wieder hingelegt. Er kaute immer noch auf einem Fleischstück herum, beobachtete Engisch und die Schafe aufmerksam, gab aber keinen Laut von sich.

„Geh ein Stück zur Seite", forderte Nagel Johannes auf. „Dann kann Franz die Schafe zwischen uns hindurchführen. Am besten folgen wir erst einmal dem Pfad, der dort weiterführt. Durch den Wald können wir dann später zurück nach Osten gehen. Und jetzt mach."

Johannes folgte der Anweisung. Engisch hatte sie jetzt fast erreicht. Ein Schaf blökte aufgeregt, zwei andere gaben Antwort. Nagel trat etwas hinter dem Busch hervor und wies Engisch winkend den Weg.

„Los, hier lang. Und dann immer gerade weiter, den Pfad entlang", zischte er so laut, dass es Engisch gerade verstehen konnte. Er nickte – und trieb die Tiere gerade zwischen ihnen hindurch. Johannes zählte sieben Schafe. Als sie vorbei waren, standen er und Nagel gleichzeitig auf und schlossen sich Engisch und den Tieren an. Jetzt ging es schnell voran. Ihr Gefährte an der Spitze marschierte nun sehr viel eiliger und trieb die Tiere an.

Plötzlich krachte und blitzte es links von Johannes. Erschrocken zuckte er zusammen und schloss die Augen. Sein linkes

Ohr pfiff vom Lärm. Er riss die Augen auf, konnte aber geblendet kaum etwas erkennen. Er roch Pulverdampf, sah jetzt auch die Schwaden. Dahinter erblickte er eine schnelle Bewegung, irgendetwas Schwarzes raste auf ihn zu und traf ihn im nächsten Moment im Gesicht. Während der Schmerz in seinem Kopf explodierte, wurde ihm schwarz vor Augen und er stürzte bewusstlos zu Boden.

Eiskaltes Wasser brachte ihn wieder zur Besinnung. Für einen Augenblick glaubte Johannes zu ersticken. Er sog Luft in seine Lungen und öffnete die Augen. Über ihm stand ein Mann mit einem Eimer in der Hand und grinste verächtlich. Johannes lag am Boden. Es war immer noch dunkel. Als er den Kopf hob, schmerzte seine linke Wange. Er richtete sich langsam weiter auf, bis er auf den Knien saß, während seine linke Hand nach seinem Gesicht tastete. Er fühlte etwas Warmes, Nasses. Erschrocken hob er die Finger vor seine Augen und sah sein eigenes Blut. Die ganze linke Gesichtshälfte war voll davon. Er begann zu zittern, am ganzen Körper, ohne dass er sich dagegen wehren konnte, und hob den Kopf. Der Mann grinste immer noch hämisch. Mit der rechten Hand nahm er jetzt das Gewehr, das neben ihm an einem Baum lehnte. Erschrocken zuckte Johannes leicht zurück. Er wusste sofort, dass es der Kolben dieses Gewehres gewesen war, der ihn im Gesicht getroffen hatte. Das Grinsen des Mannes wurde breiter.

„Steh auf!“, forderte er Johannes schroff auf. Dieser mühte sich langsam auf die Beine. Sein rechtes Bein knickte ein, als er es belasten wollte. Ein Schlag mit dem Gewehrkolben traf ihn auf die Brust. Nicht so stark wie der Schlag ins Gesicht, aber kräftig genug, um ihn umzuwerfen.

„Steh auf! Schneller“, wiederholte der Mann.

Johannes kämpfte sich mühsam auf die Beine. Er spürte, wie das Blut weiter über seine linke Wange lief. Sein ganzer linker Arm war bereits blutverschmiert. Zwei Gestalten torkelten in sein Blickfeld. Es waren Niklas Nagel und Franz Engisch. Hinter ihnen trat ein weiterer Mann, deutlich jünger als Johannes' Bewacher, hinzu. Auch er hielt ein Gewehr in der Hand.

„Das sind alle", stellte er fest. „Drei Kerle. Mehr waren nicht im Wald und bei den Schafen."

Der Mann vor Johannes nickte.

„Ist der dabei, der am Nachmittag auf dem Hof war?"

Der jüngere Mann wies lässig mit dem Finger auf Engisch. Der hielt sich mit der Hand die Rippen.

„Ah ja – Lumpenpack." Der Ältere spuckte vor Engisch und Nagel auf den Boden. „Wo sind Thomas und Berthold?"

„Bei den Schafen. Niemandem ist etwas passiert."

Der Alte nickte zufrieden. „Dann ab mit denen zum Hof. Morgen bringen wir sie nach Kirn. Die Polizei wird sich freuen."

9. Kreuz-Dame

Die Nacht verbrachten Johannes und seine Gefährten gefesselt in einer Scheune – jeweils abwechselnd von einem der Männer bewacht. Sie lagen kaum auf dem Stroh, als Johannes bemerkte, dass der Hirschfänger, den er in den Tagen zuvor am Gürtel getragen hatte, fehlte. Überrascht tastete er nach dem Lederbeutel, in dem er die Louisdor verwahrte und der sonst ebenfalls am Gürtel baumelte. Auch er war weg.

Niklas Nagel hatte Schmerzen in der Brust, die in der Nacht immer stärker wurden. Ihn hatte der Kolben eines Gewehres auf die Rippen getroffen, während Franz Engischs Nase zerschmettert worden war. Niemand machte sich die Mühe, ihre Wunden zu versorgen. Johannes zählte sechs Männer auf dem Hof, einige davon waren noch sehr jung. Es schien ein Bauer zu sein, der mehrere Söhne hatte. Dazu kamen noch Knechte. Zwei der Männer trugen Stiefel und Mäntel, wie sie auch französische Soldaten trugen. Ein dritter hatte einen Hut auf, wie Johannes ihn von den Besatzern kannte.

Früh am nächsten Morgen trieb man sie aus dem Stall ins Freie und fesselte sie in einer Reihe hintereinander. Bewacht von zwei der jüngeren Männer marschierten sie nach Osten. Am Abend erreichten sie Kirn.

Johannes fühlte sich seltsam taub und verlassen, als sich die Zellentür wieder hinter ihm schloss. Wie in einem Traum sah er, wie die anderen Gefangenen ihn aufmerksam musterten, wie einige die Köpfe zusammensteckten und sich über ihn und seine beiden Gefährten zu unterhalten schienen. Noch immer hatte sich niemand um ihre Wunden gekümmert. Alle drei sahen schlimm aus. Verdreckt, abgekämpft, übermüdet und vor allem über und über mit getrocknetem Blut bedeckt. Niklas Nagel sah man ohne offene Wunde die Strapazen noch am wenigsten an. Johannes ahnte, dass er vielleicht am schlimmsten von ihnen aussah. Seine ganze linke Gesichtshälfte war angeschwollen, er konnte das Auge auf dieser Seite nur noch einen schmalen Spalt öffnen. Er taumelte zum Strohlager an der Wand der Zelle. Widerstrebend machten die Männer, die dort saßen, einen Platz frei. Johannes nickte kurz zum Gruß und Dank und ließ sich dann auf das Stroh fallen. Er schloss die Augen. Wie gut das tat. Jetzt erst einmal schlafen. Wie lange hatte er das nicht mehr getan? In der ganzen vergangenen Nacht jedenfalls war er vor Schmerzen und den Geräuschen der beiden Gefährten und ihrer Bewacher nicht einen Moment zur Ruhe gekommen. Er fühlte die Angst, die in ihm aufstieg, als er zur Ruhe kam – die Angst vor dem Gefängnis, vor allem aber vor dem Marktplatz, vor dem Bettelvogt mit seinen kalten Augen und dem harten Stock. Aber dann siegte die Müdigkeit und er schlief ein.

Erneut brachte ihn ein Schwall eiskalten Wassers zu Bewusstsein. Johannes riss die Augen auf. War die Nacht schon vorüber? Er konnte kaum etwas erkennen. Ein grelles Licht blendete ihn. Er hörte Worte, verstand sie nicht. Sein Kopf schmerzte. Es konnte unmöglich schon Morgen sein, er hatte ganz sicher fast überhaupt nicht geschlafen.

„Aufstehen." Das Wort verstand er jetzt klar und deutlich.

Das Licht entfernte sich. Vor sich erkannte er zwei Polizisten und einen weiteren Mann. Den hatte er schon einmal gesehen. Es war der Arzt, der ihn bei seinem vergangenen Besuch im Gefängnis versorgt hatte. Die beiden Polizisten packten ihn am Oberarm und zogen ihn in die Höhe, bugsierten ihn aus der Zelle in den Gang und dann weiter, zwei Treppen hinauf, bis sie wieder in dem Raum des Gefängnisses waren, in dem er schon einmal verbunden gelegen hatte. Der Arzt kümmerte sich um seine Wunden. Johannes saß auf einem Strohlager. Den Kopf leicht zurückgelehnt starrte er gegen die Decke, während der Arzt Salbe auf seine geschwollene Gesichtshälfte auftrug. Dieser Raum war nicht immer Teil des Gefängnisses gewesen, wie Johannes auffiel. Direkt über seinem Kopf befand sich eine Luke, die wohl zu einem Dachboden führte. Vielleicht war das ganze Gebäude vor langer Zeit einmal ein ganz normales Wohnhaus gewesen. Vielleicht hatten in diesem Raum einmal vor vielen Jahren glückliche Menschen beim Essen zusammengesessen und dem Klang einer Geige gelauscht. Der Arzt begann, ihn zu verbinden. Johannes lächelte. Die Geigenmelodie kam ihm in den Sinn. Während er ihr in seinem Kopf nachhing, fiel ihm ein kleiner Spalt am Rand der Bodenluke auf. Diese schloss nicht bündig mit der Decke. Eine kleine Spinne saß daneben. Wenn sie wollte, konnte sie auf den Dachboden klettern. Dort gab es sicher viel mehr Beute für sie als hier unten in diesem kargen Raum.

Wie ein Blitz kam Johannes der befreiende Gedanke. Er zwang sich, ruhig zu bleiben. Wenn die Spinne durch diese Öffnung auf den Dachboden klettern konnte, warum sollte ihm das durch die Luke nicht genauso möglich sein?

„Gendarm!“ Der Arzt war mit dem Verbinden fertig und rief nach den Polizisten.

Auf dem Flur blieb alles still.

Johannes frohlockte. Das wurde ja immer besser. Konnte es eine bessere Gelegenheit zur Flucht geben als ein Aufenthalt in diesem Raum?

„Gendarm!“ Der Arzt wurde lauter. Er trat mit energischen Schritten auf den Flur hinaus und brüllte jetzt nach den Polizisten.

Schnelle Stiefelschritte waren von der Holztreppe zu hören, dann traten die beiden Beamten in den Raum. Ihnen folgte der Arzt mit rotem Gesicht. Er schüttelte verärgert den Kopf.

„Sie können ihn mitnehmen“, forderte er die Polizisten auf. Dann sah er Johannes an. „Morgen sehen wir uns wieder. Ich muss den Verband wechseln.“

Morgen also, dachte Johannes und nickte. Schon morgen würde er das Gefängnis verlassen. Sein Blick glitt durch den Raum. Direkt vor dem Strohlager stand der Stuhl, auf dem der Arzt beim Verbinden seiner Wunde gesessen hatte. Auch das war geradezu wunderbar. Über diesen Stuhl konnte er die Luke in der Decke erreichen. Er achtete darauf, seinen Blick nicht nach oben zur Luke gleiten zu lassen, sondern sah zum Ausgang.

„Vielen Dank“, nickte er kurz dem Arzt zu. „Vielen Dank.“ Dann packten ihn auch schon die beiden Polizisten und schoben ihn aus der Tür hinaus.

In der Zelle waren auch Niklas Nagel und Franz Engisch längst erwacht. Nagel lag noch auf seinem Strohlager und starrte vor sich hin, als Johannes von den Polizisten in die Zelle geführt wurde. Er hob kurz den Blick, als er seinen Gefährten sah. Engisch dagegen schien schon wieder recht munter zu sein. Er saß mit anderen Gefangenen zusammen am Boden beim Kartenspiel. Er grinste Johannes an. Mit seiner zerschmetterten Nase und dem getrockneten Blut im Gesicht sah er fürchterlich aus, sodass Johannes für einen kurzen Moment zurückschreckte. Engischs Grinsen wurde breiter.

Dann traten die Polizisten zu ihm. Er wurde als Nächstes aus der Zelle geführt, um verbunden zu werden. Als er nach einer Weile wiederkam, hatte Johannes bereits seinen Platz unter den Spielern gefunden.

Der Tag verging schnell. In der Nacht schlief Johannes tief und fest. Er erwachte im Morgengrauen von allein, noch bevor die Polizisten kamen, um ihn zum Verbinden zu bringen. Aus der Ferne klang das Krähen eines Hahnes durch das kleine, vergitterte Fenster hoch oben in der Zellenwand. Johannes blickte durch die Zelle, über die schmutzigen Wände und das Strohlager, auf dem die Männer lagen. Sein Blick fiel auf den Stapel Spielkarten, den sein Besitzer fein säuberlich neben das Strohlager gelegt hatte.

Was würde er machen, wenn ihm die Flucht gelang? Wieder zu seinen Eltern gehen? Ihm fiel nichts Besseres ein. Zunächst jedenfalls. Aber dieses Mal würde er wachsam sein und den Polizisten nicht wieder in die Hände fallen. Gedanken an und Bilder von seinen Eltern stiegen in seinem Kopf auf. Wie sehr er sie liebte. Er sehnte sich so danach, wieder bei ihnen zu sein – am besten als Kind. Als Junge hatte die Mutter ihn stets beschützt, wovor auch immer er Angst hatte. War er krank, pustete sie auf die schmerzende Stelle und seine Schmerzen verschwanden. Es gab keine Gefahr, die groß genug gewesen wäre, die starken Hände des Vaters zu überwinden. Er hatte mit den Jungs im Dorf gespielt. Niemanden interessierte es, ob er der Sohn eines Abdeckers oder Bauern war. Niemand hatte ihm deswegen verboten zu sprechen oder ihn ins Gefängnis gesteckt. Und heute? Vielleicht war das eigentlich Schlimme der Ablauf der Zeit, das Älterwerden – und weniger die Tatsache, der Sohn eines Abdeckers zu sein.

Der Hahn krähte noch einmal. Johannes seufzte. Auf dem Flur vor der Zelle hörte er Schritte. Das Frühstück wurde gebracht. Heute würden sie ihn also erst nach dem Essen zum Arzt bringen. Auch nachdem die Polizisten den Topf mit dem Getreidebrei wieder aus der Zelle getragen hatten, dauerte es noch eine ganze Weile, bis sie wiederkamen, um ihn abzuholen. Mürrisch und wortkarg führten sie Johannes die Treppe hinauf. Missmutig musterte ihn der Arzt und begann, den alten Verband zu lösen. Wann war der rechte Moment für seine Flucht gekommen? Was sollte er mit dem Arzt machen? Sein Blick glitt durch den Raum. Er sah die Verbände, die gleich neben dem Strohlager auf einem kleinen Tisch lagen, eine Schere, Messer und Instrumente, die er nicht kannte. Blitzschnell formte sich ein Plan in seinem Kopf. Noch einen Moment warten, so lange, bis der Arzt ihn fertig verbunden hatte. Dann konnte er mit seiner Flucht beginnen.

Als der Arzt einen Schritt zurücktrat und ihn kurz mit traurigen Augen musterte, war es so weit. Ruckartig beugte sich Johannes nach vorn und griff nach einem großen Messer. In einer Bewegung hielt er es dem Arzt auch schon an die Kehle.

„Kein Laut", herrschte er den Mann an. „Dann geschieht dir nichts."

Dieser wich einen Schritt zurück, kam der offenen Tür am Flur gefährlich nahe.

„Hierbleiben", zischte Johannes, packte ihn an der Schulter und zerrte ihn auf das Strohlager, auf dem er selbst noch vor einem Moment gesessen hatte. „Kein Geräusch. Hast du verstanden? Dir geschieht nichts. Aber mach, was ich sage."

Der Arzt nickte verängstigt. An seinem Hals rann ein Tropfen Blut nach unten und verschwand im Kragen seines Hemdes. Die Klinge war scharf wie die eines Rasiermessers. Erschrocken zog Johannes sie etwas zurück. Mit der freien Hand griff er nach einem frischen Verband. „Umdrehen und hinlegen. Hände auf den Rücken."

Der Arzt tat, wie ihm geheißen. Er wehrte sich nicht, auch nicht, als Johannes seine Hände mit dem Verband auf dem Rücken zusammenband und das Messer weglegte. Es folgten die Beine, dann knotete Johannes einen weiteren Verband vor den Mund. Jetzt musste es schnell gehen. Die Zeit, die der Arzt zum Verbandswechsel brauchte, war längst vorüber. Das mussten die Polizisten bald merken – was immer sie in diesem Moment auch im Gefängnis taten. Johannes zog den Stuhl heran, sodass er unter der Luke stand, und stellte sich darauf. Mit den Händen drückte er die Klappe nach oben. Sie öffnete sich leicht und mühelos. Kalte, muffige Luft schlug ihm entgegen. Beherzt fasste er mit beiden Händen in die Öffnung und zog sich hoch. Auf dem Boden angekommen, schloss er als Erstes wieder die Luke. Dann warf er, noch in der Hocke, einen schnellen Blick durch den Raum. Auf dem Dachboden war es nicht vollständig dunkel. Das Licht reichte aus, um Einzelheiten im Raum zu erkennen.

Der Boden stand voller Gerümpel. Johannes erkannte die Umrisse von Möbeln unter verstaubten Tüchern. Er schreckte kurz zurück: In einer Ecke stand offen ein alter Prügelbock. Beherzt richtete er sich auf. Der Schreck verflog so schnell, wie er gekommen war. Darauf würden sie ihn nie wieder schnallen. So viel wusste er. Sein Blick glitt weiter. Am Ende des Dachbodens erkannte er – hinter Regalen voller Kisten – eine Mauer. Wenn er richtig sah, befand sich dort eine Tür. Mit einigen Schritten stand er vor den Regalen. Und wirklich: Dahinter gab es tatsächlich eine Tür, grob gezimmert aus rohen Brettern. Sie war nur angelehnt.

Ein lauter Fluch ertönte aus dem Stockwerk unter ihm – dann Rufe, Stimmengewirr. Die Polizisten hatten den gefesselten Arzt entdeckt. Jetzt würde es nicht mehr lange dauern, bis sie durch die Luke auf den Boden kamen. Johannes fasste das Regal und versuchte, es zurückzuschieben. Es ging nicht. Die Kisten waren zu schwer. Er nahm die erste, schleppte sie durch den Raum und stellte sie auf die Bodenluke. Es folgte die zweite, dann die dritte. Als er die vierte Kiste vom Regal hob, hörte er hinter sich einen kurzen Schlag, dann einen weiteren.

„Die Luke ist zu", rief eine Männerstimme.

„Da ist er hoch. Ich hab's gehört", war die Stimme des Arztes zu vernehmen.

Es rumste wieder an der Luke.

„Ich krieg sie nicht auf."

„Das hat keinen Sinn", polterte eine weitere Stimme.

„Wo ist die nächste Luke?"

„Im Nachbarhaus."

„Dann zwei Mann dort hinauf. Und die anderen gehen raus. Wie weit kann er über die Dächer und Dachböden kommen? Vielleicht ist er schon auf dem Marktplatz. Seht zu, dass ihr ihn findet."

Johannes stellte die fünfte Kiste auf den Boden und zog das Regal zurück. Vorsichtig. Sie mussten ja nicht unbedingt hören, dass er noch über ihnen war. Dann öffnete er die Tür und huschte auf den nächsten Dachboden. Der war viel größer als der, von dem er kam. Er musste sich zumindest über zwei Häuser erstrecken. Auch hier stand überall verstaubtes Gerümpel. Auf der gegenüberliegenden Seite, in einiger Entfernung, strahlte Sonnenlicht durch eine kleine Öffnung und vertrieb das Zwielicht. Johannes hastete in die Richtung, musste sich dabei zweimal unter massiven Balken, die schräg das Dach trugen, bücken. Dann erreichte er die Stelle, an der das Licht hereinfiel. Dort fehlten in Kniehöhe einige Dachziegel, andere waren zerbrochen. Das Loch war fast so groß, dass ein Mann hindurchschlüpfen konnte. Johannes entfernte die Reste einiger Dachziegel, legte sich auf den Boden und spähte hinaus. Er befand sich direkt über einer Gasse, die 20 Schritte weiter auf den Marktplatz mündete. Direkt unter ihm stand eine Kutsche. Hinter ihm krachte es. Johannes wirbelte herum. Die Luke zum Dachboden war aufgeschlagen. Jemand schob eine Leiter hindurch. Er hatte keine Wahl mehr, drehte sich um und schob die Beine durch die Öffnung im Dach nach draußen. Mit den Händen hielt er sich an einem Balken fest und ließ sich langsam erst mit den Beinen, dann mit dem ganzen Körper an der Wand herunter, während er an den ausgestreckten Armen hing. Auf dem Dachboden hörte er Schritte. Johannes ließ los und landete auf dem Dach der Kutsche. Er sprang auf den Kutschbock und von dort auf die Gasse. Hier blickte er in die fragenden Augen mehrerer Passanten, die stehen geblieben waren und ihn ansahen. Ohne zu zögern rannte Johannes los und war auch schon um die Ecke auf dem Marktplatz verschwunden. Hier standen die zahllosen Buden und Verkaufsstände der Händler und Bauern. In den engen Gassen, die sich so gebildet hatten, schritten Bürger und Bauern aus Kirn zum Einkaufen umher. Direkt an der Wand, vor Johannes, stand der Wagen eines Händlers oder Bauern, den dieser als Bude nutzte, um von der Ladefläche seine Waren zu verkaufen. Johannes warf sich zu Boden und huschte zwischen den Rädern weiter. Vom Pflaster der Gasse hörte er schnelle Stiefelschritte. Er war unter dem Wagen hindurch. Ein zweiter folgte. Als er auch unter diesem hindurch war, stand er auf und hastete über die schmale Gasse zu den Verkaufsständen auf der gegenüberliegenden Seite. Von rechts ertönte ein Schrei. Johannes blickte in die Richtung – und sah einen Polizisten, der mit ausgestrecktem Arm auf ihn wies, etwas hinter sich brüllte und dann in seine Richtung spurtete. Unentschlossen blieben einige Marktbesucher stehen und musterten ihn misstrauisch. Ein weiterer Polizist stürmte in die Gasse, dann folgte noch einer.

Mit einem Satz huschte Johannes kurz entschlossen zwischen einem Verkaufstand und der Wand einer weiteren Bude hindurch und verschwand von der Gasse. Er hetzte weiter, erreichte die Rückseite der Buden von der nächsten Gasse, rannte im schmalen Spalt zwischen den Buden und Wagen weiter, immer parallel zur Gasse, bis an einer Stelle ein Verkaufsstand fehlte. Johannes lief über die freie Stelle, überquerte die fast menschenleere Gasse davor und hechtete unter einen Wagen, der auf der anderen Seite stand. Hier blieb er liegen und atmete tief durch. Die Polizisten hatte er zunächst abgehängt. So schnell waren sie ihm ganz sicher nicht zwischen den Wagen und Buden hindurch gefolgt. Hier befand er sich erst einmal in Sicherheit. In der Gasse hinter sich hörte er schnelle Schritte. Sie kamen zügig näher. Das konnten unmöglich die Polizisten sein. Vorsichtig spähte er zwischen den Speichen eines Wagenrades hindurch auf die Gasse – und sah, wie zwei Polizisten auf dem Pflaster schnell herankamen. Johannes fluchte leise und kroch unter dem Wagen weiter, weg von der Gasse.

„Dort! Schnell! Unter dem Wagen dort ist er verschwunden", war die Stimme eines Marktbesuchers oder Händlers zu hören. Die Schritte der Polizisten wurden schneller.

Endlich war Johannes unter dem Wagen hindurch. Jetzt befand er sich auf der Rückseite des nächsten Verkaufsstandes. Er hob den Kopf. Auch das war ein Wagen. Er konnte gleich auf dem Boden weiterkriechen – und so die Gasse davor erreichen. Aber was war das? Diese Kutsche kannte er. Es war ein Planwagen. Und auf den Stoff – von unten nur schlecht zu sehen – waren Noten aufgemalt. Er lag direkt vor dem Wagen von Julchen und ihrem Vater. Das war die Rettung. Aber was, wenn er drinnen auf ihren Vater traf? Er wischte den Gedanken fort. Er hatte keine Wahl. Er musste jetzt schnell handeln. Die Schritte vom Pflaster drangen nun laut zu ihm herüber. Sie wurden schlagartig langsamer. Die Polizisten hatten den ersten Wagen erreicht. Johannes richtete sich auf, hastete an der Seite des Wagens entlang. Die Plane war fest geschlossen. Schon war er um die Ecke, stand vor der Rückseite der Kutsche. Hier war die Plane nicht fest mit dem Holz des Wagens verzurrt. Er griff nach dem Stoff und konnte ihn beiseiteschieben. Leise. Er musste jetzt ganz leise sein und durfte sich nicht durch lautes Poltern gegenüber den Polizisten verraten. Die würden annehmen, dass er unter den Wagen und zwischen den Buden weitergelaufen war. Niemand würde ihn so schnell in einem Wagen vermuten. Nur noch ein Satz in die Höhe, dann war er vor seinen Verfolgern gerettet.

10. Herz-Sieben

Juliana Bläsius war aufgeregt. In ihrem Bauch kribbelte es, als würde dort ein ganzer Ameisenstaat krabbeln. Und ihr Mund fühlte sich schon wieder ganz trocken an. Sie konnte es kaum erwarten, wieder auf der Bühne zu stehen. Heute war Markttag. Schon jetzt drängten sich die Menschen auf dem Platz vor der kleinen Bühne. Noch zogen die meisten vorbei, auf dem Weg zu den zahllosen Ständen und Buden, die hier, direkt vor ihrem Wagen, fehlten, weil es nur so möglich gewesen war, genügend Raum für das Publikum bei ihrem bevorstehenden Auftritt zu schaffen. Aber es würde nicht mehr lange dauern, bis ihr Auftritt begann. Die ersten Zuschauer standen auch schon direkt vor der Bühne und warteten auf ihren Auftritt. Wenn sie erst mit dem Spielen anfingen, würden es noch viel mehr werden – viel mehr, als ihnen bei den Hochzeiten und Festen in den Gasthöfen am Abend zuschauten. Dann würden die Menschen den Platz wieder bis zum Rand füllen und zu ihnen auf die Bühne hinaufschauen. Das wohlige Kribbeln in ihrem Bauch verstärkte sich. Sie stand wieder einmal auf und ging zum Vorhang, der ihre kleine Bühne nach vorne begrenzte. Direkt davor blieb sie stehen und legte ihr Auge an das kleine Loch im Stoff. Sie musste einfach noch einmal einen Blick auf die Menschen werfen, die dort standen. Es waren wieder mehr geworden. Nicht mehr lange. Dann würde es losgehen – und der Vorhang sich endlich öffnen.

Ihr Blick fiel auf Margarete, die immer noch auf ihrem Stuhl an dem kleinen Tisch hinter der Bühne und dem Vorhang saß und las. Der gleich beginnende Auftritt ließ sie wie immer kalt. Trotzdem konnte sie spielen, konnte die Finger auf der Geige schneller tanzen lassen als Julchen. Direkt hinter Margarete stand der Wagen, der heute – wie schon so oft – ihr Zuhause war. Ihr Stuhl und der Stuhl ihres Vaters daneben waren leer.

„Julchen!“ Der Vater streckte den Kopf vor der Plane auf dem Kutschbock aus dem Wagen heraus. Sein Blick schweifte einen Moment über die leeren Stühle. Dann fand er sie. „Unser Gast möchte dir noch etwas geben – und sich mit dir unterhalten.“

Er stellte sich auf den Kutschbock und begann langsam und umständlich herabzusteigen.

Julchen seufzte leise. Zögernd ging sie zum Wagen.

„Sei lieb!“ Er stieß die Worte leise hervor, als sie aneinander vorbeigingen, und fixierte sie eindringlich. Sie erwiderte den Blick so, dass er wusste, sie hatte verstanden. Von ihr würde keine Gegenwehr, kein Protest oder Trotz kommen, wenn sie dabei auch alles andere als glücklich war. Auf dem Wagen saß Niklas Klaas. Ein Händler, mit dem Verkauf von wertvollen Steinen reich geworden und nun der vielleicht reichste Mann aus Oberstein. Er hatte dem Vater Geld geliehen, immer wieder, wenn sie den Wucherer, dem sie Geld für den Hof in Weierbach schuldeten, nicht mehr bezahlen konnten. So lange, bis sie nur noch Niklas Klaas Geld schuldeten. Er hatte ihnen auch im Frühjahr geholfen, als das Rad ihres Wagens bei der Fahrt zum ersten Auftritt des Jahres gebrochen war. Langsam stieg Julchen auf den Kutschbock. Sie wusste, was Niklas Klaas von ihr erwartete. Sie wusste aber auch, was sie ihm nicht geben konnte. Und sie hatte Angst vor dem Tag, an dem er es von ihr – und ihrem Vater – verlangen, an dem der Händler um ihre Hand anhalten würde. Sie hatte den Kutschbock erreicht und bückte sich, um in das Halbdunkel unter der Plane zu treten.

Der Händler stand auf, als sie zu ihm trat. Er war groß, so groß wie ihr Vater, und vielleicht 15 Jahre älter als sie. Er hatte eine hohe Stirn und für einen Mann ungewöhnlich volle Lippen, die seinem Gesicht einen schmollenden Ausdruck verliehen und in seltsamem Kontrast zu den kleinen Augen standen, die sie immer so eiskalt fixierten und ihr Angst machten.

„Ich will, dass du heute schön bist, Julchen. Schöner als du ohnehin aussiehst. Und deshalb möchte ich dir etwas leihen. Wir müssen aber vorher etwas probieren." Er flüsterte die Worte fast, während sie seine fleischige Hand zur Begrüßung hielt. Jetzt fiel ihr ein, woran sie seine Augen erinnerten: an ein Reptil, an eine Schlange, die sie im vergangenen Sommer einmal auf einem der Märkte gesehen hatte. Der Händler löste den Griff und beugte sich über einen kleinen Koffer, den er seitlich neben sich auf einem Tisch stehen hatte. Mit einer langsamen Bewegung zog er eine Kette aus einer Schatulle hervor. Julchen sah das Gold, und sie sah den Stein, blutrot, von weißen Adern durchzogen, der groß und geheimnisvoll in der kunstvoll verzierten Fassung funkelte.

„Er passt zu deinem Haar – und zu deinen Augen. Ich möchte, dass du ihn heute während des Auftrittes trägst. Es sind wichtige Händler aus Mainz in der Stadt, bedeutende Kaufleute. Sie werden wissen, wessen Schmuck es ist, den sie hier sehen." Er lächelte vieldeutig. „Und ich möchte, dass du dir schon einmal vorstellst, wie es ist, wenn du immer solchen Schmuck tragen könntest."

Er sah sie an. Sein Mund lächelte immer noch, seine Augen verrieten allerdings keine Regung. Mit einer langsamen Bewegung hob er die Kette aus der Schatulle, öffnete den Verschluss und hob sie in die Luft. Julchen spürte das kalte Metall auf ihrer Haut, als er die Kette senkte und ihr um den Hals legte. Sie spürte die Finger des Mannes, wie sie sich in ihrem Rücken zu schaffen machten, um die Kette zu schließen, und anschließend noch einmal über ihre Haut strichen – und sie fröstelte. Sie sah den Blick seiner kalten Augen, der in ihren Ausschnitt glitt und dabei gierig den Ansatz ihrer Brüste musterte – und ihr lief ein Schauer über den Rücken. Er trat einen Schritt zurück und betrachtete sie.

Von außerhalb des Wagens drangen Geräusche herein. Mehrere Männerstimmen riefen durcheinander. Es klang fast wie Kommandos bei den Soldaten, auch wenn Julchen die Worte nicht verstehen konnte. Sie hörte schnelle Schritte auf den Steinen der Gassen.

Der Händler hatte nur Augen für sie. Er nickte zufrieden.

„Aber eine weitere Kette wollen wir trotzdem noch probieren." Er lächelte versonnen und trat wieder an sie heran. Julchen musste sich zusammenreißen, um nicht gleichzeitig einen Schritt zurückzugehen und stattdessen stehen zu bleiben, stehen zu bleiben und bewegungslos darauf zu warten, dass er wieder vor ihr stand und sich seine Finger wieder auf die Haut in ihrem Ausschnitt und ihren Hals senkten. Schon berührte er sie wieder. Sie spürte, wie sie eine Gänsehaut bekam.

„So empfindlich?" Er säuselte die Worte fast. Sie wusste, es sollte vertraulich, freundlich klingen. Die Finger des Händlers strichen über die Glieder der Kette, berührten dabei ihre Haut und glitten langsam zu ihrem Hals empor. Dann senkte sich sein Kopf, mit einer so langsamen Bewegung, dass Julchen hätte schreien können, und er küsste sie in den Ausschnitt. Empört schloss sie die Augen, presste die Lippen zusammen. Durfte er das? Bisher war der Händler noch nie so weit gegangen. Sollte sie schreien, Vater und Margarete rufen? Oder war das, was er hier tat, noch etwas, das sie erdulden musste? Sie blieb still – und der Händler hob die Lippen kurz, um sie ein Stück weiter oben, am Hals, erneut über ihre Haut gleiten zu lassen. Julchen roch das Fett, mit dem er seine Haare in Form gebracht hatte. Ihr wurde schlecht.

„Vater wird bald rufen", stieß sie mit schwacher Stimme hervor. „Nicht mehr lange, und wir müssen auf die Bühne."

Jetzt – endlich – beendete er den Kuss und hob den Kopf, während seine Finger den Verschluss an der Kette in ihrem Nacken öffneten.

„So viel Zeit wird schon noch sein. Die nächste Kette ist nicht minder schön. Aber ich fürchte", er verzog die breiten Lippen bedauernd, während er die Kette mit dem roten Stein in ihre Schatulle zurücklegte, „er passt nicht so gut zu deinen Farben."

Wieder drangen Rufe und Schritte von draußen zu ihnen herein. Wenn Julchen es recht bemerkte, kam der Lärm aber nicht aus Richtung der Bühne, sondern von der anderen Seite. Plötzlich hörte sie auch vom Heck des Wagens ein leises Geräusch, das aber schnell wieder verstummte.

Der Händler öffnete eine zweite Schatulle. Ganz langsam und vorsichtig, fast andächtig, hob er eine Kette mit einem großen, blau gemusterten Stein in die Höhe. Dann wandte er sich um und blickte sie an. Als er sich ihr zudrehte, sah sie zum ersten Mal das Feuer in seinen Augen glimmen. Ein kaltes Feuer, die Gier, sie zu besitzen. Seine Zunge glitt kurz über seine Lippen, als er näher kam. Dann berührten seine Finger erneut ihre Haut.

Entsetzt riss Johannes die Augen auf. So leise er konnte hatte er die erste Plane zur Seite geschlagen, war auf den Wagen geklettert und durch das Dunkel eines kleinen Raumes gekrochen, den ein Vorhang vom Rest des Wagens abtrennte. Er hörte das Rascheln von Kleidern, dann Julchens Stimme. Die gedämpfte Männerstimme hatte er viel zu spät gehört, erst in dem Augenblick, als seine Hand bereits den Vorhang fasste und zur Seite schob. Da sah er Julchen. Sie stand im Wagen, die Augen geschlossen. Johannes sah eine Kette, einen Edelstein, an ihrem Hals funkeln. Und vor ihr einen Mann, mit dem Rücken zu ihm. Er hatte den Kopf gesenkt – um sie ganz sanft zu küssen. Er sah noch, wie die junge Frau die Augen aufriss, ihn anblickte, bevor er hinter den Vorhang zurücktaumelte und mit einem Satz hinter der Plane auf dem Boden der Straße war. Überrascht drehte sich der Polizist um, der in diesem Augenblick hinter dem Wagen vorbeihastete, und starrte Johannes an. Er sah ihn an, ungläubig, für einen Augenblick nicht verstehend, wen er da so plötzlich vor sich hatte. Dann blitzte Erkennen in seinen Augen auf. In diesem Moment schlug Johannes zu, drosch ihm die Faust mit all der Wut, die er in sich spürte, mitten in das Gesicht.

Der Polizist stürzte rückwärts zu Boden und Johannes stürmte in die Gasse, durch die er gekommen war. Wieder rannte er zwischen Ständen hindurch, kroch unter Wagen und sprintete über Gassen, bis er die Polizisten, die sofort hinter ihm herrannten, abgeschüttelt hatte. In einem verlassenen Planwagen fand er schließlich einen Platz, an dem er verschnaufen konnte.

11. Herz-Ass

Vorsichtig öffnete er nach einer Weile die Plane hinten am Wagen und spähte hinaus. Er wusste: Auch wenn die Polizisten seine Spur verloren hatten, suchten sie ihn immer noch. Wahrscheinlich waren zahlreiche Beamte auf dem Markt unterwegs, überwachten auch die Gassen, die zum Marktplatz führten. Vom Wagen aus sah er die Bude eines benachbarten Händlers. Die Tür an der Seite war offen, niemand im Inneren zu sehen. Johannes' Blick fiel auf einige Haken an der Rückseite des Verkaufraumes, nicht weit von der Tür. Dort hingen eine Hose, ein Hemd, ein Kleid und noch andere Kleidungsstücke. Offensichtlich hatten sich die Händler für das Verkaufsgeschäft umgezogen. Mit einem Satz sprang Johannes vom Planwagen und verschwand durch die Tür im Verkaufsraum der Bude. Der Händler, der hier seine Waren verkaufte, war sicher nicht weit weg. Sonst hätte er die Tür nicht offen gelassen. Johannes musste schnell handeln. Die Kleidung würde ihm nützen. Er brauchte etwas, womit er die Polizei vollständig täuschen konnte, etwas, das nach Möglichkeit seinen Kopf zu großen Teilen verbarg. Sein Blick fiel auf ein Kopftuch. Johannes nahm es vom Haken und griff nach dem Kleid darunter. Dann war er auch schon wieder aus der Bude verschwunden. Er huschte hinter die Rückseite und lief im Zwischenraum zwischen den Buden dieser Gasse und denen der nächsten. Hier war kein Mensch zu sehen. Johannes hielt an und warf sich das Kleid über, band sich dann das Kopftuch um. Als er fertig war, wusste er nicht, wie er aussah. War die Kleidung überzeugend? Oder sah er so aus, dass er sofort auffallen, alle Blicke auf sich ziehen würde? Er musste es riskieren.

Auf dem Platz ertönte Applaus. Dann war eine Geige zu hören, Musik erklang, das Konzert hatte begonnen. Bei dem Gedanken an das, was er auf dem Wagen der Musikanten gesehen hatte, schloss Johannes die Augen. Wütend presste er die Lippen aufeinander. Dann öffnete er die Augen wieder. Daran durfte er jetzt nicht denken. Er musste fliehen, so schnell es ging vom Marktplatz und aus Kirn verschwinden. Dazu durfte er aber noch nicht hier, in der Nähe des Konzertes, seine Deckung verlassen. Hier würden viel zu viele Menschen unterwegs sein. Er hastete im Zwischenraum von Wagen und Buden weiter. Als er schließlich auf eine Gasse trat, war diese nur wenig belebt. Er hielt sich krumm, den Kopf gesenkt, damit ihm niemand ins Gesicht sehen konnte, und musste sich sehr beherrschen, nicht zu schnell zu gehen. Niemand schien sich an ihm zu stören oder ihn zu beachten. Johannes ging weiter, immer noch gebückt. Schließlich lief er über die menschenleere Straße, die aus der Stadt herausführte. Dann hatte er es geschafft. Im Wald, außerhalb der Stadt, zog er die Frauenkleider aus und setzte seinen Weg fort.

Mit dem Einbruch der Dunkelheit begann es zu frieren. Nach einer Weile sah Johannes einen großen Bauernhof etwas abseits der Straße. Nur aus einem der Fenster fiel spärliches Licht. Johannes schlich vorsichtig näher. Neben dem Haupthaus standen eine Scheune und einige Stallgebäude. Johannes öffnete die Tür zu einem der Ställe. Er war verlassen. Wahrscheinlich hatten die Franzosen alle Tiere geholt. Leise schlich er weiter, kletterte über eine Treppe unter das Dach, wo immer noch Stroh gelagert war. In einer Ecke ließ sich Johannes erschöpft fallen und deckte sich mit Stroh zu. Julchen und der

Mann, der sich über sie gebeugt hatte, kamen ihm in den Sinn. Hilflos sah er noch einmal die Bilder vor sich. Er fühlte sich einsam und verraten. Warum hatte sie das getan, wo es doch noch kurz zuvor so schön zwischen ihnen gewesen war? Er dachte an den Nachmittag bei der Ruine in Kirn. Sie hatte Geige gespielt. Nur für ihn. Und danach waren sie gemeinsam zum Umzug gelaufen, hatten gelacht und geredet. Die Erinnerung tat weh. Tränen schossen ihm in die Augen. Dann sah er wieder das Bild des Mannes, der sich über sie beugte, vor sich und durchlitt die Szene noch einmal. Der Schmerz hatte etwas seltsam Wohliges. Trotz seiner Erschöpfung fand er lange keine Ruhe, wälzte sich auf seinem Lager hin und her. Erst spät in der Nacht versank er in einen tiefen und festen Schlaf.

Am nächsten Morgen erwachte er spät. Die Sonne war schon lange aufgegangen. Beim Aufstehen kam ihm Julchen in den Sinn. Aber irgendetwas hatte sich verändert, war anders als in den Gedanken der Nacht. Als er Julchen noch einmal mit dem Schmuck auf dem Wagen vor sich sah, wischte er das Bild entschlossen weg. Die Sache mit Julchen war vorbei, beschloss er trotzig. Sollte sie sich doch für Schmuck oder Geld mit diesem Mann einlassen und verraten, was zwischen ihnen war. Wenn sie das tat, war sie es nicht wert und nicht die, für die er sie gehalten hatte. Jetzt hatte er Wichtigeres zu tun, als solchen Erinnerungen nachzuhängen. Vorsichtig schlich er zur Straße zurück. Vom Bauern oder den Knechten sah er keine Spur. Dafür hörte er Pferdehufe, als er die Straße fast erreicht hatte. Instinktiv duckte er sich ins Gebüsch. Gerade noch rechtzeitig. Vier Polizisten kamen auf der Straße um eine Biegung und trabten an ihm vorbei. Erst als das Geräusch der Pferdehufe verstummt war, stand Johannes vorsichtig auf. Ob sie ihn suchten? Wenn, dann waren sie wahrscheinlich auf dem Weg zu seinen Eltern, um ihn dort abzufangen. Er musste sehr vorsichtig sein. Aber vielleicht wollten sie ja auch nur Gefangene aus Kreuznach abholen oder sie gingen ganz anderen Angelegenheiten nach. Johannes marschierte weiter, dabei wachsam auf das Geräusch von Pferden achtend. Als er noch einen halben Tagesmarsch vom Haus der Eltern entfernt war, verließ er die Straße. Dieses Mal wollte er vorsichtig sein. Dieses Mal würden ihn die Polizisten nicht auf dem Hof überraschen. Auf den schmalen Waldpfaden, die er hier gut kannte, kam er fast ebenso schnell voran wie auf der Straße. Dafür traf er niemanden. In dieser Gegend kannten ihn viele Menschen. Auch wenn er mit den meisten immer gut zurechtgekommen war, wusste er nicht, ob ihn nicht jetzt jemand an die Polizei verraten würde. Und sei es aus Versehen. Am späten Nachmittag war er dem Haus der Eltern so nah, dass er es bequem noch vor dem Einbruch der Dunkelheit erreichen konnte. Johannes hatte Hunger. Der Gedanke, am Tisch der Mutter Platz zu nehmen, war verlockend. Aber er wischte diese Überlegung fort. Das konnte er sich nicht leisten. Heute Nacht würde er sich im Schutz der Dunkelheit den Hof der Eltern ansehen und sie morgen treffen. Er machte sich auf den Weg zu einem abgelegenen Bauernhof. Johannes wusste, dass dieser Bauer all seine Tiere an die Franzosen verloren hatte. Der Stall war also leer. Aber es gab dort Stroh, auf dem er sich ein wenig hinlegen und ausruhen konnte. Wenig später erreichte er den Stall, legte sich hin und schloss die Augen. Als er sie wieder öffnete, war es bitterkalt und dunkel. Fröstelnd stand er auf und tastete sich über schmale Pfade durch den Wald zum Hügel, von dem aus er den Hof der Eltern überblicken konnte. Er hatte die Kuppe des Hügels fast erreicht, als er leise Männerstimmen hörte. Vorsichtig schlich er weiter, sich jeweils von einem Gebüsch zum nächsten vortastend. Auf der Hügelkuppe stand ein Zelt, vor Blicken vom Tal her gut durch einige Tannen geschützt. Davor saßen dicht nebeneinander zwei Männer. Es waren Polizisten, wie Johannes jetzt erkannte, als er noch näher kroch. Sie beobachteten das Tal, das Haus seiner Eltern. Sie hatten es auf ihn abgesehen, wollten ihn fangen. Er presste sich auf den kalten Boden. Dann kroch er langsam zurück. Etwas weiter talwärts schlich er in Richtung des Waldrandes. Von dort aus hatte er ebenfalls eine gute Sicht auf das Haus seiner Eltern, ohne dass die Polizisten ihn sehen konnten. Er hatte gerade einen gut geschützten Platz erreicht, da dämmerte der Morgen. Die Tür des Hauses wurde geöffnet und sein Vater trat heraus. Langsam und umständlich machte er sich an ihrem alten Pferd zu schaffen und spannte es vor den Karren. Dann rollte er los. Das war die Gelegenheit, auf die Johannes gewartet hatte. Er wusste, dass sein Vater in der jüngsten Zeit häufig für einige Bauern in Kreuznach gearbeitet hatte. Wenn das auch heute der Fall war, kannte Johannes die Straße, auf der der Vater fahren würde. Und er kannte einen Pfad durch den Wald, der zur Straße nach Kreuznach führte. Dort konnte er den Vater treffen. Er hastete los, lief zeitweise durch den Wald, auch um sich warm zu halten, denn die Kälte war ihm mittlerweile bis in die Knochen gedrungen. Seit die Aussicht, in der warmen Küche der Eltern zu sitzen, geschwunden war, traf ihn die Kälte umso schlimmer.

Sein Vater musste erst mit dem Karren auf der Straße um das ganze Dorf herumfahren, bevor er an die Stelle kam, an der Johannes ihn erwartete.

„Johannes!“, rief der Vater überrascht aus, als sein Sohn aus dem Gebüsch vor dem Karren auf die Straße trat – und drehte sich im nächsten Augenblick auch schon vorsichtig um. Dann blickte er wieder seinen Sohn an. „Du darfst nicht nach Haus. Die Polizei sucht dich.“

„Ich habe sie auf dem Hügel gesehen. Dort saßen sie sogar in der Nacht und haben den Hof nicht aus den Augen gelassen.“

„Du weißt, was du tust?“ Sein Vater sah ihn eindringlich an.

„Ich habe es gewusst“, sagte Johannes. „Jetzt weiß ich es nicht mehr.“

„Steig auf.“ Sein Vater rutschte zur Seite. Er setzte ihm eine Mütze auf, als Johannes neben ihm auf dem Kutschbock saß, und fuhr los. „Es wird schon gerade kein Polizist geritten kommen.“ Er warf seinem Sohn einen Blick von der Seite zu. „Was ist passiert? Die Polizisten sagten, sie hätten dich bei einer Räuberei gefangen und du wärst ausgebrochen.“

„Ja. Damit sie mich nicht wieder auf dem Marktplatz mit einem Stock prügeln“, stellte Johannes mit bitterer Stimme fest.

Sein Vater nickte ernst, und Johannes berichtete, was geschehen war.

„Und wohin willst du jetzt?“, wollte sein Vater von ihm wissen, als er alles erzählt hatte. „Es ist kalt. Und nach Hause kannst du nicht.“

Johannes schüttelte nur ratlos den Kopf.

„Dann geh nach Muhl. Dort lebt ein Cousin von mir. Wir waren zusammen bei den Österreichern. Wir haben uns vor langer Zeit zum letzten Mal gesehen. Trotzdem erinnert er sich bestimmt an mich. Wenn du sagst, dass du mein Sohn bist, wird er dich aufnehmen. Er ist Köhler. Seine Frau starb vor vielen Jahren. Als ich ihn besuchte, lebte er allein in einer Hütte im Wald. In Muhl werden sie dich ganz sicher nicht suchen.“

Johannes nickte. „Wie komme ich hin?“

Der Vater beschrieb ihm den Weg. Er musste wieder nach Westen, noch zwei Tage weiterwandern, nachdem er Kirn erreicht hatte. Dann würde er Muhl im dichten Wald noch ein ganzes Stück hinter Birkenfeld finden. Als sein Vater fertig war, gab er ihm die Verpflegung, die die Mutter ihm für den Tag vorbereitet hatte. Johannes umarmte ihn, nahm ihm das Versprechen ab, der Mutter von allem zu erzählen, und verschwand auch schon wieder im Wald. Er wanderte nach Westen, hatte ein Ziel und fühlte sich zum ersten Mal seit Tagen nicht mehr haltlos und verloren. Das Gefühl der Zuversicht, wie er es sonst immer kannte, erfüllte ihn wieder.

Der Cousin des Vaters hieß Jakob Hahn und arbeitete längst nicht mehr als Köhler. Er kam gerade hinter der Theke eines Gasthofes am Ortsrand von Muhl hervor, als Johannes den

Raum betrat, um dort nach dem Weg zu fragen. Mit seinem Bauch, den grauen Haaren und dem Vollbart wirkte er wie ein Mann, der es gern gemütlich und ruhig hatte. An diesem Tag schien ihm aber irgendetwas die Ruhe genommen zu haben. Die Schürze vor seinem Bauch war nass, nervös trocknete er immer wieder seine Hände mit einem schon nassen Handtuch davor ab und blickte Johannes unstet an.

„Was willst du denn vom alten Köhler", fragte er misstrauisch.

„Er ist der Cousin meines Vaters, Johann Bückler. Sie haben zusammen bei den Österreichern gedient. Ich brauche für einige Zeit eine Bleibe."

„Johann Bückler." Sofort hellten sich die Augen des Mannes hinter der Theke auf – und er gab sich zu erkennen, während seine Hände immer noch das nasse Handtuch rieben. Er erinnerte sich gut an Johannes' Vater und war sofort bereit, den Sohn in einem Zimmer der Herberge wohnen zu lassen und ihn zu verpflegen. Als Gegenleistung sollte Johannes bei der Arbeit helfen. Er erkundigte sich nicht einmal nach dem Grund für Johannes' Kommen.

„Jakob!" Der Klang einer schrillen Frauenstimme drang von draußen herein.

Sofort fuhr der alte Mann unruhig herum und blickte in die Richtung, aus der der Ruf gekommen war. „Ja doch", brummte er unwirsch und setzte sich in Bewegung, wobei er Johannes kurz mit der breiten Hand auf die Schulter schlug. „Und du kommst mit. Kannst gleich anfangen zu helfen."

Johannes trottete hinterher – und stöhnte innerlich, als sie auf den Hof hinter dem Gasthaus traten. Hier wurde Wäsche gewaschen. Die Plackerei kannte Johannes aus seinem Elternhaus zur Genüge. Es sah so aus, als ob er sich Unterkunft und Verpflegung hart erarbeiten musste.

„Wir brauchen Wasser", herrschte sie eine kräftig gebaute Frau, die ihnen über eine Wanne gebeugt den Rücken zuwandte, an. „Und zwar schnell." Sie richtete sich kurz auf und wies mit der rechten Hand – immer noch ohne sich umzusehen – nach rechts. „Die Wäsche dort in der Wanne muss ausgespült werden. Der Berg wird immer größer."

„Wir haben Besuch. Johannes Bückler. Der Sohn eines alten Kriegskameraden. Er wird eine Weile bei uns wohnen und uns helfen", brummte Jakob Hahn.

Die Frau drehte sich um und starrte beide Männer an. „Gut." Sie nickte, drehte sich wieder um und fuhr übergangslos damit fort, die Wäsche in der Wanne vor sich zu kneten. Der Wirt nickte Johannes aufmunternd zu und stolzierte auch schon über die Wiese in die Richtung, die die Hand der Frau gewiesen hatte. Johannes konnte keine Wanne mit auszuspülender Wäsche vor sich sehen, vermutete diese aber auf der Wiese hinter der Hausecke, die sie gleich erreicht hatten. In diesem Augenblick blieb er wie erstarrt stehen. Um die Ecke kamen ihnen zwei junge Frauen entgegen, zwischen sich trugen sie einen leeren Waschzuber. Sie lachten fröhlich, die eine warf ihre langen, blonden Haare durch eine schnelle Kopfbewegung mit Schwung zurück. Obwohl ihre weiten Röcke und Blusen nass und verschmutzt waren, sahen sie schön aus, so schön, dass Johannes der Atem stockte. Ganz ohne Zweifel handelte es sich um Schwestern, nur wenige Jahre auseinander. Johannes sah die Ähnlichkeit sofort und schaute entgeistert mit offenem Mund von der einen zur anderen. Auch der alte Köhler blieb stehen. Er sah sich zu Johannes um.

„Wir haben einen Gast?", wollte eine der beiden jungen Frauen von ihrem Vater wissen.

„Ein Gast, der uns beim Waschen der Wäsche hilft? Das ist nett", schloss die zweite. „Gäste, die uns tatkräftig helfen, mögen wir besonders gern. Und es ist bereits mehr als genug Wäsche zum Spülen da. Es ist aber nicht so viel, dass man vor Staunen schon auf dem Weg dahin mit offenem Mund stehen bleiben muss." Sie lächelte belustigt und warf Johannes einen langen Blick zu. Ihre Augen funkelten herausfordernd. Sie kam direkt auf ihn zu.

Johannes holte kurz Luft, schluckte und schloss die Lippen. „Nicht die Wäsche bringt mich zum Staunen, sondern die Schönheit der Damen, die sie getragen haben“, stellte er fest und verbeugte sich kurz, ohne den Blick von der jungen Frau zu lassen. In ihren Augen blitzte es kurz anerkennend auf. Sie nickte leicht. Dann war sie auch schon neben ihm, streifte ihn kurz mit ihrem Arm, bevor sie zusammen mit ihrer Schwester, die laut auflachte, weiterging. Auch der Wirt sah Johannes anerkennend an. Sie gingen weiter. Johannes hatte immer noch das Bild der beiden jungen Frauen vor Augen. Vor allem die eine, die ihn angesprochen hatte, gefiel ihm. Wie forsch sie gewesen war, wie frech der Blick ihrer Augen. Der Gedanke an sie beschwingte ihn. Der Wirt schritt weiter um die Ecke des Hauses. Johannes folgte. In einer großen Wanne stapelte sich dort die bereits in der Lauge von den Frauen gewaschene Wäsche des Gasthauses, die nun mit frischem Wasser ausgespült werden musste. Das Wasser dazu holten Johannes und der alte Freund seines Vaters aus einem Bach, der am Rand des Grundstückes floss. Die Arbeit war monoton und der alte Köhler kein Mann, der viel sprach, wie Johannes schnell merkte. Trotzdem kamen sie beim Wasserholen und Ausspülen der Wäsche langsam ins Gespräch. Johannes erfuhr, dass der Gasthof genau an der Stelle stand, an der sich einst die Hütte des Köhlers befunden hatte. Mit seiner Frau lebte er ohne den Segen von Kirche und Obrigkeit zusammen. Sie hieß Marie Dupré und war vor Jahren zusammen mit ihren beiden Töchtern im Tross der Franzosen ins Land gekommen und beim Cousin von Johannes' Vater hängen geblieben. Sie hatte die Idee zum Bau des Gasthofes mit Herberge gehabt, die Jakob Hahn willig auf seinem Grund umsetzte. Erst hatte er die Idee für verrückt gehalten, denn schließlich war Muhl nur eine kleine Siedlung. Doch seine Frau hatte recht behalten. Schon bald nach dem Bau des Gasthofes war es ihnen stetig besser gegangen. So klein Muhl auch war, es lag direkt an einer Straße, die viele Händler und Soldaten auf langen Reisen nutzten.

Das Wasser, mit dem sie die Wäsche ausspülten, war eiskalt. Es dauerte nicht lange, und Johannes spürte seine Hände nicht mehr. Dem alten Wirt ging es nicht anders, sodass sie beschlossen, zu den Frauen zu gehen, um ihre Hände für einen Moment im warmen Wasser der Waschwannen aufzuwärmen. Johannes freute sich schon darauf, die junge Frau zu sehen, die ihn so fröhlich angeblickt hatte. Sie hieß Isabelle und war zwei Jahre jünger als Marilene, ihre Schwester. Beim ersten Mal wählte Johannes wie zufällig den Wäschezuber von ihr aus, während der Alte natürlich zu seiner Frau ging. Wie keck ihn die junge Frau wieder ansah, als Johannes zu ihr kam. Sofort scherzten sie miteinander. Isabelle war ganz anders als Julchen. Das Gespräch mit ihr war leichter, frecher. Sie forderte ihn fast mit jedem Satz, jedem Blick heraus. Und Johannes fühlte sich umworben und stark, wie er ihre Verbalattacken elegant mit Worten parierte. Das konnte er, das hatte er schon immer gekonnt, wie er selbst wusste, wie seine Mutter, schon als er noch ein Junge war, immer wieder bewundernd festgestellt hatte. Beim zweiten Aufwärmen der Hände war Johannes kurz davor, wieder den Zuber von Isabelle aufzusuchen. Kurz entschlossen entschied er sich dann aber doch anders und ging zu Marilene, weil es ihm sonst zu auffällig vorgekommen wäre. Das Gespräch mit der älteren Schwester aber war bei Weitem nicht so spannend wie das mit der jüngeren Frau. Und als Isabelle ihm beim Weggehen noch einen aufmunternden Blick zuwarf, beschloss er, sie beim nächsten Mal auf jeden Fall wieder aufzusuchen. Aber er hatte Pech, denn bei diesem Besuch wählte der alte Wirt das junge Mädchen und Johannes landete bei ihrer Mutter. Anschließend hatten sie die Arbeit für diesen Tag geschafft.

Die Abendmahlzeit belohnte ihn für die Mühe des Tages. So gut hatte er schon lange nicht mehr gegessen. Und die Arbeit – so fand Johannes jetzt – war lange nicht so anstrengend, wie er es von zu Hause oder aus dem Abdeckerbetrieb von Meister Nagel kannte. Während des ganzen Essens saß er neben Isabelle. Und das war kein Zufall – wie er hoffte. Immerhin hatte sie ihm den Platz am Tisch zugewiesen und sich dann zu ihm gesetzt. Er freute sich über ihre Nähe, genoss es, wenn sie sich wie zufällig beim Essen berührten und wenn bei einer schnellen Bewegung ein Hauch ihres Duftes aus ihren Kleidern oder ihrem Haar in seine Nase zog.

Noch während des Essens kam der erste Gast in die Schänke und setzte sich an einen Tisch in der anderen Ecke des Raumes. Wenig später folgte der zweite. Madame Dupré kümmerte sich um ihre Wünsche. Der erste Mann war gut gekleidet. Wahrscheinlich ein Händler auf Reisen. Bei dem zweiten handelte es sich um einen jungen französischen Offizier, der sofort Isabelle mit seinen Blicken bedachte. Verwundert bemerkte Johannes, wie die junge Frau etwas von ihm abrutschte. Weitere Gäste trafen ein. Kaum war das Essen beendet, da halfen die beiden jungen Frauen ihrer Mutter auch schon beim Bedienen der Besucher, während sich Jakob Hahn hinter die Theke zurückzog, nicht ohne Johannes zu versichern, dass seine Hilfe nicht mehr gebraucht werde. Gekränkt ging Johannes nach draußen – und wusste nicht einmal, warum er sich plötzlich so betrogen fühlte. Als er nach einer ganzen Zeit wieder den Gasthof betrat, um zu seinem Zimmer zu gehen, traf ihn der Anblick wie ein Schock: Isabelle saß am Tisch des französischen Offiziers und lachte aus vollem Halse über einen Scherz von ihm. Vor ihr stand ein Glas Wein. War es denn immer so, wenn er ein Mädchen mochte? Er fühlte sich verletzt und stolperte auf sein Zimmer.

Am nächsten Morgen weckte ihn Jakob Hahn noch vor dem Morgengrauen. Nach einem kargen Frühstück schickte der Alte Johannes in den Wald, um lose Äste zum Anzünden der Öfen und des Herds zu suchen. Noch am Vormittag war Johannes zurück.

Er hatte sich gerade in der kleinen Kammer, in der er wohnte, auf den einzigen Stuhl gesetzt, als sich die Tür des Raumes öffnete und Isabelle im Eingang stand.

„Kannst du mir helfen?“

Überrascht sah Johannes sie an und nickte. „Ja. Natürlich.“ Was sollte er auch anderes sagen. Wahrscheinlich hatte ihr Vater sie geschickt.

Sie lächelte ihn fröhlich und offen an. „Ich gehe nach Birkenfeld und möchte, dass du mich begleitest.“

Verdutzt stand Johannes auf. Damit hatte er nicht gerechnet – eher mit einem weiteren Waschtag oder einer Arbeit in der Küche. Sie warf ihm einen belustigten Blick zu. „Du hast andere Arbeit erwartet?“

„Klar“, bemerkte er kurz und strahlte. Über die Aussicht, so den Tag zu verbringen, freute er sich – und riss sich sofort zusammen. Sie musste ihm seine Freude ja nicht unbedingt so deutlich anmerken. „Sind unruhige Zeiten. Ist bestimmt besser, wenn du einen Begleiter auf dem Weg nach Birkenfeld an deiner Seite hast.“

„Da mache ich mir weniger Sorgen“, erwiderte sie fröhlich. „Mir wird schon nichts passieren. Aber ich möchte einkaufen und brauche jemanden zum Tragen.“ Ihr Grinsen wurde breiter. „Freue dich also lieber nicht zu früh. Der Weg ist weit. Vielleicht sehnst du dich schon bald nach der Arbeit am Waschtag zurück.“

„Der Franzose, der Offizier: Du kennst ihn schon lange?“

Sie waren auf dem Weg nach Birkenfeld und Johannes hatte lange gezögert, das Gespräch auf den Franzosen zu lenken. Bisher war ihre Unterhaltung fröhlich und ausgelassen gewesen – und die Zeit wie im Flug vergangen. Johannes hatte den Weg mit ihr genossen. Nun, kurz vor Birkenfeld, sprach er das, was ihn am meisten bewegte, endlich aus.

Ihr Lächeln erstarb. Verwundert, ratlos drehte sie den Kopf und sah ihn an, während sie weitergingen. „Welcher Franzose?“

„Der, an dessen Tisch du gestern Abend gesessen hast.“

Sie lachte plötzlich schallend auf und blieb stehen. „Ach der! Das war ein Gast.“

„Ich dachte, du kennst ihn schon lange. Es sah so aus, als ob ihr ... zusammengehört.“

Sie lachte erneut. „Das war ein Gast. Was du dir für Gedanken machst. Ich muss mich doch um unsere Gäste kümmern. Natürlich. Schließlich leben wir davon.“

Er nickte zustimmend – auch wenn ihn ihr Verhalten am Abend immer noch verletzte.

Sie sah ihn forschend an. „Und du? Wovon lebst du?“

„Mein Vater ist Abdecker.“ Er sah vorsichtig zu ihr herüber. Sie erwiderte seinen Blick, sah ihn aufmerksam und interessiert an. Seine Herkunft schien sie nicht zu stören. Aber vielleicht verstand sie auch nur, ihre Abneigung gut zu verbergen.

„Ich bin bei einem Abdeckermeister in Bärenbach in die Lehre gegangen.“

„Beim Nagel?“

„Du kennst ihn?“

„Ich kenne ihn gut.“ Sie lächelte vieldeutig. „Schließlich sollen seine Salben Wunder wirken. Hast du die Salbenmacherei kennengelernt?“

„Habe ich." Johannes strahlte stolz.

„Du kannst Heilsalben herstellen, wie es Meister Nagel vermag?"

Johannes seufzte. „Ich habe meine Lehre abgebrochen. Eigentlich war ich nur kurz bei Meister Nagel."

„Warum?" Sie blieb stehen und sah ihn an. In ihren Augen lag aufrichtiges Bedauern.

Johannes erwiderte ihren Blick. Sie gingen weiter – und er erzählte, was sich in Bärenbach zugetragen hatte. Zögernd erzählte er auch von der Prügelstrafe auf dem Marktplatz in Kirn. Als er von den darauf folgenden Raubzügen erzählte, hellte sich ihr Gesicht wieder auf, bei der Flucht aus dem Gefängnis lachte sie und klatschte begeistert in die Hände. „Und jetzt suchen sie dich überall?"

„Das tun sie", betonte er ernst. „Aber wahrscheinlich nicht in Birkenfeld – und bestimmt haben sie mich schon bald wieder vergessen."

Sie sah ihn skeptisch an, sagte aber nichts. Sie hatten den Ortsrand von Birkenfeld erreicht. Die ersten Häuser standen rechts und links der Straße. Bei einem Bauern, den Isabelle gut kannte, kehrten sie zum Essen ein, zu dem die junge Frau Johannes einlud. Sie kauften einen Schal, den die Bauersfrau ihnen anbot, einige Eier und einen Korb, um sie zu transportieren. Der Bauer blieb zufrieden zurück, während sie wenig später weiter in den Ort schlenderten. Isabelle schien hier jeden zu kennen. Wer sie sah, grüßte freundlich und warf ihr fröhlich einige Worte zu. Plötzlich stand ein Mädchen vor ihnen, mit einigen getrockneten Strohblumen. Isabelle kaufte ihr die Blumen für einen Louisdor ab – und Johannes begann zu staunen. Die Gaststätte musste wirklich viel Geld abwerfen, wenn die junge Frau es so locker ausgeben konnte. Dann betraten sie einen Krämerladen. Hier gab es alles zu kaufen, was die Herzen der Menschen aus Birkenfeld und dem ganzen Umfeld auch nur begehren konnten. Johannes sah Milch, Eier, sogar Würste und Schinken genauso wie Messer, Werkzeug, Kerzen, Kräuter und Tuche. Er setzte sich einen Hut auf, betrachtete sich in einem Spiegel und fand, dass er ihm gut stand. Währenddessen war Isabelle immer in Bewegung, huschte von den Kerzen zu den Messern, betrachtete einige Salben und nahm dann die Tuche prüfend ihn die Hand. Die Krämerin, eine alte, runzelige Frau, hatte Mühe, mit ihr Schritt zu halten. Während sie Isabelle noch auf der anderen Seite des Verkaufstresens hinterhereilte, stockte Johannes der Atem. Mit einer blitzschnellen, fast unmerklichen Bewegung ihres Armes griff Isabelle im Gehen nach zwei Handschuhen und ließ sie auch schon in einer Tasche ihres weiten Rockes verschwinden. Als die Krämerin sich plappernd vor ihr platzierte, warf Isabelle den Kopf kurz zurück und grinste Johannes schelmisch an. Dieser hielt die Luft an und versuchte, sich nichts anmerken zu lassen. Trotzdem war er froh, als sie wenig später den Laden verließen.

Auf der Straße blieb Isabelle stehen, gab ihm einen Kuss auf die Wange und strahlte ihn an. „Das war aufregend!" Sie lachte fröhlich und umarmte ihn.

„Du hast die Handschuhe gestohlen?"

„Natürlich." Sie sah ihn keck an. „Aber den Stoff habe ich gekauft. Der war teuer genug."

„Machst du das öfter?"

„Nein. Aber Marilene hat es schon einmal gemacht. In Kirn. Und ich war dabei. Es war so aufregend: Ich konnte es kaum aushalten." Sie sah ihn mit einem Blick an, den er nicht deuten konnte. „Und jetzt habe ich es getan. Allein."

„Ich war dabei. Und mir hat es gar nicht gefallen."

„Es ist nicht so schlimm, wie eine Kuh oder ein Pferd zu stehlen."

Johannes wusste, dass sie recht hatte. Trotzdem gab es da einen Unterschied für ihn, wenn er ihn auch nicht erklären konnte. Sie machten sich auf den Rückweg. Isabelle war immer noch aufgedreht, lachte und erzählte viel, während Johannes neben ihr schritt, den gekauften Korb in der Hand. Irgendwann wurde sie wieder ruhiger. Schließlich erzählte sie aus ihrer Kindheit, vom frühen Tod des Vaters, wie sie die Mutter im Tross der Soldaten begleitet hatte. Das kannte Johannes. Auch er war hinter den Soldaten hergelaufen, als Kind zusammen mit der Mutter. Nur dass sich unter den Soldaten in seinem Fall der Vater befunden hatte, den er unter den marschierenden Männern vor ihnen zwar nie gesehen hatte, der für ihn unter den vielen prächtigen Uniformen aber irgendwo immer präsent gewesen war.

Isabelles Vater war niemals Soldat gewesen. Was hatte die Mutter dann eigentlich im Tross des Heeres gemacht? Der Gedanke schoss ihm einmal kurz durch den Kopf. Er beschloss, sie danach zu fragen. Doch dann wechselte Isabelle das Thema, sprach über den Bau des Gasthauses, über Jakob Hahn, und Johannes vergaß seine Frage wieder. Er hörte ihr zu und sah sie immer wieder bewundernd an. Natürlich so, dass sie es nicht allzu offen bemerkte. Was für eine Frau! Wie schön ihre Stimme klang. Allein deshalb hätte er ihr noch tagelang zuhören können. Und wie sie den Blick schweifen ließ, wie sich ihre Stirn immer ein wenig runzelte, wenn sie kurz nachdachte, bevor sie weitersprach. Auch Johannes erzählte aus seiner Kindheit. Und wenn er das tat, bewunderte er sie beinahe noch mehr. Noch niemand hatte sich für die Geschichte seine Kindheit interessiert, für das, was er als Junge erlebt hatte. Er bekam ein ganz warmes, wohliges Gefühl im Herzen, als ihm das bewusst wurde.

„Wir sind gleich da." Isabelle blieb stehen, als sie den Satz ausgesprochen hatte. Es war später Nachmittag. Die Sonne würde schon bald versinken. Sie drehte sich zu ihm und blickte ihn an. Er sah ihren Atem, eine kleine weiße Wolke in der kalten Luft, die jetzt von seinem Atem durcheinandergewirbelt wurde und sich dann damit vermischte.

„Du bist anders." Mit der Hand wischte sie eine Strähne ihrer Haare aus dem Gesicht. „Weißt du, dass du anders bist als alle Männer, die ich bisher kennengelernt habe?"

Sie sah ihn an. Ihre Augen leuchteten.

Johannes' Herz begann schneller zu schlagen. Sein Mund wurde augenblicklich trocken. Gleichzeitig hätte er jubeln können. Hatte diese junge Frau dort neben ihm tatsächlich diese Worte gesagt? Isabelle? Er konnte es kaum glauben. Aber was sollte er jetzt sagen? Jedes Wort von ihm musste den Zauber, der zwischen ihnen schwebte, auf der Stelle zerstören.

Doch er brauchte nicht zu sprechen.

Lachend nahm sie seine Hände und gab ihm einen Kuss auf die Wange. Dabei sah sie ihn immer noch mit leuchtenden Augen an. Dann lief sie los, immer noch fröhlich, und verschwand um die Kurve, hinter der das Haus der Eltern lag.

Wenig später erreichte Johannes den Gasthof. Isabelle war verschwunden. Nur einmal hörte er ihre Stimme aus den Wohnräumen der Familie, die er bisher nicht betreten hatte. Er gab den Korb ihrem Stiefvater, der hinter der Theke in der Gaststube stand und sich mit einem alten Kutscher unterhielt, und ging in seine Kammer. Marilene rief ihn zum Essen. Wie schon am Abend zuvor kam die Familie an einem Tisch in der Gaststube zusammen. Wieder setzte sich Isabelle neben ihn. Sie trug ein blaues Kleid, in dem sie mit ihrer Schönheit wie ein Engel alles in der Gaststube überstrahlte. Johannes konnte seinen Blick nicht von ihr wenden. Der alte Jakob Hahn schien das überhaupt nicht zu bemerken und widmete sich tief über den Teller gebeugt seinem Essen, Madame Dupré runzelte kurz missbilligend die Stirn, als sie seine Blicke sah, und Marilene grinste, nachdem sie Johannes gemustert hatte.

Während sie aßen, trafen wieder die ersten Gäste in der Schänke ein. An diesem Abend war es eine Gruppe von Männern. Elegant angezogen lachten sie laut, als sie die Gaststätte betraten. Noch bevor sie saßen, riefen zwei der Männer nach Krügen mit Bier in ihre Richtung. Madame Dupré stand sofort auf und eilte zum Tisch der Gesellschaft. Jakob Hahn schob sich noch einen Bissen in den Mund, murmelte missmutig, erhob sich ebenfalls und schlurfte hinter die Theke, während Isabelle und Marilene sich aufrichteten und kokett zu lächeln begannen. Johannes seufzte leise. Dann stand er auf und verließ die Gaststube. Draußen war es dunkel geworden, dunkel und kalt. Vielleicht würde es noch frieren in dieser Nacht. Die frische Luft tat ihm gut. Der Mond stand voll am Himmel und beleuchtete das Land mit seinem silbernen Schein. Johannes konnte trotz der späten Stunde gut sehen. Er folgte dem Lauf des Baches, der nicht weit vom Haus entlangfloss, und fand schließlich eine Stelle, an der zahllose Forellen zwischen den Steinen zu sehen waren, sodass er glaubte, sie mit der Hand greifen zu können. Vor vielen Jahren war er mit seinem Vater häufig angeln gegangen. Er wusste, dass es ein großes Glück war, eine solche Stelle an einem Bach zu finden. Morgen, gleich nach dem Aufstehen, würde er sich eine Angel bauen. Dann konnte er am Abend, wenn wieder die Händler und Soldaten die Schänke betraten, herkommen und sich hier an den Bach setzen. Er ließ sich auf den Steinen am Ufer nieder und sah den Fischen zu. So hatte er auch oft zusammen mit seinem Vater beim Angeln am Ufer irgendeines Baches gesessen. Viel sprechen mussten sie dabei nicht. Oft hatten sie lange nur schweigend nebeneinandergesessen, ein jeder mit seiner Angel in der Hand, ein jeder in seinen eigenen Gedanken versunken. Das war eine schöne Zeit gewesen. Johannes wünschte sich, davon auch nur einen Tag noch einmal erleben zu können. Aber noch war es nicht zu spät. Er konnte immer noch mit seinem Vater angeln gehen. Warum eigentlich nicht? Beim nächsten Mal, wenn er ihn wiedersah, dann, wenn sich die Polizei nicht mehr an ihn erinnerte und ihn nicht mehr suchte, würde er seinen Vater darauf ansprechen.

Die Fische im klaren Wasser schienen sich kaum zwischen den Steinen zu bewegen.

So wie damals musste er dringend wieder einmal nachdenken – über Isabelle. Wenn er an sie dachte, war das ein schönes

Gefühl. Nachdenken musste er aber auch über das, was in Zukunft werden sollte. Er konnte nicht für immer bei dem Freund seines Vater bleiben. Was aber dann? Wenn er Glück hatte und die Polizei ihn irgendwann nicht mehr suchen würde, konnte er zu seinen Eltern zurückkehren. Er freute sich darauf, sie wiederzusehen. Aber was würde er dort tun? Er konnte seinem Vater bei der Arbeit helfen, selbst Abdecker werden. Wenn er daran dachte, war das kein schönes Gefühl. Er stand auf. Die Steine unter seinen Füßen wackelten. Die Forellen schossen davon. Nachdenklich wanderte Johannes zurück zum Gasthof.

Das Lärmen der Gäste schallte ihm schon im Wald entgegen. Heute mussten sehr viel mehr Menschen in der Gaststube sitzen als noch gestern Abend. Johannes ging um das Haus herum. Davor, am Rand der Straße, standen zwei Lastkarren und eine Kutsche, wie sich nur wohlhabende Kaufleute eine leisten konnten. Er kam zum Stall. Die große, doppelflügelige Tür stand offen. Leises Poltern klang aus dem Stall nach draußen, dann das Geräusch von Stimmen. Johannes verstand keines der Worte, dazu waren sie zu leise. Doch die Stimmen klangen aufgeregt, hektisch. Konnte es sein, dass sich jemand an den Pferden zu schaffen machte? Leise schlich Johannes zur offenen Tür. Er hörte eine Männerstimme. Die anderen Worte sprach unzweifelhaft eine Frau. Jetzt flüsterten beide nur noch, dann herrschte Stille, nur noch ein gelegentliches Rascheln war zu hören. Johannes hatte die Tür erreicht, trat vorsichtig in die Öffnung. Er sah Isabelle – hilflos mit dem Rücken gegen einen Stapel Heuballen gepresst, von einem Mann, der sie von vorn bedrängte, festhielt und drückte, während er gleichzeitig an ihrem Kleid zerrte, es hochriss, dass schon ihre Oberschenkel zu sehen waren, zwischen die er mit aller Kraft seine Beine zwängte. Johannes fühlte unbändige Wut in sich aufsteigen. Er war Isabelle so nah gewesen. Und jetzt drängte sich wieder ein anderer Mann zwischen sie. Aber hier und jetzt war alles anders. Johannes ballte die Fäuste. Julchen mit ihrem Schmuck hatte die Nähe des

Mannes auf dem Wagen gewollt. Dieser Mann hier bedrängte Isabelle, drang gegen ihren Willen auf sie ein.

„Isabelle!“ Johannes schrie die Worte, bevor er losstürmte.

Er sah die Augen der jungen Frau, weit aufgerissen, erstaunt – und gleichzeitig entsetzt über seinen Anblick. Für den Bruchteil einer Sekunde stutzte er. Dann hatte Johannes den Mann erreicht. Er war gekleidet wie einer der reichen Kaufleute. Johannes packte ihn an der Schulter und riss ihn nach hinten. Der Mann taumelte zurück, stürzte zu Boden und schlug mit dem Rücken gegen die Holzwand des Stalls. Dann starrte er ihn wütend, mit funkelnden Augen an.

„Nein!“ Er hörte die schrille Stimme Isabelles wie durch einen Nebel.

Jetzt nicht. Jetzt musste er sich auf diesen Kerl stürzen. Noch war der nicht erledigt. „Nein!“ Zwei Hände packten ihn an der Brust, stießen ihn zurück. Eine Ohrfeige klatschte in sein Gesicht, dann noch eine. Wieder stießen ihn die Hände zurück. „Geh weg! Verschwinde!“

Johannes sah Isabelle fassungslos an. Seine Wangen brannten. Er öffnete die Fäuste. Was sagte sie? Das war doch nicht möglich. Er stand mittlerweile wieder im Tor des Stalls. Erneut stieß sie ihn mit ihren Händen zurück und trat vor, bis sie im Eingang des Stalls stand und er draußen davor. „Hau ab!“, schrie sie nun. „Verschwinde. Er hat dafür bezahlt. Was bildest du dir ein.“

Johannes starrte Isabelle immer noch an. Er wollte etwas sagen, ihr alles erklären, bewegte die Lippen und wusste zugleich, dass es sinnlos war, dass es da nichts mehr zu erklären gab.

„Isabelle, ich ...“

„Hau ab. Mach es nicht noch schlimmer.“

Er nickte nur verwirrt, sah gleichzeitig, wie der Mann aufgestanden war und sich nun neben Isabelle stellte. Er blickte Johannes belustigt an und legte seinen Arm um Isabelles Schulter.

Das war zu viel. Johannes drehte sich um und stolperte in

Richtung Schänke. Er wollte jetzt nur noch auf sein Zimmer gehen, allein sein mit seinen Gefühlen. Aus dem Augenwinkel bemerkte er einen Mann. Er stand nicht weit rechts von ihm. Auch auf seinem Gesicht sah Johannes ein belustigtes Lächeln, das aber plötzlich gefror. Johannes wandte den Blick ab und ging weiter, jetzt mit entschlossenen Schritten. Er hörte, wie ihm jemand folgte, eilig, offenbar bemüht, ihn einzuholen. War das womöglich Isabelle? Mit einem Ruck drehte sich Johannes um – und blickte in das Gesicht des Mannes, der ihn beobachtet hatte. Er kam schnell näher, lief jetzt sogar einige Schritte, um ihn zu erreichen. Mit leicht geöffnetem Mund starrte er Johannes an, ein gut gekleideter Mann, mit einem Spazierstock in der rechten Hand. Auf dem Kopf trug er einen Hut, lange Koteletten schmückten sein Gesicht an den Seiten. „Halt! Warten Sie!"

Johannes wollte mit niemandem mehr sprechen. Er warf noch einen Blick zum Stall. Isabelle und der Mann waren dort im Eingang verschwunden. Der Gedanke daran, was jetzt im Stall passierte, machte Johannes rasend. Und doch konnte er nichts tun. Er wollte sich umdrehen und weitergehen.

„Bitte. Warten Sie einen Moment."

Der Mann war jetzt ganz herangekommen und stand vor ihm.

„Lassen Sie mich in Ruhe", herrschte Johannes ihn an.

„Sie sind Johannes Bückler?" Der Fremde hob seinen Stock leicht und zielte mit dem Knauf aus Messing auf Johannes. Er fixierte ihn mit seinen Augen. Dann nickte er leicht. „Sie sind Bückler."

„Woher kennen Sie meinen Namen?"

Der Mann grinste. „Woher ich Ihren Namen kenne? Was glauben Sie? Jedes Kind kennt Ihren Namen."

„Was erzählen Sie da?"

Der Mann lächelte und schüttelte den Kopf. „Sie scheinen ja wirklich keine Ahnung zu haben. Gehen wir rein. Ich werde Ihnen alles erzählen."

„Ich …“

„Nun kommen Sie schon. Ich lade Sie ein. Mein Name ist übrigens Johann Scherer. Johann – wenn es dir recht ist.“

Er schlug Johannes jovial mit der Hand auf die Schulter und begann, in Richtung Schänke zu schreiten. Johannes nickte und folgte zunächst noch unschlüssig, schloss dann aber schnell zu dem Fremden auf.

„Nun: Du fragst, woher ich dich kenne?“ Der gut gekleidete Mann sah Johannes in die Augen, als sie sich an einem Tisch in der Schänke gegenübersaßen und er für sich ein Bier und einen Teller voll Kohl und für Johannes ein Bier bestellt hatte.

„Ja. Das frage ich mich tatsächlich.“

„Du bist in Kirn ein stadtbekannter Räuber und aus dem Gefängnis entflohen. Die Polizei sucht nach dir. In der Stadt hängen überall Steckbriefe aus.“

Entsetzt starrte Johannes ihn an.

Die Augen des Mannes funkelten belustigt. Der Wirt stellte zwei Bier auf ihren Tisch. Er lächelte Johannes aufmunternd zu, bevor er wieder ging.

„Keine Angst. Es ist kein Bild dabei. Wahrscheinlich haben sie noch keines. Das zeichnen sie erst, wenn du wieder im Gefängnis sitzt.“

„Wie hast du mich erkannt?“

Der Fremde nahm einen Schluck. Dann spitzte er kurz die Lippen, bevor er weitersprach. „Du solltest deine rote kalbslederne Weste ausziehen. Zusammen mit dem blauen Hemd, dem Alter, der Haarfarbe und der Größe passt alles zusammen.“

Johannes atmete aus und lehnte sich im Stuhl zurück. Ganz so schlimm, wie er befürchtet hatte, war es also nicht. Trotzdem suchte ihn die Polizei, ihn – mit großem Aufwand. Und das war überhaupt nicht gut. Er hatte im Stillen gehofft, sie würden ihn schon bald vergessen.

„Du hast dich hier versteckt?“

Johannes nickte.

„Eine gute Wahl. Hätte ich nicht besser machen können. Kirn ist weit. Man wird dich vermutlich so schnell nicht finden“, bemerkte er trocken. „Trotzdem: Ich würde die Weste wechseln. Es gibt viele Reisende aus Kirn, die gern in dieser Herberge übernachten. Und“, er sah Johannes aufmerksam an, „ich würde versuchen, unauffällig zu bleiben. Ärger mit einem Gast kannst du dir im Moment nicht leisten.“

„Du meinst den Mann im Stall.“

Scherer lächelte versonnen und trank einen weiteren Schluck. Dann setzte er das Glas ab und sah Johannes an. „Genau den. Ging der Streit um Isabelle?“

Überrascht sah Johannes den Mann an. „Woher kennst du ihren Namen?“

Er lächelte erneut. „Du hast meine Frage nicht beantwortet.“

„Er hat sie bedrängt. Wer weiß, was er getan hätte, wenn ich nicht gekommen wäre. Ich habe ihr geholfen.“

Die Augen von Johann Scherer weiteten sich. Verblüfft blickte er Johannes an. Dann prustete er und begann laut zu lachen. Die Gäste an den Nachbartischen drehten sich zu ihnen um. „Das sollte mich wundern.“ Er grinste breit. „Der Mann hat dafür bezahlt.“

Johannes wurde allmählich klar, was Scherer meinte.

„Du hast Isabelle auch schon einmal Geld gegeben? Deshalb kennst du ihren Namen?“

Das Grinsen seines Gegenübers wurde breiter. Dann blickte er wieder ernst. „Du magst das Mädchen?“

Johannes nickte. Isabelle ließ sich für Geld mit anderen Männern ein. Er musste schlucken. Das ergab Sinn. Wie konnte er nur so naiv sein. Natürlich hatte er immer wieder davon gehört, dass es solche Frauen gab. Aber Isabelle? Das wäre ihm nie in den Sinn gekommen. Die Erkenntnis erschreckte und überraschte ihn. Gleichzeitig faszinierte sie ihn aber auch. Und sie erklärte ihren merkwürdigen Wandel am Abend, erklärte, warum abends in der Gaststube alles, was sie an Verstehen am Tag geteilt hatten, mit einem Mal verflogen war. Plötzlich wurde ihm klar, wie sehr sie ihn mochte, auch wenn sie sich mit dem anderen Mann in der Scheune einließ. Der Mann in der Scheune hatte für sie nichts zu bedeuten. Was sie da tat, bedeutete keinen Verrat an dem, was sie geteilt hatten. Dieses Wissen wärmte ihn wie ein warmes Feuer in der Brust, überstrahlte auch den Gedanken an das, was in der Scheune geschah. Da war es ihm auch egal, dass er sich in den Augen Scherers wie ein Idiot, wie ein Tölpel vom Land benommen hatte. Er blickte kurz auf. Scherer musterte ihn aufmerksam. Über seine Lippen huschte der Anflug eines Lächelns.

„Du hast Vieh gestohlen?"

„Steht das in dem Steckbrief?" Johannes erwiderte seinen Blick.

Johann Scherer nickte. „Ich bin Viehhändler und könnte jemanden brauchen, der mir Vieh beschafft: Rinder, Pferde und Schafe."

Johannes fuhr auf seinem Stuhl zurück, als hätte sich gerade der leibhaftige Teufel vor ihm offenbart. Er starrte Scherer an.

Dieser blickte unschuldig und zuckte mit den Achseln. „Ich sag nur, wie es ist." Er warf Johannes einen prüfenden Blick zu. „Sie haben dich dabei erwischt?"

Johannes lehnte sich wieder nach vorn und nickte.

„Das muss nicht wieder passieren. Und du könntest viel Geld dabei verdienen – mehr als noch vor einigen Monaten. Die Preise für Fleisch steigen. Die Franzosen finden immer weniger im Land. Ich beliefere sie. Und ich kenne so manchen Offizier. Vielleicht könnte ich sogar etwas für dich tun, sollten sie dich wieder fassen."

Johannes starrte auf die Tischplatte und nickte nachdenklich. Hatte er genug Geld, konnte er einen neuen Anfang wagen, vielleicht eigenes Land, ein eigenes kleines Haus erwerben, Tiere. Damit konnte er kaufen, was er wollte. Mit genügend Louisdor in der Tasche interessierte sich niemand mehr dafür, dass er der Sohn eines Abdeckers war.

Er warf Scherer einen Blick zu. Der beobachtete ihn ruhig, sagte aber nichts. Er konnte es tatsächlich probieren. Hier in Muhl hatte er ohnehin nichts zu tun. Und wenn ihm ein Diebstahl zu gefährlich erschien, würde er eben vorsichtig sein und sich lieber einen neuen Hof suchen. Er nickte. „Was würde ich verdienen?“

„Zwei Louisdor für eine Kuh oder ein Pferd. Einen Louisdor für ein Schaf.“

Johannes nickte. Damit war er einverstanden.

„Ich wohne und arbeite in Kempfeld. Melde dich, wenn du Vieh für mich hast. Lass die Tiere aber zunächst im Wald. Ich hole sie dann ab.“ Er legte zwei Louisdor auf den Tisch und schob sie unter der Hand zu Johannes herüber. „Ein Vorschuss. Du wirst einige Stricke brauchen, vielleicht ein Messer ... Wir verrechnen das Geld später.“ Er sah Johannes ernst an. „Warte nicht zu lange mit den ersten Tieren. Ich kann gut sehr schnell welche brauchen.“ Er zwinkerte Johannes zu und stand auf. „Jetzt aber werde ich schlafen gehen. Allein. Denn hier ist für mich nichts mehr zu holen.“

Er machte mit dem Arm eine Geste durch die Schänke. Johannes folgte dem Arm mit seinem Blick. Er sah, wie Marilene an der Seite eines Offiziers die Treppe zu den Zimmern hinaufstolperte, während an ihrem Nachbartisch eine fröhliche Männerrunde Karten spielte. Unwillkürlich suchte Johannes Isabelle, konnte sie aber nicht entdecken. Der Gedanke an sie verursachte ihm nun doch wieder einen überraschend schmerzhaften Stich. Als der Viehhändler aus der Schänke verschwunden war, stand auch Johannes auf und ging auf sein Zimmer. Er lag noch lange wach, bevor er endlich einschlafen konnte.

Am nächsten Morgen verließ Johannes nach Anbruch der Morgendämmerung das Haus. Isabelle war nirgends zu sehen, genauso wenig wie ihre Schwester. Johannes vermutete, dass die jungen Frauen noch schliefen, und ahnte dabei, dass sie dieses nicht in ihrem Zimmer taten. Der Gedanke daran war bitter. Er wischte ihn fort. Dafür traf er Jakob Hahn in der Küche, setzte sich ihm gegenüber und aß einen einfachen Getreidebrei zum Frühstück. Der Alte sagte während des Essens kein Wort.

„Ich habe heute etwas zu erledigen", kündigte Johannes beim Aufstehen an.

„Für Scherer?", wollte der Alte brummend wissen. Er ließ den Löffel sinken und musterte Johannes prüfend. Seine Augen funkelten wach.

Johannes nickte. „Kennst du ihn? Kann ich ihm trauen?"

Jakob Hahn nickte bedächtig. „Er macht viele Geschäfte und hat eine gute Hand dabei. Ich habe nie etwas Schlechtes über ihn gehört."

13. Herz-Zehn

Wenig später marschierte Johannes über die Straße nach Osten. Auf halbem Weg nach Kempfeld bog er nach Norden ab. Er war mit Absicht von Muhl aus nicht sogleich nach Norden oder Süden gewandert, denn er wollte die gestohlenen Tiere allein nicht zu weit zum Viehhändler bringen müssen. Deshalb hatte er zunächst den Weg nach Osten gewählt. Zu nah wiederum aber durfte er dem Heimatort Scherers auch nicht kommen, denn sonst konnte es sein, dass ein Bauer bei diesem später seine Tiere erkannte. Als er die Abzweigung nach Norden nahm, dämmerte es bereits und begann wieder zu frieren. Zum Glück war bisher in diesem Winter noch kein Schnee gefallen. Er wanderte noch eine Weile weiter, bis er auf die Ruine eines niedergebrannten Bauernhofes stieß, in dessen noch halb erhaltener Scheune er etwas Stroh fand, auf dem er sich ausstrecken und schlafen konnte. Am nächsten Morgen zog er weiter. Gegen Nachmittag begann er, nach einem Hof Ausschau zu halten, von dem er einige Tiere stehlen konnte. Er wanderte an zwei Dörfern vorbei, in deren Höfen er kein einziges Pferd, kein Rind oder Schaf sah. Selbst Hühner erblickte er nur selten. Nirgendwo wies ein dampfender Misthaufen auf Tiere hin, die im Stall standen, und die wenigen Menschen, die er auf seinem Weg traf, klagten alle darüber, dass die Franzosen die Tiere schon vor langer Zeit geholt hatten. In dieser Gegend schienen die Soldaten besonders gründlich gewesen zu sein. Johannes' Laune verdüsterte sich. War bisher vor allem seine Sorge gewesen, dass man ihn bei einem Raubzug erwischen konnte, musste er nun fürchten, so schnell überhaupt keine Tiere zu finden. Er verbrachte die zweite Nacht auf Wanderschaft – dieses Mal im leeren Stall eines bewohnten Hofes. Bei Tagesanbruch weckte ihn unsanft der Bauer, der einen alten Wagen in den Stall schieben wollte, zum Glück aber Verständnis für einen Wandersmann hatte, der sich durch das Stroh im Stall nur vor der Kälte schützen wollte. Johannes machte sich wieder auf den Weg, suchte jetzt nach einem Hof in östlicher Richtung. Gegen Mittag sah er einen dampfenden Misthaufen und wusste, dass es auf diesem Hof Vieh geben musste. Als er aber die beiden Hunde sah und die zahlreichen Knechte, die zwischen den Häusern arbeiteten, wurde ihm klar, dass er auch hier sein Ziel nicht erreichen würde. Er hatte jetzt seit seinem Aufbruch in Muhl nichts mehr gegessen. Der Hunger war so schlimm, dass er auf den Hof ging und um einige Stücke Brot bat. Er erhielt einige Abfälle und zog davon. Zum ersten Mal überlegte er, nach Muhl zurückzukehren. Er beschloss, am nächsten Tag eine Entscheidung zu treffen. Als es dämmerte, begann es zu frieren. Ein eiskalter Wind kam auf und ließ die Bäume leicht schwanken. Weit und breit war kein Bauernhof oder Dorf zu sehen. Wenn er nicht bald einen fand, musste er auf dem kalten Boden unter freiem Himmel schlafen. Er wanderte zunächst weiter. Zwischen den sich bewegenden Ästen leuchtete es gelb. Johannes blieb stehen. War das Feuer? Konnte das sein? Angestrengt spähte er in die Richtung, in der er den gelben Schein gesehen hatte. Nichts. Er wollte schon weiterwandern, als ein kräftiger Windstoß erneut die Zweige bewegte. Da war es wieder. Tatsächlich: ein Feuer. Es musste sehr weit weg sein, der Schein war kaum zu sehen. Aber dennoch: Rechts von ihm, irgendwo im Wald, brannte unübersehbar ein Feuer. Das Gestrüpp neben der Straße war viel zu dicht. Johannes konnte sich unmöglich durch das Unterholz des Waldes auf direktem Weg zu dem Feuer vortasten – schon gar nicht in der Dunkelheit. Er erinnerte sich an einen schmalen Pfad, auf dem er erst vor Kurzem rechts abgebogen war, und ging zurück, um diesem Weg zu folgen. Dabei verlor er das Feuer zeitweise kurz aus den Augen, fand es aber immer wieder, jetzt, wo er wusste, wonach er mit seinem Blick suchen musste. Auf dem Weg kam er dem Feuer schnell näher. Es dauerte nicht lange, da konnte er den Rauch riechen und die Flammen genauer erkennen. Es war ein Lagerfeuer. Wie Schatten bewegten sich mehrere Gestalten darum herum. Vielleicht Wanderer wie er, nur in einer Gruppe unterwegs. Vorsichtig schlich er weiter. Er hatte nichts zu verlieren, kein Geld, kein Essen dabei, was man ihm nehmen konnte. Und er hatte durchaus vor, sich den Männern offen zu zeigen. Zuvor aber wollte er wissen, wen er da vor sich hatte.

Einige vorsichtige Schritte weiter, und er wusste es genauer. Es waren Soldaten. Franzosen. Vielleicht vier oder fünf Mann. Sie waren in Bewegung, schienen auch gerade erst angekommen zu sein, noch ihr Lager aufzubauen und sich Essen zu machen. Soweit er sehen konnte, trugen sie Uniformen, die er noch niemals bei den Franzosen gesehen hatte. Hinter den Männern erkannte er die Schemen von Pferden. Johannes duckte sich und schlich vorsichtig näher. Direkt vor ihm standen jetzt zwei der Soldaten. Der eine schien die Verschlüsse zweier Gurte auf dem Rücken des anderen zu lösen. Jetzt griff der vordere Mann nach den Schultern und zog einen Teil seiner Uniform aus. Es war ein schwerer Panzer aus Eisen. Ein Kürass. Und jetzt wusste Johannes auch, wen er da vor sich hatte. Das waren keine Husaren, die er bisher als Reiter kennengelernt hatte und deren Aufgabe in der schnellen und wendigen Erkundung des gegnerischen Territoriums bestand. Das hier waren französische Kürassiere, schwere Reiter, die in der Schlacht im geballten Kavallerieangriff den Durchbruch durch die feindlichen Linien schaffen mussten. Als Kind hatte er welche bei den Kaiserlichen gesehen und sein Vater hatte ihm die Aufgaben der einzelnen Soldateneinheiten erklärt. Die Brustpanzer dieser Reiter waren so schwer, dass selbst Gewehrkugeln von ihnen abprallten. Jeder einzelne dieser kampferprobten Soldaten war ein furchterregender Gegner. Selbst im eigenen Heer gingen die Männer anderer Einheiten den Kürassieren meist aus dem Weg. Wahrscheinlich befanden sich diese Soldaten auf dem Ritt aus ihrer französischen Heimat zu irgendeiner Reitereinheit weiter im Westen. Johannes zögerte. Sollte er sich diesen Männern offen zeigen? Sein Blick fiel auf die Pferde, die auf der anderen Seite des kleinen Lagerplatzes standen. Kürassierpferde waren besonders groß und stark. Und wenn er die Tiere stehlen konnte? Der Gedanke schoss ihm ganz plötzlich durch den Kopf. Warum nicht? Wer sagte, dass er immer nur bei den Bauern stehlen musste – wo doch hier mehrere so kräftige Pferde vor ihm standen. Und außerdem: Die Kürassiere konnten zwar kämpfen wie die Teufel. Aber sie waren bestimmt nicht so wachsam wie die Husaren. Wahrscheinlich hatten sie nicht einmal Wachen aufgestellt. Johannes blickte sich unruhig um. So ganz sicher war er sich da allerdings nicht. Aber der Himmel war bewölkt, es gab keinen Vollmond, die Nacht würde stockfinster werden. Er hatte noch genug Zeit, sich um das Lager der Männer herum umzusehen. Und wenn sie ihn dabei antrafen, war er einfach nur ein armer Wanderbursche, der Angst hatte. Was konnten sie ihm schon tun? Er beschloss, zunächst einmal um das Lager herumzuschleichen und sich ein Bild von allem zu machen. Nach der Hälfte des Weges befand er sich nicht weit hinter den Pferden. Er konnte es nicht fassen. Zwei der Tiere waren noch nicht einmal abgesattelt. Wollten zwei der Männer noch einmal losreiten? Johannes wusste es nicht. Und es war ihm auch egal. Er wusste, dass er am besten noch seine Erkundungsrunde beenden sollte. Aber er zögerte. Wer wusste, wie lange die Tiere hier noch mit Sattel standen.

Er konnte reiten. Wenn er sich jetzt auf eines der Tiere schwang, war er zwar entdeckt, konnte aber sogleich entkommen.

Er schlich vorsichtig näher. Es wurde immer besser. Drei abgesattelte Tiere standen unmittelbar hinter den Pferden mit Sattel. Soweit er sehen konnte, waren sie nur locker mit den Zügeln am weit abstehenden Ast einer Eiche angebunden. Wenn er sich geschickt anstellte, konnte er alle fünf Pferde auf einmal mitnehmen. Was auch ganz sicher das Beste war. Denn dann konnten ihm die Soldaten nicht so schnell folgen. Wer wusste, wozu diese Reiter fähig waren, wenn er ihnen noch drei Pferde – wenn auch ungesattelt – ließ. Wo waren überhaupt die Soldaten? Im Moment konnte Johannes sie nicht sehen. Eines der Pferde wurde unruhig. Es schnaubte laut und tänzelte nervös umher. Er merkte sich das Tier. Es war das rechte der beiden vorderen. Genau das würde Johannes nicht reiten, sondern eher das andere für sich nehmen. Sollte er es wirklich wagen? Er hatte die Männer immer noch nicht gesehen. Dabei befand sich ihr Lagerplatz doch genau neben den Pferden. Jetzt hörte Johannes einen der Männer lachen. Er schlich ein Stück weiter. Dann konnte er sie sehen. Zwei der Soldaten standen mit dem Rücken zu ihm, zwei hockten auf dem Boden und einen fünften konnte er nicht sehen. Vor ihnen war ein Bach.

Das war die Gelegenheit. Johannes schlich zurück. So schnell und gleichzeitig so leise er konnte. Das unruhige Pferd schnaubte erneut. Die vier anderen Tiere blieben völlig ruhig. Eilig machte er sich am Zügel des ersten Pferdes zu schaffen. Er konnte ihn nicht vom Ast lösen. Der Soldat hatte einen Knoten gebunden, der locker aussah, den Johannes aber nicht kannte und nicht so schnell öffnen konnte. Hinter sich hörte er eine laute Stimme. Lachen folgte. Die Kürassiere würden nicht ewig beim Bach bleiben. Er wurde immer hastiger, konnte den Knoten immer noch nicht öffnen. Sein Blick glitt über den Rastplatz der Männer. An einem Baum, nicht weit, lehnte ein Degen in seiner Scheide. Mit einem Satz war Johannes bei der Waffe. Ein Ast knackte laut. Er riss den Degen aus der Scheide und stürmte damit zurück zu den Pferden. Der Stahl war rasiermesserscharf. Er zog die Klinge mit einer schwungvollen Bewegung rückwärts über das Leder. Der erste Zügel war zerschnitten. Dann der zweite, der dritte, schließlich alle. „Merde!" Ein französischer Fluch ertönte. „Un prussien, un filou, vite."

Johannes hatte alle Zügel durchschnitten, ließ den Degen fallen, schwang sich auf den Rücken eines der gesattelten Tiere und ritt es auch schon an. Das Tier stieg, reagierte viel empfindlicher, als er es erwartet hatte. Eine kurzen Moment lang fürchtete Johannes, rückwärts zu Boden zu stürzen. Dann senkte das Tier die Vorderhufe wieder, machte einen Satz und stürmte im Galopp los. Geistesgegenwärtig erwischte Johannes noch den lose herunterhängenden Zügel des danebenstehenden Pferdes, das sofort folgte. Schon galoppierten sie durch den Wald, über einen schmalen Pfad, von dem Johannes nicht wusste, wohin er führte. Aber das war jetzt auch nicht wichtig. Zunächst wollte er nur weg, möglichst weit weg von den Soldaten. Das Tier unter ihm war schnell. Es streckte sich ganz lang im Galopp, wenngleich Johannes spürte, dass das Tier längst noch nicht alles gab, was es an Kraft hatte. Er drehte sich kurz um. Es war, wie er es gehofft hatte. Auch die drei anderen Pferde folgten. Von den Soldaten konnte er nichts sehen.

Die Tiere waren unglaublich ausdauernd. Johannes hatte seit seiner Kindheit bei den Bauern immer wieder reiten können. Er wusste, dass ein Pferd einen solchen Galopp nicht zu lange aushalten konnte, dass man ihm nach einer Weile Gelegenheit zum Ausruhen geben musste. Das hier aber hatte er noch nicht erlebt. Schon zweimal wollte er das Pferd unter sich erst in den Trab, dann in den Schritt bringen. Dann war ihm jedes Mal die Kraft des Tieres aufgefallen, die ruhigen Sätze, die es machte. Und das, obwohl die Tiere sicher schon den ganzen Tag über geritten worden waren. Er hatte beschlossen, noch etwas mehr Platz zwischen sich und die Soldaten zu bringen, bevor er es ruhiger angehen lassen wollte. Jetzt aber war es so weit. Er ließ die Tiere erst traben. Dann hielt er an. Schon nach einer kurzen Pause ritt er weiter, aber nur noch im Schritt. Er wusste, die Soldaten würden ihn jetzt nicht mehr einholen können. Erst als der Morgen graute, machte er eine erneute Pause – und hatte nun Gelegenheit, sich sein Diebesgut zum ersten Mal genauer anzusehen. Die Nacht hatte ihm nicht nur zu fünf kraftvollen Pferden verholfen. Zwei der Pferde hatten zudem noch Sättel, für die er aber sicher keinen Louisdor extra vom Viehhändler bekommen würde. Interessanter waren da schon die anderen Dinge, die die Kürassiere auf den Pferden gelassen hatten. An den Rückseiten beider Sättel fand Johannes in Ledertaschen zwei halbe Brote, etwas Wurst und Getreide. Vorne am Sattel steckten jeweils zwei Pistolen samt Ladebesteck, Kugeln und Pulver. Und an dem Pferd, das ihm schon beim Diebstahl als unruhig aufgefallen war, hing sogar noch ein Degen mitsamt Scheide am Sattel. Zufrieden führte Johannes die Tiere auf eine Lichtung im Wald, ließ sie in einem Bach trinken und band sie anschließend an einige Bäume. Dann frühstückte er in Ruhe, bevor er ohne die Tiere aufbrach, um sich auf dem nächstgelegenen Hof oder im nächstgelegenen Dorf nach dem Weg zu erkundigen.

Wieder zurück, ritt er bis zum Abend nach Südosten. Die Nacht verbrachte er mit den Tieren im Wald. Am Mittag des nächsten Tages hatte er Kempfeld erreicht, wo er die Pferde zunächst im Wald versteckte.

Der Viehhändler staunte nicht schlecht, als er hörte, was für Tiere ihm Johannes anbot. Es war für beide ein gutes Geschäft und Scherer erwies sich als großzügiger Mann, der bei aller Geschäftstüchtigkeit keinen Versuch machte, Johannes' Verdienst zu drücken. Auf irgendwelchen verschlungenen Wegen schien er eine Möglichkeit zu haben, die hochwertigen Kavalleriepferde zu verkaufen – an wen auch immer. Damit blieb den Tieren der Schlachter erspart – und Johannes bekam sogar zwölf statt zehn Louisdor von Scherer berechnet. Da er zwei Münzen bereits als Vorschuss erhalten hatte, zahlte ihm der Händler noch zehn Louisdor aus. Dankbar und gut gelaunt kaufte sich Johannes zwei Ledertaschen, die er über der Schulter tragen konnte, neue Kleidung, aß sich satt und kaufte Vorräte für den weiteren Weg. Dann holte er Pistolen, Munition und Degen von einem Baum, auf dem er sie versteckt hatte, und machte sich auf den Rückweg nach Muhl.

Es war Abend, als er in die Nähe der Gaststätte kam. Im hohlen Stamm einer alten Eiche, noch außer Sichtweite des Ortes, versteckte er sechs Louisdor und die Ledertaschen mit den Pistolen und der Munition. Den Degen am Gürtel schritt er weiter. Schon von Weitem hörte er das Stimmengewirr aus der Schänke. Obwohl es noch früh am Abend war, schien die Gaststätte schon gut gefüllt zu sein. Vor dem Haus standen zwei stattliche Kutschen, ein schmaler Wagen und der breite Karren eines Händlers. Langsam ging er auf den Eingang zu, öffnete die Tür und trat ein.

Fast alle Tische waren besetzt. Jakob Hahn querte seinen Weg, ein Tablett mit zahllosen Bierkrügen vor sich haltend. Er sah Johannes, nickte ihm erfreut zu, bevor er mit den Krügen zwischen den Tischen verschwand. Johannes ließ seinen Blick durch den Raum gleiten. Er suchte einen Tisch. Noch viel mehr aber hoffte er, Isabelle zu sehen. Dann hatte er sie entdeckt. Sie setzte gerade ein Tablett mit Krügen auf einem der Tische ab und wandte ihm den Rücken zu. Einer der Männer fasste sie mit beiden Händen an der Hüfte und zog sie, begleitet vom Grölen seiner Gefährten am Tisch, auf seinen Schoß. Es war ein stämmiger Kerl mit vollem Bart und roten Wangen, der sichtlich erfreut über seine Beute und den Beifall seiner Kumpanen war. Johannes hielt die Luft an. Jetzt hob er seine Hand und versuchte offensichtlich – Johannes konnte es nicht genau erkennen – sie auf Isabelles Brust zu legen. Gespielt kokett schlug sie ihm auf den Arm und stand auf. Ganz offensichtlich war sie an diesem Abend noch mit keinem Mann handelseinig geworden. Erleichtert atmete er aus. Jetzt hatte Isabelle die Getränke verteilt und drehte sich schwungvoll um. Sie sah ihn sofort. In ihren Augen blitzte es auf. Sie musterte ihn kurz. Dann warf sie die Haare zurück, hob leicht das Kinn und schritt energisch in Richtung Theke. Wenn er sich beeilte, konnte er ihr den Weg abschneiden. Zielstrebig ging er vor. Sie schien etwas schneller zu werden – doch er schaffte es, schob sich elegant zwischen zwei Gästen, die gerade aufgestanden waren, hindurch und verbaute ihr den Weg.

„Warum so schnell, junge Frau?“ Johannes lächelte sie fröhlich an. „Ich möchte essen, dazu ein Bier – die Bedienung allerdings nur von dir.“

Sie atmete tief ein und sah ihn an. „Johannes: nicht jetzt. Bitte!“

Ihre Blicke trafen sich. In ihren Augen lag fast etwas Flehendes. Johannes wusste sofort: Sie meinte es ernst. Das hier war für sie kein Spaß. Und es fiel ihr schwer, ihn zurückzuweisen. Verletzen durfte er sie jetzt nicht, nicht einmal einen Scherz machen. Aber das hatte er auch nicht vor.

„Es ist mein Ernst. Ich sitze dort.“ Er wies mit der Hand in Richtung eines leeren Tisches. „Und ich zahle gut – auch für die Bedienung.“ Er legte einen Louisdor auf das Tablett.

Sie sah das Geld an. Ihre Augen weiteten sich verwundert. „Wo warst du? Auch deine Kleidung ist neu, der Degen.“

Johannes lächelte. Er legt ihr den Finger auf die Lippen. „Das klären wir später. Erst die Arbeit, dann das Vergnügen.

Das hast du mir beigebracht.“ Er legte einen zweiten Louisdor zum ersten.

„Johannes!“ Ihre Augen strahlten.

Marilene huschte mit einem Tablett an ihnen vorbei Richtung Theke und streifte sie mit einem irritierten Blick.

„Und jetzt bring mir etwas zu essen und zu trinken.“

Als Johannes am Tisch saß, sah er, wie Isabelle aufgeregt mit Marilene hinter der Theke redete. Dann kam sie auch schon zu seinem Tisch.

„Ich muss im Moment auch noch für die andere Gäste da sein. Marilene, Jakob und Mutter schaffen es sonst nicht. Wenn es ruhiger wird aber hast du mich für dich allein“, kündigte sie fröhlich an und gab ihm einen Kuss, dass es alle Gäste sehen konnten. Dann eilte sie wieder davon. Sie kam nun immer wieder an seinen Tisch, saß auch das ein oder andere Mal auf seinem Schoß oder gab ihm einen Kuss – auch, als sich längst weitere Männer zu Johannes an den Tisch gesetzt hatten. Bald war er bester Stimmung und in fröhlichem Gespräch mit den anderen Gästen, die ihn, neu und sauber gekleidet, ausgestattet mit einem Degen, ganz offensichtlich für einen wohlhabenden jungen Händler auf der Reise hielten. So ließ es sich leben. Wieder setzte sich Isabelle auf seinen Schoß, lachte kokett und gab ihm einen Kuss auf den Mund. Die anderen Männer sahen ihn bewundernd, einige auch ein bisschen neidisch an. Er machte einen Scherz, über den alle lachten, bevor das Gespräch sich wieder um die Franzosen drehte, um die Revolution und das, was sie aus Paris gemacht hatte, wo einer der Händler am Tisch gewesen war.

„Du hast mich jetzt für dich allein“, hauchte Isabelle ihm auffordernd ins Ohr.

Für einen Augenblick wusste er nicht, was sie meinte. Dann fiel ihm auf, dass der Nachbartisch bereits frei war. Die Schänke hatte sich deutlich geleert. Sie küsste seine Wange, dann seinen Mund. Ganz sanft spürte er ihre Lippen, dann ihre

Zungenspitze, tastend, zielstrebig – ganz anders als die herzlichen Küsse, mit denen sie ihn zuvor immer wieder bedacht hatte. Für einen kurzen Moment bemerkte er noch, wie das Gespräch am Tisch ins Stocken kam, für einen Augenblick verstummte, bevor die Männer – sehr viel gedämpfter – zu reden fortfuhren. Dann bekam er nichts mehr mit von dem, was am Tisch geschah, spürte nur noch Isabelle, ihren Kuss, ihre forschenden Hände, die über seine Brust glitten, den wohligen Schauer und die Gänsehaut, die sie verursachten, und die Leidenschaft, die sie kaum noch zügeln konnte. Der Kuss brach ab und sie sah ihn an, die Wangen gerötet, mit einem seltsamen Glanz in den Augen. Johannes konnte nicht anders. Er strahlte. Er hatte sich noch niemals zuvor in seinem Leben so glücklich gefühlt. Plötzlich war das Einverständnis zwischen ihnen da, aufzustehen und zu gehen. Sie glitt von seinem Schoß und Johannes erhob sich.

„Meine Herren! Ich ziehe mich zurück. Es war mir eine Ehre." Johannes verbeugte sich leicht und elegant. Die Männer am Tisch erwiderten seinen Blick und nickten anerkennend.

„Eine gute Nacht."

„Eine gute Nacht. Vielleicht begegnen wir uns morgen auf der Reise."

„Vielleicht."

Isabelle warf ihm einen bewundernden Seitenblick zu. Dann zog sie ihn an sich und sie machten sich auf den Weg. Sie schob ihn zielgerichtet in sein Zimmer. Ihres teilte sie mit ihrer Schwester, wie er viel später in der Nacht erfuhr, als sie nackt nebeneinander auf dem Bett lagen und Johannes zärtlich mit seinen Fingern durch ihre Haare strich. Sie hatten miteinander geschlafen – und redeten seitdem, streichelten einander und würden es vielleicht gleich noch einmal tun, wie Johannes gerade in den Sinn kam, während sie ihm von ihrem Verhältnis zu Marilene erzählte und dabei ganz langsam mit ihren Fingern auf seiner Brust tiefer glitt.

Als aus der Küche unter ihnen das Klappern von Geschirr und Töpfen zu hören war, lagen sie immer noch im Bett. Geschlafen hatten sie nicht. Dafür kannte Johannes Isabelles Leben und hatte ihr seines erzählt. Das harte Klopfen von Jakob Hahn an der Zimmertür unterband den ersten Versuch, vielleicht doch noch etwas zu schlafen, und trieb sie notgedrungen in ihre Kleider und anschließend in die Küche.

Den Tag verbrachte Johannes zusammen mit Jakob Hahn im Wald. Sie sammelten Brennholz, wovon es im Haus nie genug geben konnte. Am Abend sah er Isabelle nur kurz zum Essen. Beide umarmten sich, dann fiel Johannes auch schon erschöpft ins Bett, während sich die junge Frau wieder den Gästen in der Schänke widmete. Schon früh am nächsten Morgen machte sich Johannes auf den Weg, um weitere Tiere für den Viehhändler zu beschaffen. Sein erster Gang führte ihn zum Versteck im hohlen Eichbaum, wo er sich einige Münzen und vor allem eine Pistole und Munition einsteckte. Wieder war er drei Tage unterwegs, bis er vier Schafe gefunden hatte und an Johann Scherer liefern konnte. Von den vier Louisdor zahlte er zwei an Isabelle für den Abend und die Nacht. Einen gab er – ohne darüber nachzudenken, ob sie vielleicht auch mit weniger zufrieden gewesen wären – an zwei fahrende Musiker, damit sie in der Schänke zum Tanz aufspielen konnten. Zur Musik von zwei Geigen, manchmal begleitet von einer Flöte, tanzten Isabelle und Johannes, Marilene, Madame Dupré und ihre Gäste bis spät in die Nacht. Als die beiden Musikanten schließlich ihre Instrumente zur Seite legten und vernehmlich gähnten, waren Isabelle und Johannes die beiden letzten Gäste, die sich in der Mitte der Schänke, zwischen den beiseitegeschobenen Tischen und Stühlen, zu den verklingenden Tönen eines Liedes festhielten und langsam drehten, während ein mürrischer und müder Jakob Hahn noch immer hinter der Theke stand und ihnen dabei zusah. Jetzt blieb Johannes drei Tage im Haus, half dem alten Hahn bei einigen Reparaturarbeiten und bei einem erneuten Waschtag, mied abends die Schänke nach dem Essen und streifte stattdessen im Wald umher, bevor er schließlich zu einem neuen Raubzug aufbrach. Wieder war er mit Pistole und Degen bewaffnet. Dieses Mal hatte Johannes Glück. Schon am zweiten Tag konnte er zwei Kühe stehlen. Als er sich mit Johann Scherer im Wald bei Kempfeld traf, um dem Viehhändler die Tiere zu übergeben, begann es zu schneien. Dicke Flocken fielen zu Boden.

Bestürzt sah Johannes in den Wald hinter dem Händler. Mit einem Mal wurde ihm klar, was das bedeutete.

„Was ist? Hast du gerade ein Gespenst gesehen?“, wollte Scherer von ihm wissen. Johannes entging nicht, dass er sich trotzdem vorsichtshalber kurz umdrehte.

„Ich weiß nicht, wie ich dir bei dem Schnee weitere Tiere bringen soll“, sagte Johannes.

Der Händler sah ihn fragend an. „Ist es zu gefährlich?“

Johannes nickte. „Sie können den Spuren folgen – jedenfalls so lange, bis neuer Schnee gefallen ist.“

Scherer seufzte. „Ich kann dich nicht zwingen. Trotzdem könnte ich weitere Tiere gut gebrauchen – auch wenn du nicht der Einzige bist, mit dem ich Geschäfte mache. Solange Schnee liegt, zahle ich dir für jedes Tier den doppelten Betrag.“

Johannes starrte den Viehhändler für einen Augenblick an. Die Verlockung war groß. Aber auch das Risiko. Er hatte die Stockschläge auf dem Marktplatz in Kirn nicht vergessen – und würde das wohl auch niemals tun. Trotzdem nickte er nun. Wer weiß. Er konnte sich ja zumindest umsehen – und nur stehlen, wenn er sich seiner Sache ganz besonders sicher war.

Scherer erwiderte seinen Blick und nickte ebenfalls kurz. Dann verengten sich seine Augen. Sein Ausdruck wurde eiskalt. Johannes lief ein Schauer über den Rücken.

„Wenn sie dich festnehmen, kann ich vielleicht etwas für dich tun. Das weißt du.“ Mit den Augen fixierte er Johannes, so als wollte er ihn für einen Augenblick festnageln. „Verrätst du mich aber bei der Polizei, werde ich dich töten. Unterschätze mich nicht: Meine Arme reichen bis in das Gefängnis herein."

Unwillkürlich ging Johannes einen Schritt zurück.

„Hast du mich verstanden? Sind wir uns einig?"

Johannes nickte nur. Aus Scherers Blick wich die Kälte. „Ich kann auch Leder weiterverkaufen, Stoffe und Felle. Die Franzosen zahlen gut dafür. Außerdem gibt es viele Kaufleute, die mir gute Ware abnehmen. Auch wenn du mir Wurst bringst oder Fleisch, werde ich das abnehmen und dich dafür bezahlen. Allerdings wirst du nicht so viel dafür bekommen wie für die lebenden Tiere."

Er schlug Johannes auf die Schulter. Dann drückte er ihm vier Louisdor in die Hand, drehte sich um und führte die Kühe von der Lichtung im Wald. Johannes blieb noch eine Weile stehen und sah ihm nach, während um ihn herum die weißen, schweren Flocken zu Boden sanken.

Im dichten Schneetreiben wanderte Johannes zurück nach Muhl. Nach einigen Tagen brach er wieder auf. Er hatte nachgedacht. Er würde auch jetzt, bei Schnee, weiter versuchen, Vieh zu stehlen. Nur musste er dabei noch sehr viel umsichtiger vorgehen, als er es ohnehin schon tat. Auf keinen Fall durfte er die gestohlenen Tiere längere Zeit durch den Wald führen, wo der Bauer oder die Polizei den Spuren leicht folgen konnten. Er durfte die Tiere nur stehlen, wenn ein Hof nicht weit von einer der großen Handelsstraßen entfernt lag. Hatte er diese mit den Tieren erreicht, würden dort ihre Tritte zwischen all dem Matsch und den anderen Spuren nicht weiter auffallen. Fiel Neuschnee, musste er aber ganz auf einen Diebstahl verzichten. Und noch eine Regel hatte er für sich festgelegt: Er durfte sich auch auf den Handelsstraßen nur in der Nacht bewegen. Am Tag würde er in diesen Zeiten selbst auf diesen viel benutzten Straßen mit den Tieren zu sehr auffallen.

Er wanderte nach Süden und erreichte schon am Nachmittag Birkenfeld. Bisher hatte er noch keinen Hof entdeckt, auf dem er Vieh stehlen konnte. Er beschloss, sich in der Stadt ein wenig umzusehen. Vielleicht konnte er hier etwas anderes finden, was für Johann Scherer von Nutzen war. Auf gar keinen Fall würde er aber in ein Haus einbrechen, in dem er auf Menschen treffen konnte. Er sah das Geschäft eines Fleischers, einen Gerbereibetrieb und die Läden mehrerer Kaufleute. Diese Häuser hatten Gärten oder Höfe an der Rückseite, eingerahmt von hochgewachsenen Büschen oder Hecken. Der Gerbereibetrieb lag am Rand des Ortes. Durch eine Hecke erkannte er, dass die Türen auf der Rückseite des Betriebs nur aus morschem Holz bestanden. Wenn er sich nicht täuschte, gab es nicht einmal ein Schloss. Aber dort einbrechen? Er verwarf den Gedanken. Es dämmerte. Er sah Licht in einem der Zimmer. Wahrscheinlich wohnte der Gerbermeister im Haus. Er konnte das Risiko unmöglich eingehen. Dann lieber doch in der Nacht in einer einsamen Scheune außerhalb des Ortes übernachten und am nächsten Tag weiter nach Vieh auf einsamen Höfen suchen. Mittlerweile war es dunkel geworden. Ohne große Eile schlenderte Johannes ein Stück in den Ort zurück und bog dann in die Straße ein, durch die er nach Birkenfeld gekommen war. Er kam an der Werkstatt eines Tuchmachers vorbei. Das Haus und eine Lagerhalle befanden sich am Rand der Stadt. Der Wald reichte bis an das Lager heran. Johannes' Schritte wurden langsamer. In den Gebäuden brannte kein Licht. Wenn dort noch Menschen arbeiteten oder wohnten, mussten sie längst ihre Öllampen entzündet haben wie in den anderen Häusern der Stadt. Die Straße war leer. Dort, wo sie den Waldrand erreichte, bog Johannes nach links in das Unterholz des Waldes ab. Vorsichtig schlich er im Schutz der Büsche und Bäume am Grundstück des Tuchmacherbetriebes entlang. Immer wieder konnte er zwischen den Zweigen auf die Werkstatt und das Lager schauen. An einer Stelle verharrte er eine Weile. Es gab tatsächlich kein Anzeichen dafür, dass in den Gebäuden oder auf dem Hof ein Mensch war. Auch von einem Hund entdeckte Johannes keine

Spur. Er verließ den Schutz der Bäume und duckte sich zwischen die Büsche, die den Hof des Tuchmachers umrahmten. Noch einmal musterte er Hof und Gebäude genau. Alles schien verlassen. Er rannte los, zum Lagergebäude, so schnell und gleichzeitig leise er konnte. Die Tür war nicht verschlossen. Als Johannes das Gebäude betrat, fand er in den Regalen zahllose Tuchballen in allen möglichen Farben vor. Er sah sofort, wie schwer und groß die Ballen waren. Er konnte unmöglich mehr als nur einen gleichzeitig schleppen. Er fluchte innerlich. Jetzt hatte er sich schon einmal überwunden und war zum ersten Mal in ein Gebäude der Stadt eingebrochen – nur um dort Waren zu finden, die er überhaupt nicht zum Viehhändler schleppen konnte. Er hätte beim Stehlen von Vieh bleiben und längst weiterziehen sollen.

Der Wagen von Jakob Hahn fiel ihm ein. Der alte Gastwirt hatte einen Karren, den man hinter ein Pferd spannen konnte. Und ein Pferd besaß er auch. Er würde ihm ganz sicher beides leihen. Dann musste er jetzt nur ...

Johannes' Gedanken begannen zu rasen. Es war gefährlich. Aber er würde es trotzdem wagen. Er sah sich in der Lagerhalle um. Welchen Stoffballen sollte er als Erstes nehmen? Sein Blick fiel auf einen blauen Ballen. Blau war die Farbe der Uniformen. Einen solchen konnte Scherer bestimmt an die Franzosen verkaufen. Schon packte Johannes den Stoffballen, warf ihn sich über die Schulter und wankte schwer beladen aus der Tür der Halle hinaus, überquerte den Hof und verschwand im Wald. Hier ging er noch ein Stück weiter. Er erreichte eine alte Linde mit breitem, knorrigem Stamm und weit ausladenden Ästen. Hier konnte er den Stoff lassen. Er legte ihn über zwei der mächtigen Äste des Baumes und rannte auch schon zurück. Die Tuchmacherei wirkte immer noch verlassen. Entschlossen lief Johannes wieder über den Hof und holte einen weiteren Stoffballen, den er wieder in den Wald brachte. Wenig später folgten zwei weitere. Den Rest der Nacht schleppte er die Ballen einzeln einige Meilen über die Hauptstraße nach Norden, bevor er sie in einer einsamen Scheune, nicht weit entfernt von der Straße, versteckte. Erschöpft schlief er kurz vor Anbruch des Morgens auf den Stoffballen ein. Nach dem Aufwachen marschierte er nach Muhl. Am nächsten Morgen lieh er sich den Wagen, holte in der folgenden Nacht das Diebesgut ab und brachte es nach Kempfeld, wo Schwerer es ihm für nur zwei Louisdor abkaufte und ihn bat, beim nächsten Mal Leder zu stehlen, für das er sehr viel mehr zahlen würde.

Johannes ruhte sich einige Tage in Muhl aus, verbrachte eine der Nächte mit Isabelle und spendierte den Gästen der Schänke zuvor großzügig Speisen und Getränke, wobei sein Vorrat an Münzen kräftig zusammenschmolz. Dann brach er erneut auf nach Birkenfeld, wobei er den Wagen von Jakob Hahn gleich mitnahm. Sein Ziel war die Gerberei, die er hier gesehen hatte. Deren Gebäude lagen ebenfalls am Rand des Ortes. Auch hier musste ein Diebstahl möglich sein – wenn auch vielleicht nicht so leicht wie beim Tuchmacher. Den Wagen ließ Johannes am Waldrand stehen. Vorsichtig schlich er sich an die Gerberei heran. Es war dunkel. Er sah deutlich, wie im Haupthaus des Betriebes hinter einigen Fenstern Licht flackerte. Wahrscheinlich wohnte dort der Gerber mit seiner Familie. Vielleicht hatten dort auch einige Gesellen ihre Zimmer. An die Rückseite des Gebäudes schloss sich eine lang gezogene Halle an. Hier lag bestimmt das Leder. Sein Blick fiel auf die Türen. Er sah jetzt, dass diese doch Schlösser hatte. Aber die Türen waren aus morschem Holz. Reinkommen würde er also trotzdem in das Lager. Keine Frage. Aber er musste sehr leise sein. Auf keinen Fall durfte ihn der Gerber hören. Unwillkürlich tastete er mit der Hand nach dem Degen und der Pistole. Wenn es nötig war, musste er sie benutzen. Er würde nicht noch einmal auf dem Marktplatz von Kirn den Stock spüren. Wahrscheinlich reichte es aber auch schon, die Pistole zu ziehen, um den braven Handwerkermeister wieder zurück in das sichere Haus zu treiben. Entschlossen ging Johannes vor. Es war, wie er vermutet hatte. Er konnte die Tür zur Halle mit einem kräftigen Ruck öffnen. Das Holz brach gleich an mehreren Stellen. Er duckte sich in den Schatten des Gebäudes und wartete einen Moment. Aus dem Haus war kein ungewöhnliches Geräusch zu hören. Keine rufenden oder warnenden Stimmen, keine schlagenden Türen und keine schnellen Stiefelschritte. Stattdessen schrie ein Säugling aus Leibeskräften. Johannes drang in die Halle ein und fand Regale und große Tische, deren Bretter sich unter der Last des vielen Leders bogen. Er konnte kaum in der Halle umhergehen, so voll war sie. Mit Leder kannte Johannes sich aus. Mit sicherem Blick wählte er besonders schöne Stücke aus und warf sie zunächst auf einen Haufen. Als dieser die richtige Größe für den Wagen hatte, schleppte er so viel Leder, wie er tragen konnte, in den nahen Wald, lagerte es dort zwischen und holte dann die restlichen Stücke. Dann brachte er das Leder zum Wagen und machte sich noch in der Nacht auf der Hauptstraße auf den Weg nach Norden. Er schlief in der Scheune, in der er schon auf den Stoffballen übernachtet hatte.

Am nächsten Morgen wachte er hungrig auf. Das Brot, das er noch aus Muhl bei sich trug, war trocken. Ihm fiel eine Bäckerei ein, die er in Birkenfeld gesehen hatte. Niemand hatte ihn in der vergangenen Nacht gesehen. Niemand wusste, dass er das Leder in der Gerberei gestohlen hatte. In der Tasche seines Mantels fühlte er einige Louisdor. Es gab keinen Grund, sich nicht in der Stadt ein wenig Brot und vielleicht etwas Milch zu kaufen. Der Gedanke gefiel Johannes. Und er würde nicht zu Fuß gehen, sondern den Wagen nehmen. Mit der alten Decke, die er aus Muhl mitgenommen hatte, und einigen Stricken konnte er das Leder vor neugierigen Blicken verstecken und den Weg sehr viel schneller schaffen als auf den eigenen Füßen. Gut gelaunt erreichte er Birkenfeld. Auf dem Weg in die Stadt fuhr er mit dem Karren die Straße entlang, an der auch die Gerberei lag. Johannes bemerkte es zu spät. Er wollte anhalten, vorsichtshalber umdrehen. Aber die Gasse war dafür zu eng. Und der Betrieb wirkte ruhig. Auf der Straße konnte er niemanden sehen. Keine Polizei. Er beschloss, ruhig weiterzufahren und den Betrieb zu passieren. Niemand konnte ihn erkennen. Er durfte nur seine Unruhe nicht zeigen, sollte ihm jemand begegnen.

Er rollte an der Vorderseite des Gerbereibetriebes vorbei. Das Haus lag still. Im Inneren der Werkstatt sah Johannes zwei Männer ruhig ihrer Arbeit nachgehen. Kein Anzeichen dafür, dass man den Einbruch entdeckt hatte. Ein Geselle schritt mit zwei schweren Eimern in den Händen zum nahen Bach. Johannes fuhr langsam weiter. In der Bäckerei kaufte er ein Brot. Dann wendete er auf einem Platz kurz entschlossen den Wagen und fuhr zurück. Er wusste nicht, ob es noch einen anderen Weg durch die Stadt gab, um zur Hauptstraße in Richtung Muhl zu kommen. Aber er wollte auch keinen suchen. Wenn es eben noch so ruhig vor der Gerberei gewesen war, würde es jetzt wahrscheinlich immer noch so sein. Mit entschlossenem Blick trieb er das Pferd an und rollte mit der Kutsche die Straße entlang. Ein graubärtiger Mann in einer Schürze trat aus der Gerberei auf die Straße, als Johannes den Betrieb fast erreicht hatte. Er sah ihn freundlich an und grüßte. „Sie sind früh dran. Ich hatte erst am Abend mit Ihnen gerechnet."

Johannes bremste den Wagen und sah den Mann erstaunt an.

„Sie wollen doch zur Gerberei, oder?"

„Ich? Nein." Johannes schüttelte den Kopf. „Ich komme aus der Stadt und will zur Hauptstraße."

Der alte Mann nickte. Er wirkte erleichtert. „Dann bin ich froh. Wissen Sie, wir erwarten den Wagen eines Transporteurs, der unser Leder zu den Franzosen bringen soll, haben aber die Lieferung noch nicht zusammengestellt. Immer fehlt es an Zeit – und dann ist auch noch einer der Gesellen krank."

„Sie sind Gerber?"

„Mir gehört die Gerberei.“ Er deutete auf den Betrieb am Rand der Straße.

„Wenigstens machen Sie gute Geschäfte“, stellte Johannes fest. „Besser als so manch anderer in diesen Tagen, der nicht weiß, wovon er leben soll.“

Der Gerber nickte stolz. „Über zu wenig Verkäufe kann ich mich wahrlich nicht beklagen. Ganz im Gegenteil: Die Franzosen kaufen mir alles weg, was ich an gutem Leder und Fellen habe. Ich kann überhaupt nicht genug neue Ware bekommen.“

„Aber es gibt doch genügend Abdecker.“

„Aber nicht genug Vieh. Und wo wenig Tiere leben, können auch nur wenige sterben.“

Johannes schoss eine verwegene Idee durch den Kopf. „Ich bin auf einer Ladung Häute sitzen geblieben. Der, der sie in Weiersbach kaufen sollte, war nicht zu finden. Nun sitz ich auf dem Leder.“

„Transporteur?“

„Ja, ich komme aus Simmern. Ich habe nur diesen Karren und das Pferd, komme damit aber ganz gut zurecht.“

„Wo sollten die Häute in Weiersbach denn hin?“

Johannes stockte einen Moment. Jetzt musste er einen Namen nennen. Der Gerber kannte im Nachbarort sicher jeden. Aber darauf kam es ja gar nicht an. „Ein Maximilian Schwarz“, brummte Johannes gespielt verärgert.

„Den gibt es nicht in Weiersbach. Das wüsste ich.“

„Das glaube ich gerne“, nickte Johannes mit säuerlichem Lächeln auf den Zügen.

„Und was machen Sie jetzt mit dem Leder?“

„Ich will sehen, ob es Meister Breitbach in Simmern wieder zurücknimmt.“ Den Gerber kannte Johannes aus der Arbeit bei seinem Vater. Und Simmern war so weit weg, dass der alte Gerber vor ihm die Angaben nicht überprüfen konnte.

„Breitbach. Den kenne ich. Ist ein guter Mann.“

„Das will ich wohl meinen.“

„Wie viel haben Sie denn auf dem Wagen? Darf ich einmal sehen?"

„Gern."

Schon war der Gerber auf der Ladefläche und schlug die Decke beiseite.

Johannes schloss für einen Augenblick die Augen und atmete tief ein. In dem Moment, wo der Gerber auf die Ladefläche gestiegen war, hatte sein Herz wie rasend zu schlagen begonnen. Er hoffte inständig, dass der Gerber seine Häute nicht wiedererkannte.

„Schöne Ware. Verkaufen Sie die Häute an mich. Dann brauchen Sie sie nicht wieder nach Simmern zu fahren."

Johannes drehte sich auf dem Kutschbock um und nickte. Jetzt nur ruhig bleiben und sich nichts anmerken lassen, sagte er sich und lächelte schwach. „Gerne. Wenn wir uns über den Preis einig werden."

„Nun: Sie können nicht sicher sein, dass Gerber Breitbach in Simmern die Häute wieder zurücknimmt."

„Das stimmt. Aber die Qualität ist besonders gut."

„Ich erspare Ihnen den Weg."

„Ich muss sowieso nach Simmern. Nur der Wagen ist leichter."

Der alte Gerber lächelte ihm spitzbübisch zu. „Acht Louisdor."

So viel würde ihm Scherer niemals zahlen.

„Einverstanden." Johannes hatte genug vom Handeln. Er kassierte das Geld und erlebte noch einmal bange Momente, als der Gerber einen Gesellen herbeirief, der ihnen half, das Leder vom Wagen auf den Hof zu tragen. Aber auch der Geselle erkannte das Leder nicht. Der Abschied war herzlich. Dann rollte Johannes auf der Straße nach Nordosten. Als er die Stadt verließ, trieb er das Pferd an und ließ es für eine ganze Weile im Trab laufen.

14. Pik-Neun

♠

Es war dunkel, als er Muhl erreichte. Ein kalter Wind zerrte an den Kronen der Buchen und Eichen und er freute sich schon darauf, in der beheizten Gaststube bei einem Bier und einer warmen Mahlzeit zu sitzen. Wie immer versteckte er zunächst den Großteil des Geldes und die Waffen im Wald. Dann stellte er die Kutsche an ihren Platz und kümmerte sich um das Pferd. Einen Louisdor würde er gleich in der Schänke Jakob Hahn für das Ausleihen von Wagen und Pferd geben. Der Rest des Geldes, das er bei sich trug, war für Isabelle und den Abend, den er mit ihr verbringen würde. Warmes Licht fiel aus den Fenstern der Schänke auf die Straße. Er hörte die Stimmen der Gäste. Voller Vorfreude öffnete er die Tür zur Gaststube und trat ein. Es saßen bereits zahlreiche Männer an den Tischen. Es wurde gegessen, getrunken und geredet. Aber irgendetwas stimmte nicht. Irgendetwas war anders als sonst. Das spürte Johannes sofort. Aber was konnte es sein? Oder bildete er sich das nur ein? Hinter der Theke stand Jakob Hahn. Er hob den Blick, als Johannes ihn ansah, und nickte kühl zum Gruß. Johannes wusste, dass der Alte ihn mochte. Trotzdem waren die Begrüßungen des Wirtes noch nie besonders überschwänglich gewesen. Heute aber kam sie Johannes besonders distanziert, geradezu abweisend vor. Er wandte den Blick ab, um Isabelle zu suchen, und ging dabei langsam weiter, blieb schließlich stehen und drehte sich auf der Suche nach der jungen Frau um. Im Raum wurde es still. Das war allerdings ungewöhnlich. Johannes fühlte sich immer unbehaglicher. Er sah, wie sich zwei Männer neben der Tür aufgestellt hatten. Eines der Gesichter hatte er schon einmal gesehen. Aber wo konnte das gewesen sein? Hinter ihm öffnete sich eine Tür. Johannes drehte sich um und erkannte im selben Augenblick auch schon Isabelle. Abrupt blieb sie in der Tür stehen und starrte ihn entsetzt mit aufgerissenen Augen an. Im selben Augenblick wusste er, woher er das Gesicht eines der Männer kannte. Es war ein Polizist. Johannes reagierte blitzschnell. Mit beiden Händen griff er einen Stuhl vor sich und schleuderte ihn ohne abzusetzen in Richtung der beiden Männer an der Tür, während er gleichzeitig auf das Fenster neben der Theke zustürmte. Aus dem Augenwinkel sah er, wie sich weitere Männer in der Schänke erhoben. Im nächsten Moment warf er sich nach vorn, mitten in das Fenster hinein, die Hände schützend vor dem Gesicht. Das Glas zerbrach krachend und splitternd. Johannes rollte über den Schnee, war auch schon wieder auf den Beinen und rannte los. Die Tür der Gaststube wurde aufgerissen. Er hörte schnelle Schritte, Stimmen, stürmte weiter und war auch schon beim Stall. Er brauchte ein Pferd, wollte er entkommen. In den Boxen standen mehrere Tiere. Atemlos ließ er den Blick über die Pferde gleiten. Es waren mehrere breite Kutschpferde. Die konnte er für eine Flucht nicht gebrauchen. Dann erblickte er zumindest zwei schlankere Tiere. Er hatte keine Zeit. Es musste schnell gehen. Von draußen hörte er die Stimmen der Polizisten. Zwei der Männer riefen etwas von weiter weg. Offensichtlich vermuteten sie ihn im Wald und waren unschlüssig, wo sie weitersuchen sollten. Da der Schnee schon seit Langem lag, gab es viele Spuren. Aber ohne Zweifel würden sie schon in Kürze auch darauf kommen, den Stall zu durchsuchen. Er riss die Türen der beiden Boxen auf. Beide Pferde trugen noch ihre Halfter. Er zog eines heraus und schwang sich auf dessen Rücken. Das zweite Tier folgte. Der erste Polizist erschien im Eingang, sprang aber sofort zurück, als er das auf ihn zukommende Pferd sah. Kaum aus dem Stall heraus, trieb Johannes das Tier in den Galopp und raste durch den Wald. Er wusste, es war riskant. Doch er ritt zunächst in Richtung des alten, hohlen Baumes, in dessen Stamm er Geld und Waffen versteckt hatte. Beides wollte er auf keinen Fall zurücklassen. Nach kurzem Ritt hatte er das Versteck erreicht. Johannes sprang vom Pferd, blieb einen Moment still stehen und lauschte. Er hörte nichts – außer dem Rauschen der Baumwipfel über seinem Kopf.

Mit einigen Handgriffen holte er seine Schätze aus dem Baum, saß im nächsten Moment schon wieder auf dem Pferd und jagte weiter. Sein Ziel war Johann Scherer. Ihm würde er die Pferde verkaufen. Was er danach tat, wusste er noch nicht.

Am nächsten Abend hatte er das Versteck im Wald bei Kempfeld erreicht. Nach einer unruhigen und kalten Nacht machte er sich am nächsten Morgen auf den Weg zu Scherer. Dieser schickte ihn zunächst weg. Johannes musste bis zum Nachmittag warten. Dann kam Scherer in den Wald, um sich die beiden Pferde anzusehen. Wieder zahlte er gut. Er hatte rote Wangen und schien etwas getrunken zu haben.

„Manche Männer haben Glück bei Frauen, andere haben Glück im Spiel. Du aber scheinst mir ein glückliches Händchen bei Pferden zu haben", grinste Scherer anerkennend. „Ich habe selten mit einem Räuber zusammengearbeitet, der es verstand, mir so gute Pferde zu bringen. Meine Anerkennung."

Das Lob war Johannes unangenehm. Er nickte nur kurz, sah dann zu Boden. Scherers Blick streifte die Pistole, die Johannes jetzt offen im Gürtel trug, und den Degen, der neben seinem linken Hosenbein herunterhing. „Du bist gut bewaffnet."

Johannes nickte. „Ich kann nicht mehr zurück. Die Polizei hat mir aufgelauert. Es hätte nicht viel gefehlt und sie hätten mich wieder ins Gefängnis nach Kirn gebracht."

„Du kennst unsere Abmachung?" Der Viehhändler sah ihn plötzlich ernst an.

Johannes stutzte. Was meinte Scherer? Für einen Augenblick wusste er nicht, worauf dieser hinauswollte. Doch dann fiel es ihm ein. Er nickte. „Ich verrate dich nicht. Was sollte es mir auch nützen?"

Scherer nickte zufrieden. Er lächelte. Seine gute Laune kehrte wieder.

„Ich kenne einen Ort, an dem du dich verstecken kannst, einen Platz, an dem du sicher bist."

„Sag ihn mir.“

„Und wenn es deine Seele ist, die du verlieren könntest? Und wenn es der Teufel ist, zu dem ich dich schicke? Das jedenfalls sagen manche Leute von dem Mann, der dir eine Zuflucht sein könnte.“ Er starrte Johannes an. Nicht nur seine Wangen, auch seine Augen waren gerötet. In ihrer Tiefe schimmerte ein unheimlicher Glanz – und plötzlich wusste Johannes, dass er Scherer nicht unbegrenzt vertrauen durfte. In den Abgründen der Seele dieses Mannes verbarg sich etwas, dessen bloßer Abglanz ausreichte, um Johannes schaudern zu lassen.

„Ich habe keine Angst“, sagte er mit leiser, aber dennoch fester Stimme.

„Gut“, knurrte Scherer zufrieden. „Dann geh nach Osten, nach Liebshausen, nicht mehr weit entfernt vom Rhein. Dort triffst du auf den Schwarzen Peter. Peter Petry ist sein richtiger Name. Er hat dort eine Bande von Männern um sich geschart, vor denen sich selbst die Polizei fürchtet. Du triffst dort auf Philipp Mosebach, Iltis Jakob, Peter Zughetto, Peter Stiebitz, Manne Friedrich und den Roten Fink.“

Er musterte Johannes eindringlich. Diesem stieg Weingeruch in die Nase.

„Ich könnte mir vorstellen, dass die Männer dich aufnehmen. Aber hüte dich vor Petry. Er ist der schlimmste von allen. Nüchtern ist er der beste Mensch unter der Sonne. Hat er aber getrunken, übersteigt seine Grausamkeit jedes Maß.“

Johannes sah Scherer an. Dieser erwiderte seinen Blick. Die Warnung war ernst und gut gemeint. Der Viehhändler erklärte Johannes, wo er das Lager der Räuber finden würde. Dann gaben sich beide Männer die Hand und trennten sich. Auf dem Weg zum Schwarzen Peter besuchte Johannes seine Eltern. Es ging ihnen gut und er gab ihnen Geld, damit sie sich weitere Tiere für ihre Landwirtschaft kaufen konnten. Um sie zu sehen, musste er sich im Wald mit ihnen treffen, da immer noch ein Knecht aus dem Dorf das Haus für die Polizei überwachte.

15. Kreuz-Bube

Peter Petry spürte immer noch die Angst, als er erwachte. Er hatte wieder seinen Traum gehabt, den Traum, der immer wiederkam, seit er im Alter von 14 Jahren zum ersten Mal getötet hatte. Wie ein Säugling lag er zusammengekrümmt unter der Decke. Wie so oft war er nass geschwitzt. Wahrscheinlich hatte er wieder geredet und geschrien im Schlaf. Wie gut, dass er ein Zimmer für sich allein hatte und die Männer ihn so nicht sehen konnten. Er streckte sich vorsichtshalber aus. Man konnte nie wissen. Der Morgen war schon fortgeschritten. Normalerweise wussten die Männer, dass sie ihn am Morgen am besten in Ruhe ließen. Aber manchmal – wenn es etwas zu berichten gab – kam einer von ihnen herein. Gequält schloss er die Augen. Wieder spürte er einen Nachhall des Traumes. Es würde nicht lange dauern. Gleich war es wieder vorbei. Immer wieder dieser Traum. Einmal hatte er Schemen der Bilder sogar noch nach dem Aufschrecken am Morgen mit offenen Augen gesehen. Am furchtbarsten war der Moment, wenn sie ihn in den Sarg legten. Er wollte schreien, die Hände und Arme heben, aber er konnte sich nicht bewegen. Sie dachten, er sei tot. Doch dabei war er noch am Leben. Die Angst, seine Panik stieg ins Unermessliche, als er sah, wie sie langsam den Sargdeckel hoben und ihn dann auf die Holzkiste, in der er lag, herabsenkten – während er verzweifelt versuchte zu schreien, zu winken und sich zu erheben. Aber sein Körper gehorchte ihm nicht. Und wie immer erwachte er, als sich der Deckel des Sarges mit einem dumpfen Geräusch über ihm schloss. Er spürte genau, wie sie den Sarg trugen und wie er in das Grab hinabgelassen wurde. Ganz langsam. Dann hörte er die Erde, die auf das Holz prasselte, erst wenig, dann immer mehr. Und in diesem Moment löste sich der Bann. Er konnte schreien. Sich bewegen. Aber niemand hörte ihn. Und so sehr er auch die Arme und Beine nach oben drückte und stemmte: Er konnte den Deckel des Sarges nicht anheben. Aber er schlug weiter gegen das Holz, immer weiter, denn er fühlte plötzlich, dass in dem Sarg noch etwas war, das plötzlich erwachte. Etwas grauenhaft Böses. Genau in diesem Augenblick erwachte er – heute, wie an jedem anderen Morgen, wenn er seinen Traum träumte.

Langsam schwang er die Beine aus dem Bett. Es war kalt in seinem Zimmer. Die Wärme des Feuers aus der Küche drang nicht bis in alle Räume des Hauses. Und das Mädchen, das seit einigen Wochen das Bett mit ihm teilte, war wie immer noch in der Nacht gegangen. So hatte er es ihr wegen seines Traumes befohlen. Er strich die langen, schwarzen Haare mit beiden Händen hinter seinen Kopf zurück und band sie zu einem Zopf. Dann nahm er den Goldring, den er einem Händler vor Jahren vom Finger geschnitten hatte, und steckte seinen schmalen Bart, der ihm am Kinn gewachsen war, hindurch. Mühsam stand er auf. Wenn er den Kopf bewegte, spürte er einen leichten Kopfschmerz – so wie an jedem Morgen, wenn er in der Nacht viel Branntwein getrunken hatte. Wenigstens konnte er sich noch an das Fest vom gestrigen Abend erinnern, nachdem ihnen der Händler zehn Louisdor für das Vieh, das sie in den Tagen zuvor gestohlen hatten, gegeben hatte. Sie hatten lange Karten gespielt, das wusste er auf jeden Fall. Petrys Blick glitt auf den Säbel, der an einem der Bettpfosten in seiner Scheide hing und ein kleines Stück herausschaute. Auf der Klinge war Blut zu sehen. Auch auf dem Griff. Konnte er sich doch nicht an alles erinnern? Er schlurfte zum Fensterbrett, nahm die Kanne und goss Wasser in die Schüssel, in die er sein breites Gesicht tauchte. Wie er diese Erfrischung liebte. Wie immer verschwand der Kopfschmerz fast augenblicklich, genauso wie der Nachhall seines Traumes. Jetzt begann für ihn der eigentliche Tag. Er trocknete sich ab, reckte sich und streckte genüsslich seine Arme in die Höhe. Er spürte seine Muskeln. Obwohl er schon das Alter von 40 Jahren überschritten hatte, war er immer noch der kräftigste unter seinen Männern. Zufrieden zog er Hemd und Hose an und trat aus seiner Kammer in den offenen Küchenbereich des Hauses.

Die Männer, die hier um das offene Herdfeuer in der Mitte des Raumes herumlümmelten, bemerkten sein Erscheinen sofort. Zufrieden registrierte er, wie einer der Männer aufstand, zwei sich etwas aufrechter hinsetzten. Betont locker hob er die Hand zum Gruß, während er sich auf einen Schemel an einem der Tische fallen ließ und eine der Frauen, die seit einiger Zeit bei ihnen wohnten, ihm einen Napf mit Brei und einen Becher voll Wasser brachte. Eine winzige Bewegung an der Wand weckte für einen Moment seine Aufmerksamkeit. Auf einem Bord, zwischen zwei Töpfen, saß tatsächlich, keine fünf Schritte von ihm entfernt, eine Maus und musterte ihn neugierig, bevor sie ganz ungeniert einige Körner zu fressen begann. Ausdruckslos wandte Petry den Blick ab und widmete sich seinem Frühstück. Die Tür des Hauses ging auf und der Rote Fink, ein kleiner Kerl mit flammend roten Locken und einem Gesicht, durch das sich tiefe Falten zogen, trat ein. Ihm folgte ein junger Kerl, den Petry noch niemals gesehen hatte.

„Wer ist das?", polterte der Schwarze Peter, noch bevor der Rote Fink die Stimme erheben konnte. Mit einem Seitenblick sah Petry, dass die Maus immer noch an ihrem Platz saß und sich durch seine Gegenwart nicht im Mindesten stören ließ.

Der Rote Fink lächelte. „Ein harmloser Kerl. Ich habe ihn heute Morgen aufgelesen. War zu Fuß unterwegs und wollte zu uns."

„Was will er?"

„Sich uns anschließen. Er sagt, er hat schon häufiger Vieh gestohlen, weiter drüben bei Kirn. Wird jetzt aber von der Polizei gesucht und weiß nicht weiter."

Petry nickte zufrieden. „Hatte er etwas bei sich?"

„Eine Pistole, Munition, einen Degen und einen Louisdor. Ich habe ihm alles abgenommen."

Petry hob den Kopf und winkte den jungen Kerl zu sich heran. „Wie heißt du?"

„Johannes Bückler."

„Hast du einen Beruf?

„Mein Vater ist Abdecker. Ich habe bei ihm gelernt."

Petry nickte zufrieden.

„Und die Polizei sucht dich?"

Johannes nickte.

„Mit Steckbrief?"

„Ja." Johannes war zum ersten Mal stolz auf diese Tatsache.

Petry nickte anerkennend. „Dann hast du schon ein wenig mehr verbrochen als die meisten kleinen Taschendiebe. Können wir den Steckbrief auch irgendwo sehen?"

„Hier in der Gegend hängt er nicht. Dafür aber in Kirn, vielleicht auch woanders."

„Du kennst Kirn gut?"

„Ich saß dort zweimal im Gefängnis. Beim ersten Mal habe ich Stockschläge auf dem Marktplatz bekommen. Beim zweiten Mal bin ich geflohen. Ein drittes Mal sollen sie mich nicht kriegen." Johannes drehte sich um, entblößte seinen Rücken und hielt ihn dem Schwarzen Peter hin, sodass er die Narben sehen konnte.

Johannes sah, wie einige der anderen Männer anerkennend nickten.

Auch Petry sah zufrieden aus. „Du bist nicht der Einzige, der solche Narben auf dem Rücken hat. Die, die sie haben, sind mir die treuesten Gefährten. Ich hoffe, dass das bei dir auch so sein wird, solltest du bei uns bleiben. Ich kann nur Männer brauchen, auf die ich mich verlassen kann. Was hast du gestohlen?"

„Pferde, Rinder, Schafe. Ein wenig Leder und Tuche."

Petry grinste breit. „Und nun sag: Wie viel Louisdor hat dir der Rote Fink abgenommen?"

Johannes schwieg einen Moment. Die Männer im Raum starrten ihn aufmerksam an. Sein Blick wanderte erst zum Schwarzen Peter, dann zu Fink. „Drei Louisdor."

Der Rote Fink presste die Lippen zusammen und wandte sich ab. Petry wusste, dass sich der junge Bückler in diesem Augenblick einen Feind unter den Räubern gemacht hatte. Das würde ihm Fink niemals vergessen. Aber das war genau das, was er beabsichtigt hatte. Jeder der Männer hier musste mehr Loyalität zu ihm haben als zu irgendeinem seiner Gefährten. Und jeder hier hatte mindestens einen unter den anderen, mit dem er noch eine alte Rechnung zu begleichen hatte. Das verschaffte ihm die Gewissheit, dass keiner der Männer daran arbeiten konnte, sich zum Anführer aufzuschwingen, genauso wenig wie sie in ihre eigene Tasche wirtschaften konnten. Nun aber musste er noch ein Exempel statuieren. Es war klar, dass Fink damit nicht durchkommen durfte – allein schon wegen der Wirkung, die dies auf die Männer hätte. Gleichzeitig konnte er jetzt auch direkt dem Neuen eine Lektion erteilen.

„Gib mir das Geld. Jeder bekommt seinen Anteil, so wie ich es bestimme“, knurrte ihn Petry an. Der Rote Fink hob den Kopf und warf ihm einen ängstlichen Blick zu. Er war lange genug dabei, um zu wissen, dass Petry die Angelegenheit nicht auf sich beruhen lassen würde. „Gib mir das Geld“, herrschte ihn Petry noch einmal an. Erwartungsvolle Stille lag im Raum.

„Ich habe es ja, ich habe es ja“, murmelte Fink. Noch einmal warf er Petry einen ängstlichen Blick zu, dann trottete er langsam auf ihn zu. Als er vor dem Anführer stand, ließ er die Hand in die Tasche seines Mantels gleiten. Als er sie wieder herauszog, hielt er die Münzen in der Hand. Langsam legte er sie nacheinander auf den Tisch und Petry sah, wie seine Finger dabei zitterten. Es war Zeit, Fink eine Lehre zu erteilen. Mit einer blitzschnellen Bewegung zog Petry das Messer, das er am Gürtel trug, aus der Scheide und warf es in einer Bewegung auch schon aus der Hand nach vorn. Es zischte dicht an Fink – der in diesem Moment noch nicht einmal begriffen hatte, was geschah – vorbei durch die Luft und blieb zitternd in der Wand stecken. Blutspritzer und ein helles Fiepen verrieten, dass er die Maus getroffen hatte. Mit einem Ruck stand der Schwarze Peter auf und ging zur Wand. Er zog das Messer heraus. Die schmale Klinge hatte die Maus aufgespießt. Ein schmaler Blutfaden lief die Klinge zum Griff hinunter, als er das Tier in die Höhe hielt und ansah. Mit fünf schnellen Schritten stand er vor Fink und hielt ihm die Klinge mit der Maus vor das Gesicht. „Schluck sie herunter!"

Der hagere, rothaarige Mann starrte ihn entgeistert an. „Was?"

„Hol die Maus vom Messer und steck sie dir in den Hals."

Die Augen des Roten Fink flackerten panisch. „Nein. Das kann ich nicht. Verlang das nicht von mir. Ich geb dir meinen Anteil vom letzten Raubzug. Ich schenke dir meinen Säbel. Du weißt doch: den mit der guten Klinge ..."

„Schluck die Maus herunter. Mach schnell – sonst stech ich dir dein linkes Auge heraus – mit der Maus auf der Klinge."

Plötzlich trat ein entschlossener Ausdruck in Finks Augen. „Du bist der Teufel. Die Leute haben recht." Er spuckte die Worte in den Raum, warf noch einen Seitenblick auf die Männer, die das Schauspiel von ihren Plätzen aus gebannt verfolgten. Dann riss er mit der rechten Hand die Maus vom Messer herunter, schloss die Augen und stopfte sich das Tier mit einer schnellen Bewegung in den Mund. Alle sahen, wie er schluckte. Dann drehte er sich um und stürmte zur Tür heraus, wo er vor dem Tritt zusammensank und sich übergab. Krachend schlug einer der Räuber die Tür zu. Wie auf ein Zeichen setzte das Murmeln der Männer ein. Petry war zufrieden. Er wischte sich das Messer an der Hose ab. Diese Lektion hatten alle verstanden – auch der Neue, der kreidebleich zu ihm aufsah.

Am liebsten hätte auch Johannes den Raum verlassen. Aber er konnte es nicht. Die anderen Männer würden ihn für einen Feigling halten. Und er wusste: Das konnte er sich nicht leisten, wollte er länger bei der Bande bleiben. Wollte er das? Die Frage schoss Johannes durch den Kopf, als er sich neben einem der Männer auf einen Platz am Boden mit dem Rücken zur Wand fallen ließ. Die Polizei schien es ernst zu meinen mit ihrer Suche nach ihm. Es gab keinen Ort, wo er jetzt – im Winter – hingehen konnte. Er dachte an Isabelle, an die Fröhlichkeit, die zwischen ihnen geherrscht hatte, und an ihr Lachen. Sie hatte ihn aufrichtig gemocht. Sie war verliebt gewesen in ihn. Das wusste er, auch wenn er für sie bezahlen musste. Vielleicht war sie es sogar jetzt noch. Aber es gab kein Zurück. Der Gedanke tat weh. Ihm fielen die Eltern ein. Aber auch zu ihnen konnte er nicht gehen. Was also tun? Hierbleiben? Das war zumindest den Winter über nicht die schlechteste Wahl. Er würde sich schon an vieles gewöhnen. Und sollte er es nicht aushalten, konnte er immer noch weiterziehen – und vielleicht über den Rhein weiter nach Osten gehen.

Zunächst war es jetzt wichtig, dass er sich unter den Männern keine Feinde machte. Alles Weitere würde sich dann schon finden. Das galt natürlich am meisten für den Schwarzen Peter, mit dem er auskommen musste, wollte er hierblieben. Es galt aber auch für alle anderen Männer. Der Rote Fink hatte ihm fünf Louisdor abgenommen. Das war alles, was er bei sich trug. Den Hauptteil seines Geldes und was er sonst noch besaß und nicht mit zum Schwarzen Peter nehmen wollte, hatte er gestern sorgfältig im Wald versteckt. Als ihn der Schwarze Peter nach der Geldsumme fragte, hätte er fast den richtigen Betrag genannt. Dann war ihm die Idee mit den drei Louisdor gekommen.

Auf diese Weise hatte er Petry die Antwort gegeben, mit der

dieser sowieso gerechnet hatte, während er Fink gleichzeitig geholfen hatte. Der Mann konnte ihm unmöglich etwas nachtragen. Und das war wichtig. Denn ein alter Fuchs wie der Rote Fink hatte sicher auch in der Bande des Schwarzen Peter viele Männer, die mit ihm befreundet waren und zumindest gegenüber einem Neuling zu ihm standen.

Petry hatte sein Frühstück beendet und saß mit einigen der anderen Männer zusammen an einem Tisch beim Kartenspiel. Johannes spürte einen leichten Schlag auf seinem linken Arm. Der Mann, der dort saß, hatte ihn angestoßen. Er hatte leuchtend grüne Augen. Sein ganzes Gesicht war von Sommersprossen übersät. Er hielt Johannes eine Tasse mit Wasser hin. Johannes sah, dass sich auch auf den Armen zahllose Sommersprossen befanden.

„Du bist Johannes?"

Er nahm die Tasse und nickte. Darauf reichte ihm sein Nachbar einen Napf mit Brei, den Johannes zu seinen Füßen abstellte. Offensichtlich hatte einer der Männer an Johannes gedacht und ein karges Frühstück in der Reihe weitergegeben. Johannes sah sich suchend zur Seite um und erblickte ein bärtiges Gesicht, das freundlich lachte und schon wieder in einer Tür verschwand.

„Ich war auch schon einmal in Kirn", nahm sein Nachbar das Gespräch wieder auf. „Allerdings schon vor Jahren. Auf der Durchreise, mit meinen Eltern."

Der Mann neben Johannes hieß Johann Seibert. Beide verstanden sich sofort. Es dauerte nicht lange, und Johannes lernte auch die anderen Räuber in der Bande kennen.

Schon am nächsten Morgen erhielt Johannes seine Waffen zurück. Sie brachen zu einem Raubzug auf. Dabei waren 15 Männer. Alle trugen als Waffe zumindest einen Degen oder Säbel an der Seite. Eine ganze Reihe der Männer war mit Pistolen bewaffnet und zwei hatten ein französisches Gewehr über der Schulter.

Sie stahlen Vieh. Am Anfang wunderte sich Johannes über die mangelnde Vorsicht der Bande, als sie nach vier Tagen Weg einen Hof mit Kühen und Pferden entdeckt hatten. Dann – während sie offen über einen breiten Weg auf das Hauptgebäude des Hofes zugingen – wurde ihm die Stärke der Bande erst so richtig bewusst. Wer sollte sich ihnen entgegenstellen? Niemand. Sie brauchten nicht einmal eine kleinere Polizeistreife zu fürchten. Johannes hätte jubeln können vor Freude. Nach all der Zeit auf der Flucht vor der Polizei, nach den vielen Tagen und Nächten, in denen er sich ängstlich an Scheunen und Ställe herangeschlichen hatte, immer voller Furcht, entdeckt zu werden, spürte er das Gefühl einer ungeheuren Befreiung und Stärke. Es gab nichts und niemanden, den er in dieser Bande fürchten musste.

Der Bauer hob verstört an der Tür des Wohnhauses die Hände, hinter ihm war sein verängstigter, fast erwachsener Sohn zu sehen. Zwei Männer aus der Bande hielten sie mit ihren Pistolen in Schach, während die anderen die Tiere aus dem Stall führten. Am nächsten Morgen teilte sich die Bande. Drei Männer brachten das Vieh zu einer versteckten Scheune im Wald, nicht weit entfernt von ihrem Hauptquartier. Die restlichen Männer zogen weiter. Schon am nächsten Tag entdeckten sie einen weiteren Hof mit Vieh. Dieses Mal aber wehrte sich der Bauer. Ein einzelner Schuss ertönte, als sie über einen breiten Weg auf das Hauptgebäude zumarschierten. Die Kugel schlug – ohne jemanden zu verletzen – in einen Baum am Waldrand ein. Eine Pulverdampfwolke stieg von einem der Fenster auf und verriet den Platz, von dem aus der Bauer geschossen hatte. Die Räuber waren noch viel zu weit entfernt, als dass der Bauer sie aus der Entfernung hätte treffen können, wie Johannes von seinem Vater wusste. Dazu waren die Gewehre viel zu ungenau. Genau deshalb feuerten die Soldaten in der Schlacht immer aus engen Formationen und immer gleichzeitig, weil man nur mit dem massenhaften Beschuss aus großer Distanz beim Gegner überhaupt eine Wirkung erzielen konnte.

Der Klang des Schusses war noch nicht verhallt, als auch schon vier der Räuber geduckt nach vorn liefen, während die anderen Männer sofort Deckung im Schutz der Bäume am Wegrand suchten und dabei gleichzeitig weiter vorgingen.

Johannes zögerte, stand einen Augenblick allein auf dem Weg, bevor er sich dann an Johann Seibert hielt und dem neuen Gefährten einfach folgte. „Der schießt nicht noch mal", stellte Seibert trocken fest, als er Johannes hinter sich bemerkte. „Der schafft es nicht, so schnell zu laden."

Johannes blickte zum Haus. Schemenhaft zeichnete sich hinter dem Fenster der Bauer ab, der sich mit hektischen Bewegungen an seinem Gewehr zu schaffen machte. Währenddessen hatten die vier Räuber das Haus von beiden Seiten fast erreicht. Zwei der Männer zogen jetzt ihre Säbel, zwei hielten Pistolen schussbereit in der Hand. Sie waren nur noch wenige Meter vom Haus entfernt, als sich plötzlich ein kräftiger Mann mit einer Mistforke in den Händen aus einem seitlich gelegenen Stallgebäude löste und auf die beiden links vom Haus angreifenden Räuber zustürmte. Einer der Männer war der Rote Fink. Er zögerte keinen Moment, drehte sich im Vorwärtsgehen zur Seite, fasste die Pistole mit beiden Händen und schoss. Der Mann mit der Mistgabel wurde wie von Geisterhand ein Stück zur Seite gerissen und stürzte zu Boden, während die Forke durch die Luft flog. Johannes hatte gesehen, wie ihn die Kugel getroffen hatte, wie das Geschoss die gesamte linke Brust auseinanderriss. Es war nur ein Augenblick. Aber diesen Moment würde Johannes niemals vergessen. Mit entsetzt aufgerissenen Augen starrte er auf die Stelle, an der der Mann jetzt in einer Blutlache lag. Erst als er den Schrei des Bauern hörte, wandte er den Blick ab und sah zum Haus. Hinter dem Fenster, hinter dem eben noch der Bauer verzweifelt versucht hatte, sein Gewehr zu laden, erkannte er Peter Zughetto, wie er die Hand mit dem Säbel niedersausen ließ, einmal, zweimal und dann noch ein drittes Mal, als längst schon keine Schreie mehr zu hören waren.

„Los, komm, der Bauer ist erledigt", forderte ihn Seibert auf. Gemeinsam mit den anderen Räubern traten sie aus der Deckung der Bäume auf den Weg und liefen auf das Haus zu. Eine schnelle Bewegung aus Richtung des Stalls verriet, dass dort doch noch jemand lebte. Johannes sah es als Erster. Es war ein junger Kerl, nicht einmal erwachsen. Er stürmte aus dem Eingang, aus dem kurz zuvor der Mann mit der Mistforke gekommen war. Aber er trug keine Waffe. Er rannte am Stall vorbei und verschwand im dahinter angrenzenden Wald.

„Lass ihn laufen. Der rennt wie ein Hase und hat doch nichts dabei", war die Stimme des Schwarzen Peter zu hören, der mit dem Hauptpulk der Räuber auf das Haus zuging. Die Männer lachten. Johannes schloss sich dem Lachen an – auch wenn ihm überhaupt nicht danach zumute war. Dazu hatte er viel zu oft selbst vor anderen weglaufen müssen. Der junge Kerl tat ihm leid. Aber er wusste auch, dass viele der Räuber ihn trotz aller rauen Freundlichkeit bei diesen ersten Raubzügen sehr genau beobachteten.

Dieses Mal stahlen sie nicht nur die Tiere – der Bauer besaß einige Schafe –, sondern durchsuchten auch das Haus genau. Sie fanden einige Münzen, einige Haushaltsgegenstände, die für sie von Nutzen waren, und einfachen Schmuck. Johannes vermutete, dass im Haus auch eine oder vielleicht sogar mehrere Frauen gelebt hatten, die sich jetzt irgendwo im Wald vor ihnen versteckten.

Die Nacht verbrachten sie in dem einsam gelegenen Bauernhaus, nachdem einige Räuber die beiden Toten in eine Grube hinter dem Haus geworfen hatten. Am nächsten Morgen trennten sich wieder drei Männer von ihnen, um die Schafe zum Hauptquartier zu treiben, während die verbliebenen Räuber nach einem weiteren Hof für einen Überfall suchen wollten. Es dauerte fünf Tage, bis sie wieder fündig wurden. Dieses Mal trafen sie auf dem Hof, den sie aufsuchten, niemanden an, obwohl deutlich zu sehen war, dass hier noch am Morgen mehrere Menschen gegessen und gearbeitet hatten. Dafür standen im Stall drei Kühe. Sie machten sich nicht die Mühe, nach dem Bauern zu suchen, der noch nicht weit weg sein konnte. Wieder übernachteten sie auf dem Hof. In dieser Nacht aber hielten vier Männer Wache statt wie sonst zwei, da Petry durchaus einen Überfall des Bauern in der Nacht für möglich hielt. Aber nichts geschah. Am nächsten Morgen machten sie sich auf den Rückweg nach Liebshausen.

Johannes wusste schon auf dem Rückweg: Er hatte die unausgesprochene Prüfung der Männer bestanden und gehörte jetzt zu ihnen. Dass er nun dazugehörte, merkte er auch daran, dass sie ihm einen Spitznamen gaben: Sie nannten ihn den Schinderhannes, wegen des Berufs, den er gelernt hatte. Er lebte sich schnell ein und freundete sich vor allem mit Johann Seibert an. Das Räuberleben in Liebshausen war ruhig. Die Bande verbrachte eine Woche auf dem Hof, bevor die Männer wieder zu einem neuen Raubzug aufbrachen. So ging es das ganze Frühjahr über weiter. Einmal im Monat erhielten sie von Petry ihren Anteil ausgezahlt. Für die Raubzüge eines Monats erhielt Johannes einen Louisdor. Ihm war klar, dass Petry einen Großteil des Geldes, das er durch den Verkauf der Tiere erhielt, in seine eigene Tasche steckte und nur einen kleinen Teil an die Männer auszahlte. Außer ihm schienen das aber nur wenige zu wissen. Seibert war zufrieden mit seiner Bezahlung. Nur von einigen der älteren Räuber wie dem Roten Fink hörte er mürrische Worte – wenn auch nur in Abwesenheit von Petry ausgesprochen. Im Mai dachte Johannes erstmals darüber nach, ob er sich von der Bande trennen sollte, verwarf den Gedanken aber wieder. Allein konnte er zwar mehr Geld verdienen. Doch dafür war die Gefahr weitaus größer. Er wurde immer noch gesucht. Von ihm hingen immer noch Steckbriefe aus. Und die waren nicht einmal alt, sondern erst wenige Tage zuvor von der Polizei verteilt worden, wie man unschwer erkennen konnte. Selbst in Kreuznach hatte er welche gesehen, als er mit einigen Kameraden nach Erhalt des monatlichen Geldes den weiten Weg in die Stadt gegangen war. Einträchtig hing der Steckbrief, in dem die Polizei ihn suchte, neben einem Steckbrief Petrys – was diesen sichtlich verdross, als er in Liebshausen wenig später aus dem Mund von Johann Seibert davon erfuhr. Und er war nicht der Einzige. So mancher der Männer wunderte sich, dass ihr neuer Gefährte für die Polizei einen so hohen Stellenwert besaß. Im Juni kaufte Johannes zum ersten Mal ein wenig Fleisch bei einem Metzger auf dem Weg zu ihren Raubzügen – und beruhigte damit zwei Hunde, die einen großen Hof mit einigem Vieh bewachten, nachdem der Rote Fink bei einem Überfall in der Woche zuvor von einem großen Rottweiler ins Bein gebissen worden war, als er das Tier mit seinem Knüppel zur Ruhe bringen wollte.

Das Ansehen von Johannes wuchs. Trennten sie sich von Petry, um zum Beispiel Vieh zum Hauptquartier der Bande zurückzubringen, führte Johannes jetzt schon häufig die Gruppe an, wenn nicht einer der alten Räuber wie der Rote Fink oder Peter Zughetto dabei war.

An einem heißen Tag im Sommer überfiel er zum ersten Mal mit einigen Männern einen Händler. Der Mann kam ihnen in seiner Kutsche am Abend auf der Fernstraße entgegen. Johannes war mit seiner Gruppe in Eile und hatte früh am Abend den schützenden Wald mit dem gestohlenen Vieh verlassen, um schneller den Hof der Räuber zu erreichen. Es war bereits dunkel. Meist vermieden es die Reisenden, um diese Zeit noch auf den Straßen unterwegs zu sein, und hatten längst eine Herberge oder den Schutz eines größeren Ortes aufgesucht. Der Händler, der selbst auf dem Kutschbock seines Wagens saß, sah ihre Waffen, ihre Kleider und das Vieh, als er näher kam, und wusste sofort, mit wem er es zu tun hatte. Mit vor Schreck geweiteten Augen starrte er sie an, während seine Kutsche langsam auf sie zurollte. Bei diesem Überfall brauchten sie nicht einmal die

Pistolen aus ihrem Gürtel zu ziehen. Sie hielten den Mann mit Handzeichen an und er gab ihnen alles, was er besaß. Auch den Wagen mit den Waren darauf. Dafür ließen sie ihn am Leben. Zu Fuß, allein in der Dunkelheit auf der Straße, hatte der Händler Angst, noch einmal überfallen zu werden und dann vielleicht sein Leben zu verlieren. Die Gefahr bestand tatsächlich. Johannes wusste, dass einen Tag hinter ihnen eine andere Gruppe ihrer Bande mit Karl Benzel an der Spitze folgen würde. Und Benzel war jähzornig. Gut möglich, dass er den Händler ermordete, wenn er nichts bei ihm fand. Zum Glück konnte Johann Seibert, der unter Johannes' Männern war, schreiben. Der Händler hatte Papier. So diktierte Johannes seinem Freund einen Brief, worin er Karl Benzel bat, dem Händler das Leben zu lassen, da er bereits alles für die Räuberbande hergegeben habe, wovon auch Karl Benzel bei der Verteilung des Geldes etwas bekommen würde. Johannes hoffte aufrichtig, so den Händler zu schützen. Mit seinem richtigen Namen wollte er aber nicht unterschreiben. Die Polizei brauchte nicht zu wissen, dass er nun zur Bande des Schwarzen Peter gehörte. Er dachte einen Augenblick nach, wobei ihn die Männer abwartend ansahen. Dann ließ er Seibert den Brief mit „Johannes durch den Wald" unterschreiben. Glücklich, noch am Leben zu sein, stolperte der Handelsmann auf der Fernstraße davon, während sie nun auf dem Wagen saßen und in Richtung ihres Hauptquartiers fuhren. Der Überfall hatte sich gelohnt. Der Geldsack des Händlers war mit 27 Louisdor prall gefüllt. Dazu kamen das Pferd, die Kutsche und die Waren, nach denen sie noch nicht einmal gesehen hatten. Die Räuber staunten nicht schlecht, als sie auf der Ladefläche zehn Kisten mit französischem Rotwein entdeckten.

Dem Schwarzen Peter gefiel nicht, was er über den Raubzug von Johannes hörte. Da dieser aber das Geld, den Wagen, das Pferd und die Kisten an ihn abtrat, wie sie es sonst auch taten, konnte er nichts dagegen sagen. Die Nachricht vom Wein sprach sich in Windeseile im Räuberhof herum. Am Abend konnte Petry nicht anders. Er musste einige Kisten an die Männer ausgeben. Die tranken Johannes fröhlich zu. Sie wussten, wem sie die Freude zu verdanken hatten. Und noch am selben Abend machte die Geschichte vom Überfall auf den Händler unter den Räubern die Runde. Am nächsten Tag wusste jeder der Männer, welchen Geldbetrag sie dabei erbeutet hatten. So kam Petry in diesem Monat nicht darum herum, den Männern einen höheren Anteil als sonst auszuzahlen. Als Johannes die Augen des Schwarzen Peter an diesem Abend sah, wusste er, dass er sich den Zorn des Räuberhauptmanns zugezogen hatte. Johannes nahm sich vor, bei den nächsten Überfällen unauffällig zu bleiben.

Eine Woche später marschierten sie zu einem neuen Raubzug nach Osten. Der erste Tag verlief ruhig. Der zweite Tag war heiß. Selbst am Abend kühlte es kaum ab. Die Männer schwitzten. Als endlich ein seichter Wind aus Westen zu wehen begann, sehnte sich fast jeder der Räuber danach, endlich das Nachtlager aufzuschlagen und vielleicht an einem kühlen Bach oder See zu essen und zu ruhen. Nur Petry nicht. Er marschierte stur weiter – und alle anderen Männer mussten ihm folgen. Der Weg führte über schmale Pfade durch dichten Wald. Johannes konnte sich beim besten Willen nicht vorstellen, was ihr Anführer vorhatte – bis sie die große Fernstraße erreichten. Als Petry den Männern befahl, sich rechts und links der Straße zu verteilen, ahnte Johannes, was Petry vorhatte. Er sollte recht behalten. Es dämmerte bereits, als sie schon von Weitem auf der rechten Seite einen großen Karren, gezogen von zwei schweren Pferden, heranrollen sahen. Ein Händler. Sie warteten so lange, bis die hohen Räder sie fast erreicht hatten. Dann trat Petry als erster der Räuber aufreizend lässig vor dem Wagen auf die Straße, eine Pistole in jeder Hand. Auch die anderen Räuber waren aufgestanden und folgten mit etwas Abstand von beiden Seiten der Straße. Auch sie hatten jetzt ihre Waffen gezogen.

Auf dem Kutschbock des Wagens saßen zwei Männer, gut gekleidete Händler, die sich sehr ähnlich sahen. Wahrscheinlich waren es Brüder. Der eine Händler zog an den Zügeln, um die Pferde zum Stehen zu bringen.

„Haaalt! Haaalt“, befahl er den Tieren, denen es sichtlich schwerfiel, aus dem gleichmäßigem Tritt anzuhalten. Dann hob der Mann die Augenbrauen und sah Petry auffordernd an. Der Händler war mittleren Alters und wirkte etwas älter als der Mann neben ihm. Johannes blieb direkt hinter Petry stehen. Er sah, dass sich durch das dunkle Haar des Händlers auf dem Kutschbock erste graue Strähnen zogen. Petry hob ohne Vorwarnung den Arm, in der Hand die Pistole, und schoss. Es krachte. Johannes sah das Gesicht des Kaufmanns, plötzlich erstarrt in einem Ausdruck des Erstaunens, dann das Blut, das aus der Brust spritzte. Im selben Augenblick bewegte sich der zweite Mann auf dem Kutschbock schnell, hielt plötzlich etwas in der Hand. Eine Pistole. Johannes sah die Gefahr als Erster, riss seine Waffe in die Höhe, beinahe gleichzeitig mit dem zweiten Händler und einen Augenblick, bevor Petry reagierte. Er drückte ab. Der Aufprall des Geschosses schleuderte den Körper des Mannes zurück. Er stürzte auf der gegenüberliegenden Seite vom Wagen.

Johannes ließ die Waffe sinken. Dann drehte er den Kopf und erblickte fassungslos Petry, der ebenfalls noch die qualmende Waffe in der Hand hielt. Er lächelte zufrieden.

„Zughetto! Du fährst den Wagen“, war alles, was er sagte, als auch der zuerst erschossene Händler langsam seitlich vom Kutschbock rutschte. Johannes' Hände zitterten, sein Herz schlug schnell. Er war entsetzt angesichts dessen, was sich wenige Meter vor ihm abgespielt hatte, erschrocken über eine Tat, die er nicht verstand. Es war nicht nötig gewesen, zu schießen. Sie hätten beide Männer ohne Mühe einfach laufen lassen können und trotzdem den Wagen bekommen.

Wenig später rollten sie mit dem Karren auch schon weiter. Die Toten ließen sie achtlos am Straßenrand liegen, nachdem Petry sie mit seinen eigenen Händen durchsucht hatte. Wie schon bei Johannes' Überfall auf den Wagen eines Händlers war auch dieses Mal die Ausbeute groß. Neben den Waren fanden sie auch bei diesem Überfall eine prall gefüllte Geldbörse.

Zwei Wochen später kam der Schwarze Peter von einem Überfall nicht wieder zurück. Zusammen mit drei weiteren Männern aus der Bande war er auf dem Weg zu einem Viehdiebstahl mit einem Trupp französischer Soldaten wegen einer Kleinigkeit in Streit geraten. Darauf hatten die Franzosen kurz entschlossen ihre Waffen gezogen und die Männer gefangen genommen, wie ein weiterer Begleiter Petrys zu berichten wusste, der dabei entkommen konnte. Eine Zeit lang wussten die Räuber nicht, was mit ihm geschehen war. Dann brachte der Rote Fink in Erfahrung, dass die Franzosen ihn an die Polizei in Simmern übergeben hatten, die wohl wusste, wer ihnen da ins Netz gegangen war.

Drei Wochen lang verließ keiner der Räuber den Hof, auf dem sie sich einquartiert hatten. Es gab genug Vorräte, genug Geld, und Peter Zughetto und der Rote Fink, die jetzt gemeinsam das Kommando führten, hatten die Weinkisten, die es immer noch aus Johannes' Überfall auf den ersten Händler gab, öffnen und an die Männer ausgeben lassen. Dazu kamen zahllose Flaschen Branntwein und weiteren Weins, die sie in der persönlichen Kammer des Schwarzen Peter entdeckt hatten. Es gab keinen Abend, an dem nicht ein Großteil der Männer betrunken war. Am nächsten Tag schliefen viele bis zum Mittag. Als sich der Wein dem Ende neigte, brach der Rote Fink das Schloss einer schweren Truhe auf, die in Petrys Kammer stand. Doch er fand darin nur einige alte Kleider, einen Gürtel, eine Pistole und vier Louisdor. Johannes vermutete, dass der gefangene Anführer weit mehr Geld besaß, dieses aber irgendwo außerhalb des Hofes versteckt hatte. Die Männer zogen jetzt in kleinen Gruppen los, um von ihrem eigenen Geld Wein und Branntwein zu kaufen. Von einem dieser Ausflüge kehrte eine weitere Gruppe mit vier Männern nicht zurück. Eine andere Gruppe hatte einen Ladenbesitzer in Bacharach am Rhein nach einem Streit erschossen und konnte nur mit viel Glück der herbeieilenden Polizei und den empörten Bürgern der Stadt entkommen.

Während die meisten Räuber eines Morgens noch ihren Rausch ausschliefen, machte sich Johannes zusammen mit Johann Seibert auf den Weg. Sie wollten Vieh stehlen. Johannes kannte immer noch Johann Scherer, der ihm die Tiere abkaufen würde. Und da Petry nicht da war, konnten sie den gesamten Erlös für sich behalten. Zuvor hatte er überlegt, nun die Bande zu verlassen. Aber dann hätte er auch den Schutz der Männer verloren. So war er sicher und konnte gleichzeitig auf eigene Rechnung stehlen. Vielleicht erwies sich die Verhaftung Petrys noch als Glücksfall für ihn und die anderen – wenn es gelang, die Räuber zusammenzuhalten. Als Johannes nun das Versteck im Wald besuchte, das er angelegt hatte, bevor er zur Bande des Schwarzen Peter gestoßen war, um das neu erworbene Geld zu verbergen, achtete er darauf, dass Seibert ihm nicht folgte. Seit ihm Jakob Zerfass vor Jahren die Hühner des Bauern gestohlen hatte, traute er keinem anderen Mann mehr. Auch keinem Freund.

Der Raub klappte gut. Sie erbeuteten einige Ziegen und ein Pferd, die sie Scherer verkauften. Als sie nach drei Tagen im Räuberlager erneut zu einem Raubzug aufbrachen, schlossen sich ihnen zwei weitere junge Räuber an, deren Geld knapp geworden war. Beim nächsten Raubzug war ihr Trupp noch größer. Als sie eine Woche später erneut aufbrachen, überfielen sie zwei Händler auf der Fernstraße, ließen die Männer aber am Leben. Nun schlossen sich ihnen auch der Rote Fink und Peter Zughetto an. Wieder im Lager teilte Johannes das Geld gerecht unter allen Männern auf. Sein eigener Anteil war nicht größer als der der anderen. Anschließend saß er mit dem Degen am Gürtel im Hauptraum des Bauernhauses auf Petrys Platz, war zufrieden und betrachtete einen Hut, den er einem der Händler abgenommen hatte. Es war ein grüner Hut mit breiter Krempe. Während die Männer um ihn herum lachten und dem Wein zusprachen, steckte er eine Feder, die er auf dem Hof gefunden hatte, an den Hut. So würde er den Dreispitz ab morgen tragen. Johannes zog die Pistole aus dem Gürtel. Er hatte die Waffe seit Wochen nicht mehr abgefeuert. Es war Zeit, einmal zu überprüfen, ob die Pistole überhaupt noch schussbereit war. Der Rote Fink hob das Glas und brachte mit lauter Stimme einen Trinkspruch auf Johannes aus, ihren neuen Anführer, unter dem der Anteil eines jeden Räubers an der Beute plötzlich so stark gestiegen sei. Die anderen Räuber stimmten ihm lautstark zu. Johannes lächelte zufrieden, während er die Pistole auf seinem Schoß begutachtete.

In diesem Augenblick flog die Tür der Halle krachend auf. In der Öffnung schien der Teufel persönlich zu stehen. Ein Mann in schwarzem Mantel, groß, mit pechschwarzen, langen Haaren, die wirr auf seine Schulter hingen, mit einem schwarzen, langen Bart und ebenso schwarzen Augen, weit aufgerissen und vor Hass und Wut funkelnd. Es war der Schwarze Peter. In jeder Hand hielt er eine Pistole.

„So ist das also!“, brüllte er. „Kaum ist die Katze einige Tage nicht da, tanzen die Mäuse auf dem Tisch.“

Mit den beiden Pistolen voran trat er aus der Dunkelheit in den Raum. Sein Blick glitt langsam von Mann zu Mann. Johannes sah, wie die Räuber unruhig auf ihren Plätzen hin und her rutschten und betreten zu Boden sahen. Dann blieb Petrys Blick auf ihm ruhen.

„Und unser David ist nun der Anführer. Wer hätte das gedacht?“, sagte er bedrohlich leise. Er blieb stehen und musterte Johannes herausfordernd. Dieser hielt dem Blick stand. Er zeigte keine Regung – und hob langsam seine Pistole über die Tischkante. Überrascht blitzten die Augen Petrys auf.

„Und wer bist du? Goliath oder die Katze? Bei Goliath jedenfalls weiß ich, wie die Geschichte ausgegangen ist“, sagte Johannes.

„Du hältst dich wohl für besonders klug? Glaubst, den Schwarzen Peter übertölpelt zu haben? Jetzt aber steht er vor dir. Was machst du jetzt?“ In seinen Augen flammte die Wut noch stärker auf. Seine Wangen zeigten rote Flecken.

„Ich habe nichts gegen dich unternommen“, stellte Johannes fest. „Jemand musste die Männer führen. Ich habe die Bande zusammengehalten.“

„Du hast mein Zimmer durchwühlt und meine Truhe aufgebrochen.“

Durch die offene Tür konnte er in seine Kammer blicken. Seine Kiefer mahlten unaufhörlich, sein Gesicht färbte sich rot. Sein Blick wanderte zu Johannes' Pistole, dann wieder zurück.

„Ich war es nicht“, sagte Johannes kühl. „Das können alle Männer hier bezeugen. Ich habe von deinen Sachen nichts angerührt.“

Mit einem Satz stand er auf den Beinen. Die Pistole auf Petry gerichtet, in der anderen Hand den Hut, ging Johannes langsam um den Tisch herum auf ihn zu. Der Schwarze Peter ließ ihn nicht aus den Augen. Beide Pistolen zielten auf Johannes. Dann kam in die Männer, die rechts von ihnen saßen, Bewegung. Der Rote Fink stand langsam auf. In seinen Händen hielt auch er eine Pistole. Er zielte auf Petry. Auch Johann Seibert erhob sich. Petrys Augen huschten unschlüssig zwischen Johannes und den beiden Männern hin und her.

„Ihr haltet zu ihm? Das werdet ihr bereuen“, knurrte Petry. „Ich hätte mich längst von euch trennen sollen. Vielleicht ist es gut, dass der Schinderhannes zu uns gestoßen ist. So werde ich all die Schwächlinge los, die ich lange genug beschützt und durchgefüttert habe.“

Er grinste und entblößte dabei seine braunen Zähne. Eine Pistole hielt er nach wie vor auf Johannes gerichtet. Die andere zeigte jetzt auf den Roten Fink. Langsam standen weitere Männer auf.

„Wer zu mir hält, bleibt hier. Die anderen können gehen.“

Weitere Männer zogen Degen, Messer oder Pistolen. Petry trat zur Seite. Die Tür stand weit offen. Sein Blick eilte immer noch unruhig zwischen Johannes und den aufgestandenen Männern hin und her. Trotzdem saß immer noch gut die Hälfte der Räuber, manche mit unschlüssigen, andere mit entschlossenen Mienen. Auch Peter Zughetto war unter denen, die immer noch saßen. Petry warf ihm einen kurzen, scharfen Blick zu. Zughetto nickte leicht, kaum zu sehen. Dann erhob auch er sich zögernd.

„Wer mit mir kommt, geht durch die Tür", forderte Johannes die Männer auf. „Ich gehe zusammen mit Fink als Letzter."

Die aufgestandenen Räuber murmelten zustimmend. Schon steckten die ersten ihre Pistolen und Messer wieder in die Gürtel und verschwanden im Dunkel vor der Tür. Auch Zughetto war unter den Männern. Der Rote Fink schlug ihm anerkennend auf die Schulter – und schloss sich ihm an. Schließlich ging auch Johannes langsam zur Tür. Die Pistole immer noch wachsam auf Petry gerichtet, schritt er rückwärts durch die Öffnung. Der Schwarze Peter sagte nichts. Aber seine Augen funkelten eiskalt, als sie Johannes fixierten.

17. Herz-Acht

Neun Männer waren Johannes gefolgt. Zusammen hasteten sie durch den Wald. Der Herbst war bereits fortgeschritten und der Winter nicht mehr fern. Die Luft war kalt. Jedes Mal, wenn Johannes den Atem ausstieß, zeichnete sich dieser als weiße Wolke in der Luft ab. Das Bild weckte eine warme, schöne Erinnerung in ihm, eine Erinnerung, die er jedoch in Gedanken nicht greifen konnte. Wann hatte er das letzte Mal seinen Atem bewusst so gesehen? Es fiel ihm ein. Es war zusammen mit Isabelle gewesen.

Im vergangenen Winter, den er mit ihr verbracht hatte. Er spürte einen Stich in seinem Herzen. Was wohl aus ihr geworden war? Er nahm sich vor, schon bald als Gast die Herberge zu besuchen – sobald sie eine neue, sichere Zuflucht gefunden hatten. Nun aber mussten sie als Erstes Abstand zu Petry und dessen verbleibender Bande bekommen. Johannes konnte sich nicht vorstellen, dass der Schwarze Peter sie in Ruhe lassen würde, wenn sie ihm und seinen Männern begegneten. Dass er ihnen gezielt folgen würde, glaubte er aber nicht. Als Erstes mussten sie ein neues Quartier finden, einen Ort, an dem sie sicher waren, von dem aus sie ihre Raubzüge machen konnten. Die Männer sahen Johannes immer wieder an, suchten seinen Blick. Sie erwarteten jetzt, dass er sie führte. Und er hatte nicht vor, sie zu enttäuschen.

Sie waren noch nicht weit gekommen, als Johannes den anderen erklärte, sich für kurze Zeit von den Männern absetzen zu wollen, um seine Waffen und sein Geld aus seinem Versteck zu holen. Er musste grinsen, als der Rote Fink genau dasselbe vorhatte und wenig später fünf weitere Männer in alle Richtungen loszogen, um ihre versteckten Münzen zu holen. Nach dieser kurzen Unterbrechung zogen sie weiter. Erst spät in der Nacht bezogen sie eine verlassene Scheune. Am nächsten Morgen wanderten sie weiter nach Süden.

Ihr Ziel war der Gaulsbach in der Nähe von Pferdsfeld. Der Rote Fink kannte eine Höhle in der Einsamkeit des Waldes, die ihnen als neues Quartier dienen konnte. Am Nachmittag erreichten sie ihren neuen Unterschlupf. Johannes schauderte im ersten Moment, als er das Loch im Felsen sah. Aber die Höhle bot ihnen Schutz vor dem Wetter. Und in der Abgeschiedenheit waren sie vor der Polizei genauso sicher wie vor dem Schwarzen Peter. Schon nach kurzer Zeit brannte in der Höhle ein Feuer, es wurde warm und Johannes' Stimmung besser. Am nächsten Tag begannen sie damit, sich dort einzurichten. Bei den in der Umgebung wohnenden Bauern und Köhlern kauften sie Baumaterial, Brot und Korn. Was sie sonst noch brauchten, erwarben sie in Kirn. Johannes legte Wert auf ein gutes Einvernehmen mit den Bauern in der Nähe. Der Schwarze Peter hatte nie darauf geachtet. Die meisten Bauern – sofern sie Johannes überhaupt gesehen oder gesprochen hatten – mieden den Kontakt zur Räuberbande, der sie scheu aus dem Weg gingen. Und die Polizei hatte sich niemals die Mühe gemacht, nach ihnen zu suchen, obwohl ihr – wie einige der Räuber behaupteten – das Hauptquartier der Bande Petrys sogar bekannt sein musste. Johannes dachte anders als der Schwarze Peter. Er hatte die Macht der Polizei und des Gerichtes auf dem Marktplatz von Kirn nur zu gut gespürt. Sollten sich die Zeiten einmal ändern, konnte die gute Nachbarschaft zu den Bauern von großem Nutzen für sie sein. Am besten war es, wenn diese vom Wohlergehen der Bande ihren Vorteil hatten, wenn es ihnen gut ging, solange die Bewohner in der Höhle in Sicherheit waren.

Nach zwei Wochen zogen die Räuber zu ihrem ersten Raubzug los. Sie erbeuteten einige Kühe und ein Pferd und verkauften die Tiere an Scherer. Die Hälfte des verdienten Geldes ließ Johannes an die Bauern in der Umgebung verteilen – zunächst sehr zum Verdruss der anderen Räuber, die Johannes aber vom Nutzen dieses Vorgehens überzeugen konnte. Beim nächsten Raubzug behielten sie das Geld für sich. Als sie dann einen Händler auf der großen Fernstraße nach Osten überfielen, gaben sie den Bauern wieder einige Louisdor ab. Es dauerte nicht lange, und der Sohn eines der Bauern schloss sich ihnen an. Wenig später trafen sie auf einem der Raubzüge, der sie bis nach Kirn führte, einen jungen Taschendieb, der bei ihnen bleiben wollte. Es war ein schlanker, drahtiger Kerl mit einem schmalen Gesicht und kurz geschnittenen Locken, der mit seinem witzigen Mundwerk und seinen guten Einfällen schnell zu einem Gefährten wurde, den die Männer gerne in ihrer Nähe wussten. Er hieß Philipp Klein, trug die Jacke eines österreichischen Husaren und wurde deshalb bald darauf nur Husarenphilipp genannt.

Wenige Tage später brach Johannes auf nach Muhl, um Isabelle zu besuchen. Er erreichte die Herberge am Abend. Der Gasthof war gut gefüllt. Schon draußen hörte er das Stimmengewirr der vielen Gäste. Er betrat die Schänke. Es dauerte einen Augenblick, bis er einen freien Platz an einem der Tische sah. Isabelles Mutter eilte mit einem schwer beladenen Tablett durch den Raum, stutzte kurz, als sie ihn sah, und schritt dann zu einem der anderen Tische weiter. Nachdem sie die Gäste bedient hatte, kam sie zu seinem Platz und begrüßte ihn mit einer festen Umarmung. „Wir haben uns Sorgen um dich gemacht", stellte sie fest. „Große Sorgen. Wie ist es dir ergangen?"

In diesem Moment kam Isabelle in den Raum. Auch sie hielt ein schwer beladenes Tablett zwischen den Händen. Sie entdeckte Johannes genau in dem Augenblick, als auch er sie sah. Ihre Schritte wurden langsamer. Johannes' Herz schlug schneller. Er freute sich so, sie zu sehen. Isabelle blieb stehen. Sie schauten sich noch immer an. Johannes wollte aufstehen, aber irgendetwas stimmte nicht. Irgendetwas in ihrem Blick war nicht so, wie es sein sollte – und er blieb sitzen. Jetzt lächelte ihm Isabelle zu, aber in ihren Augen sah er nicht die Freude, die er selbst empfand. Ihre Blicke lösten sich, Isabelle eilte mit dem Tablett weiter.

„Sie wird gleich kommen", stellte die alte Wirtin fest. Johannes drehte sich wieder um und blickte sie an. In ihrem Gesicht lag ein bedauernder Zug. Sie nickte leicht. „Es ist viel passiert, seit du gegangen bist", sagte sie leise. Ihr Gesicht hellte sich auf. „Und du musst uns alles von deiner Flucht erzählen, wenn es heute Abend ruhiger geworden ist."

Isabelle kam mit einem leeren Tablett an seinen Tisch. Die alte Wirtin lächelte ihm zu, gab ihm einen Klaps auf die Schulter und marschierte davon.

„Johannes! Schön, dich gesund zu sehen." Isabelle stand vor ihm und lächelte ihn an. In ihrem Blick lag die Freundlichkeit, mit der sie jeden neuen Gast begrüßte. Enttäuscht lehnte sich Johannes in seinem Stuhl zurück. Etwas hatte sich zwischen ihnen verändert, und zwar mehr, als sich durch den reinen Ablauf der Zeit erklären ließ. Warum hatte sie ihn nicht zur Begrüßung umarmt, warum ihm nicht einen Kuss gegeben wie sonst, wenn er von seinen Raubzügen zurück in die Gaststube gekommen war?

„Du hast dich damals nicht verabschiedet“, betonte sie fröhlich.

„Ich glaube, du weißt warum“, stellte er ernst fest. Ihm war nicht nach gespielter Fröhlichkeit zumute.

„Das weiß ich“, sagte sie jetzt leise und lächelte bitter. „Sie haben an diesem Tag lange auf dich in der Gaststube gewartet. Sie haben dich nicht bekommen?“

„Nein.“

„Das habe ich mir schon gedacht. Ich konnte deine Steckbriefe sehen. Wie ist es dir ergangen?“

„Es ist viel passiert. Aber bei dir anscheinend auch.“ Johannes legte einen Louisdor vor sie auf den Tisch. „Vielleicht sollte ich schon einmal etwas zahlen“, bemerkte er mürrisch, „vielleicht können wir dann besser miteinander reden.“

Ihre Augen wurden hart. Empört sah sie ihn an. Wenn auch nur für einen kurzen Augenblick. Dann schob sie die Münze auf dem Tisch mit entschlossener Miene zu ihm zurück. Sie beugte sich zu ihm herab. „Bleib noch einen Augenblick sitzen, nachdem ich den Tisch verlassen habe. Geh dann durch die Tür den Haupteingang raus, und von außen zum Seiteneingang des Hauses. Warte dort auf mich. Ich werde von innen kommen.“

Ohne seine Reaktion abzuwarten, stellte sie sich wieder aufrecht hin, nickte kurz, so als habe sie eine Bestellung von ihm aufgenommen, und schritt zügig in Richtung Theke davon. Johannes blieb noch kurz an seinem Platz. Dann stand er auf und ging nach draußen. Er erreichte die Seitentür gerade in dem Moment, als Isabelle sie öffnete. Ohne noch ein weiteres Wort zu sagen, gab sie ihm einen Kuss auf die Wange. Dann umarmte sie ihn. Verdutzt zögerte Johannes. Dann legte er die Arme auf ihren Rücken. Erst als er nach einer ganzen Weile die Hände auf ihrem Rücken löste und auf der Seite etwas tiefer gleiten ließ, löste sie die Umarmung und ging leicht zurück.

Sie sah ihn entschuldigend an. „Es ist nicht mehr wie früher. Es hat sich vieles verändert."

„Das ist zu merken." Johannes warf ihr einen ratlosen Blick zu.

„Ich mag dich immer noch. Sehr." Sie machte eine kurze Pause, starrte auf seine Brust. Dann schloss sie die Augen, drehte den Kopf zur Seite und sprach weiter. „Ich habe einen Händler kennengelernt, einen Kaufmann aus Mainz. Er heißt Jakob, so wie Vater. Und er ist reich. Er hat versprochen, mich zu heiraten, und sogar bei Vater um meine Hand angehalten." Sie lächelte bei dem Gedanken. „So wie es sich gehört." Sie schaute ihn wieder an. „Jakob meint es ernst. Ich bin jetzt verlobt. Er will mich im Frühjahr mit nach Mainz nehmen. Dort werden wir heiraten."

„Liebst du ihn?"

„Er ist ein guter Mann. Ich habe genug Männer kennengelernt, um das zu wissen."

„Aber wir beide ..."

„Ich habe dich immer gerngehabt. Und so wird es bleiben. Aber es kann zwischen uns nicht mehr so sein wie zuvor. Mit keinem anderen Mann darf es das. Ich musste es Jakob versprechen." Sie machte eine kurze Pause und sah Johannes fast flehend an. „Er beschäftigt viele Fuhrleute. Auch jetzt sitzen Männer von ihm in der Schänke."

„Isabelle!" Die Stimme von Jakob Hahn war zu hören. „Isabelle!"

„Ich muss wieder rein. Sie brauchen mich. Es sind viele Gäste heute Abend da. Wir reden, wenn es ruhiger geworden ist." Sie küsste ihn auf die Wange. Dann drehte sie sich um und war auch schon wieder im Eingang verschwunden. Vor Johannes fiel die Tür ins Schloss.

Wenig später saß er wieder auf seinem Platz in der Gaststube. Isabelles Mutter stellte ihm Bier und einen Teller mit Kohl und ein wenig Wurst auf den Tisch. „Ihr habt euch schon kurz unterhalten?“, wollte sie von ihm wissen, während sie den Teller vor ihm platzierte.

Johannes nickte.

„Dein altes Zimmer ist frei. Du kannst gern einige Tage bei uns bleiben.“

„Das würde ich gerne.“

Es dauerte lange, bis sich an diesem Abend die Gaststube leerte. Außer Johannes saßen noch zwei Männer an einem Tisch und unterhielten sich gedämpft, als Jakob Hahn, seine Frau und Isabelle an Johannes' Tisch kamen. Marilene war schon zuvor mit einem Gast aus der Schänke verschwunden.

„Du hast es ja weit gebracht“, eröffnete der alte Wirt das Gespräch, kaum dass der auf dem Stuhl saß. „Vor einigen Wochen habe ich den ersten Steckbrief von dir in Birkenfeld gesehen.“

Johannes nickte und lächelte. In Kirn hingen seine Steckbriefe schon seit Langem. Es wunderte ihn, dass die Polizei so lange brauchte, um diese auch in Birkenfeld auszuhängen. Dann dachte er an die vergangenen Monate. Es war tatsächlich viel passiert seit seiner Flucht aus Muhl. Er blickte kurz in die Runde. Dann erzählte er von seiner Flucht und dem, was sich seither ereignet hatte. Und Jakob Hahn, seine Frau und Isabelle berichteten, wie das Leben in der Gaststätte verlaufen und wie es zur Verlobung von Isabelle gekommen war. Spät in der Nacht, als die junge Frau schallend über einen Scherz Jakob Hahns lachte und sich dabei an seine Seite lehnte, wurde ihm bewusst, wie wenig sich eigentlich durch ihre Verlobung geändert hatte. Sie waren jetzt Freunde. Gute Freunde. Und dieser Gedanke machte ihn glücklich. Aber waren sie überhaupt jemals mehr gewesen? Das Einzige, was ihn traurig machte, war der Gedanke, sie nach der Hochzeit, wenn sie erst in Mainz war, vielleicht nie wieder zu sehen. Aber bis dahin war es noch lange hin. Darüber konnte er später immer noch nachdenken. Johannes blieb drei Tage in Muhl. Dann marschierte er zurück zur Höhle und seinen Gefährten.

Schnee lag auf dem hart gefrorenen Waldboden, als sich Johannes drei Wochen nach seiner Rückkehr aus Muhl von der Höhle aus auf den Weg nach Pferdsfeld machte, um dem Bauern mit dem größten Hof persönlich einen Louisdor und eine Flasche Branntwein zu bringen. Er ging allein. Eiseskälte lag über dem Land. In der Nacht hatten er und die Gefährten in ihrem Unterschlupf trotz des Strohs, auf dem sie lagen, trotz der Felle und des Feuers, das jetzt die ganze Nacht über brannte, gefroren. Gegen Mittag war der Himmel aufgeklart. Wenn es so blieb, würde es in der kommenden Nacht vielleicht noch kälter werden. Johannes dachte an Peter Zughetto. Er hatte den Räuber seit fast zwei Wochen nicht mehr gesehen – bis Zughetto plötzlich gestern Abend in die Höhle gekommen war und sich zu ihnen ans Feuer gesetzt hatte. Er glaubte nicht, dass Zughetto allein auf einem Raubzug gewesen war. Auf der anderen Seite gehörte Zughetto zu den erfahrensten Räubern, die er kannte. Er war selbst unter Petry seine eigenen Wege gegangen – und auch jetzt in der Höhle würde ihm das niemand verwehren können. Trotzdem blieb sein Verhalten seltsam. Beim Aufwachen am Morgen war Zughetto schon wieder verschwunden. Johannes wischte den Gedanken an den alten Räuber fort.

Der Weg führte einen Hügel hinab. Zwischen den Bäumen sah er das Bauernhaus, zu dem er wollte. Er beschleunigte seine Schritte – und freute sich schon auf das warme Feuer, das ganz sicher in der Küche brannte. Der Hund des Bauern bellte. Johannes achtete nicht darauf, besonders leise zu gehen. Dass der Hund schon auf diese Entfernung anschlug, war trotzdem ungewöhnlich. Als er wenig später auf den Hof trat, stand der Bauer schon vor dem Haus und begrüßte ihn herzlich. Sie gingen ins Haus. Johannes blieb zum Abendessen. Nachdem der Tisch abgeräumt war, stellte der Bauer den Branntwein, den Johannes ihm mitgebracht hatte, auf den Tisch. Neben den beiden Männern saßen die Frau des Bauern, zwei Söhne, drei Töchter und zwei Knechte am Tisch. Außerhalb des Hauses schlug der Hund an. Johannes fiel auf, dass das Tier die ganze Zeit seit seiner Ankunft nicht mehr gebellt hatte. Oder war es ihm nur nicht aufgefallen? Auch der Bauer hob für einen kurzen Augenblick erstaunt den Kopf.

„Ein wachsames Tier", stellte Johannes fest. „Hat mich vorhin schon gehört, als ich noch auf dem Berg war."

„Oh ja", nickte der Bauer. „Der hört das Gras wachsen."

Johannes dachte an den Frost, den Schnee und daran, dass in dieser Jahreszeit ganz bestimmt nirgendwo Gras wuchs. Der Hund schlug wieder an. Dieses Mal lauter, wütender als zuvor. Deutlich war zwischen dem Bellen nun auch sein Knurren zu hören.

„Verflucht!", schnaubte der Bauer. „Da ist tatsächlich etwas. So führt er sich sonst nicht auf." Er wuchtete sich in den Stand. Auch seine Frau, die Kinder und der Knecht blickten jetzt besorgt zur Tür und zu den Fenstern. Langsam ging der Bauer zur Tür, öffnete sie einen Spaltbreit und spähte hinaus. Eiskalte Luft zog in den Raum. Das Feuer flackerte auf. Der Bauer schüttelte leicht den Kopf, offensichtlich konnte er nichts erkennen, öffnete die Tür weiter und trat einen Schritt hinaus. Der Hund bellte wie von Sinnen.

„Ruhig! Aus!", herrschte ihn der Bauer an. „Willst du wohl ruhig sein."

Das Hundgebell erstarb – aber nur, um nach einem kurzen Moment wieder aufzuleben.

Der Bauer trat einen Schritt zurück. „Polizei", war alles, was er sagte. „Polizei." Er warf einen ängstlichen Blick zu Johannes hinüber.

Dieser verstand sofort, sprang auf und rannte zur Tür.

„Dort hinaus." Die Bäuerin packte ihn energisch am Arm,

sodass er mitten im Lauf herumgerissen wurde. „Hinten hinaus. Durch den Stall.“ Sie wies mit der Hand in Richtung einer Tür in der Küche.

„Danke.“ Johannes nickte und stürmte weiter, riss die Tür auf und jagte durch den Stall. Er öffnete die Tür, die nach draußen führen musste, und war auch schon hindurch, als er die beiden Polizisten sah, die ihre schussbereiten Gewehre auf ihn anlegten.

Erschrocken riss Johannes die Arme hoch, ging einen Schritt zurück und prallte mit dem Rücken gegen den Rahmen der Tür. Gleichzeitig verstummte das Bellen des Hundes auf der anderen Seite des Hauses.

Einer der Polizisten kam heran, riss ihm erst die Pistole, dann den Degen vom Gürtel, während ihn der andere aus einigen Metern Entfernung mit seiner Waffe deckte.

„Leutnant“, brüllte der Mann, der aus der Entfernung seinen Kameraden deckte, nach einem Offizier, der sich in der Nähe befinden musste. „Einer wollte fliehen. Das könnte er sein.“

„Ich komme. Ihr bewacht weiter den Rest des Hauses“, war eine Stimme zu hören. Der Polizeioffizier hastete um die Hausecke herum und musterte Johannes argwöhnisch. „Ist er das?“, brüllte der Leutnant und drehte sich kurz um. Offensichtlich wartete er auf einen weiteren Mann. „Kommen Sie her! Ohne Ihre Hilfe können wir nicht wissen, ob wir den richtigen Mann festgenommen haben. Erst wenn das eindeutig feststeht, bekommen Sie Ihre Belohnung.“

Ein weiterer Mann kam zögernd um die Ecke des Hauses. Er war schmal und schon etwas älter. Es war Peter Zughetto.

„Er ist es. Das ist Johannes Bückler – der Schinderhannes, wie man ihn unter seinesgleichen nennt.“

„Abführen!“

Schinderhannes! Diesen Namen hatte Johannes zum letzten Mal aus dem Mund des Schwarzen Peter gehört. Er wollte protestieren, darauf hinweisen, dass Zughetto selbst einer der schlimmsten Räuber aus der Bande Petrys war.

Aber der Polizist, der vor ihm stand, packte ihn am Arm und riss ihn so abrupt vorwärts, dass er ins Stolpern kam. Vorbei am Polizisten mit dem Gewehr taumelte er nach vorn, hinter dem Leutnant her, der bereits in einigem Abstand zu ihnen weiter vorging und sich dabei angeregt mit Zughetto unterhielt.

„Das ist Peter Zughetto. Einer der Räuber aus der Bande des Schwarzen Peter," rief er jetzt seinen Bewachern zu.

„Halt's Maul", stieß der Polizist, der neben ihm ging, nur hervor. Gleichzeitig schlug ein Gewehrkolben in seinen Rücken. Der andere Gendarm schritt jetzt hinter ihm.

In einer schwarzen Holzkutsche ohne Fenster brachten die Polizisten Johannes nach Simmern. Sie sperrten ihn in das Gefängnis, einen Turm am Rande der Stadt, in dem auch der Gefängniswärter, ein alter Mann, wohnte. Das Verließ befand sich unter dem Turm, eine schmale, drei Meter tiefe Gruft mit feuchten Wänden. Die Luft roch abgestanden und muffig. Es gab kein Fenster und keine Tür. In einer Ecke entdeckte Johannes ein in den Stein eingekratztes X. Das Zeichen des Schwarzen Peter. Hier also hatte man ihn gefangen gehalten. Johannes kratzte sein Zeichen, ein J, den Anfangsbuchstaben seines Vornamens, daneben. Da er die Rundung des Buchstabens in Stein nicht ritzen konnte, sah der Buchstabe aus wie ein Haken. Um in das Verließ zu gelangen, wurde Johannes vom Gefängniswärter über einen Flaschenzug mit einem Seil, an dessen unterem Ende ein Brett befestigt war, in die Tiefe gelassen. Morgens und abends ließ der Wärter über das Seil sein Essen in das Verließ hinab. Um die Mittagszeit durfte Johannes sein Gefängnis für eine Stunde verlassen und sich in einer Zelle im ersten Stock des Turmes frei bewegen. Zu seiner Bewachung befanden sich in dieser Zeit zwei Polizisten aus der nahen Polizeistation im Haus. Von einem der Männer erfuhr er, dass er schon bald nach Kirn gebracht werden sollte, um dort vom Richter seine gerechte Strafe zu erhalten.

Am dritten Morgen schlief Johannes noch, während der Wärter ihm das Essen in sein Gefängnis herunterließ. Als er die Augen öffnete, stand der Napf mit dem Haferbrei bereits auf dem Brett, an dem es der Wärter heruntergelassen hatte, neben seinem Strohlager am Boden. Johannes richtete sich gerade auf und wollte nach der Schüssel greifen, als er eine Ratte auf dem Rand sah, die von seinem Brei fraß, ihn dann frech ansah, vom Napf sprang und davonhuschte. Johannes schüttelte sich vor Ekel. Ihm wurde schlecht. Die Ratte hatte das kleine Loch in der Wand, auf das sie zulief, noch nicht erreicht, als sie plötzlich langsamer wurde, hinfiel, sich wieder aufrappelte, weiterlief und erneut umfiel. Das Tier zuckte einige Male, dann blieb es still liegen. Johannes starrte die Ratte fassungslos an. Einen Moment lang fühlte er sich völlig leer. Er dachte nichts. Es gab nur das Bild der toten Ratte vor seinen Augen. Dann setzte sein Denken wieder ein. Das Essen war vergiftet. Er durfte es nicht anrühren. Die Polizisten waren noch nicht im Gefängnis. Sie würden erst gegen Mittag kommen. Das konnte nur bedeuten, dass der alte Wärter ihn vergiften wollte. Aber der Mann wirkte auf ihn völlig harmlos, etwas einfältig und sogar recht nett. Warum sollte der so etwas tun? Johannes schüttelte leicht den Kopf. Er tat es, weil es ihm jemand befohlen hatte. Aber wer? Die Polizei? Kaum möglich. Die Polizisten wollten ihn verurteilt und bestraft sehen, allen anderen Bürgern zur Abschreckung. Blieb nur der Schwarze Peter. Oder gab es noch jemand anderes, der ein Interesse daran hatte, ihn zu töten?

Um die Mittagszeit öffnete der Wärter das Tor des Verließes, zog das Seil mit dem Brett, auf dem der Napf stand, hoch. Aber das Seil fiel nicht sofort wieder – wie sonst – herunter, um ihn heraufzuziehen. Dafür erschien der Kopf des alten Mannes in der Öffnung und spähte herunter. Erstaunt sah er Johannes an, der auf seinem Lager saß und nach oben blickte.

„Du bist wohlauf?“

„Ja, was denn sonst? Nun zieh mich schon herauf. Ich freu mich auf die Luft bei euch oben wie noch an keinem Tag zuvor.“

Erst hatte sich Johannes darauf gefreut, den Alten auf das vergiftete Essen anzusprechen. Dann hatte er den Gedanken wieder verworfen. Was würde es ihm nützen? Nichts. Also hatte er beschlossen, nichts davon zu sagen. Sollte der Wärter doch im Unklaren darüber bleiben, was mit ihm geschehen war.

Das Seil kam herunter.

„Du hast nichts gegessen“, stellte der Wärter fest, als er aus dem Loch kletterte. „Du musst doch etwas ...“

„Was geht's dich an, was ich esse“, unterbrach ihn Johannes unwirsch. Im Hintergrund standen die beiden Polizisten, wie er aus dem Augenwinkel sah. Ohne sie eines weiteren Blickes zu würdigen, stieg er die schmale Holztreppe hinauf und ging in die Zelle, in der er die Mittagszeit verbringen würde. Sie hatte ein vergittertes Fenster, an dem oben eine kleine Klappe einen Spaltbreit offen stand. Gierig sog er die frische Luft ein, die von oben herunterzog. Hinter ihm fiel die Tür ins Schloss und wurde verriegelt. Johannes' Blick fiel auf ein schmales Band, das – kaum sichtbar – über einer der Streben im Fenster nach unten baumelte. Sein Blick folgte dem Faden. Er kam oben aus der Fensteröffnung. Wenn er es richtig sah, endete das Band dort aber nicht, sondern führte auf der anderen Seite des Fensters wieder hinunter. Kurz entschlossen griff Johannes nach dem Faden und zog daran. Das Band glitt mühelos durch die Luke. Es war leicht zu ziehen. Und doch: Ein wenig Gewicht hing daran. Konnte es sein ...? Das Ende des Fadens war auf Fensterhöhe. Tatsächlich: Etwas hing an dem Band, ein kleines, aber kräftiges

Messer mit einem Holzgriff. Johannes freute sich. Er hatte dieses Messer schon oft gesehen. Es gehörte Johann Seibert. Er zog schnell weiter am Faden. Jetzt fiel es ihm ein. Wenn er sich recht erinnerte, kam Johann aus Simmern und war hier groß geworden. Wer weiß, wie oft der schon in dieser Zelle gesessen hatte. Es knackte über ihm. Das Messer hatte sich außen am Glas verkantet. Einfach durch Ziehen konnte er es nicht in die Zelle holen. Er hielt den Faden fest und zog mit dem Fuß den Schemel herbei, der zur Einrichtung des Raumes gehörte. Dann rückte er das Messer mit den Fingern in der Luke so zurecht, dass es sich hereinziehen ließ.

Noch hatte er Zeit, bevor ihn der Gefängniswärter wieder holen und in das unterirdische Verließ herablassen würde. Was sollte er jetzt mit dem Messer tun? Nachdenklich ließ sich Johannes auf den Schemel fallen und betrachtete das Werkzeug. Wenn ihm nichts einfiel, konnte er es einfach einstecken und mit in sein Verließ nehmen. Die Polizisten hatten ihn noch niemals durchsucht, seit er im Gefängnis saß. Und sie würden es ganz sicher auch heute nicht tun. Aber wenn ihm doch etwas einfiel, konnte er natürlich auch sofort fliehen. Je eher, desto besser. Jeder Tag, den er nicht in diesem feuchten, schimmeligen Verließ verbringen musste, war ein Gewinn. Er konnte den alten Wärter überwältigen und ihm die Klinge an den Hals halten. Wahrscheinlich würden die Polizisten tun, was er wollte. Sollte er es wagen? Suchend glitt sein Blick durch den Raum. Mitten in der einen Seitenwand, in Schulterhöhe, war ein quadratisches Loch mit Brettern geschlossen worden. Hier gab es eine Öffnung im Mauerwerk, die vielleicht eine Durchreiche gewesen war, als das Gebäude noch nicht als Gefängnis genutzt wurde. Johannes stand auf und ging zu der Stelle. Die Bretter gehörten zu einer Klappe, mit der das Loch vom anderen Zimmer aus geschlossen worden war. Johannes hob das Messer und steckte es probeweise in die Ritze zwischen Mauerspalt und Klappe. Er versenkte die Klinge bis zur Hälfte in der Ritze, dann riss er das Messer blitzschnell mit einem kraftvollen Hebel zur Seite. Das Holz knackte. Er bewegte das Messer hin und her. Die Klappe war weit lockerer befestigt als noch zuvor. Er setzte das Messer höher an und wiederholte den Hebel. Wieder knackte es. Dann schwang die Klappe nach außen. Die Durchreiche war offen. Sein Blick fiel in die Küche des Turmes. Johannes steckte das Messer in den Gürtel, zog den Schemel heran, stieg hinauf und kletterte in den anderen Raum. Er war gerade hindurch, als sich auch schon die Tür öffnete. Im Türrahmen stand der alte Gefängniswärter – und starrte ihn verdutzt an. Seine Augen waren weit aufgerissen, ebenso sein Mund. Aber ein Wort bekam er nicht heraus.

Johannes fluchte. Genau das, was er jetzt tun musste, hatte er eigentlich vermeiden wollen. Er riss das Messer aus dem Gürtel und sprang nach vorn. Mit einem Satz war er beim Wärter, packte ihn mit der linken Faust am Kragen, während er ihm mit der rechten Hand die Spitze des Messers an die Kehle hielt. „Ein Wort, und ich stoße zu. Hast du verstanden?“

Der Alte sagte immer noch nichts und nickte nur.

Johannes dachte an das vergiftete Essen. Wenn er den Wärter jetzt ohnehin schon bedrohte, konnte er auch eben noch klären, was ihn dringend interessierte. „Du wolltest mich umbringen. Vergiften“, herrschte er den Mann an und bohrte die Spitze der Klinge ganz leicht in die Haut des Halses.

Die Augen des Mannes weiteten sich noch mehr.

„Nein, nein“, stammelte dieser. „Woher weiß du ...?“

„Blödsinn“, herrschte ihn Johannes an und stach mit der Messerspitze noch einmal in die Haut. Etwas Blut quoll hervor. Er musste schnell weiterkommen. Sonst war seine Flucht in Gefahr. „Wer steckt dahinter? Wer hat dir den Auftrag gegeben, mich zu töten?“

Der Alte starrte ihn panisch an. Der Mund war weit aufgerissen – aber er sagte immer noch nichts.

„Hey, Alter: Wo bleibst du? Wie lange sollen wir noch warten?", drang von unten die Stimme eines der Polizisten herauf. „Was ist los Simon? Warum antwortest du nicht?"

Johannes packte ihn mit der linken Faust fester am Kragen und schüttelte ihn. „Rede, Mann, rede! Sonst muss ich dich tatsächlich noch abstechen. Willst du das wirklich? Mach endlich den Mund auf – sonst lässt du mir keine Wahl."

„Scherer", krächzte der Alte. „Er heißt Johann Scherer. Ein sehr mächtiger Mann."

Die Nennung des Namens überraschte Johannes nicht. Der Händler war in der Vergangenheit immer großzügig zu ihm gewesen. Gleichzeitig hatte Johannes schon an dem Tag, an dem Scherer ihm geraten hatte, zu Petry zu gehen, seine übergroße Angst vor der Polizei und der Möglichkeit, verraten zu werden, gespürt. Und Scherer war fähig, einen solchen Mord anzuordnen – selbst in einem Gefängnis der Polizei. Daran hatte Johannes nicht den geringsten Zweifel. „Den kenne ich. Danke."

Er ließ den Wärter los, der kraftlos auf die Knie sank.

„Simon?" Die Stimme des Polizisten klang jetzt besorgter. „Alles in Ordnung?"

Auf der Treppe waren knarrende Schritte zu hören. Johannes wirbelte herum. Die Küche hatte ein Fenster. Während vor der Tür die Schritte lauter wurden, stürzte er in Richtung Fenster, packte im Laufen einen Stuhl und schleuderte ihn auch schon durch das Glas. Es splitterte und krachte. Ohne auch nur einen Moment in der Bewegung innezuhalten, sprang Johannes hinterher. Kaum war er durch das Fenster hindurch, als er den Boden sah und erschrak. So tief, so weit entfernt hatte er ihn sich nicht vorgestellt. Hier musste der Boden tiefer sein als auf der Seite, auf der er den Turm betreten hatte. Mit rudernden Armen flog er durch die Luft. Rasend schnell kam die Erde näher. Johannes spürte einen stechenden Schmerz in seinem rechten Fuß, als er aufkam, dann rollte er über eine Wiese.

Auf der Straße oberhalb der Weide hörte er Pferdehufe und das Rollen eines Wagens. Eine Kutsche. Wenn er sich beeilte, konnte er sie gerade noch erreichen. Er kam auf die Beine – und spürte wieder den Schmerz in seinem Knöchel. Er machte einen kleinen Schritt. Den Fuß konnte er kaum aufsetzen. Noch einen Versuch. Wenn er mit dem Hacken den Boden berührte, ging es. Er machte einen weiteren Schritt, dann noch einen, jetzt schon etwas schneller.

„Da ist er. Schnell!", brüllte eine Stimme aus dem Fenster des Gefängnisturmes.

Johannes humpelte so schnell er konnte auf die Straße mit dem Wagen zu. Er hatte die Böschung erreicht. Da musste er jetzt hinauf. Der Schmerz bei seinem ersten Schritt nach oben war fürchterlich. Da half auch kein Auftreten mit dem Hacken mehr. Der Wagen kam näher. Johannes griff mit beiden Händen in das Gras der Böschung und zog sich herauf. Dann erreichte er die Straße, taumelte direkt vor den Wagen. Der Mann auf dem Kutschbock zog an den Zügeln und blickte ihn überrascht an. Jetzt richtete er sich auf, seine Augen begannen zornig zu funkeln. Mit zwei weiteren gehumpelten Schritten war Johannes an ihn heran und zog das Messer. Der Kutscher wich zurück, in seinen Augen blitzte es ängstlich auf. Stimmen waren aus Richtung des Gefängnisturmes zu hören.

Johannes hatte keine Zeit. „Runter", herrschte er den Mann an, packte ihn im selben Moment mit der linken Hand am Arm und riss ihn vom Kutschbock, während er gleichzeitig mit der anderen Hand das Messer in seine Richtung hielt.

„Schon gut, schon gut", beschwichtigte der Kutscher und taumelte einige Schritte rückwärts, als Johannes ihn losließ und gleichzeitig zurückstieß. Er zog sich auf den Wagen, saß auch schon auf dem Kutschbock und trieb die beiden Pferde an. Gerade noch rechtzeitig, denn die Polizisten rannten bereits auf der Straße in seine Richtung. Johannes ließ die Zügel auf die Pferderücken klatschen. Noch war er langsamer als seine Verfolger, die jetzt liefen, so schnell sie konnten. Sie kamen rasch heran. Aber die Pferde wurden schneller. Nur noch einige Meter trennten den Wagen von den Polizisten. Doch dann blieb der Abstand gleich, wurde schließlich sogar größer. Johannes jubelte innerlich und trieb die Pferde weiter an. Jetzt nur nicht langsamer werden. Endlich gaben die Polizisten auf, blieben keuchend auf der Straße stehen. Die Kutsche raste weiter, fuhr jetzt durch eine Kurve. Johannes verlangsamte das Tempo. Trotzdem fuhr die Kutsche immer noch schnell. Die Polizisten würden ganz sicher schon auf dem Weg zu ihrer Wache sein. Dort gab es Pferde, mit denen sie ihn verfolgen konnten. Und ohne Wagen waren sie sehr viel schneller als er. Johannes zog am Zügel und hielt die Kutsche an. Mit hastigen Bewegungen befreite er die Pferde aus dem Kutschgeschirr, schwang sich im nächsten Moment auf den Rücken eines der beiden Tiere und trabte weiter. Das Kutschpferd war nicht so schnell wie die Pferde der Polizei. Trotzdem würde es nun etwas länger dauern, bis sie ihn einholten. Die Straße führte durch dichten Wald. Das war gut. Wenn er entkommen wollte, konnte das nur im dichten Wald gelingen. An irgendeiner Stelle musste er von der Straße herunter. Möglichst so, dass keine Spuren zu sehen waren. Auf dem sandigen Waldweg, der vor ihm nach links in den Wald abbog, konnte man die Spuren des Pferdes sehen – jedenfalls, wenn die Polizisten aufmerksam waren und darauf achteten. Vielleicht war das auch gar nicht der Fall. Aber darauf durfte sich Johannes nicht verlassen. Er sah einen Bach, der vor ihm von links kam, dann die Straße ein kleines Stück begleitete, bevor er dann nach rechts abbog und von der Straße auf einer kleinen Holzbrücke überquert wurde. Mit einem Satz ritt Johannes von der Straße, als der Bach diese erreichte. Das Wasser spritzte auf. Johannes riss das Pferd herum, ritt ein kleines Stück zurück und folgte dann dem Bachlauf, der sich von der Straße entfernte. Schon nach kurzer Zeit war er im dichten Wald verschwunden – wo er das Tier über eine flache Böschung wieder aus dem Bach herausführte. Wenig später fand er einen Pfad, dem er zunächst weiter nach Westen, dann nach Süden folgte.

Erst am nächsten Tag hielt sich Johannes nach Osten. Am Abend erreichte er den Wald, in dem sich die Räuberhöhle befand. Er band das Pferd an einen Baum und schlich sich vorsichtig an. Die Höhle war leer. Johannes hastete zurück zum Pferd und ritt zu dem Bauern, bei dem die Polizisten ihn gefangen genommen hatten. Der Bauer begrüßte ihn freundlich und erzählte Johannes, was mit der Bande geschehen war: Noch während der Verhaftung von Johannes hatte er einen Knecht auf den Weg geschickt, um die Männer in der Höhle zu warnen. Gerade noch rechtzeitig: Wenig später drangen die Polizisten tatsächlich bis zu ihrem Unterschlupf vor. Allerdings viel zu spät. Johannes' Gefährten waren längst verschwunden. Der Bauer wusste auch wohin: zum Kallenfelser Hof, der auf einem Berg in unmittelbarer Nähe von Kirn lag. Dort wollten sie bei alten Bekannten unterkommen und sich eine Weile ohne Räubereien ruhig verhalten. Der Bauer sollte dieses im Fall eines Treffens an Johannes ausrichten.

Johannes verbrachte die Nacht bei dem Bauern. Am nächsten Morgen ritt er in Richtung Kirn, wo er auf dem Kallenfelser Hof am Nachmittag seine Freunde wiedertraf. Die Männer freuten sich, ihn zu sehen. Die Freude war aufrichtig – anders als im Lager des Schwarzen Peter, wenn dieser von einer längeren Abwesenheit zurückgekommen war. Johannes wurde ganz warm ums Herz, als er dies bemerkte. Die Gefährten hatten sogar den Lederbeutel mit seinem Geld, den er beim Aufbruch vor seiner Gefangennahme völlig arglos in der Höhle zurückgelassen hatte, mitgenommen und gaben ihn nun wieder zurück. Als Johannes in den Beutel sah, fehlte nicht eine Münze.

Auf dem Kallenfelser Hof waren sie sicher, solange sie keine Raubzüge unternahmen. Ludwig Rech, der Bauer, war ein Jugendfreund des Roten Fink, der zu Wohlstand und Einfluss gekommen war und in Kirn einen untadeligen Ruf genoss – auch bei der Polizei. Niemand hätte hier das Versteck von Räubern vermutet. Aber lange konnten sie hier nicht mehr bleiben. Als sie an diesem Abend nach dem Essen noch zusammensaßen, hatte der Husarenphilipp die Idee, zur Ruine der Schmidtburg zu ziehen, einer alten Befestigung mitten im Wald, in der er auf seinen Streifzügen immer wieder einmal geschlafen hatte. Am nächsten Tag machten sie sich auf den Weg dorthin.

Die Ruine lag in der Gegend von Schneppenbach. Am Nachmittag hatten sie die alte Burg erreicht. Johannes gefiel die Anlage sofort. Einige der Räume boten ihnen sogar jetzt noch Schutz vor dem Wetter. Mit wenig Arbeit würden sie es sich in der Burg mit Holz, Ziegeln, Steinen und Fellen recht gemütlich machen können. Gut gelaunt begannen sie am nächsten Tag mit der Arbeit. Bei den Bauern in Schneppenbach kauften sie Baumaterial, Brot und Korn. Was sie sonst noch brauchten, erwarben sie in Kirn. Wieder legte Johannes Wert auf ein gutes Einvernehmen mit den Bauern auf den Höfen, die vereinzelt im näheren Umfeld der Burg lagen, in Schneppenbach und den anderen umliegenden Dörfern.

Das Frühjahr kam, dann der Sommer, bis zu dem sich zwei weitere Männer und zwei Frauen Johannes und seiner Bande anschlossen. Sie stahlen nur noch selten Vieh, das sie dann an einen Händler in Kreuznach verkauften. Dafür überfielen sie reisende Händler oder Bauern, wenn diese mit ihren Wagen auf den Straßen unterwegs waren, um Waren in den Städten zu verkaufen. Johannes wechselte bei den Überfällen häufig die Straßen, an denen sie den Händlern auflauerten. So mussten sie zwar mehr umherziehen, als wenn sie ihr Lager an einer einzigen Straße aufgeschlagen hätten. Gleichzeitig minderte es aber die Gefahr, von der Polizei gefasst zu werden, die noch nicht einmal sicher sein konnte, ob sie es mit einer oder mit verschiedenen Banden zu tun hatte. Und die Händler konnten sich – wenn sie am Abend in den Gaststätten der Herbergen beisammensaßen – nicht auf die Überfälle einstellen und bestimmte Straßen meiden. Außerdem achtete Johannes stets auf einen großen Abstand zur Schmidtburg bei den Überfällen. Raubten sie weit weg von ihrem Hauptquartier, war das Risiko einer Entdeckung durch die Polizei geringer. Die Einnahmen der Bande wuchsen stetig – und damit verbunden auch die Einnahmen der Bauern im Umland der Schmidtburg, die jetzt von jedem Raubzug einen Anteil erhielten.

Im Herbst marschierten 30 Polizisten aus Kirn auf der Straße nach Rohrbach nicht weit von der Schmidtburg entfernt nach Norden. Die Polizisten übernachteten in einigen Höfen bei Bruschied. Nicht einer der Bauern, kein Knecht und keine Magd verrieten die Anwesenheit der Räuber in der nahen Burg. Anfang des Frühlings besuchte Johannes ein Fest in Schneppenbach, wo er bis spät in die Nacht mit den jungen Leuten des Dorfes tanzte, redete und Karten spielte, während ihn die älteren Bauern mit Respekt grüßten und willkommen hießen. Zwei Wochen später feierte Johannes ausgelassen auf einem Hof bei Bundenbach, dessen Bauer ihn eingeladen hatte. Weitere Einladungen folgten. Dann kamen die Tages des Osterfestes, und Johannes machte sich zusammen mit Johann Seibert und dem Husarenphilipp auf den Weg nach Süden, nach Wickenhof, einem kleinen Dorf südlich von Kirn. Dort wurde wie jedes Jahr in einem Gasthof das Osterfest mit einem großen Ball gefeiert, wie Husarenphilipp zu berichten wusste.

Johannes und seine beiden Gefährten erreichten das Dorf, das nur aus wenigen Häusern, einigen Stallungen und einem großen Gasthof bestand, am frühen Abend. Bis zum Beginn des Tanzvergnügens würde es nicht mehr lange dauern. Bald dämmerte es. Es war einer der ersten warmen Frühlingstage des Jahres und viel vor allem junges Volk war aus den umliegenden Dörfern, aber auch aus Birkenfeld, Oberstein und selbst Kirn zusammengekommen. Auf dem Dorfplatz drängten sich überraschend viele Menschen. Mit so vielen Besuchern hatte Johannes in einer so kleinen Siedlung nicht gerechnet.

„Alles, was jung ist und südlich von Kirn lebt, trifft sich in jedem Jahr zu Ostern hier in Wickenhof“, lachte Husarenphilipp, der nicht weit entfernt aufgewachsen war und die Gegend gut kannte, nachdem ihn Johannes darauf angesprochen hatte.

„Dann warst du auch schon einmal hier?“

„So oft, dass ich es nicht mehr zählen kann“, antwortete Husarenphilipp.

Eine Schar Kinder stürmte über das Pflaster. Ein Junge von vielleicht sechs Jahren versuchte verzweifelt, Anschluss an den Pulk der größeren Kinder zu halten, die ein Stück vor ihm liefen. Er sah die drei Freunde zu spät, konnte nicht mehr ausweichen und rannte gegen Johannes' Bein. Der Aufprall war so heftig, dass er sich wehgetan haben musste. Er saß vor ihnen auf seinem Hintern und ihm war anzusehen, wie er sich mit rotem Kopf mühte, die aufsteigenden Tränen zu unterdrücken. Nicht weit entfernt standen die älteren Kinder und riefen seinen Namen. Johannes ließ sich in die Hocke nieder, um den Jungen zu trösten, als dieser auch schon wieder auf den Beinen war und zu seinen Gefährten rannte.

„Tapferer Kerl“, sagte Johannes, als er sich wieder aufrichtete und zum Gasthof schaute. Die Fenster standen offen und er konnte sehen, dass sich in dem Saal schon viele Menschen drängten. Am Rand des Dorfplatzes hielt eine Kutsche. Johannes sah interessiert hin. Sein Blick glitt zur Tür, die sich in diesem Augenblick öffnete. Er glaubte, seinen Augen nicht trauen zu können. Heraus kam Isabelle. Sie trug die Haare hochgesteckt und ein weinrotes Kleid, mit wallendem Rock und schmaler Taille, im Ausschnitt und an den ellbogenlangen Ärmeln verziert mit feiner weißer Spitze, so teuer und so fein, dass Johannes sie beinahe nicht erkannt hätte. Sie erblickte ihn im selben Augenblick. Für einen Moment verharrten beide. Johannes starrte sie sprachlos an. Dann fasste er sich und zog anerkennend die Augenbrauen hoch. Sie lachte schallend. Aus dem Augenwinkel sah Johannes, wie die Blicke von Husarenphilipp und Johann Seibert gleichermaßen verwundert zwischen ihnen hin und her wanderten. Die Kutsche rollte an und fuhr davon.

Johannes musste lächeln. Gleichzeitig ging er mit schnellen Schritten auf Isabelle zu, breitete seine Arme aus und zog sie an sich. Sie erwiderte die Umarmung. Husarenphilipp und Johann Seibert kamen heran.

„Das ging ja schnell", stellte Husarenphilipp mit frecher Stimme fest. „Wir anderen hatten gehofft, heute Abend beim Ball vielleicht ein Mädchen kennenzulernen. Aber Johannes betritt gerade einmal den Festplatz und hat schon ein Mädchen gefunden."

Johannes und Isabelle lösten die Umarmung. Johannes musste grinsen. Isabelle lächelte und musterte die beiden Freunde.

Seibert nickte lachend und schlug sich mit der Hand auf die Schenkel. „Und wie weit er schon mit ihr gekommen ist", prustete er los. „Die beiden haben noch nicht ein Wort miteinander gewechselt."

„Deine Freunde?" Isabelle sah Johannes fragend an.

Er nickte.

„Wir kennen uns schon ein bisschen länger", stellte sie lachend fest. „Und haben schon so manches Wort miteinander gewechselt."

„Ich habe sie kennengelernt, nachdem ich aus Muhl weg bin." Er legte die Hand nacheinander auf die Schultern der beiden Freunde. „Philipp und Johann", stellte er sie vor. „Philipp nennen eigentlich alle nur Husarenphilipp. Und das hier ist Isabelle. Ich kenne sie aus der Zeit, bevor ich zu Petry gekommen bin."

„Du nimmst an dem Ball heute Abend teil?", wollte Johannes von Isabelle wissen, nachdem sie sich begrüßt hatten. „Wie ist das möglich?"

„Ich heirate in zwei Wochen. Jakob hat mich von zwei Dienern nach Mainz abholen lassen, damit ich bei den letzten Vorbereitungen dabei bin und mich schon einmal einleben kann."

„Er lässt dich abholen? Warum holt er dich nicht selbst?"

Für einen Augenblick kühlte Isabelles Miene ab. Ihr Lächeln verschwand. „Er hat zu tun und ist – glaube ich – zurzeit in Lüneburg oder wie der Ort heißt. Irgendetwas mit Salz gibt es dort zu verhandeln.“ Sie lachte betont fröhlich auf. „Aber es ist, wie es ist. Ich kann es nicht ändern. Immerhin kommen wir auf diese Weise dazu, heute Abend gemeinsam zu feiern.“

Sie lächelte schelmisch. „Ich hatte die Freiheit, mir die Strecke nach Mainz aussuchen zu dürfen. Hier in Wickenhof habe ich so manches Mal zu Ostern getanzt. Verwandte von Vater leben auf einem Hof in Ehlenbach, gleich um die Ecke. Dort wohne ich mit meinen Begleitern.“ Sie blickte zum Gasthof. „Es wird schon sehr voll im Saal sein. Für mich ist bereits ein Tisch freigehalten. Wollt ihr noch einen Platz an einem der Tische bekommen, solltet ihr möglichst schnell hineingehen. Die Musikanten werden schon bald mit ihrem Spiel beginnen.“

19. Pik-Acht

♠

Julchen hasste diese Abende auf dem Lande. Sie hasste die Bauern mit ihren gierigen Blicken, ihre Frauen, die entweder viel zu dick oder entsetzlich ausgemergelt aussahen, und die Knechte und Mägde mit ihren hohlwangigen Gesichtern und leeren Blicken. Das Einzige, woran sie bei diesen Abenden auf den Dielen der Bauernhöfe oder in den Festsälen der Gasthäuser Freude fand, war das Lachen der jungen Männer und Frauen, wenn sie sich begeistert und ausgelassen zu ihrer Musik im Kreise drehten. Aber diese Freude währte meist nur kurz. Bier, Wein und Branntwein flossen schnell, sodass sich die Freude der Jungen an Musik und Tanz schnell im dumpfen Rausch verlor. Auch an diesem Abend würde es wieder so sein – wobei beim jährlichen

Tanzvergnügen zu Ostern in Wickenhof die Gäste schon jünger und angenehmer waren als bei den üblichen Hochzeiten auf dem Dorf. Julchen spürte, wie sie immer wieder die interessierten Blicke vieler Männer streiften. Sie kannte das nur zu gut. Sie wusste um ihre und Margaretes Wirkung auf Männer – und verstand sich durchaus darauf, diese bei Bedarf noch weiter zu steigern. Sie hob leicht das Kinn. Für die Bauern hier war sie eine Schönheit. Aber was bedeutete das schon? In der Stadt, in Kirn, vor allem aber in Mainz, wo sie einmal einen Onkel besucht hatte, gab es viele schöne und stolze Frauen. Schöner als sie, wie sie dachte. Sie fand ihre Nase ein wenig zu lang – und ihren Hintern etwas zu dick. Aber das war sicher etwas, was die Bauern hier nicht bemerkten. Der Saal hatte sich schon sehr gefüllt. Nicht mehr lange, und sie mussten mit dem Spiel beginnen. An diesem Abend saß ihr Vater wieder am Klavier. Wie immer war er festlich angezogen. Wie immer grüßte er freundlich viele der Bauern, die den Saal betraten. Bei vielen von ihnen hatten sie schon für gutes Geld gespielt. Heute Abend würden sie eben hier musizieren. Wie schon im Jahr zuvor, wenn sie sich recht erinnerte. Das war Vaters Leben – jahrein, jahraus, und ihre Schwester Margarete schien auch schon Gefallen daran zu finden. Julchen würde das niemals hinnehmen. Das Leben musste mehr zu bieten haben, mehr Farbe, mehr Feuer – Julchen spürte das ganz deutlich –, mehr als Tanzmusik, als immer die gleichen Lieder auf den Höfen armer Bauern, wo schon ein Auftritt in Kirn ein Höhepunkt des Jahres war. Julchen blickte zu ihrem Vater und seufzte. Sie wollte sich gerade wieder umdrehen, als drei junge Burschen den Saal betraten, gut und teuer gekleidet, sogar wie Offiziere oder weitreisende Kaufleute mit einem Degen am Gürtel. Der eine trug darüber hinaus einen breiten Hut mit Feder auf dem Kopf. Die drei blickten in die gegenüberliegende Richtung, dorthin, wo noch Tische frei waren. Sie konnte die Gesichter nicht erkennen. Aber einen solchen Hut hatte sie bei einem der Bauern noch nicht gesehen. Bei deren Söhnen auch nicht – und schon gar nicht bei den Knechten. Schon eher in der Stadt, wenn sie dort spielten. Ganz bestimmt kamen die Männer aus Kirn, vielleicht sogar aus Mainz. Ein Bauer und seine Frau traten nach ihnen durch den Eingang. Sie blieben stehen und verbeugten sich ehrerbietend vor dem Mann mit dem Hut und seinen beiden gut gekleideten Freunden. Einer der Männer spazierte zu einem freien Tisch, die beiden anderen blieben stehen, drehten sich langsam um und ließen den Blick durch den Saal gleiten. Jetzt konnte sie die Gesichter besser erkennen. Ihr Atem stockte. Sie kannte den Mann, der in der Mitte des Saales stand. Sie kannte den Mann mit dem Hut. Es war Johannes Bückler. Ihr Herz begann zu rasen.

Sie hatte sich seinen Namen gemerkt. Sie hätte ihn niemals vergessen. Erst sehr viel später war ihr klar geworden, um wen es sich dabei handelte, dass „der Bückler", von dem sie immer häufiger die Leute reden hörte, von dem sie dann auf einem Plakat der Polizei las, und der Johannes Bückler, den sie am Brunnen bei der Ruine in Kirn getroffen hatte, ein und dieselbe Person waren. Wie frech der die reichen Händler auf der Straße überfiel. Und selbst vor den Franzosen machte er nicht halt. Niemand konnte ihn fassen, niemand wusste, wo er war. Sein Versteck befinde sich irgendwo in einem Berg, sagten manche, er lebe bereits festlich wie ein Graf auf einer Burg mit all dem geraubten Geld, mutmaßten andere. Aber niemand wusste Genaues. Und mit diesem Mann hatte sie sich allein getroffen. Unglaublich. Und wie gut und stattlich er heute aussah. Jetzt sah er direkt zu ihr herüber – und erstarrte plötzlich. Er hatte sie erkannt. Noch einen Moment schaute er sie an. Dann drehte er sich mit einem Ruck um und schritt energisch zum Ausgang des Saales.

Julchen stand auf, ihren Blick auf seinen Rücken geheftet. Der Nachmittag vor ihrem Auftritt in Kirn kam ihr in den Sinn, der Nachmittag, an dem Johannes sie auf dem Wagen überrascht hatte, sie und den Schmuckhändler, der sie wieder und wieder mit seinen kalten, fleischigen Händen berührt hatte. Allein beim bloßen Gedanken daran lief ihr eine Gänsehaut über den Rücken. Entsetzt dachte sie daran, wie sie und der Händler auf Johannes gewirkt haben mochten. Natürlich hatte er gedacht, dass sie und der Händler ...

Sein erschrockenes Gesicht kam ihr in den Sinn.

Sie musste Johannes erzählen, was auf dem Planwagen wirklich geschehen war, ihm alles erklären. Wie oft hatte sie sich das schon gewünscht – ohne die Aussicht, dazu jemals eine Gelegenheit zu bekommen. Jetzt war er ganz in der Nähe. Jetzt konnte sie ihm alles sagen. Er schritt gerade durch die Tür nach draußen. Julchen warf einen Blick auf den Vater. Er wollte gleich mit dem Spielen beginnen. Jetzt hob er den Kopf, sah sie an, musste bemerkt haben, dass irgendetwas mit ihr nicht stimmte. Sie blickte nach vorn, auf die Tür, die eben Johannes verschluckt hatte. Vater musste warten, die Musik musste warten. Jetzt gab es für sie Wichtigeres. Sie lief los, lief durch den Saal zur Tür, bemerkte die erstaunten Blicke vieler Gäste. Sie waren ihr egal. Vor ihr ging Johannes. Sie musste ihn erreichen.

Julchen rannte durch die Tür. Wo war er? Direkt vor ihr stürmten Kinder über den Platz, rechts davon spazierte ein junges Paar auf den Gasthof zu. Dann sah sie ihn, links von den Kindern, wie er langsam davonging, auf ein Gebäude zu.

„Johannes!“ Julchen lief hinterher. Er musste sie hören, drehte sich aber nicht um. Er hatte jetzt die Hausecke erreicht. „Johannes!“

Endlich war sie bei ihm. Er drehte sich um und schaute sie unvermittelt an. „Was willst du von mir?“ Er sah sie herausfordernd an. Seine Stimme klang rau.

Für einen Augenblick schreckte sie zurück, erwiderte aber seinen Blick. „Mit dir reden. Dir alles erklären.“

„Es gibt nichts zu erklären.“

„Du denkst an den Planwagen in Kirn, an den Mann, den du mit mir zusammen darauf gesehen hast?“

Er starrte sie nur ausdruckslos an. Seine Augen waren kalt und abweisend. Sie hielt seinem Blick immer noch stand. Dann nickte er knapp. „Daran denke ich, ja."

„Der Mann ist ein Händler. Ein Schmuckhändler. Vater hat ihn ..." Johannes' Augen weiteten sich interessiert. Aber Julchen kam nicht weiter.

Ein Frau ging um die Ecke des Hauses, an der sie standen, legte ihren Arm wie selbstverständlich um Johannes' Taille und gab ihm einen Kuss. Die Frau war schön, die Haare kunstvoll hochgesteckt. Sie trug ein Kleid, das sündhaft teuer gewesen sein musste. Ein Kleid, wie es Julchen erst einmal bei einem Besuch in Mainz gesehen hatte. Der Gedanke, dass ihr Johannes dieses Kleid geschenkt hatte, schoss ihr durch den Kopf.

„Hast du auf mich gewartet? Wie lieb." Dann sah sie Julchen an und streckte ihr die Hand entgegen. „Ich bin Isabelle. Ich hoffe, ich habe nicht gestört."

Julchen starrte die fremde Frau an, dann die Hand. Sie schüttelte den Kopf. „Nein. Johannes hat recht. Es gibt nichts mehr zu reden." Sie drehte sich um und schritt davon. Aus dem Augenwinkel sah sie, wie Johannes' Augen überrascht aufblitzten.

Ihr Vater musterte sie wütend, als sie wieder den Saal betrat. Er war vom Klavier aufgestanden, ließ sich aber wieder auf seinen Stuhl fallen, als Julchen neben ihm Platz nahm.

„Wo warst du?", herrschte er sie mit ungeduldigen Augen an. „Wir hätten schon längst mit dem Spielen beginnen müssen."

„Nur kurz raus", murmelte sie und griff auch schon nach der Geige.

Der Vater schüttelte verärgert den Kopf. Dann drehte er sich dem Klavier zu und schlug einige Tasten an. Das Murmeln im Saal verebbte. Margarete hob die Flöte, die sie heute zunächst spielen würde, an ihre Lippen und auch Julchen setzte Geige und Bogen an. In diesem Augenblick trat Johannes in den Saal. Julchen sah ihn sofort. Er wirkte gehetzt. Sein Blick glitt in ihre Richtung. Der Vater spielte das A. Ohne noch darüber nachzudenken, gab sie den Ton zurück. Die Instrumente stimmten – und der Vater begann damit, das erste Lied zu spielen. Nach zwei Takten fielen sie und ihre Schwester gleichzeitig ein. Es war ein fröhliches Stück, das sie sonst meist erst später spielten. Die Frauen und Männer klatschten sofort mit und einige standen auf. Julchens Blick ruhte auf Johannes. Er stellte sich ganz in der Nähe des Eingangs an die Wand. Er war allein. Die Frau folgte ihm nicht. Julchens Hand führte ganz automatisch den Bogen über die Saiten. Er schaute immer noch in ihre Richtung, sah sie unvermittelt an, wirkte jetzt aber wieder ruhiger. Was wollte er denn noch von ihr? Ihre Blicke trafen sich. In ihr wallte es heiß auf, blitzschnell wandte sie die Augen ab und traf das G mit dem Finger nicht sauber, der Ton wurde zum Gis – was wahrscheinlich in der Festgesellschaft niemand bemerkte. Aus dem Augenwinkel sah sie eine Bewegung ihres Vater. Er hatte es gehört. Sie vermied es, in seine Richtung zu schauen. Sie kannte den missbilligenden Blick mit der einen hochgezogenen Augenbraue zur Genüge. Weiter ging das Lied, immer weiter. Vorsichtig schaute sie wieder nach Johannes. Er stand immer noch an seinem Platz. Jetzt klatschte er ebenfalls zur Musik. Wieder lag sie mit einem Ton daneben. Aber egal: Darum konnte sie sich jetzt nicht kümmern. Ihr Blick glitt weiter durch den Raum. Sie sah Johannes' Freunde. Sie saßen an einem Tisch am anderen Ende des Saals. Die Töne des Klaviers wurden etwas lauter, energischer. Warum? Sie brauchte einen Moment, bis es ihr klar wurde: Sie hatten die letzte Strophe erreicht. Jetzt noch einige Takte, dann musste sie stoppen, während ihr Vater die letzten Töne allein spielte. Sie hatte es gerade noch rechtzeitig bemerkt. Wie befreit senkte sie den Bogen. Das war knapp. So etwas war ihr noch nie passiert. Jetzt endete auch der Vater sein Spiel, nahm die Finger von den Tasten. Sie verbeugten sich – und noch währenddessen spürte sie von rechts und links die vernichtenden Blicke ihre Vaters und ihrer Schwester, bevor sie sich im Beifall der Gäste wieder aufrichteten. Nun würden zum Essen der Gesellschaft ruhigere Stücke folgen, bevor sie dann zum Beginn des Tanzes einen Walzer aufspielten. Plötzlich bemerkte sie eine schnelle Bewegung links von ihrem Vater. Ein Mann kam auf sie zu. Es war Johannes. Wieder begann ihr Herz schneller zu schlagen. Er blieb unmittelbar vor ihrem Vater stehen, der sich ihm zuwandte, verbeugte sich kurz formvollendet und reichte ihm die Hand. Beide Männer sprachen miteinander, dann kam Johannes direkt auf sie zu, deutete eine Verbeugung an und streckte ihr die offene Hand entgegen.

„Du bist noch schöner geworden seit unserem Treffen in Kirn", sagte er, lächelte und sah ihr in die Augen. „Ich glaube, jetzt habe ich etwas zu erklären. Die Frau, Isabelle ... Mit ihr ist es nicht so, wie du denkst." Er machte eine kurze Pause und sah sie an. Seine Augen waren aufrichtig. „Und außerdem möchte ich gerne wissen, was du mir auf dem Hof sagen wolltest."

Sein Blick glitt kurz zu seiner Hand, die er immer noch locker in ihre Richtung hielt. Bei Gott! Er wollte ihr einen Handkuss geben – und sie bemerkte es erst viel zu spät. Überrascht schob sie ihm ihre Hand entgegen. Nur einmal in Mainz hatte man sie so – wie eine Dame – behandelt. Er nickte lächelnd und verbeugte sich abermals kurz.

Julchens Vater hüstelte. Sie mussten weitermusizieren. Der Vater legte bereits die Hände auf die Tasten und warf ihr einen Seitenblick zu. Sie sah Johannes an. „Ich kann jetzt nicht reden. Wir müssen spielen", stellte sie mit schwacher Stimme fest. Gleichzeitig wollte sie nicht, dass er jetzt ging. Sie hatten doch noch nicht einmal begonnen, richtig miteinander zu reden.

Johannes sah sie an. „Ich weiß. Achtet dein Vater in den Pausen darauf, dass du in seiner Nähe bleibst, oder kannst du ihn und Margarete für eine Weile verlassen?"

„Wenn ich will, komme ich immer kurz von ihm weg. Heute wird es mir leichtfallen. Vater will sich mit einem reichen Bauern an der Theke treffen. Sie wollen über die bevorstehende Hochzeit eines Sohnes reden, auf der wir für die Musik sorgen sollen."

Johannes nickte zufrieden. „In der ersten Pause, die ihr macht, bin ich hinter dem Haus. Dort können wir reden." Dann trat er einen Schritt zurück.

Julchen hätte jubeln können. Hatte er das gerade wirklich zu ihr gesagt? Ihr lief ein wohliger Schauer über den Rücken.

Ein erster Klavierton erklang. Ihr Vater spielte weitere Töne. Margarete hatte die Flöte bereits an den Lippen. Eilig griff auch Julchen nach ihrem Instrument. Dann hob sie den Bogen, setzte ihn an und sah gleichzeitig Johannes' Augen und sein Lächeln, während er langsam zurücktrat. Sie dachte an das bevorstehende Treffen in der Pause. In diesem Moment wurde ihr heiß und kalt zugleich und tausend Ameisen schienen in ihrem Bauch zu tanzen. Sie konnte das Bild, das in ihrem Kopf entstand, nicht zu Ende denken. Unmöglich. Das würde sie vor Aufregung nicht ertragen, nicht jetzt. Vaters Klavier ließ weitere Takte des nächsten Liedes erklingen. Das Stück! Sie musste an das Stück denken. Sie sah den Blick des Vaters, hätte schon mitspielen müssen. Die zweite Stimmte fehlte. Jetzt, endlich, strich auch ihr Bogen über die Saiten und fand die richtigen Töne. Julchen atmete tief durch. Ihre Verwirrung, die Unsicherheit und Aufregung, ihr klopfendes Herz und die Sehnsucht nach Johannes: Sie war verliebt! Wieder wurde ihr bewusst, was für ein aufregendes, wunderschönes Gefühl das war. Die Töne des Klaviers hoben sich zum Refrain des Stückes, den sie mit ihrem Instrument fröhlich verzierte. Vor ihr schritt Johannes zurück an seinen Platz. Zwei Bauern traten vor ihm zur Seite und grüßten ihn überaus freundlich. Johannes nickte wohlwollend und ging weiter. Was für ein Räuber! Julchen hätte sich nie vorstellen können, ihn einmal so wiederzusehen. Auch die junge Frau in ihrem teuren Kleid war wieder im Saal. Julchen entdeckte sie an einem eigenen Tisch, zusammen mit zwei Männern in schwarzen Anzügen.

Sie spielten weitere Stücke. Die tanzenden Paare wirkten an diesem Abend so strahlend, wie Julchen es noch niemals zuvor bei einem Fest auf dem Dorf erlebt hatte. Eine junge Frau lachte ihr ausgelassen zu, wie sie sich zu ihrem Walzer im Kreise drehte. Und Julchen lachte zurück.

Noch ein Stück. Dann war endlich Pause und Vater erhob sich, um mit schweren Schritten zur Theke zu schreiten. Jetzt war es so weit. Noch zögernd stand Julchen auf. Sie legte die Geige beiseite und rieb die Hände am Rock. Sie waren feucht vor Aufregung. Ihr Herz klopfte. Jetzt würde sie hinausgehen und Johannes treffen. Ihre Schritte waren entschlossen, als sie hinauseilte, auf den Hof trat und dann um die Ecke des Hauses ging. Es dämmerte. Sie verlangsamte ihr Tempo. Ob er schon auf sie wartete? Sie umrundete die Ecke des Hauses. Warm drang das Licht aus den rückwärtigen Fenstern des Hauses nach draußen.

Sie blieb stehen. Noch konnte sie niemanden erkennen.

„Julchen."

Sie hörte seine leise Stimme von hinten und wirbelte herum. Da stand Johannes und sah sie offen an. Es lag so viel Verletzlichkeit in diesem Blick. Das waren die Augen, an die sie sich von ihrem Treffen am Brunnen bei der Ruine so gut erinnerte.

„Ich habe nicht viel Zeit. Die Pause ist nur kurz", stellte sie fest und ärgerte sich im selben Augenblick schon über sich selbst für diese Begrüßung.

„Ich weiß." Er holte Luft. „Isabelle, die junge Frau in dem roten Kleid, ist nur eine gute Freundin für mich. Sie ist ein Kamerad, mehr nicht."

„Der Kuss, die Vertrautheit ...", sie zögerte. „Ich dachte ..."

„Wir kennen uns schon lange. Ich habe auf der Flucht vor der Polizei bei ihrer Familie Unterschlupf gefunden. Sie wird in wenigen Wochen einen reichen Händler in Mainz heiraten. Deshalb das Kleid. Es ist schon von ihm. Die beiden Männer an ihrem Tisch sind Diener, die sie nach Mainz bringen sollen."

Julchen nickte erleichtert.

„Und du?", sprach er weiter. „Ich sah dich auf dem Planwagen neben diesem Mann." Er presste die Lippen aufeinander.

„Er berührte dich ... Da war der Schmuck. Und sein Kopf, seine Lippen ...“

„Ich ekele mich vor ihm“, unterbrach ihn Julchen. „Er ist Schmuckhändler aus Oberstein, so viel älter als ich und hat so kalte Augen. Wir haben Schulden bei ihm. Es ist viel Geld. Das ganze Haus, alles, was wir besitzen, hängt daran. Er besteht darauf, dass ich bei manchen Auftritten seinen Schmuck trage – und er ihn mir selbst anlegt.“

Jetzt atmete sie tief ein. Ihr Blick suchte seine Augen. Sie spürte, wie ihr die Tränen aufstiegen. „Ich habe keine Wahl. Vater duldet es – auch, dass wir für eine Weile allein in dem Wagen sind.“ Sie konnte die Tränen nicht mehr aufhalten. „Ich fürchte, er wird schon bald um meine Hand anhalten.“

Er sah sie an. In seinen Augen war so viel Liebe, so viel Verständnis – aber auch Einsamkeit. Er trat einen Schritt näher und hob ganz langsam, vorsichtig die Hand und strich ihr eine Haarsträhne, die ihr ins Gesicht hing, zur Seite. „Ich war so verletzt und habe versucht, dich zu vergessen. Ich dachte, es sei mir gelungen. Aber das ist es nicht. Ich liebe dich. Ich habe dein Gesicht so oft vor mir gesehen, in vielen Nächten vor dem Einschlafen. Und ich habe deine Musik immer im Kopf gehört. Das Stück, das du am Brunnen nur für mich gespielt hast. Ich konnte dich einfach nicht vergessen.“

Seine Hand glitt sanft über ihre Haare, berührte ihren Hals. Sie spürte seine Finger, hörte seine Worte – und schloss die Augen. Hatte er das wirklich gesagt? Sie konnte es kaum glauben. Sie fühlte das Glück selbst noch in den Fingerspitzen und den Beinen, die jetzt nachzugeben drohten. Es strahlte wie die Sonne, nur dass es nicht ihre Haut von außen wärmte, sondern tief von innen durch alle ihre Fasern strömte. Sie hätte niemals geglaubt, dass es ein solches Gefühl des Glücks geben konnte. Er sah sie immer noch an, mit offenen, freundlichen Augen. Langsam kam sein Gesicht näher, seine Lippen. Sie wusste, dass er sie jetzt küssen würde. Bei dem Gedanken wurde ihr warm im

Bauch. Sie streckte ihre Arme aus, fühlte seine Brust, den weichen Stoff seines Hemdes, darunter seinen Körper – und dann seine Lippen, die sanft die ihren berührten. Ließ sich das Glück denn unendlich steigern? Sie war jetzt nur noch Gefühl, jede Berührung verursachte neue wohlige Schauer. Jetzt wollte sie ihn ganz, wollte sie ihn ganz nah fühlen. Sie ließ ihre Händen über seine Seiten gleiten und zog ihn zu sich heran.

Als sie nur wenig später wieder zwischen Vater und Schwester saß und Geige spielte, hatte sie ein Bündnis mit Johannes geschlossen. Ein Bündnis, über das keiner von ihnen beiden ein Wort verlor, das aber trotzdem bestand. Sie wusste, dass sie zu Johannes gehörte. Nur an seiner Seite würde sie das Glück erleben, nach dem sich alles in ihr so sehr sehnte.

20. Karo-Bube

Johannes konnte sein Glück kaum fassen. Noch Tage nach dem Fest hatte er gelegentlich Julchens Duft in seiner Nase. Ob tatsächlich oder eingebildet? Es war ihm egal. Wie sie ihn berührt und dann zu sich herangezogen hatte. Er würde es niemals vergessen. Und dann erst der Kuss. Niemandem auf der Schmidtburg blieb verborgen, was mit Johannes geschehen war. Er musste sie wiedersehen. Nein, nicht bloß wiedersehen. Er wollte sie um sich haben. Für immer. Er wollte am Morgen neben ihr aufwachen, am Mittag mit ihr essen und am Abend zusammen mit ihr auf dem alten Turm der Burg sitzen und der Sonne zusehen, wie sie hinter den Hügeln versank. Sie hatten nicht abgemacht, wann und ob sie sich wiedersehen würden. Aber es war beschlossen. Auch für sie. Irgendwie wusste er das, wenn ihm auch nicht klar war, woher er diese Sicherheit nahm. Wenn er zu ihr ging und sie bat, an seiner Seite zu leben, würde sie mitkommen. Und genau das wollte er tun.

Husarenphilipp war der Erste, dem er von seiner Idee erzählte. Dieser verzog keine Miene, als Johannes mit ihm eines Abends über seine Pläne sprach. Sie saßen zusammen und tranken Wein.

„Du musst sie heiraten", stellte er trocken fest, als Johannes die Worte ausgegangen waren.

„Ich kann sie nicht heiraten."

„Warum nicht?"

„Ich bin ein Räuber. Ich brauche einen Pfarrer. Aber welcher Pfarrer würde Johannes Bückler trauen? Der aus Kirn bestimmt nicht. Und auch in Simmern würde ich wohl keinen finden."

Der Husarenphilipp nickte ernst. „Ist auch besser so. Sonst käme noch die Polizei zu deiner Hochzeit in die Kirche. Das wäre nicht gut."

„Ganz und gar nicht." Johannes grinste breit und prostete ihm mit einem halbvollen Glas zu.

„Aber vielleicht gibt es eine andere Lösung." Der Husarenphilipp legte seine Stirn in Falten, wie er es immer tat, wenn er vorgab nachzudenken. Was meist nicht nötig war, weil er dann längst schon eine Lösung gefunden hatte. Der Husarenphilipp fand für vieles eine Lösung – was ihn schnell zu einem sehr begehrten und geschätzten Mann auf der Schmidtburg gemacht hatte, dem auch Johannes schon früh sein Vertrauen geschenkt hatte. Er war pfiffig. Darüber hinaus hatte er viele Bekannte und wusste manches, was sich im Verborgenen in den Dörfern und Städten westlich des Rheines tat. „Da gibt es in Bollenbach einen Franzosen. Der arbeitet als Knecht bei einem Bauern." Er kratzte sich am Kopf. „Keine Ahnung, wie der heißt. Aber dieser Knecht ist eigentlich Soldat. Ist den Franzosen ausgebüxt."

Johannes musterte den Freund skeptisch. Er leerte das Glas und schenkte sich neuen Wein ein.

„In Wirklichkeit ist er allerdings Pfarrer."

„Wie das?" Johannes stellte das Glas, das er gerade an die Lippen führen wollte, abrupt zurück auf den Tisch.

„Er ist den Jakobinern gerade noch von der Guillotine gehüpft, indem er sich verpflichtete, in der Revolutionsarmee zu kämpfen. Hat dann aber – soweit ich weiß – hier bei uns die Lust verloren, immer weiter zu marschieren. Er konnte dann bei einem Bauern erst einmal unterkriechen – und ist wohl nicht der Einzige, der so seine Uniform loswurde. Der Bauer soll froh sein, einen so guten Helfer zu haben."

„Ein Pfarrer?"

„Wenn ich es dir doch sage."

„Dann könnten Julchen und ich heiraten."

„Deshalb erzähle ich es dir."

„Dann sagst du dem Pfarrer Bescheid und ich Julchen."

„Wir sollten sie zunächst fragen."

Johannes sah ihn verdutzt an und nahm einen kräftigen Schluck. „Wen? Julchen oder den Pfarrer?"

„Am besten beide. Oder was glaubst du? Und du gehst natürlich zum Pfarrer. Während ich mir dein Julchen ansehe."

„Warum das? Das mache ich selbst."

„Wer heiraten will und etwas auf sich hält, braucht einen Brautwerber. Ich bin dein Brautwerber."

Johannes sah ihn ratlos an. „Habe ich noch nie etwas von gehört."

„Ist aber so. Du hattest auch noch nie etwas von einem Pfarrer in Bollenbach gehört. Glaube mir. Die feinen Leute schicken einen Brautwerber, wenn sie ein Fräulein freien wollen."

Der Gedanke begann Johannes zu gefallen. „Wirklich?"

Husarenphilipp nickte eifrig.

„Dann machen wir das auch so", entschied Johannes.

„Du brichst am besten schon morgen zum Pfarrer auf", schlug Husarenphilipp vor. „Wenn du wieder zurück bist, machen wir uns auf den Weg zu Julchen. Ich gehe zunächst allein als Brautwerber zu ihr. Ist sie einverstanden, wird sie dich an einem verabredeten Platz treffen. Dann kannst du sie zur Schmidtburg führen."

„Und wenn sie nicht kommt?"

Husarenphilipp zuckte mit den Achseln und grinste. „Das ist das Einzige, worauf ich keinen Einfluss habe. Aber so wie sie dich bei der Hochzeit angesehen hat, wird sie kommen."

Johannes nickte.

Husarenphilipp blickte ihn an. „Du weißt, wo dein Julchen wohnt?"

Johannes wurde klar, dass er genau das nicht wusste. Darüber hatten sie nicht gesprochen. Er schüttelte hilflos den Kopf. „Aber der Bauer, bei dem Julchen zum Osterfest aufgespielt hat, weiß sicher, wo die Familie lebt."

Früh am nächsten Morgen machte sich Johannes auf den Weg nach Bollenbach. Der Knecht – und Pfarrer – erklärte sich einverstanden, die Trauung durchzuführen. Außerdem war er nicht einmal teuer. Stattfinden würde die Hochzeit auf der Schmidtburg, wie Johannes schon auf dem Weg nach Bollenbach beschlossen hatte. Gut gelaunt kehrte er zur Burg zurück.

Julchen wohnte in der Nähe von Weierbach, wie sie wenig später erfuhren. Sie erreichten den kleinen Ort am Abend. Husarenphilipp kannte die Gegend gut. Er hatte nicht weit von hier, in Dickesbach, eine Zeit lang gearbeitet. Er kannte eine Lichtung am Rand eines Waldes am Dollbach, wo sich in dieser Gegend schon immer die Liebespaare getroffen hatten. Auf dieser Wiese schlugen sie ihr Lager auf. Nach einer Nacht im Freien brach Husarenphilipp am nächsten Mittag auf, um Julchen zu besuchen. Am Abend kehrte er zurück. Johannes sah den Freund schon von Weitem, wie er über einen Feldweg inmitten von Wiesen von Weierbach aus auf ihn zukam. Er versuchte, schon von Ferne aus dem Gesicht des Freundes zu lesen. Als dieser ihn fröhlich angrinste, wusste er, dass der Besuch gut verlaufen war.

„Und? Wird sie kommen?", bestürmte Johannes den Freund, als dieser vor ihm stand.

Dieser stieß seinen Atem hörbar aus. „Wer kann das schon wissen?"

Johannes sah ihn bestürzt an.

„Aber keine Sorge. Sie hat gelächelt, ihre Augen strahlten, als ich ihr von dir erzählte und von deinem Wunsch, sie hier zu treffen."

„Sie hat sich gefreut?"

„Natürlich."

„Und du hast ihr auch erzählt, dass ich sie heiraten möchte?"

„Ja doch. So hatten wir es schließlich abgemacht."

„Und sie hat nicht gesagt, ob sie einverstanden ist?"

„Natürlich nicht. Sie ist eine Frau – eine ganz besondere sogar. Dein Julchen hat ihren eigenen Kopf und weiß sehr genau, was sie will."

„Aber dass sie kommt, weißt du sicher?"

„Sie hat gesagt, sie wolle es sich überlegen. Aber ihre Augen blitzten und funkelten. Sie strahlte so, es war nicht zu übersehen. Glaube mir: Dein Julchen wird kommen. Ich habe ihr gesagt, wir warten morgen um die Mittagszeit auf sie."

Johannes wusste: Mehr als diese Auskunft würde es im Moment nicht geben. Er musste sich gedulden. In der kommenden Nacht würde er bestimmt nicht schlafen können. „Hast du das Haus denn gleich gefunden?", wollte er von Husarenphilipp wissen.

„Die Beschreibung des Bauern war gut. Ich traf eine junge Frau draußen am Bach hinter dem Haus beim Wäschewaschen an. Erst war ich nicht sicher. Die Frau, die dort saß, sah aus wie deine Juliana – gleichzeitig aber auch wieder nicht, sondern irgendwie älter, ernster. Erst als ich sie ansprach, wurde mir klar, dass es ihre Schwester Margarete ist. Zum Glück kam dann Julchen dazu – und ich konnte mit ihr allein reden."

„Hat die Schwester mitbekommen, worum es geht?"

Husarenphilipp blickte abschätzend in die Ferne. Dann

schüttelte er leicht den Kopf. „Sie wird es sich vielleicht denken können. Gehört hat sie nichts."

„Und der Vater, die Mutter?"

„Denen bin ich nicht begegnet. Ob sie etwas erfahren, wird wohl von Margarete abhängen."

In der Nacht schlief Husarenphilipp wie ein Stein. Er atmete tief und gleichmäßig – und manchmal seufzte er, was aber durchaus zufrieden klang, wie Johannes neidisch feststellte. Er dagegen konnte nicht schlafen. Für ihn dehnte sich die Nacht endlos. Erst störten ihn die Mücken, während seine Gedanken immer wieder zu Julchen zurückkehrten. Dann wunderte er sich über die Stille, die plötzlich einkehrte, als die Vögel nach Einbruch der Dunkelheit nacheinander das Singen einstellten. Kaum hatte er sich daran gewöhnt, als die Schatten der herumsegelnden Fledermäuse ihn zu stören begannen. Gleichzeitig raschelte in der Nähe eine Feldmaus, während seine Gedanken immer noch um Julchen kreisten. Dann wurde ihm zu warm. Als er aber die Decke beiseiteschob, fielen die Mücken wieder in Scharen über ihn her. Irgendwann, er fühlte sich bleiern und schwer, zwitscherte wieder der erste Vogel. Johannes wälzte immer noch Gedanken an Julchen, den kommenden Tag und die Hochzeit hin und her, als ihm ganz beiläufig klar wurde, dass es bis Sonnenaufgang nicht mehr lange dauern würde. Wenig später schlief er dann doch noch ein.

Stimmen, die sich leise unterhielten, weckten ihn. Er schwitzte, an den Händen, auf der Brust und im Gesicht juckten ihn Mückenstiche und eine Frauenstimme kicherte leise. Es war die Stimme einer jungen Frau. Irgendwo hatte er die Stimme schon einmal gehört, der Klang machte ihn – irgendwie – glücklich, wenn er auch jetzt, noch halb im Schlaf, nicht wusste, warum. Was waren das überhaupt für Stimmen? Er war auf der Schmidtburg. Und die Gefährten unterhielten sich, so wie es oft war, wenn er erwachte. Aber warum hatte er das unbestimmte Gefühl, dass etwas an dieser Annahme falsch war?

„Johannes!"

Jemand rief seine Stimme.

„Johannes!"

Weil er überhaupt nicht auf der Schmidtburg war. Weil er mit Husarenphilipp auf einer Wiese bei – wie hieß doch gleich der Ort? – lag und ...?

Weil Husarenphilipp redete. Mit sich allein? Mit einer Frau? Plötzlich konnte er die Stimme zuordnen, war ihm klar, mit wem der Freund sprach.

Johannes riss die Augen auf – und sah direkt in die Sonne. Mit der Hand schirmte er die Augen ab und blinzelte in die Runde. Nur wenige Meter vor ihm stand Julchen im Gras und grinste ihn fröhlich an. Erschrocken richtete sich Johannes auf – griff nach seinem Hemd und zog es sich über. Julchen kicherte. Es klang etwas – aber nicht sehr – verlegen.

„Ich konnte dich nicht wecken. Du schliefst wie ein Stein", begann Husarenphilipp zu erklären.

„Hast du es versucht?", wollte Johannes mürrisch wissen.

Husarenphilipp warf ihm nur einen Blick zu, von dem Johannes nicht wusste, ob er beleidigt oder belustig war. Wahrscheinlich beides.

Er beschloss, den Freund für den Moment zu ignorieren.

„Du bist gekommen", begrüßte er Julchen unbeholfen und begann sich schon im nächsten Augenblick über seine nicht sehr geistreiche Begrüßung zu ärgern.

Julchen nickte. „Ich bin gekommen." Ihre Augen strahlten. Sie kam näher, sank auf die Knie und umarmte ihn. Er schloss die Augen und erwiderte die Umarmung.

„Und ich komme mit – wohin du auch gehst", flüsterte sie leise, sodass wohl nur er es verstand.

Er löste sich ein wenig aus der Umarmung und sah sie an. „Willst du mich heiraten?"

„Ich könnte mir nichts Schöneres vorstellen." Ihre Lippen fanden seine.

„Und dein Vater, deine Familie?"

„Ich habe alles hinter mir gelassen. Margarete wird es Vater erklären. Sie weiß, was ich mache."

Er strich mit der Hand durch ihre Haare und sah sie an. In ihren grünen Augen funkelte es golden. Kleine Einsprengsel, die er jetzt zum ersten Mal sah. Ihre Augen bewegten sich ganz leicht hin und her, als sie seinen Blick erwiderte.

„Und du bist dir ganz sicher?"

„So sicher, wie ich mir nur sein kann." Ihre Augen verengten sich leicht und sie musterte ihn gespielt argwöhnisch. „Wie werden wir leben? Wie wohnt ein Räuber? Im Wald und auf den Wiesen, wo er bis Mittag schläft?"

„In einer Burg", erwiderte er stolz und meinte es ernst dabei. Julchens Augen begannen erwartungsvoll zu funkeln.

„In einer Burg hoch über dem Land, sodass er schon von Weitem sehen kann, wer zu ihm kommt. Mit vielen Dörfern, die die Burg umgeben und deren Menschen treu zu ihm halten."

„Wie ein Graf, ein Fürst oder ein großer Herr?" Sie war begeistert.

„Wie ein Graf", kündigte er an. „Nur dass die Burg noch eine Ruine ist. Aber vieles ist schon geworden – und wird immer besser. Das Geld ist da, die Helfer auch und viele Freunde."

21. Herz-Neun

Sie gingen zu Fuß zunächst nach Westen. Ihr erstes Ziel war Dickesbach, wo Husarenphilipp noch einen Besuch machen wollte. Er mochte nicht weiter darüber sprechen und Johannes ließ ihn in Ruhe. Auf dem Weg war er so still, wie selbst Johannes ihn noch nie erlebt hatte. Als er dann allein auf ein Haus am Ortsrand zuging, sahen sie eine Frau mit zwei kleinen Kindern im

Eingang stehen. Julchen spürte sofort: Husarenphilipp war der Vater dieser Kinder. Gleichzeitig wusste sie, dass sie von ihm niemals die Bestätigung dafür erhalten würde. Sie hatten einen Einblick in einen Teil seines Lebens erhalten, der für ihn ansonsten längst abgeschlossen war. Am späten Nachmittag kam Husarenphilipp wieder zu ihnen zurück. Jetzt marschierten sie nach Norden, in Richtung Schmidtburg. Nach einer Weile war Husarenphilipp wieder so ungezwungen, wie Julchen ihn am Morgen kennengelernt hatte und wie auch Johannes ihn kannte.

Julchen ging jetzt zwischen Johannes und Husarenphilipp. Es war einer der ersten warmen Tage des Jahres. Es dauerte nicht lange, und ihnen wurde so warm, dass sie sich die Jacken ausziehen mussten und diese locker über der Schulter trugen. An diesem Nachmittag gab es kaum einen Augenblick, an dem es einmal still zwischen ihnen war, so viel hatten sie sich zu erzählen. Julchen von ihrem Leben als Musikantin, von Auftritten bei den Bauern und in Kirn. Sie erzählte auch von ihrem Besuch in Mainz und davon, wie sie vom Vater das Geigenspiel gelernt hatte, während Johannes und Husarenphilipp abwechselnd von ihren Räubereien erzählten. Wenn die beiden sprachen, lauschte Julchen ihnen mit glühenden Ohren. Sie konnte gar nicht genug bekommen von ihren Abenteuern und lustigen Geschichten. Und schon bald würde sie selbst bei solchen Taten dabei sein. Genau das hatte sie nämlich vor. Allein schon bei dem Gedanken daran fing es in ihrem Bauch an zu kribbeln und sie spürte, wie ihr eine leichte Röte in die Wangen schoss.

Am Nachmittag rutschte Husarenphilipp mit dem rechten Fuß auf einer Baumwurzel aus. Sein Knöchel schwoll an und er konnte kaum noch gehen. Johannes und Julchen nahmen ihn zwischen sich. Sie humpelten noch ein Stück auf der Straße weiter, bis sie einen Platz für die Nacht gefunden hatten. Dieser lag etwas abseits der Straße auf einer Wiese. Direkt neben ihnen standen die ersten Bäume eines Waldes. In der Nähe floss ein Bach und einige Büsche schirmten ihren Lagerplatz zur Straße hin ab, sodass sie von dort nicht zu sehen waren. Es war klar, dass sie am nächsten Tag mit Husarenphilipps Fuß nur noch langsam vorankommen konnten. Trotzdem würden sie die Schmidtburg sicher noch vor dem nächsten Abend erreichen, sodass auch Husarenphilipp weiterhin guter Stimmung war.

„Meine erste Nacht bei den Räubern“, flüsterte Julchen Johannes zu, als sie sich nach einem kurzen Essen zum Schlafen hinlegten und er sich an ihren Rücken schmiegte und sie zärtlich umarmte. Es dämmerte. Trotzdem konnte sie noch durch den Busch, hinter dem sie lagen, bis zur Straße schauen.

„Mein Vater hat uns kein Brautgeschenk gemacht“, sagte sie leise. „Uns sind heute einige Wagen entgegengekommen. Wir könnten uns morgen selbst ein Geschenk machen. Lass uns einen der Wagen überfallen. Nur wir beide. Husarenphilipp wartet im Wald auf uns.“ Sie spürte wieder das Gefühl der Erregung, als sie diesen Gedanken, der ihr schon am Nachmittag immer wieder durch den Kopf gegangen war, aussprach. Schon mehrfach hatte sie sich vorgestellt, bei einem Raub dabei zu sein. Es war gefährlich. Aber es war auch schön. Danach würde es kein Zurück mehr geben, kein Zurück in ihr altes Leben und sie gehörte für immer zu den Räubern.

Johannes zog sie fest an sich. Sie konnte sein Gesicht nicht sehen. Bestimmt lächelte er.

„Nein“, sagte er mit leiser Stimme. „Morgen nicht. Vielleicht kannst du uns später einmal begleiten.“ Er küsste sie sanft in den Nacken. Wohlig genoss sie den Halbschlaf in seinen Armen, als sie plötzlich ein Geräusch hörte. Ein gleichmäßiges Scheppern, Mahlen und Rauschen, das langsam lauter wurde. Hinter ihr versteifte sich Johannes. Auch er hatte etwas gehört. Sie lauschte.

„Was ist das?“

„Reiter.“

Jetzt hörte auch sie aus dem Geräusch Pferdehufe heraus. Aber da waren noch weit mehr Laute, die sie nicht einordnen konnte. Bald hörte sie Männerstimmen, ein Lachen, gedämpfte Gespräche. Metall klirrte. Schritte waren dazwischen zu hören.

„Soldaten“, flüsterte Johannes. „Reiter und Infanterie auf dem Marsch. Sie nutzen die Fernstraße.“

„Die kommen gleich hier vorbei“, hörte sie Husarenphilipp, der unmittelbar hinter ihnen lag.

„Sind wir weit genug weg von der Straße?“

Johannes schien zu überlegen. Sie spürte, wie er leicht nickte. „Ich glaube schon. Wir sind gut versteckt. Eigentlich dürften die uns hier nicht sehen.“

„Und wenn Husaren dabei sind?“

„Und wenn schon. Der Krieg ist hier schon lange vorbei. Das hier ist für die ruhiges Hinterland. Die passen nicht mehr so auf wie früher, als überall die Österreicher waren.“

Einen Moment herrschte Schweigen. Der Lärm klang deutlich lauter zu ihnen herüber.

„Hoffentlich hast du recht“, war noch einmal Husarenphilipps Stimme zu hören. Dann sprachen sie nicht mehr.

Julchen sah jetzt auf der Straße zwei Reiter. Sie trabten langsam voran. Zwei weitere Reiter folgten. Sie ritten etwas seitlich versetzt auf der Wiese, die neben der Straße verlief. „Husaren?“, flüsterte Julchen leise. Sie nahm an, dass auch Johannes die Straße beobachtete.

„Nein. Dragoner. Berittene Infanterie.“

Die Reiter verschwanden links aus dem Blickfeld. Von rechts kamen jetzt neue Reiter heran, viele, eine ganze Kolonne, die nun vor ihnen in Zweierreihen vorbeitrabte. Fahnen flatterten im leichten Wind, von einigen Reitern in die Höhe gehalten. Darauf folgte eine leichte Kutsche, dann ein schwerer Wagen, dem noch zwei weitere folgten.

Julchen spürte, wie sich Johannes hinter ihr leicht aufrichtete. Sie drehte sich zu ihm um.

„Proviant- und Versorgungswagen.“

„Was ist da drauf?“

„Alles Mögliche. Verpflegung, Munition, vielleicht Waffen und ganz sicher Geld. Ich habe eine Regimentsfahne gesehen. Wo die ist, ist meist auch die Kasse – so war es jedenfalls bei meinem Vater früher. Wahrscheinlich befindet sie sich in der Kutsche."

„Viel Geld?", wollte sie wissen.

„Mehr, als du ausgeben kannst." Seine Stimme klang belustigt.

Die Wagen auf der Straße wurden langsamer. Soldaten brüllten Kommandos. Plötzlich rollten sie wieder schneller und verschwanden aus ihrem Blickfeld. Reiter preschten vorbei. Von links – ein Stück weiter die Straße entlang – ertönten ebenfalls Kommandos, etwas leiser waren jetzt viele Stimmen von dort zu hören, begleitet von einem Durcheinander anderer Geräusche: Holz knackte, Leder knirschte, Metall klirrte und Pferde wieherten.

Johannes fluchte leise. „Was meinst du?", war seine Stimme zu hören. Julchen spürte, wie er sich zu Husarenphilipp umdrehte. „Machen die das, was ich denke?"

„Ich glaube ja. Die lagern dort. Ist ja auch schon spät genug."

Johannes fluchte erneut. „Ausgerechnet in unserer Nähe."

„Und wenn die jetzt die Gegend durchkämmen?", war Husarenphilipps Stimme zu hören. „Noch können wir abhauen."

Wieder schien Johannes einen Moment zu überlegen.

„Das musst du gerade sagen. Für deinen Fuß wäre es besser, er hätte ein wenig Ruhe. Außerdem ist es bald dunkel. Besser, wir bleiben hier."

Johannes schmiegte sich wieder an sie. Auch Julchen senkte den Kopf. Ihre Augen aber blieben auf. Der Himmel war klar und der Mond voll. Sehr dunkel würde es in dieser Nacht nicht werden. Das aber hatte sie eben für sich behalten. Sie war sicher, dass Johannes recht hatte. Auch sie wollte auf ihrem Lagerplatz bleiben. Und das Zwielicht der Nacht würde ausreichen, um sie vor neugierigen Blicken zu verbergen. Ihre Gedanken wanderten weiter. Zu den Soldaten. Sie hatte schon oft Soldaten gesehen, in Kirn, in Simmern auf der Straße, und einige Male auch vor Soldaten aufgespielt. Sie mochte Soldaten. Sie mochte Uniformen. Besonders die der Offiziere – wenn sie denn überhaupt schöne Uniformen anhatten, was bei den Franzosen nicht immer der Fall war. Viele französische Soldaten sahen schrecklich heruntergekommen aus. Aber das hatte sich gerade im vergangenen Jahr deutlich gebessert, wie sie feststellte. Soldaten waren meist lustig, unbeschwert in ihrer Art, ganz anders als die Bauern mit ihren dumpf blickenden Augen und schweren Gemütern. Bei den Soldaten, die jetzt in ihrer Nähe lagerten, empfand sie aber noch etwas anderes: Gefahr. Sie hatte die Gewehre gesehen, die Bajonette, die schweren Säbel an der Seite der Männer, die wachsamen Blicke. Sie erinnerte sich an das, was sie aus Erzählungen über die Plündereien in den Dörfern erfahren hatte. Sie war nicht in Kirn, nicht in der sicheren Obhut ihres Vaters. Sie war draußen, wo sich diese Gräuel ereignet hatten. Die Waffen würden sich gegen sie richten, wenn man sie entdeckte. Wie viele dieser Männer hatten schon getötet, geraubt und geplündert auf den Höfen der Bauern? Sie spürte, wie sie vor Aufregung eine Gänsehaut auf den Armen bekam und ihr ein wohliger Schauer über den Rücken lief. Das also war das Räuberleben – ihr neues Leben, das sie selbst so gewählt hatte.

Hinter ihr atmete Johannes ruhig und gleichmäßig. Er war eingeschlafen. Trotz der Gefahr fühlte sie sich an seiner Seite völlig sicher. Trotz der Gefahr, trotz der Nähe der Soldaten konnte ihr an seiner Seite nichts passieren. Das wusste sie – auch wenn ihr nicht klar war, woher sie diese Gewissheit nahm. Im Lager der Soldaten wurde es ruhiger. Wahrscheinlich würden die Männer ihr Lager aufschlagen, dann etwas essen und sich anschließend auch zum Schlafen hinlegen. Die Kutsche kam ihr in den Sinn. Die Kutsche mit der Kasse und dem vielen Geld. Vielleicht konnte man die Kasse stehlen. Das war bestimmt gar nicht so schwer. Sicher: Es gab viele Soldaten. Doch die würden schon bald schlafen. Und im Schutz des Waldes konnten sie sich doch bis an das Lager heranschleichen, ohne entdeckt zu werden. Wirklich gefährlich waren dann nur die letzten Schritte. Vielleicht stand die Kutsche sogar nah am Waldrand. Dann würde alles noch leichter sein. Wäre sie doch bloß schon eher auf diesen Gedanken gekommen. Was wohl Johannes zu ihrem Vorschlag sagen würde? Er umarmte sie immer noch und schlief jetzt tief und fest. Sollte sie ihn wecken und ihm von ihrem Einfall erzählen? Sie zögerte. Und wenn sie es selbst tat? Ganz allein? In ihrem Bauch zog sich alles heiß zusammen, als sie daran dachte. Sie schloss die Augen vor Aufregung und atmete tief ein. Immer noch prickelte alles in ihrem Inneren. Das war viel zu gefährlich, versuchte sie sich zu beruhigen. Aber stimmte das wirklich? Sie konnte sich doch das Lager der Franzosen zumindest aus dem Wald einmal ansehen. Wenn sie leise und geschickt war, bestand doch gar keine Gefahr. Sie würde sich einen sicheren Platz suchen und dann dort entscheiden, ob sie es wagen konnte, weiter zur Kutsche zu gehen. Sah es zu gefährlich aus, würde sie sich ganz einfach wieder an ihren Schlafplatz zurückziehen. War alles ruhig, lag die Kasse in erreichbarer Nähe. Wieder schoss es ihr heiß durch den Bauch. Und dann würde sie stehlen, war sie eine echte Räuberin, gab es für sie kein Zurück mehr in die Welt, die sie gestern verlassen hatte. Sie biss sich leicht auf die Lippe. Ihr wurde warm und sie fühlte sich so hellwach wie noch niemals zuvor. Sie würde es probieren. Aber noch nicht sofort. Erst mussten die Franzosen schlafen.

Julchen wartete lange, auch noch, als es im Wald längst ganz still geworden war. Dann schob sie behutsam Johannes' Arm zur Seite und löste sich langsam von ihm. Er schlief ruhig weiter. Neben Johannes lagen eine Pistole und ein Messer. Sie steckte beides in ihren Gürtel. Im Notfall konnte sie sich so verteidigen. Aber dazu würde es nicht kommen. Als Kind hatte sie zusammen mit Margarete und anderen Kindern immer Verstecken gespielt. Immer war sie die Leiseste und Geschickteste gewesen. Nur selten hatte ein anderes Kind sie entdeckt. Julchen wusste, dass sie in all den Jahren diese Fähigkeit nicht verlernt hatte.

Vorsichtig schlich sie durch den Wald in die Richtung, in der sich das Lager der Soldaten befinden musste. Sie achtete sorgsam darauf, kein Geräusch zu machen – und kam nur langsam voran. Genau deshalb war sie immer so gut darin gewesen, sich zu verstecken: Weil sie nie übereilt ein Versteck gesucht hatte. Weil sie immer langsam vorgegangen war, vor jedem Schritt auf den Boden geachtet hatte. Nie war sie auf einen Zweig getreten, der sie durch sein Knacken, nie auf Blätter, die sie durch ihr Rascheln verraten hätten. Behutsam tastete sie sich zwischen zwei dicht beieinanderstehenden Büschen weiter. Das Lager der Soldaten konnte jetzt nicht mehr weit sein. Jetzt musste sie noch besser aufpassen als zuvor. Bestimmt hatten die Franzosen Wachen aufgestellt. Denen durfte sie auf keinen Fall in die Hände geraten. Sie kroch unter Brombeergestrüpp hindurch und schob ganz langsam die Äste eines breiten Busches, der sich daran anschloss, zur Seite. Vor ihr öffnete sich eine Lichtung, eine Wiese – und darauf lagerten die Franzosen. Sie sah keine Soldaten, nur Pferde. Die Franzosen hatten die Tiere einfach auf der Wiese freigelassen. Jetzt erkannte sie zwischen den Rücken der Tiere die Straße, weit weg. Und dort lag etwas Dunkles auf dem Boden. Das waren die Sättel, dazwischen flachere Erhebungen. Das mussten Männer sein, die sich einfach auf den Boden gelegt hatten. Direkt vor ihr spannten sich zwei starke Seile waagerecht durch die Luft. Sie sah, dass die Taue von Baum zu Baum gespannt waren. Damit hatten die Soldaten die Weide für die Pferde eingezäunt. Auch zur Straße hin? Dort konnte sie keine Seile erkennen. Aber sie sah die Wagen und die Kutsche jeweils in gleichmäßigem Abstand zueinander. Bestimmt waren dazwischen ebenfalls Seile gespannt. Dann musste sie zumindest einen kleinen Teil des weiteren Weges über die Weide zur Kutsche laufen – über das offene Feld. Gab es Wachen, würden die sie sehen. Die meisten Pferde grasten unruhig. Kein Tier lag, nur wenige schienen im Stehen zu dösen. Ein Busch verdeckte den Blick auf die Wiese rechts von Julchen. Vorsichtig kroch sie ein Stück voran und schrak auch schon zurück. Einige Blätter, die im Gras lagen, raschelten. Zum ersten Mal hatte sie nicht geschaut, wohin sie sich bewegen würde. Der Grund war ein Soldat. Unmittelbar rechts von ihr saß ein französischer Posten mit dem Rücken an einen Baum gelehnt und beobachtete die Weide. Er hätte sie sehen können. Sie war direkt neben ihm aus dem Busch gekommen. Aber wahrscheinlich hatte er gerade in die andere Richtung geblickt. Hatte er? Julchen kamen Zweifel. Der Mann hatte seltsam ausgesehen, merkwürdig starr – und ein seltsames Geräusch gemacht. Es klang wie ... Ihr kam ein Gedanke. Vorsichtig kroch sie noch einmal voran. Richtig: Der Wachposten schlief. Er hatte es sich sitzend, mit dem Rücken an den Baum gelehnt, gemütlich gemacht und schnarchte leise. Erleichtert atmete sie auf. Blitzschnell stand ihr Plan fest. Jetzt würde sie es wagen. Sie sah die Kutsche. Sie musste nur am Rand der Wiese, an den Seilen, die diese einzäunten, und damit im Schutz der Büsche entlanggehen, bis sie den ersten Wagen, der neben der Straße stand, erreichte. Von dort bis zur Kutsche war es nicht mehr weit. Das kleine Stück über die offene Wiese konnte sie schaffen, ohne gesehen zu werden. Julchen hatte ihr Ziel jetzt deutlich vor Augen. Sie musste nur leise und schnell genug sein. Aber das konnte sie. Und dann würde die Kasse ihr gehören. Das ganze Geld. Sie dachte an Johannes, was er sagen würde. Sie spürte ihr Herz schneller schlagen, während sie weiter sehr langsam und vorsichtig voranging. Schon war die schlafende Wache hinter ihr verschwunden.

Johannes wachte auf. Er fühlte den harten Boden unter sich und wusste sofort – noch bevor er die Augen öffnete –, dass er wieder einmal draußen zwischen Bäumen und Büschen schlief. Waren sie wieder auf einem Raubzug? Er kam nur langsam zu sich. Nein. Kein Raubzug. Er hatte Julchen geholt. Sie wollten heiraten. Plötzlich wurde ihm bewusst, wie er eingeschlafen war, mit der jungen Frau in den Armen. Wo war Julchen? Erschrocken setzte er sich auf. Er konnte sie nicht sehen. Auch hinter ihm war sie nicht. Dafür blinzelte Husarenphilipp verschlafen. „Was ist los? Die Franzosen?“

Johannes schüttelte den Kopf. „Keine Sorge. Keine Franzosen. Alles ist ruhig.“ Er sah den Gefährten an. „Julchen ist weg.“

„Was?“ Auch Husarenphilipp setzte sich auf. „Bist du sicher?“

„Ja doch. Oder kannst du sie irgendwo sehen?“

„Schau beim Bach nach.“

Johannes nickte und war auch schon leise unterwegs. Aber am Bach war Julchen nicht. Nach einem Moment kam er zurück.

Husarenphilipp sah ihn besorgt an. Jetzt gab es keine andere Möglichkeit mehr. Er musste Julchen im umliegenden Wald suchen. Wo hatte er nur die Pistole und das Messer hingelegt? Er wollte sie einstecken und konnte sie nicht finden. Dabei war er sicher, sie am Abend direkt neben sich gelegt zu haben. Hatte er auch. Jetzt fiel es ihm wieder ein. Er war sich ganz sicher. Das aber konnte nur bedeuten: Julchen hatte die Waffen genommen.

„Ich glaube, ich weiß, was sie vorhat“, sagte er leise in Richtung Husarenphilipp. „Sie will zu den Franzosen. Sie hat meine Pistole genommen.“

Erschrocken erwiderte Husarenphilipp Johannes’ Blick. „Ich kann dir nicht helfen. Sei bloß vorsichtig bei dem, was du tust. Hoffentlich findest du sie, bevor sie bei den Franzosen ist.“

Johannes nickte nur und schlich sofort los in Richtung der Soldaten. Was würde er tun, wenn die Franzosen Julchen schon gefangen hatten? Er wischte den Gedanken fort und eilte weiter, so schnell es möglich war, ohne Lärm zu machen. Ein Zweig knackte. Aber das ließ sich manchmal nicht vermeiden, selbst wenn man vorsichtig sein musste. Als er sich ein Stück von ihrer Schlafstelle entfernt hatte, wurde er langsamer und leiser. Ganz in der Nähe musste sich das französische Lager befinden. Im letzten Augenblick sah er einen Wachposten, der zum Glück an einen Baum angelehnt eingeschlafen war. Wo sollte er nach

Julchen suchen? Wenn er jetzt ins Lager der Franzosen eindrang, brachte er sich in große Gefahr. Jederzeit konnte ihn eine weitere Wache entdecken. Und er wusste ja nicht einmal, ob Julchen überhaupt diesen Weg eingeschlagen hatte – oder sich vielleicht ganz woanders befand. Er zögerte. Der Wachposten neben ihm seufzte im Schlaf. Unschlüssig ließ Johannes seinen Blick durch das Lager gleiten. Er sah Pferde, einige schlafende Soldaten, die Kutsche – und plötzlich eine winzige Bewegung. Dann bewegte sich nichts mehr. Er konzentrierte seinen Blick auf die Stelle, an der er die Bewegung wahrgenommen hatte. Nichts. Aber manchmal musste man nur etwas Geduld haben. Tatsächlich. Am Boden bewegte sich etwas. Eine Katze? Aber für eine Katze war der Schatten viel zu groß, der sich jetzt vom Boden löste und mit der Kutsche verschwamm. Das war ein Mensch, so geschmeidig, das konnte nur Julchen sein. Johannes hatte vor Anspannung die Luft angehalten. Jetzt stieß er sie wieder aus – fast zu laut. Im letzten Moment dachte er an den Soldaten hinter sich, der jetzt zweimal hintereinander leise auflachte. Erschrocken drehte sich Johannes um und musterte den Mann. Der schlief immer noch und lächelte jetzt zufrieden. Offensichtlich hatte er einen recht vergnüglichen Traum. Noch einmal atmete Johannes erleichtert aus. Er blickte wieder zur Kutsche. Alles war ruhig. Er konnte keine Bewegung mehr erkennen. Was sollte er jetzt tun? Er wusste ganz sicher: Er hatte eine Gestalt gesehen und sich nicht geirrt. Sein erster Impuls war, zur Kutsche zu schleichen. Aber was sollte er da? Nach der Regimentskasse konnte Julchen auch alleine suchen – jetzt, wo sie schon da war. Wenn er auch noch hinschlich, würde das das Risiko einer Entdeckung nur erhöhen. Also war es das Beste, am Rand des Lagers auf sie zu warten. So konnte er ihr am ehesten helfen, sollten die Franzosen sie vielleicht doch entdecken. Johannes fluchte leise, als er daran dachte, nicht einmal eine Waffe im Gürtel zu tragen. Hinter ihm seufzte der Soldat wohlig. Bei einem Alarm würde dieser Mann sehr schnell aufwachen. Wollte er Julchen im Notfall helfen, musste er sich zunächst einen besseren Platz suchen. Am besten hinter dem Soldaten im Gebüsch, sodass dieser ihn nicht sehen, Johannes ihn aber bei Bedarf sofort niederstrecken konnte.

Vorsichtig schlich er hinter den schlafenden Posten. Schnell fand er einen Platz, von dem aus er die Kutsche, teilweise verdeckt von den Zweigen und Blättern der Büsche, immer noch sehen konnte. Kaum hatte er seinen Blick auf den Wagen gerichtet, erschrak er. Eine Wache schlenderte von vorn auf die Kutsche zu, verschwand hinter einem Busch und tauchte wieder in Johannes' Blickfeld auf. Jetzt war er ganz dicht bei der Kutsche. Er blieb stehen, schien zu zögern, betrachtete sie einen Augenblick und ging dann deutlich entschlossener als zuvor zur Kutsche. Jetzt verschwand er hinter der rechten Seite, die Johannes nicht einsehen konnte, weil sein Blick nur über Teile der linken Kutschseite reichte. Die Kutsche schaukelte leise. Es knackte. Erschrocken hielt Johannes die Luft an. Das konnte nur die Tür der Kutsche sein. Der Posten hatte Julchen entdeckt und war zu ihr in den Wagen gestiegen. Angestrengt lauschte er in die Nacht. Hörte er weiteres Knacken, Geräusche von der Kutsche, vielleicht Stimmen? Er schloss die Augen, um besser lauschen zu können. Nichts. Nur der Posten vor ihm seufzte erneut – und schmatzte daraufhin zweimal vernehmlich.

Johannes schossen Bilder von einem Soldaten, der sich in die Kutsche zwängte und ein Messer zog, von Julchens entsetztem Gesicht in den Kopf. Er schloss die Augen, presste die Zähne aufeinander und wischte die Gedanken fort. Wenn der Mann in der Kutsche war, änderte das alles. Johannes musste zur Kutsche, so schnell es ging. Noch hatte der Mann nicht Alarm geschlagen, noch wollte er vermutlich seinen Spaß mit der jungen Frau haben.

Entschlossen löste sich Johannes aus dem Unterholz und schlich voran, vorbei an der schlafenden Wache. Geduckt hastete er über die Wiese, richtete sich erst im Schatten des Wagens wieder auf. Er näherte sich der Tür der Kutsche von der linken

Seite. Wenn der schlafende Wachposten erwachte, würde er ihn hier sehen können. Er lauschte. Aus der Kutsche waren leise Geräusche zu hören. Johannes spähte durch das Fenster. Undeutlich erkannte er eine Gestalt, die sich bewegte. Das reichte. Er fasste nach dem Türgriff, riss die Kutschentür auf, so schnell er das leise konnte, und war auch schon mit einem Satz im Wagen.

Julchen war allein. Erschrocken drückte sie sich mit dem Rücken gegen das Rückenpolster einer der Sitzbänke in der Kutsche und starrte ihn an. Zu ihren Füßen stand eine Kiste, geöffnet. Darin lagen zahllose Münzen, die Johannes nur zu gut kannte: Louisdor.

Aus Julchens Augen wich das Erschrecken. Ein Lächeln huschte durch ihre Züge, wurde stärker. „Ich kann sie nicht zählen. Nicht so schnell. Es sind zu viele." Jetzt strahlte sie über das ganze Gesicht.

Johannes ließ sich seitlich neben Julchen auf die Sitzbank fallen, zog sie an sich und umarmte sie. Er war so erleichtert, Julchen gesund und vergnügt zu sehen. Und dann gerade eben noch dieser Schreck, seine Sorge. Jetzt war er froh zu sitzen. Er schüttelte leicht den Kopf und schloss für einen Moment die Augen. Dann löste er die Umarmung wieder und lehnte sich etwas zurück. Ganz am Rande bemerkte er, wie weich die Polster der Kutsche waren. Er versank beinahe darin. So etwas hatte er noch nie gesehen.

„Johannes! Ist etwas mir dir?"

Er zuckte zusammen und riss die Augen auf. Ihre Stimme klang viel zu laut, viel zu laut, als dass er es ertragen konnte – auch wenn es immer noch ein Flüstern war. Wusste sie denn nicht, in welcher Gefahr sie schwebten? Wenn ein Wachposten etwas hörte? Wenn der Posten, den er schon bei der Kutsche gesehen hatte, zurückkam?

„Leise, ganz leise, draußen sind Soldaten", begann er zu erklären und beugte sich leicht nach vorn. „Julchen: Wir müssen ganz vorsichtig sein. Wir sind in großer Gefahr."

„Ich weiß." Sie hob die Finger an die Lippen. „Auch wenn es dir nicht so erscheint: Du bist sehr viel lauter, als ich es war."

Sie schaute ihn an. Ihre Blicke trafen sich. Ihre Augen waren ruhig und klar. Johannes sah darin eine Entschlossenheit, die ihn beinahe erschreckte. Und noch etwas, etwas, das er nicht einordnen konnte, etwas Keckes, eine Herausforderung an ihn, die ihn gleichermaßen verwirrte und erregte.

„Den Soldaten habe ich gesehen", flüsterte Julchen und sah ihn immer noch mit diesem Blick an. Ihre Augen bewegten sich in winzigen Schritten hin und her. „Er stand eine ganze Weile direkt neben dem Fenster, sodass ich mich kaum zu rühren wagte. Ich konnte nicht an die Kasse kommen. Die stand in einem kleinen Fach hinter der Rückwand." Sie wies mit dem Finger auf die Stelle. „Als ich in der Kutsche war, habe ich sie gesucht – und konnte sie zunächst nicht finden. Ich wollte schon wieder zurück, als ich merkte, dass sich die Rückwand bewegen lässt. Kaum hatte ich das herausgefunden, als der Soldat neben dem Fenster stand. Aber dann ist er zum Glück weitergegangen. Und du siehst", sie zeigte auf die Kiste, „es hat sich gelohnt."

Mit dem Fuß schob sie die Kiste ein Stück zur Seite. Der Deckel schlug mit einem leisen, dumpfen Geräusch zu. Julchens Augen funkelten frech. Sie beugte sich ihm ganz langsam entgegen. Ihm fiel auf, wie schön ihre Lippen waren, so rot, so voll. Über die Oberlippe strich jetzt die Zunge mit einer schnellen Bewegung. Er wollte sie küssen. Der Wunsch wuchs ins Unermessliche. Noch einmal kam ihm die Kutsche in den Sinn, die Lage, in der sie sich befanden. Er konnte sie unmöglich hier im Lager der Franzosen küssen, zwischen all den Soldaten, den Wachen, in dieser Gefahr. Aber immer noch sah er ihren Mund ganz nah vor sich, schloss die Augen und spürte – endlich – ihre Lippen, die die seinen ganz zart berührten, unendlich vorsichtig und sanft, bevor dann der Druck stärker wurde und sie weich und voll auf seinen Lippen lagen. Johannes fühlte ihre Zunge, die spielerisch seine Lippen erforschte, erst einmal, dann noch einmal, so als warte sie auf eine Reaktion. Er öffnete die Lippen ein wenig, worauf ihre Zunge sich dazwischenschob. Jetzt gab es für ihn kein Zurück mehr. Er erwiderte ihren Kuss mit einer Leidenschaft, die ihn selbst überraschte, und fühlte seine eigene wachsende Erregung. Ihre Hände glitten an seinem Hals vorbei, strichen über seinen Rücken und zogen ihn näher zu sich heran. Für einen Augenblick lösten sie sich aus dem Kuss. Ihr Atem strich warm über sein Ohr, während sie sich gleichzeitig an ihren Kleidern zu schaffen machte. Sie hob leicht den Kopf. Seine Lippen berührten die glatte Haut ihres Halses, küssten sie. Julchen stöhnte leise auf, zog ihn näher zu sich heran, die Hände jetzt auf seinem Rücken. Ihre Haare strichen über seine Wange. Er roch ihren Duft, den er so liebte, den Duft von Frühling und frischen Kräutern. Wieder küssten sie sich. Ihre Hände glitten über seine Seiten, zogen ihn noch weiter über sich, glitten tiefer und machten sich auch schon an seiner Hose zu schaffen. Das konnte sie nicht tun! Nicht hier! Erschrocken wurde Johannes klar, was sie vorhatte. Gleichzeitig erregte ihn die Vorstellung. Er fühlte ihren schlanken Körper, der sich unter ihm wand, ihr Becken, wie es sich bewegte, ihren Atem an seinem Ohr – und wollte diesen Rausch fortsetzen, immer weitermachen und an nichts anderes mehr denken. Aber dennoch: Sie durften es jetzt nicht tun. Er sah sie an. Ihre Augen funkelten.

„Julchen. Es geht nicht. Wir müssen ...“, flüsterte er. Der Gedanke an den Wachposten, der jederzeit wiederkommen konnte, kam ihm in den Sinn.

„Natürlich geht es“, flüsterte sie und lächelte schelmisch. „Wir müssen nur leise sein. Kannst du das? Mit mir schlafen und dabei sehr leise sein?“

Ihre Hände strichen über seine Hüfte. Erst jetzt bemerkte er, dass es ihr irgendwie gelungen war, seine Hose zu öffnen. Sein Glied pochte vor Erregung. Er berührte damit etwas Weiches. Sie machte sich kurz mit ihren Fingern an seinem Glied zu schaffen und zog dann seine Hüfte näher zu sich heran. Er drang in sie ein und schloss die Augen, so sehr überwältigte ihn das Gefühl. Gleichzeitig begannen ihre Hüften zu schwingen, erst langsam, dann immer schneller. Ihr Atem ging stoßweise, während sie sich aufeinander einstimmten und immer schneller bewegten. Johannes drang immer tiefer in sie ein. Sie öffnete ihre Schenkel noch weiter. Er spürte, wie ihr Schoss ihn fest umschloss, und seine Erregung wuchs, bis sie sich an ihn presste. Sie stöhnte auf – und auch für Johannes gab es jetzt kein Halten mehr. Während er sich in sie ergoss, hielt er sie fest, vergrub seinen Kopf in ihren Haaren und sog den Duft des Frühlings und der Kräuter ein, den er so sehr liebte. Erschöpft hielt Johannes sie in den Armen, als er zur Ruhe kam. Er schwitzte. Und auch Julchen stand der Schweiß auf der Stirn. Sie lächelte glücklich. Erst jetzt kam Johannes wieder der Gedanke an die Wachposten in den Sinn. Erschrocken lauschte er in die Nacht. Waren sie laut gewesen? Er wusste es nicht. Er hatte Julchen stöhnen gehört und war selbst sicher auch nicht leiser gewesen. Und dann hatte diese Kutsche geknarrt. Er erinnerte sich zumindest an einen Moment, an dem er ein solches Geräusch gehört hatte.

Sie sah ihn verschmitzt an. „Du bereust es schon?"

„Nie und nimmer. Trotzdem sollten wir langsam gehen. Wie laut war ich – ich weiß es beim besten Willen nicht."

Sie musterte ihn skeptisch. „Etwas lauter, als ich gehofft hatte."

Sie ordneten ihre Kleider und Johannes öffnete vorsichtig dic Tür der Kutsche. Er streckte den Kopf hinaus. Er konnte keinen Wachposten sehen. Alles war ruhig. Vorsichtig kletterte er hinaus und drehte sich noch einmal um. Julchen reichte ihm die Kiste mit dem Geld und Johannes ging neben der Kutsche in die Hocke. Hinter ihm kletterte Julchen aus dem Wagen. Als Johannes losschleichen wollte, zupfte sie an seinem Hemd und zeigte ihm damit an, zu warten. Schon huschte sie an ihm vorbei. Sie hatte recht. Wenn er die Kiste mit dem Geld trug, war es besser, wenn sie voranschlich. Und ohnehin hatte Johannes das Gefühl, dass sie weit behänder und geschickter war als er. Geduckt folgte er ihr und hörte einen Augenblick später ein Geräusch vor ihnen. Julchen lag bereits flach auf dem Boden – und Johannes folgte ihrem Beispiel, so schnell er mit der schweren Kasse konnte. Das Geräusch kam aus der Richtung des schlafenden Wachpostens. Johannes hoffte, dass der Mann mittlerweile nicht erwacht war. Da war das Geräusch erneut. Ein Lachen. Der Soldat lachte wieder im Schlaf. Sollte er. Umso besser.

„Weiter. Wir können weiter. Der Posten schläft und lacht dabei“, flüsterte Johannes und hoffte, dass Julchen vor ihm die Worte verstand. Sie erhob sich auch schon und schlich weiter. Er folgte. Endlich passierten sie den Soldaten, der tatsächlich immer noch an den Baum gelehnt schlief, und hasteten geduckt so leise wie möglich weiter. Als sie endlich den eigenen Schlafplatz erreichten, fanden sie Husarenphilipp ebenfalls eingeschlafen vor.

„Der hat ja ein gesundes Vertrauen in uns“, stellte Johannes trocken fest und fasste den Freund an der Schulter, um ihn zu wecken. Nur langsam kam dieser zu sich.

Er blinzelte erst Johannes, dann Julchen verschlafen und verwirrt an. Es dauerte einen Moment, bis er wieder wusste, wo er sich befand.

„Wir müssen weg. Schnell“, sagte Johannes entschlossen.

„Ist etwas passiert?“

„Sie haben uns nicht entdeckt. Keine Sorge. Aber Julchen war erfolgreich. Sehr sogar. Wir haben die Regimentskasse.“

Husarenphilipp riss die Augen auf. „Die Kasse! Wie viel ist drin?“

„Wissen wir nicht. So viel, dass ich es nicht zählen konnte. Ich habe Johannes gebeten, das Geld zu zählen. Aber der“, sie warf ihm einen Seitenblick zu,„ ist dann irgendwie auch davon abgekommen.“

„Irgendwie, ja.“ Johannes grinste fröhlich. „Lasst uns auch

jetzt das Geldzählen auf später verschieben. Wir müssen fort. Wenn die Franzosen den Raub der Kasse bemerken, werden die hier alles im näheren Umfeld auf den Kopf stellen."

„Wenn sie den Diebstahl der Kasse überhaupt so schnell bemerken", lächelte Julchen frech. „Dazu müssen sie erst in dem Fach hinter der Rückbank nachsehen. Ich glaube nicht, dass sie das tun. Wahrscheinlich werden die Franzosen den Diebstahl erst am Ende ihrer Reise entdecken."

Johannes nickte und strich sich nachdenklich mit der Hand über das Kinn. „Wahrscheinlich hast du recht. Trotzdem dürfen wir das Risiko nicht eingehen – vor allem nicht, wenn wir uns so einfach in Sicherheit bringen können, wie es uns jetzt noch möglich ist."

Julchen nickte.

„Wird es gehen, mit deinem Fuß?", wandte sich Johannes an Husarenphilipp.

„Muss ja – wenn es uns in Sicherheit bringt", brummte dieser und stand schon auf. Nach kurzer Zeit hatten sie ihr Lager abgebrochen und marschierten durch den Wald.

Ohne Rast zu machen erreichten sie die Schmidtburg am Abend des nächsten Tages. Erschöpft und müde sehnten sich Johannes, Julchen und Husarenphilipp vor allem nach Schlaf und Ruhe. Die Frauen und Männer auf der Schmidtburg aber waren so neugierig, Julchen kennenzulernen, dass an Schlaf und Ruhe nicht zu denken war. Die Begeisterung wuchs, als die Gefährten auf der Burg von der Regimentskasse erfuhren. Nun wurde das Geld endlich gezählt. Es waren genau 204 Louisdor. So viel Geld hatte noch kein Raubzug der Bande eingebracht. Anschließend erzählten Johannes, Husarenphilipp und Julchen die Geschichte der vergangenen Tage. Noch während der Erzählung streiften immer mehr bewundernde Blicke die junge Frau, und Johannes war mächtig stolz auf Julchen, die er die meisten Zeit des Abends in den Armen oder an der Hand hielt. Er konnte gar nicht genug von ihr kriegen und sehnte sich danach – so stolz er auch war –, endlich mit ihr in den Armen einschlafen zu können. Als es endlich so weit war, fielen er und Julchen sofort in einen tiefen Schlaf, kaum dass sie sich hingelegt hatten, während die Gefährten der Bande noch lange beisammensaßen und überlegten, wie man die Hochzeit am besten feiern sollte. Sollte sie ein großes Fest werden, zu dem viele Gäste kamen, konnte sie nicht auf der Schmidtburg stattfinden. Dann hätten zu viele Besucher das Quartier der Bande kennengelernt. Also mussten sie das Fest an einem Ort weit genug entfernt von der Burg feiern. Eine Woche später hatten sie eine Möglichkeit gefunden. Der Bruder eines Bauern aus Bruschied hatte einen Gasthof in Griebelschied. Dort würden sie Hochzeit feiern können. Allerdings mussten sie dafür bis zum Ende des Sommers warten, denn erst dann war der Saal für die Feier frei. Dafür konnte Johannes sich darauf verlassen, dass der Wirt niemandem den Namen des Mannes sagte, der dort seine Hochzeit zu feiern gedachte.

„Vielleicht sollte er sagen, dass in dem Gasthof Johannes durch den Wald Hochzeit hält", lachte Johann Seibert, als der Rote Fink erzählte, was er mit dem Wirt vereinbart hatte. Der alte Räuber nickte und lachte ebenfalls. Sie saßen zusammen um ein offenes Feuer in der Schmidtburg und aßen einen Fasan, den Peter Stiebitz am Tag zuvor gefangen hatte. Es sollte für einige Tage ihr letztes gemeinsames Essen auf der Schmidtburg sein, denn am nächsten Morgen wollten sie wieder zu einem größeren Raubzug aufbrechen.

„Johannes durch den Wald?" Julchen sah Johannes fragend an.

„Ja. So habe ich mich einmal genannt."

„In einem Brief an Karl Benzel", grinste der Rote Fink, „damals, in der Bande des Schwarzen Peter." Er erzählte in knappen Worten von dem Schreiben, das Johannes einem überfallenen Händler mitgegeben hatte, um diesen vor einem zweiten Überfall durch Karl Benzel zu schützen.

„Johannes durch den Wald.“ Julchen nickte nachdenklich und blickte zu Boden. Die anderen sahen sie an. „Und der Händler ist mit dem Leben davongekommen?“

„Das hat Benzel mir versichert“, sagte Johannes.

„Du hast ihn gefragt?“, wunderte sich der Rote Fink.

„Natürlich. Schließlich hatte ich dem Händler meinen Schutz versprochen.“

„Die Zeiten sind unsicher“, begann Julchen leise zu sprechen. „Ich habe in Kirn immer wieder gehört, wie die Händler und Kaufleute darüber klagten. Niemand kümmert sich um sichere Straßen – die Polizei nicht und auch nicht die Soldaten.“

„Zum Glück“, stellte Stiebitz fest und hob die Augenbrauen. „Schließlich sind wir die Räuber.“

„Wir könnten den Händlern und Kaufleuten die Sicherheit geben, die sie suchen“, fuhr Julchen entschlossener fort. „Was haltet ihr davon, wenn wir jedem Händler einen solchen Brief geben, wie ihn Johannes für Karl Benzel geschrieben hat?“

„Und wenn der Händler dann gar nicht auf Karl Benzel trifft?“, kratzte sich Peter Stiebitz am Kopf.

Julchen warf ihm einen bösen Blick zu. Dann fuhr sie fort: „Jeder Händler, den wir antreffen, erhält von uns einen Brief, den Johannes unterschreibt“, erklärte sie unbeirrt. „Für den Brief muss er bezahlen. In diesem Schreiben garantiert Johannes für die Sicherheit des Kaufmanns. Wer diesen Brief besitzt, wird nicht überfallen. Kann jemand keinen solchen Brief vorweisen, rauben wir ihn aus.“

Die Männer in der Runde sahen sie sprachlos an. Johannes nickte.

„Wir könnten solche Sicherungsbriefe auch an Handwerker und Kaufleute ausgeben.“

„Wir haben bisher selten welche ausgeraubt. Die meisten fühlen sich nicht bedroht.“

„Das können wir ändern – und gleich beim nächsten Raubzug damit beginnen“, schlug der Rote Fink vor.

„Jeder zahlt für einen solchen Sicherungsbrief?", hakte Johann Seibert noch einmal nach.

Johannes nickte.

„Der Betrag darf nicht zu hoch sein. Jeder soll einen solchen Sicherungsbrief kaufen können", schlug Husarenphilipp vor. „Es muss ihn in jedem Fall günstiger kommen, als ausgeraubt zu werden."

„Wir legen den Preis nach dem Reichtum des Händlers fest. Wer viel hat, muss auch viel für seine Sicherheit zahlen", schlug Julchen vor.

Die Männer nickten zustimmend.

„Und was für einen Vorteil haben wir davon?" Johann Seibert sah skeptisch in die Runde. „Wir bekommen doch viel mehr, wenn wir einen Händler ausrauben."

„Du musst keine Kühe mehr treiben und keine Kisten mehr schleppen", erklärte Johannes geduldig. „Vor allem aber können wir viel mehr Karten an einem Tag verteilen, als wir Kaufleute ausrauben könnten."

Er machte eine Pause und sah nachdenklich zu Boden. „Vielleicht sollten wir die Gültigkeit der Sicherungsbriefe zeitlich befristen. Nehmen wir ein halbes Jahr. Danach muss ein Händler wieder neu für seine Sicherheit bezahlen."

„Bleibt die Frage, wer von uns die Briefe schreibt", überlegte der Rote Fink laut. „Ich kann es nicht, Johannes – soviel ich weiß – nur ein bisschen. Bleibst wohl nur du." Er sah Johann Seibert an. Dieser nickte.

„Das Schreiben kann ich ebenfalls übernehmen", lachte Julchen. „Wer Noten lesen und notieren kann, kann auch Worte zu Papier bringen."

Julchen und Johann Seibert fertigten noch am Abend eine ganze Reihe von Sicherungsbriefen an, unterschrieben mit „Johannes durch den Wald". Am nächsten Morgen brachen sie in aller Frühe auf, verkauften einige Sicherungsbriefe an Händler, die froh waren, so billig vor einem Überfall davonzukommen, und brachen am Abend bei zwei Handwerkern in Kirn ein. Am nächsten Tag raubten sie einen wohlhabenden Kaufmann in Sobernheim aus, zwei Tage später zwei Händler in ihren Geschäften in Kreuznach, bevor sie wieder zurück nach Westen zogen. Als ein Kaufmann, den sie auf der Straße anhielten, plötzlich eine Pistole aus der geöffneten Tür seiner Kutsche auf Julchen richtete, reagierte Johannes blitzschnell und schoss. Der Kaufmann in der Kutsche war sofort tot. Er blieb der einzige Reisende bei diesem Raubzug, der sich wehrte. Auf dem Weg kauften so viele Händler die Sicherungsbriefe, dass Julchen unterwegs neue schreiben musste. An einem Abend trafen sie kurz vor Kirn zum ersten Mal einen Händler, den sie ihn Ruhe lassen mussten, weil er ihnen einen Sicherungsbrief vorzeigen konnte.

Anschließend zogen sie sich auf die Schmidtburg zurück, von wo aus sie nach einer Woche zu einem neuen Raubzug aufbrachen. Jetzt trafen sie schon auf drei Kaufleute mit Sicherungsbriefen. Trotzdem konnten sie genug neue Schreiben ausgeben. Wieder brachen sie in die Geschäfte von Handwerkern und Kaufleuten ein. Als sie wenig später einen dritten Raubzug unternahmen, konnten sie den ersten Handwerkern und Ladenbesitzern in Kirn und einigen kleineren Orten Sicherungsbriefe verkaufen. Wie zuvor verteilten sie einen Teil der Einnahmen an die Bauern in den umliegenden Dörfern der Schmidtburg.

Der Termin der Hochzeit rückte immer näher. Eines Abends sprach Julchen von Mainz, von den vielen Geschäften in der großen Stadt und von ihrem Brautkleid, das sie sich für die Feier wünschte. Drei Tage später hatte Johannes eine Kutsche mitsamt Pferden gekauft und sie rollten in die Stadt, um sich dort für die Hochzeit auszustatten. Als dann der große Tag kam, erkannte Johannes viele seiner Gefährten kaum wieder, so vornehm waren sie gekleidet. Der Pfarrer, der an diesem Tag kein Knecht mehr war, traute Julchen und Johannes auf einer Lichtung im Wald nahe Griebelschied, die Husarenphilipp zusammen mit einigen Freunden zuvor für diesen Anlass geschmückt hatte. Danach zogen sie zum Gasthof in den Ort, wo schon die Festgesellschaft auf sie wartete. Alle, die Johannes eingeladen hatte, waren gekommen: Julchens Familie, Johannes' Eltern, die Bauern aus den Dörfern im Umland der Schmidtburg, deren Bürgermeister und sogar einige der Händler und Kaufleute, an die Johannes Sicherungsbriefe verkauft hatte und die zuvor an einem verabredeten Platz auf Husarenphilipp trafen, der sie dann zum Ort der Hochzeit führte.

Drei Tage nach der Hochzeit machte zum ersten Mal das Gerücht die Runde, dass Schinderhannes in Griebelschied in einem Gasthof Hochzeit gefeiert habe. Ein Bauer aus Sonnenschied hörte es und berichtete davon auf der Schmidtburg – sehr zur Belustigung der Räuber.

22. Kreuz-König

„Ein Räuberball! Das ist der Gipfel. Haben Sie davon gehört?" Der Präfekt sprach deutsch. Trotzdem war der französische Akzent deutlich zu hören. Die letzten Worte hatte er gebrüllt. Im altehrwürdigen Sitzungszimmer des Mainzer Rathauses war es still geworden. Man hätte eine Nadel fallen hören können. Betroffen sahen die Amtsträger vor sich auf den Tisch, auf ihre Unterlagen, Federn oder Hände. Nikolaus Becker kam nicht umhin zu nicken. Ja, er hatte schon vom Räuberball im Hunsrück gehört. Wer hatte das nicht? Die Geschichte – wenn auch schon im vergangenen Sommer geschehen – hatte sich herumgesprochen. Das Volk liebte solche Geschichten. Und als Richter hatte er schon immer ein Ohr für die Erzählungen des Volkes gehabt. Beckers Blick fiel auf den Schreiber, der neben dem Präfekten saß. Die Feder schwebte erwartungsvoll über dem Papier.

„Sie haben davon gehört, wie ich sehe – zumindest einige von Ihnen." Der Präfekt musterte die vor ihm sitzenden Beamten. Es waren Richter dabei, die Nikolaus Becker kannte, Polizisten aus dem ganzen Departement und Verwaltungsbeamte aus Mainz, die er noch nie zuvor gesehen hatte.

Der Präfekt ließ seinen Blick über die vor ihm versammelten Männer gleiten. „Damit ist nun Schluss."

Die Feder des Schreibers kratzte die Worte auf das Papier.

„Es wird in Zukunft keine Räuberbälle in diesem Departement mehr geben. Es wird in Zukunft hier auch keine Räuber mehr geben."

Er starrte Becker für einen Augenblick an. Diesem war sofort unbehaglich zumute. Er rutschte auf seinem Stuhl etwas zurück. Er fühlte sich ertappt. Wie ein Junge, der etwas Verbotenes getan hatte. Aber was eigentlich? Es gab nichts, was man ihm vorwerfen konnte. Er setzte sich wieder etwas aufrechter hin und blickte vor sich auf den Tisch.

„Selbst Paris hat von den Zuständen bei uns gehört." Der Präfekt räusperte sich. Seine Stimme fuhr laut und salbungsvoll fort: „Die Wirren der Revolution sind vorbei. Frankreich ist eine große Nation. In unseren Grenzen gibt es keinen Platz für lichtscheue Gestalten, Wegelagerer und Räuber. Auch die Departements auf deutschem Boden werden da keine Ausnahme machen. Frankreich hat viel vor. Ich habe Order aus Paris bekommen, das Räuberhandwerk in den Departements auszurotten."

Nikolaus Becker hob interessiert den Kopf. Der Präfekt machte eine bedeutungsschwere Pause – und sah wieder ihn an. Was hatte das zu bedeuten? Aus dem Augenwinkel sah er, wie auch die anderen Richter und vor allem die Polizisten im Raum plötzlich aufmerksam die Köpfe hoben – während die Verwaltungsbeamten eher über ihr Interesse verwundert schienen. Es war das erste Mal, dass die Auswüchse der Räuberei, unter denen Bürger und Polizei immer mehr zu leiden hatten, so offen in Mainz angesprochen wurden. Bislang hatte sich niemand darum gekümmert. Hauptsache, die Versorgung der Armee war gesichert. Die Worte des Präfekten klangen gut. Wenn nun auch noch Taten folgen würden ...

„Paris hat mit unserer Hilfe verschiedene Ursachen für das Debakel in den deutschen Departements festgestellt – und drastische Maßnahmen ergriffen. Damit wird es uns schnell möglich sein, das Räuberunwesen in den Griff zu bekommen." Er sah auf die Papiere, die vor ihm lagen. „Erstens: Die Polizei ist zu schwach."

Becker sah, wie die Polizisten im Saal aufschreckten.

„Das werden wir ändern. Aufgebaut wird eine Polizei nach dem Vorbild der französischen Gendarmerie und nach dem Vorbild der französischen Armee, mit großen, neuen Polizeieinheiten. Wir werden dazu junge Männer aus dem Volk anwerben. Die Hälfte der Polizisten aber kommt aus Frankreich. Schon nächste Woche treffen die ersten Einheiten ein."

Becker sah die Blicke der Polizisten, die überrascht nach Luft schnappten. Das waren wahrlich Neuigkeiten.

„Keine Sorge, meine Herren", fuhr der Präfekt jovial fort. „Ihre Kenntnisse sind von unschätzbarem Wert. Sie alle werden gebraucht. Sie sollen die neue Polizei führen – zusammen mit einigen französischen Kollegen."

Becker konnte sich ein Grinsen nicht verkneifen. Das konnte für einige führende Köpfe der Polizei schwierig werden. Er dagegen hatte schon oft mit den Franzosen zusammengearbeitet – und dabei nur gute Erfahrungen gemacht.

„Dann ist Paris sich durchaus der Armut in mancher Region bewusst, die sicher nicht unwesentlich zum Aufkommen des Räuberunwesens beigetragen hat. Auch damit wird es bald vorbei sein. Es wird Geld aus Paris in unsere Departements fließen. Wir werden Handel und Handwerk und die Höfe der Bauern zum Blühen bringen und damit dem Räuberunwesen den Boden nehmen, auf dem es bisher gedieh."

Endlich, endlich tat der französische Staat das, was Nikolaus Becker sich immer so sehr erhofft hatte. Die Revolution war der Aufstand des Volkes gewesen. Sie hatte die Fürsten hinweggefegt. Jetzt musste endlich dem Volk die Möglichkeit gegeben werden, die Früchte der Revolution zu ernten. Auch in Deutschland. Er hatte immer gewusst, dass es dazu kommen würde. Deshalb hatte er der Französischen Revolution zugejubelt und mit den Franzosen zusammengearbeitet, als die meisten seiner Landsleute ihn für einen Verräter hielten. Damit es dem Volk besser ging, musste jetzt, nach den Wirren des Krieges, nur die Ordnung wiederhergestellt werden. Und dabei würde er, Nikolaus Becker, helfen. Er hörte durch das offene Fenster, wie draußen die Vögel zwitscherten. Der Winter war vorbei und der Frühling hatte begonnen. Er freute sich schon auf den Sommer und die warmen Tage.

„Zusätzlich wird es eine Belohnung geben. Eine Belohnung in Höhe von 150 Louisdor für die Ergreifung des bekanntesten Räubers, Johannes Bückler, auch Schinderhannes genannt."

Zustimmendes Murmeln lief durch den Raum. Es verstummte, als der Präfekt wieder zu sprechen begann. „Wir werden eine besondere Gendarmerie-Kompanie bilden. Eine Einheit, die nur eine Aufgabe haben wird: Johannes Bückler zu fassen. Richter Nikolaus Becker hat sich in der Vergangenheit als besonders energischer Diener des Staates hervorgetan und dabei ausgezeichnet mit französischen Dienststellen zusammengearbeitet. Es wird seine Aufgabe sein, für die Verhaftung von Johannes Bückler zu sorgen. Er möge uns jetzt seine Tatkraft beweisen und als erste Amtshandlung den Kommandanten der Gendarmerie-Kompanie bestimmen."

Überrascht – und gleichzeitig geehrt – hörte Nikolaus Becker seinen Namen. Er jubelte innerlich – und sah sich sogleich in seiner ersten Bewährungsprobe. Alle Blicke im Saal ruhten auf ihm. Er durfte sich seine Überraschung auf keinen Fall anmerken lassen. Zum Glück wusste er sofort, dass es einen Mann gab, der die Kompanie führen konnte. Ein Mann mit einem schon fast unnatürlichen Hass auf den Schinderhannes. Und dieser Mann, dieser Polizist, saß nicht weit von ihm entfernt im Saal. Becker drehte langsam seinen Kopf in die Richtung des Mannes. Groß und stattlich saß er da, die Lippen unter dem Schnurrbart lächelten leicht. Als sich ihre Blicke kreuzten, wusste Becker: Für diesen Mann gab es keinen Zweifel, dass er gleich seinen Namen hören würde. Er hielt es für seine Bestimmung, den Schinderhannes zu jagen und zu fangen. Und genauso war es auch.

„Ich bestimme einen Polizisten zum Kommandanten der Kompanie. Dieser Mann sitzt hier unter uns in diesem Saal. Sein Name ist Eisik Fuchs."

23. Karo-Zehn

Jetzt! Das war der richtige Moment. Der Wagen mit dem Händler befand sich direkt vor ihm auf der Straße. Der Kaufmann selbst saß auf dem Kutschbock. Ein armseliger Bursche. Viel würde es bei dem nicht zu holen geben. Die, bei denen sie viel Geld fanden, saßen niemals selbst auf dem Kutschbock – die ließen sich fahren. Trotzdem war ein jeder Händler einen Überfall wert. Peter Petry sprang auf, lief auf den Wagen zu und riss die beiden geladenen Pistolen in die Höhe. So machte er es immer. So machte er es auch heute. Aus dem Augenwinkel sah er, wie seine Männer rechts und links von ihm ebenfalls vorstürmten. Er krümmte den linken Zeigefinger. Die Pistole krachte. Er schoss aufs Geratewohl in Richtung Wagen. Erschrecken wollte er den Kaufmann, dabei war es ihm egal, ob er ihn traf. Die zweite Pistole in der rechten Hand hielt er immer in Reserve – für den Fall, dass ein weiterer Schuss nötig war. Er stürmte durch den aufsteigenden Pulverdampf – noch einige Schritte, dann war er bei der Kutsche. Ängstlich hob der Kaufmann die Arme. Der Mann zitterte am ganzen Leib. Rechts von ihm hatte die Kugel die Kutsche getroffen. Das Holz war zerborsten und zersplittert. Petry kam vor dem Wagen zum Stehen. „Gib das Geld heraus“, herrschte er den Kaufmann an. Dieser nickte eifrig. Seine Augen wanderten unruhig hin und her. Irgendetwas daran irritierte Petry. Er wusste nicht, was es war. Zwei Räuber seiner Bande sprangen lärmend von hinten auf die Ladefläche des Wagens. Wahrscheinlich hatte der Händler die beiden aus dem Augenwinkel gesehen. Jetzt sah er es wieder. Und nun wusste Petry auch, was anders war als sonst. Der Blick des Mannes huschte nicht nur über den Wagen. Er huschte auch über den Wald hinter der Kutsche, auf der anderen Seite. Jetzt senkte der Kaufmann den Blick – während er gleichzeitig in der Tasche seines Mantels kramte und einen kleinen Lederbeutel herauszog. Petry vergaß den Blick des Kaufmanns. In diesen kleinen Beutel passte nicht viel Geld. Das konnte unmöglich alles sein.

„Gib's her“, forderte er den Mann barsch auf. „Und runter vom Kutschbock.“

In diesem Augenblick schien der Wald hinter der Kutsche zu explodieren. Es krachte einmal, zweimal, dann ein drittes Mal. Pulverdampf stieg auf, zog auf die Straße. Gleichzeitig flogen die Büsche auseinander und mehrere Polizisten stürmten, bewaffnet mit nach vorn gestreckten Gewehren und Bajonetten, rechts und links am Wagen vorbei auf die Straße. Eine Falle. Sie waren in eine Falle der Polizei geraten.

Einer der Polizisten befand sich jetzt links von ihm, drehte sich um und richtete das Gewehr auf Petry. Dieser riss die noch geladene Pistole mit der rechten Hand hoch und schoss. Die Wucht des Geschosses aus unmittelbarer Nähe schleuderte den Polizisten einige Meter auf der Straße zurück, bevor er zu Boden stürzte. Instinktiv warf sich Petry zu Boden, als auch schon weitere Schüsse krachten. Ein zweiter Polizist mit einem Gewehr, der unmittelbar auf seinen Kollegen gefolgt war, hatte abgedrückt –

ihn aber nicht getroffen. Auf der anderen Seite des Wagens wurde ebenfalls geschossen. Petry hörte Schreie. Pulverdampf stieg ihm in die Nase, als er über den Boden unter der Kutsche rollte. Kaum war er unter ihr hindurch, sprang er wieder auf die Beine, hatte auch schon die Hand am Griff des Säbels, als ein weiterer Soldat vor ihm stand und mit seinem Gewehr auf ihn zielte. Petry fluchte. Jetzt war alles aus. Jetzt konnte er nur noch die Hände heben und sich ergeben. Wieder krachten Schüsse über die Straße. Der Polizist vor ihm war getroffen, stürzte zu Boden. Gebrüll ertönte, Schreie waren zu hören. Aber wer hatte geschossen? Petry ging in die Hocke und tastete sich vorsichtig wieder unter dem Wagen hindurch. Als er den Kopf hob, zog Pulverdampf vorbei, brannte in seinen Augen. Für einen Moment konnte er nicht richtig sehen, dann waren die Schwaden verzogen und er sah klarer. Er blickte auf und sah einen Mann, schlank, mit einem blauen Mantel bekleidet, einen Hut mit weißer Feder auf dem Kopf, eine Pistole in der einen Hand, einen Degen in der anderen. Das Gesicht hatte er schon einmal gesehen, das Gesicht kannte er sogar gut. Petry sah zu dem Mann und stand langsam auf. Der Mann vor ihm war Johannes Bückler. Und diese Tatsache gefiel ihm überhaupt nicht.

Bei dem Kampf waren drei Polizisten und zwei Mann aus Petrys Bande gestorben. Drei Polizisten und der Kutscher hatten überlebt. Johannes nahm ihnen die Waffen ab – und ließ sie gehen. Den Wagen, auf dem sie natürlich nichts von Wert fanden, die beiden Pferde und die Waffen der Polizisten nahm er mit. Johannes war mit acht Männern unterwegs, wie Petry aufmerksam registrierte. Er lehnte an einem Baum und beobachtete die Räuber, die mit letzten Vorbereitungen vor dem Aufbruch beschäftigt waren. Seine drei noch lebenden Männer standen unschlüssig neben ihm und warteten ab. Man hatte auch ihnen die Waffen abgenommen, sie aber gut behandelt. Ein weiterer Wagen war herangerollt, voll geladen mit Diebesgut von einem langen Raubzug. Am Heck waren drei sehr stolz aussehende Pferde mit Stricken angebunden. Petry wusste, dass der Schinderhannes, wie er Johannes für sich nannte, schon mehr Männer um sich gescharrt hatte als er selbst. Überrascht war er aber über die Ausrüstung der Räuber in der Bande seines Konkurrenten. Die Männer sahen gut aus. Sie waren gut gekleidet, gut genährt und trugen die neuesten und besten Waffen. Die Pistolen, die in Bücklers Bande jeder Mann im Gürtel trug, hatte in seiner eigenen Bande nur er selbst. Sie waren schneller zu laden und sehr viel zielgenauer als die älteren Waffen, die einige seiner Männer – und längst nicht alle – trugen. Aber gut. Er wischte den Gedanken fort. Darauf kam es nicht an. Was zählte, war immer der Mann am Abzug der Waffe. Und er konnte sich auf seine Leute verlassen – jetzt, nachdem die unzuverlässigen Gestalten und Unruhestifter wie der Rote Fink, Johann Seibert und eben der Schinderhannes seine Bande verlassen hatten. Das war das Gute daran gewesen. Er grinste.

Johannes schritt von links auf ihn zu. „Ganz vergnügt und guter Laune? Du wirst wissen, warum. Dabei sollte es dich nicht wundern, wenn ich dich erschieße. Am besten jetzt gleich."

Petry sah ihn entsetzt an. Fast im selben Augenblick traf ihn auch schon Johannes' Faust mitten auf die Nase. Er stolperte zurück und fiel zu Boden. Als er aufblickte, sah er, dass der Schinderhannes schon wieder über ihm stand. Er griff mit der linken Hand nach Petrys Mantel und riss seinen Oberkörper in die Höhe, die Rechte schon wieder zur Faust geballt.

„Hör auf! Was schlägst du mich? Ich habe nichts getan!"

„Nichts getan?" Johannes' Augen funkelten wütend. „Du hast mich an die Polizei verraten."

„Ich?" Petrys Stimme klang aufrichtig empört. „Niemals!"

„Und wie konnte uns die Polizei dann in der Höhle bei Pferdsfeld finden?"

„Peter Zughetto hat euch verraten. Ich weiß es, weil er vor mir damit prahlte. Aber statt ihn zu loben, habe ich ihn fortgejagt und seitdem nicht wieder gesehen. Frag in meiner Bande, wen du willst: So ist es gewesen."

Johannes ließ die Faust sinken, hielt ihn aber immer noch am Kragen. Petry hoffte inständig, dass er nicht tatsächlich anfing, seine Leute zu befragen. Zum Glück hatte er sich kurz darauf tatsächlich heftig mit Zughetto gestritten, worauf dieser die Bande verließ. Allerdings ging es dabei um die Höhe der Beute.

„Frag meine Männer", sagte Petry noch einmal und wunderte sich selbst über seinen forschen Tonfall. „Jeder weiß, dass ich dich nicht mag und was zwischen uns war. Aber an die Polizei verraten würde ich dich niemals."

Johannes sah ihm forschend in die Augen. Er erwiderte den Blick, so treuherzig er konnte. Dann nickte er kurz und ließ ihn los. Petry atmete auf. Er wusste, der Schinderhannes hatte sich entschieden, ihm zu glauben.

„Habt ihr viel Beute gemacht im vergangenen Jahr?" Der ehemalige Räuberkumpan sah ihn an und blieb vor ihm stehen.

Petry nickte und stand langsam auf. Seine Nase blutete. „Ich kann nicht klagen. Und ihr wohl auch nicht – euer Wagen sieht gut gefüllt aus."

„Ist er auch. Wir sind auf dem Heimweg und haben gute Beute gemacht. Auf dem Weg sind wir auf euch gestoßen und auf euren Überfall. Das hier ist unser Gebiet. Ich sehe es nicht gern, wenn ihr uns so nahe kommt."

Petry nickte. „Soll nicht wieder vorkommen", brummte er. Im Grunde lag ihm nichts an einer Trennung der Gebiete. Er raubte, wo es ihm gefiel. Dass er in der Vergangenheit der Region des Schinderhannes ferngeblieben war, lag eher am Zufall und den weiten Wegen als an seinem Respekt vor dem Konkurrenten. Aber jetzt war er auf Johannes' Wohlwollen angewiesen. Und außerdem: Die Polizei hatte es auf den Schinderhannes abgesehen – wie er sicher wusste. Seit einigen Wochen hingen sogar Steckbriefe mit einer aberwitzig hohen Belohnung aus. Da war es tatsächlich besser, der Bande des Schinderhannes nicht mehr allzu nahe zu kommen. Heute hatte er erlebt, was passierte, wenn man sich nicht an diese Regel hielt.

Johannes nickte zufrieden. „Wir treffen heute Abend eine zweite Gruppe unserer Bande. Den Rest des Weges zu unserer Burg werden wir morgen zusammen zurücklegen. Wir haben reiche Beute gemacht. Die andere Gruppe sicher auch. Da gibt es heute Abend viel zu feiern. Wollt ihr teilnehmen?"

„Du lädst uns ein?" Petry war aufrichtig verwundert. Er würde den Schinderhannes nie verstehen.

Dieser nickte erneut. „Du wirst alte Bekannte wiedertreffen. Den Roten Fink, Johann Seibert ..."

„Ich weiß, ich weiß, wir sind dabei."

Insgeheim wunderte er sich über die Freundlichkeit seines Konkurrenten. Und er konnte sie auch nicht verstehen. Er selbst hätte einen Rivalen in dieser Lage anders behandelt. Und Johannes hatte wahrlich keinen Grund, ihn gut zu behandelt. Aber ein fröhlicher, allen wohlgesinnter Mensch war er ja schon immer gewesen. Vielleicht lag es daran. Vielleicht war es auch einfach nur gut, sich unter Räubern einmal austauschen. Die Zeiten – da war sich Petry sicher – würden in Zukunft schwerer für sie werden.

„Ihr seid in einen Hinterhalt geraten", wechselte Johannes das Thema. „Wie ist das möglich? Ist euch so etwas schon einmal passiert?"

Petry zuckte ratlos mit den Achseln. „Nein. Und euch?"

Auch Johannes schüttelte den Kopf und folgte mit seinem Blick nachdenklich dem Verlauf der Straße. „Nie", murmelte er. „Aber wir haben zweimal Polizeipatrouillen gesehen und mussten ihnen im Wald ausweichen. Beim ersten Mal haben die Polizisten uns gesehen und sogar eine Weile im Wald verfolgt. Auch das habe ich noch nie erlebt."

„Seltsam." Petry kratzte sich am Kopf. „Wo kommen all die Gendarmen her? Die hatten doch früher nie genug Männer."

„Wir hörten viel Französisch auf unserer Flucht vor der ersten Patrouille", stellte Johannes fest.

„Sie haben neue Streckbriefe aufgehängt – mit einer hohen Belohnung auf deinen Kopf. Man sagt, man bekommt sie auch, wenn man dich tot abliefert – auch wenn es nicht daraufsteht." Petry sah Johannes in die Augen und war gespannt auf dessen Antwort.

„Ich weiß. Seibert hat sie als Erster entdeckt und mir einen Steckbrief mitgebracht. Aus diesem Grund habe ich auch dir und deinen Männern die Waffen abnehmen lassen." Er lachte fröhlich. Petry wusste nicht, ob er auch lachen sollte.

Sie marschierten nach Norden, folgten zunächst dem Verlauf der großen Fernstraße und bogen dann in einen breiten Nebenweg ab, der sie in vielen Kurven durch dichten Wald führte. Auf dem Weg ging Petry allein. Nur einmal leistete ihm Johann Seibert für längere Zeit Gesellschaft. Währenddessen schienen sich seine Männer sehr gut mit den Räubern aus Johannes' Bande zu verstehen, wie Petry argwöhnisch registrierte. Er hatte sich bisher der Loyalität seiner Männer sicher geglaubt. Zum ersten Mal kamen ihm nun leise Zweifel daran. Die Lichtung, die sie kurz darauf erreichten, eignete sich hervorragend als Lagerplatz für die Nacht. Der Boden war trocken und sandig und direkt neben der Wiese, am Waldrand, gurgelte ein kleiner Bach. Routiniert bereiteten die Männer das Lager vor und entzündeten ein Feuer. Petry suchte auf der anderen Seite des Baches am Rand des hier beginnenden Waldes nach trockenem Holz, das sich als Brennholz eignete, als er die Unruhe im Lager der Räuber bemerkte. Die Männer hatten die Arbeit niederlegt, sahen zum nahen Waldweg oder liefen zusammen. Petry richtete sich auf. Das konnte nur bedeuten, dass die zweite Gruppe der Räuber eintraf. Dann sah er schon die Männer um eine Biegung des Weges kommen und – ihm stockte der Atem – eine Frau. Und was für eine Frau! Ihr Anblick zog ihn unweigerlich in seinen Bann. Sie war schön – jedenfalls soweit er aus der Entfernung sehen konnte. Aber da war noch mehr, eine Ausstrahlung, der er sich nicht entziehen konnte. Er drückte die zwei Stücke Brennholz, die er gerade aufgehoben hatte, an seine Brust und sprang geschickt von einem Stein zum anderen durch den Bach. Als er das andere Ufer erreicht hatte, drängten sich die Räuber bereits durcheinander. Er sah die Männer, die sich zur Begrüßung umarmten, Hände, die Schultern klopften, und lachende Gesichter. Dazwischen die Frau, die roten Locken waren kaum zu übersehen. Jetzt umarmte sie Johannes. Ein Wagen rollte auf die Lichtung. Auch diese Gruppe hatte also reiche Beute gemacht. Dann gingen die ersten Männer auseinander. Der Schinderhannes blieb bei der Frau und kam zusammen mit ihr direkt auf ihn zu. Zum ersten Mal blickte sie ihn an – interessiert und ...

Es lag ein Ausdruck in ihrem Blick, den er nicht sofort deuten konnte, den er nicht kannte. Er sah ihre grünen Augen, sah, wie sie funkelten und dann plötzlich lächelten, als sie direkt vor ihm stand. In diesem Moment wurde ihm bewusst, was er zunächst in ihrem Blick nicht verstanden hatte: Überheblichkeit. Diese Frau fühlte sich ihm überlegen. Sie musterte ihn von oben herab, so wie man wohlwollend und interessiert ein Tier begutachtet, von dem man schon viel gehört hat.

„Das ist der Schwarze Peter“, stellte Johannes ihn vor. „Und das ist Juliana. Meine Frau.“

„Du bist verheiratet?“, stammelte Petry unbeholfen und streckte Julchen seine Hand zur Begrüßung entgegen.

„Bin ich. Ich kann es dir nur empfehlen.“ Er zog Julchen an sich, gab ihr einen Kuss auf die Wange und ließ sie dann wieder los. Petry sah erneut ihre Augen. Da war noch immer dieser Blick. Immer noch diese Freundlichkeit und Arroganz. Als er ihre Hand berührte, spürte er zu seiner eigenen Verwunderung, wie ihn schon allein diese Berührung erregte. Dazu kam die Nähe. Das hatte er so bei einer Frau noch nie erlebt. Petry drückte ihre Hand, genoss die Berührung und das Gefühl einer wachsenden Begierde, einer Kraft und Lebendigkeit, wie er sie schon lange nicht mehr in sich gespürt hatte. In diesem Augenblick wusste er: Diese Frau wollte er haben – egal, was er dafür tun musste. Sein Blick glitt über ihre glatte Haut, ihre Locken, die im Licht der Sonne schimmerten und sich ganz leicht in einem Windzug bewegten, ihre Augen – die sich jetzt verengten, ihn immer kühler anblickten. Als sie ihm mit sanftem Druck die Hand entzog, klärten sich seine Gedanken, wurde ihm bewusst, dass er sie viel zu lange und viel zu fest gehalten hatte. Auch Johannes warf ihm einen irritierten Blick zu. Dann legte er seinen Arm um Julchen, gab ihr einen Kuss und schritt mit ihr davon. Petry sah ihnen nach, sah vor allem ihr nach. Noch niemals hatte eine Frau ihn so verwirrt und solche Empfindungen in ihm geweckt. Noch niemals hatte er eine Frau so begehrt. Aber sie war die Frau des Schinderhannes.

An diesem Spätsommerabend blieb er bis in die Dunkelheit hinein wach. Petry fiel auf, dass Julchen auffällig seine Nähe mied. Er dagegen konnte sich an ihr nicht sattsehen. Als sich ihre Blicke noch einmal trafen, waren ihre Augen kühl. Glücklich und betrunken schlief Petry spät in der Nacht ein. Am nächsten Morgen trennte er sich mit seinen Begleitern von Johannes und dessen Bande, die noch an diesem Abend ihre Burg erreichen wollten.

24. Pik-Dame

Der Sommer war schon lange vorbei. Das Herbstlaub lag längst auf dem Boden. Nicht mehr lange, und das Land würde unter einer weißen Schneedecke versinken. Eisik Fuchs stand am Fenster seines Dienstzimmers und blickte hinaus. Er sah die Reiter schon von Weitem. Endlich waren sie zurück, die Kundschafter, die er schon vor Tagen auf den Weg geschickt hatte. Die beiden Männer galoppierten an seinem Fenster vorbei und verschwanden aus seinem Blickfeld. Nicht mehr lange, und sie würden durch die Tür in sein Dienstzimmer treten, um ihm Bericht zu erstatten. Er konnte es kaum noch erwarten. Wenn er recht behielt, standen sie kurz vor ihrem bisher größten Erfolg. Eisik Fuchs' Blick wanderte zu den Bäumen des nahen Waldes. Wie viel Zeit war seit dem Tod seiner Frau vergangen? Sechs Jahre. Sein Sohn wäre jetzt schon ein großer Junge gewesen, mit dem er erste Ausflüge in die Stadt und den Wald hätte unternehmen können, so wie er es oft genug bei anderen Vätern sah. Er presste die Lippen aufeinander. Er wusste genau, wie viele Gedanken an seinen Sohn und seine Frau er zulassen durfte, bevor ihn die Gefühle übermannten und ihm die Tränen kamen – was natürlich hier, im Dienst, auf keinen Fall passieren durfte. Er wusste genau, wie er sich ablenken und was er tun musste, bevor die Erinnerung übermächtig wurde. Aber einige wenige Gedanken durfte er sich gönnen, bevor der Schmerz zu groß wurde. Auf das richtige Maß zu achten, das hatte er gelernt in all den Jahren, die er mit dem Verlust leben musste. Und immer noch war der Schinderhannes, wie die Leute Johannes Bückler seit einiger Zeit nannten, nicht gefasst. Aber er spürte, dass es nicht mehr lange dauern würde. Viel war seit dem Frühjahr geschehen, als ihm Nikolaus Becker den Befehl über eine ganze Gendarmerie-Kompanie gegeben hatte, deren einziges Ziel es war, Johannes Bückler endlich zu fassen. Er residierte jetzt in einem neuen Gebäude, einer kleinen Kaserne am Ortsrand von Kirn, umgeben von den Gendarmen seiner Einheit. Es waren gute Männer: Freiwillige aus dem Hunsrück, von der anderen Seite des Rheins und sogar aus Bayern und Norddeutschland. Das Gros aber kam aus Frankreich – Veteranen der Armee, erfahrene Soldaten, die sich nach langer Dienstzeit freiwillig für eine Aufgabe in den neu zu schaffenden Gendarmerie-Einheiten gemeldet hatten. Vor allem auf diese ehemaligen Soldaten konnte er zählen. Sie brachten auch den Neulingen das Wichtigste bei. Auch bei den Belohnungen hatte sich viel getan. Eine

Belohnung gab es jetzt nicht mehr nur für die Ergreifung führender Männer wie Bückler oder Petry. Belohnungen wurden nun auch für die Ergreifung jedes Räubers ausgezahlt – in einer Höhe, deren Größenordnung bis vor Kurzem noch Räubern wie dem Schinderhannes vorbehalten gewesen war. Für dessen Ergreifung war die Belohnung jetzt noch weiter gestiegen.

Im Sommer hatte es die ersten großen Festnahmen gegeben. Zunächst war ihnen ein ganzer Trupp aus der Bande des Schwarzen Peter in die Hände geraten, dann mehrere Männer des Schinderhannes, auf dem Rückweg von ihren Überfällen. Ein Bauer hatte der Polizei gegen Zahlung einer guten Belohnung einen wichtigen Hinweis auf den Weg der Räuber gegeben. Und dann ihr bisher größter Erfolg: die Festnahme von Peter Stiebitz mit anderen Kumpanen aus Bücklers Bande vor vier Wochen.

Eisik Fuchs nickte zufrieden. Es war gut, jetzt auf andere Gedanken zu kommen. Auch Petry hatte vor einiger Zeit damit begonnen, Sicherungskarten auszugeben. Genau wie es Johannes Bückler tat. Aber zu welchen Preisen! Bückler war es immer gelungen, das richtige Maß zu halten – das musste man ihm lassen. Petry dagegen verlangte so viel, dass er die Händler und Handwerker um ihre Existenz brachte. Und wer nicht zahlte, wurde umgebracht. Bereits fünf Morde hatten seine Männer aufnehmen müssen. Natürlich bezahlten ihn die meisten Männer in seinem Gebiet – und das Elend wuchs, genauso wie die Unzufriedenheit unter den Leuten. In Kreuznach hatten die Menschen eine Bürgerwehr gebildet, ebenso in zwei anderen Dörfern. Seitdem hatte Petry dort nichts mehr zu melden. Zwei Räuber waren beim Eintreiben des Geldes von aufgebrachten Bauern und Handwerkern erschlagen worden. Dafür griff Petry wohl immer häufiger auch auf Bücklers Gebiet zu – wie er von einigen Bauern in der Gegend wusste.

Ein schmales Lächeln glitt über Eisik Fuchs' Züge. Und in Bücklers Gebiet lernten sie von den Bürgern in Kreuznach. Wie er gestern erfahren hatte, war erstmals auch in Bärenbach eine

Bürgerwehr gegen die Räuber vorgegangen. Dahinter steckte der Abdecker und Knochenflicker Nagel, der dem Schinderhannes auch schon lange das Handwerk legen wollte. Eisik Fuchs wusste, dass Nagel und viele Händler und Kaufleute den Bauern Geld für ihre Hilfe gaben. So hatten sie es auch in Kreuznach gemacht. Das war billiger, als das Geld für die Sicherungskarten zu zahlen. Eine gute Idee. Er würde dafür sorgen, dass sie überall in den Dörfern davon erfuhren – wenn sie nicht von selbst darauf kamen.

Eisik Fuchs nickte grimmig. Nicht mehr lange, und sie würden den Schlupfwinkel von Bückler kennen. Mit seiner Kompanie hatte er endlich die Anzahl Männer, um die ganze Räuberbrut mit einem Schlag auszuheben. Und die Generalprobe dazu konnte vielleicht schon in den nächsten Tagen stattfinden – dann, wenn die Meldung, die er von einem Bauern erhalten hatte, stimmte. Der Mann wollte natürlich eine Belohnung. Die Gendarmen, die er zur Überprüfung losgeschickt hatte, waren gerade zurückgekommen.

Es klopfte an der Tür. Endlich. Er drehte sich mit einer energischen Bewegung um. Durch die Tür trat einer der Polizisten, die eben noch auf dem Pferd gesessen hatten. Die Anstrengung des langen Rittes war dem Mann anzusehen.

Der Gendarm grüßte. Eisik Fuchs erwiderte den Gruß ungeduldig. „Und? Hat der Bauer recht? Was haben Sie entdeckt?"

Durch das Gesicht des Gendarmen zog ein breites Grinsen. Er hatte viele Jahre bei den Husaren gedient und wusste, warum sein Kommandant ihn ausgewählt hatte. Er würde ihn nicht enttäuschen – und eine Woche Sonderurlaub bekommen.

„Das Lager des Schwarzen Peter", stellte er sachlich fest. „Ich kann es genau beschreiben. Wir kennen selbst die Position des Wachpostens – auch wenn der Mann, der dafür eingeteilt ist, den Platz meist zum Schlafen benutzt."

25. Kreuz-Acht

Johannes spürte, wie sich auf seinen Armen eine Gänsehaut bildete, als er Petry sah. Es war spät in der Nacht, die Geisterstunde längst vorbei, als ihn Seibert, der Wache hielt, weckte. Zunächst hatte er nicht verstanden, was der treue Freund meldete, während er auf seinem Lager Julchen noch in den Armen hielt, langsam den Kopf hob und die Augen öffnete. Etwas vom Schwarzen Peter murmelte er, von seiner Ankunft in der Burg. Das ergab keinen Sinn – schon gar nicht mitten in der Nacht. Was konnte das bedeuten? Er stand auf und machte sich auf den Weg.

Jetzt stand Petry vor ihm. Und ihm lief ein Schauer über den Rücken. Der schwarzhaarige Räuber starrte ihn an, die Augen so weit aufgerissen, dass das Weiße rundherum zu sehen war. Die schwarzen Haare klebten, verschwitzt und dreckig, in seinem Gesicht, auf der Stirn und den Wangen. Auf schwankenden Beinen stand er da, aufgestanden, um Johannes ehrerbietend zu begrüßen, während die Männer, die er mitgebracht hatte, auf dem Boden um ihn herum saßen und teilnahmslos auf die Erde starrten. Alle waren verschmutzt, die Kleidung zerrissen. Einer der Männer kam ihm bekannt vor. Aber er konnte ihn nicht einordnen. Sein Blick glitt weiter. Zwei der Männer waren verwundet. Johannes sah getrocknetes Blut. Niemand hatte sich die Mühe gemacht, sie zu verbinden.

Petry starrte ihn immer noch an. Seine Lippen zitterten. „Sie haben uns überfallen. Mitten in der Nacht. Du musst uns aufnehmen."

„Wer hat euch überfallen? Was ist passiert?"

Aus dem Augenwinkel sah Johannes, wie sich immer mehr Männer und Frauen seiner Bande mit einigem Abstand um sie scharten, wie wachsendes Interesse in die müden Gesichter kam.

„Die Gendarmen – und ihr Hauptmann: Eisik Fuchs."

Eisik Fuchs. Immer wieder dieser Name. Johannes konnte

ihn nicht mehr hören. Seit Fuchs Kommandant der Polizei in Kirn geworden war und ihn suchte, war die Lage für sie immer schwieriger geworden. Im Frühsommer hatte es begonnen, hatten sie Belohnungen auf sie ausgesetzt. Erst auf ihn, dann auf jeden Räuber, den man der Polizei verriet. Die Belohnungen waren gestiegen, genau wie die Zahl der Polizisten und die Streifen, die schon bis dicht an die Burg gekommen waren. Zum Glück konnte er sich auf die Bauern in der Nähe verlassen. Im weiteren Umland war das nicht mehr so. Die Gendarmen hatten einige seiner besten Männer verhaftet, unter ihnen Peter Stiebitz. Einmal war er selbst nur knapp einem Hinterhalt der Polizei entkommen und in Bärenbach sogar in einen Schusswechsel mit einer Bürgerwehr geraten. Auch hier hatten sie gerade noch entkommen können. Und jetzt stand Peter Petry vor ihm mit weit aufgerissenen Augen.

„Sind das alle Männer, die sich retten konnten?"

Petry nickte nur.

„Und die anderen?"

„Erschossen, von Bajonetten erstochen oder in Ketten fortgeführt." Petry sank erschöpft zu Boden.

„Ruht euch aus. Ihr könnt bleiben. Wir reden morgen weiter", sagte Johannes nur, wies einen jungen Bauernsohn, der seit einigen Wochen bei ihnen war, an, Petry und seinen Männern ein Lager zuzuweisen, und schritt wieder davon. Er wusste, dass es so nicht mehr lange weitergehen würde. Er musste die Bande auflösen oder auf das rechte Rheinufer wechseln, wo die Franzosen noch nicht so sicher Fuß gefasst hatten. Dort waren sie zunächst sicher. Und das war wichtig. Nicht nur für ihn und die Männer. Auch für Julchen und – bei dem Gedanken wurde ihm ganz warm ums Herz – seinen Sohn oder seine Tochter. Denn Julchen trug ein Kind unter ihrem Herzen. Das hatte sie ihm heute am frühen Morgen erzählt. Aber noch war es nicht so weit, dass sie über den Rhein gehen konnten. Erst mussten sie noch die Überfälle machen, die er für die nächsten Wochen geplant hatte.

26. *Karo-Ass*

Peter Petry hatte alles verloren. Und er wusste das nur zu gut. Aber noch lebte er – und war beim Schinderhannes untergekommen, damit zunächst in Sicherheit und durfte jetzt, eine Woche nach seiner Ankunft bei Johannes, sogar an einem ersten Überfall teilnehmen. Das allein bewies, dass ihn das Glück noch lange nicht vollkommen verlassen hatte. Und wenn das so war, konnte es auch wieder aufwärts mit ihm gehen. Wer wusste schon, was die Zukunft ihm noch weiter bot. Glück hatte auch Jakob Zerfass gehabt, einer der jungen Kerle an seiner Seite, der vor noch gar nicht so langer Zeit zu seiner Bande gestoßen war. Petry wusste, dass es vor Jahren irgendeinen Streit zwischen Zerfass und dem Schinderhannes gegeben hatte. Zerfass hatte ihm auf ihrer Flucht davon erzählt und befürchtet, von Johannes abgewiesen zu werden. Aber dieser hatte Zerfass zunächst nicht einmal erkannt und später dann nur eine lächerliche Geldsumme – die Zerfass sofort bezahlte – als Entschädigung für einen völlig belanglosen Diebstahl von ihm verlangt. Petry schüttelte den Kopf und lächelte leicht. Im Moment war er unbeobachtet. Da konnte er ungestört seinen Gedanken nachhängen. Wie konnte Schinderhannes nur so dumm sein? Wäre er an seiner Stelle, hätte er sich selbst und Zerfass zum Teufel gejagt.

Auf der Straße vor ihm regte sich etwas. Petry kniff die Augen zusammen. Das waren die Wagen, auf die sie es abgesehen hatten. Seit Stunden lagen sie hier im Gebüsch auf beiden Seiten des großen Handelsweges auf der Lauer und warteten auf einen Transport von Johann Scherer. Petry kannte Scherer und hatte in der Vergangenheit des Öfteren Geschäfte mit ihm gemacht. Jetzt hatten sie von einem unzufriedenen Knecht Scherers den Hinweis auf einen großen Transport bekommen, bei dem Scherer einen großen Teil seines Besitzes auf die rechtsrheinische Seite verlagern wollte. Petry hatte die Hehler, die ihm das

Diebesgut abnahmen, immer in Ruhe gelassen. Mit Erstaunen beobachtete er, wie es Johannes, der sonst immer so großzügig war, eine richtige Freude zu bereiten schien, diesen Raubzug gegen Scherer vorzubereiten und zu planen. Jetzt lagen sie hier mit Johannes' Bande auf der Lauer. Der Schinderhannes war kein Risiko eingegangen. Fast alle Männer seiner Bande waren dabei. Dazu Petry und seine verbliebenen Räuber – und natürlich die Frau. Petry sah ihr Bild vor sich und spürte sofort wieder die Erregung. Er wischte den Gedanken fort. Nicht jetzt. Jetzt gab es anderes zu tun. Er sah eine Kutsche. Dahinter bewegte sich noch etwas. Wie vermutet war Scherer mit mehreren Wagen unterwegs. Das versprach wahrlich reiche Beute. Er drehte sich auf die Seite und hob die rechte Hand mit der Pistole vor die Augen, um sie noch einmal zu kontrollieren. Die Waffe war geladen und trocken. Er legte sie vorsichtig auf den Waldboden und griff nach der zweiten Pistole. Auch diese war schussbereit. Er legte sie wieder vor sich und drehte sich auf den Bauch. Seine linke Hand tastete zu seinem Gürtel. Auch Säbel und Messer hingen an ihrem Platz. Damit war er zum Kampf bereit. Er blickte wieder zur Straße. Die Kutsche war näher gekommen. Dahinter erkannte er jetzt zwei Wagen und – er kniff erneut die Augen zusammen, um etwas schärfer sehen zu können – eine weitere Kutsche. Ob dahinter noch etwas kam, konnte er nicht sehen. Auch für einen bisher immer davongekommenen Hehler wie Scherer war der neue französische Elan bei Sicherheit und Ordnung gefährlich. Vermutlich hatten die Behörden ihn schon länger im Visier, sodass er jetzt seine Schätze und sich selbst in Sicherheit bringen wollte. Ein gerissener Hund war er ja – wie Petry neidlos anerkennen musste. Er spürte wieder das bekannte Kribbeln im Bauch. Wie vor jedem Überfall. Dieses Mal allerdings würde er sich zurückhalten müssen. Ihm war klar, dass Johannes nicht gerne Tote bei den Überfällen sah. Und noch war er auf sein Wohlwollen angewiesen. Die Wagen kamen näher. Petry wusste, dass jetzt überall um ihn herum, auf beiden Seiten der Straße, Räuber mit Pistolen und Gewehren auf der Lauer lagen. Auf ein Zeichen vom Schinderhannes, einen von ihm abgefeuerten Schuss, würden sie angreifen. Jeder Mann wusste, was er zu tun hatte. Johannes hatte den Angriff genau geplant. Die eine Hälfte der Räuber würde auf die Kutschen zustürmen, die andere Hälfte sollte ihnen mit ihren Pistolen und Gewehren Deckung aus dem Wald geben. Hatten sie mit Gegenwehr zu rechnen? Petry sah den Kutscher auf dem ersten Wagen. Ein stattlicher junger Mann. Natürlich. Das hatte er, wie auch Bückler, vorhergesehen. Scherer wäre dumm, wenn er seinen Transport nicht von einigen gut ausgebildeten Männern bewachen lassen würde. Wahrscheinlich saßen in der Kutsche auch noch einige Männer mit Gewehren. Das Kribbeln in seinem Bauch nahm zu. Der Überfall war gefährlich. Aber das wussten sie alle. Dafür würde sich die Beute lohnen.

Die erste Kutsche war jetzt fast auf ihrer Höhe. Hinter der zweiten Kutsche in der Kolonne sah Petry die zwei folgenden Wagen. Nicht mehr lange, dann würde Johannes das Zeichen zum Angriff geben. Petry blickte vorsichtig nach links, dann zur Straßenseite gegenüber. Ihre Tarnung war gut. Er konnte nichts erkennen. Recht so. Dann sahen auch die Kutscher auf den Wagen nichts und ihre Überraschung würde vollkommen sein. Die Kutsche rollte direkt an ihm vorbei – langsam und gleichmäßig. Der Mann auf dem Bock starrte gelangweilt über den Rücken der Pferde nach vorn. Er hatte nichts bemerkt. Genauso die Kutscher der folgenden Wagen. Petry sah auf dem ersten Fässer, die den ganzen Wagen zu füllen schienen. Darauf lagen noch einmal Säcke. Auf dem nächsten Karren war es genauso. Warum so viele Fässer und Säcke? Das war seltsam, wenn Scherer seine eigenen Güter in Sicherheit bringen wollte. Auf der anderen Seite ...

Ein Schuss krachte. Das Signal. Petry griff nach den Pistolen und sprang auf. In einem ersten Impuls riss er die Waffe in der linken Hand nach oben und zielte auf den ersten Kutscher – so wie er es immer bei seinen Überfällen tat. Aber noch bevor er den Abzug betätigte, besann er sich eines besseren, hob die Pistole in die Luft und feuerte. Es krachte. Auch an anderen Stellen hörte er Schüsse. Schon umhüllte ihn der Pulverqualm, zog aber sofort mit dem leichten Wind nach links ab. Wie er diesen Geruch liebte. Aus den Augenwinkeln sah er den Roten Fink, der unmittelbar rechts von ihm aus dem Gestrüpp gesprungen war und auf die Kutsche zustürmte. Den hatte Johannes nicht ohne Grund direkt neben ihm postiert. Nun konnte Fink berichten, wie sich Petry bei dem Angriff zurückgehalten hatte. Sehr gut. Der Kutscher hob erschrocken die Arme, blickte zu ihnen, dann auf die andere Straßenseite. Auch hier stürmten Räuber aus dem Gestrüpp auf die Kutsche zu. Plötzlich sah er eine Bewegung am Fenster der Kutsche, etwas Graues. Es war ein Gewehrlauf, der aus dem Fenster geschoben wurde. Aus der Tür und dem Fenster daneben kamen weitere. Petry reagierte blitzschnell, hechtete zu Boden und schoss im Sprung mit der Pistole in der linken Hand auf die Kutsche. Gleichzeitig krachten aus der Kutsche Schüsse. Noch im Sprung sah Petry, wie die Mündungen der Gewehre aufblitzten und Feuer spien. Noch mehr Schüsse peitschten auf, nicht vereinzelte, sondern ganze Salven. Wer feuerte all diese Waffen ab? Jetzt nur nicht zum Stillstand kommen. Wieder roch er Pulverdampf, als er sich abrollte und direkt an der Kutsche zu liegen kam. Eine schnelle Bewegung, und er war unter dem Wagen und damit zunächst in Deckung. Über ihm schwankte die Kutsche, die Türen flogen auf. Schwaden von Pulverdampf zogen vorbei, hüllten alles in einen Nebel, der mal dichter, dann wieder durchsichtiger war. Er sah Stiefel, dann einen, zwei und schließlich drei Gendarmen, jetzt mit Pistolen in der Hand, die aus der Kutsche sprangen, kurz stehen blieben und erneut schossen. Einer der Räuber – Petry kannte ihn nicht – taumelte mit erschrockenen Augen zurück, wurde von einer Bleikugel getroffen und durch die Wucht des Geschosses zurück in die Büsche am Waldrand geworfen. Zu den Füßen der Polizisten erkannte Petry den Roten Fink. Er war tot, ein Teil des Kopfes blutig. In den Büschen blitzte es auf, neue Schüsse erklangen. Das waren die dort verbliebenen Männer von Johannes' Bande. Einer der Polizisten vor ihm rollte von Kugeln getroffen zu Boden, die beiden anderen warfen sich flach hin. Erneut krachte es, nicht ein Gewehr, sondern viele, wieder eine ganze Salve. Woher kamen diese zahllosen Schüsse? Petry riss den Kopf herum. Zwischen den Fässern des Wagens hinter der Kutsche ragten Gewehrläufe heraus. Das war es also, eine Falle: Auf den Wagen verbargen sich Polizisten.

Die Gewehrläufe verschwanden. Jetzt luden die Gendarmen nach. Er wusste: Die besten Soldaten brauchten 15 Sekunden bis zum nächsten Schuss. Die Gendarmen würden wahrscheinlich 20 bis 30 Sekunden benötigen. Das war seine Chance. Er sprang unter dem Wagen hervor und rannte, so schnell er konnte, zum Wald. Wieder wallte Pulverdampf an ihm vorbei. Links und rechts von ihm rappelten sich die beiden Gendarmen, die sich kurz zuvor zu Boden geworfen hatten, wieder hoch. Petry wusste genau, wohin er laufen musste. Er hatte sich den kleinen Pfad schon am Vortag gemerkt. Über den Pfad würde er zu einem kleinen See kommen. Dort zweigten mehrere Wege ab, auf denen er möglichen Verfolgern entkommen konnte. Er erreichte das Gestrüpp am Waldrand, war mit einem Satz hindurch und trat auf etwas Weiches. Ein Toter, einer der Räuber. Daneben erkannte er die Hand eines weiteren Mannes. Er rannte weiter. Hinter ihm erklangen Stimmen, französische Worte, das Poltern von Holz. Zweige peitschten in sein Gesicht, Dornen rissen an seinen Beinen, konnten ihn aber nicht aufhalten. Vor sich sah er einen braunen Umriss, den Rücken eines Mannes, genauso schnell wie er. Jetzt war er wieder im Grün des Gestrüpps verschwunden, um ebenso schnell wieder aufzutauchen. Das musste einer der anderen Räuber sein, auf der Flucht wie er. Ob die Gendarmen ihnen folgten? Ganz sicher. Unter seinen Füßen knackten die Äste, an ihm peitschten die Zweige vorbei. Er konnte nicht hören, ob jemand hinter ihm lief. Aber er durfte auch auf keinen Fall anhalten. Am besten lief er weiter, so schnell er es vermochte, auf dem Weg, den er geplant hatte. Damit konnte er keinen Fehler machen. Tatsächlich: Er hörte französische Kommandos hinter sich. Er musste rennen, immer weiter rennen. Sein Herz raste. Seine Lungen schmerzten, so schnell sog er die Luft in seine Brust, während er weiter durch den Wald hastete. Ein einzelner Schuss erklang. Dann folgten zwei weitere. Wo war der Pfad? Er hatte ihn verfehlt. Aber das machte nichts. Im dichten Unterholz des Waldes würde er seine Verfolger noch besser abhängen und den See konnte er gar nicht verfehlen. Wieder hörte er Schüsse.

Wenig später hatte er das Wasser erreicht, hielt sich am Ufer rechts und rannte den zweiten Pfad entlang, der sich dort in Richtung Osten öffnete. Er lief noch eine ganze Weile weiter, bevor er zum ersten Mal wagte, stehen zu bleiben. Alles war still. Erschöpft sank er auf einen Stein. Als Petry wieder aufstand, zitterte er am ganzen Körper. Er musste weiter, sich zunächst eine Bleibe für die Nacht suchen. Er war noch nicht lange gegangen, als er Stimmen hörte. Vorsichtig schlich er in ihre Richtung weiter, leise, gebückt, um nicht gesehen zu werden – und atmete erleichtert auf, als er sah, wen er gehört hatte: Auf einer kleinen Lichtung saßen Johannes, seine Frau und Jakob Zerfass. Auch sie hatten sich also retten können. Und bestimmt waren noch andere Räuber entkommen. Petry räusperte sich, streckte sich zu seiner vollen Größe – und schreckte auch schon zurück. Der Schinderhannes hielt eine Pistole in den Händen und zielte auf ihn.

„Nicht schießen", entfuhr es ihm. „Ich bin es: Peter Petry." Er lachte unsicher. Johannes ließ die Waffe sinken und trat einen Schritt vor auf die Wiese.

Wie hatte er die Pistole nur so schnell in die Finger bekommen? Petry war keine Bewegung seiner Hände aufgefallen. Aber vorher hatte der Schinderhannes keine Waffe in den Händen gehabt. Man durfte den Burschen auf keinen Fall im Umgang mit den Pistolen unterschätzen. Und wahrscheinlich mit anderen Waffen ebenso wenig. Das würde er sich merken.

„Du bist also auch entkommen“, stellte Johannes fest und nickte. Ein bitterer Ton schwang in seiner Stimme mit.

„Gute Männer sind gestorben, darunter Johann Seibert. Ich hätte mich offen gestanden mehr gefreut, wenn jetzt andere Männer zu uns auf die Wiese getreten wären. Aber auch du bist uns natürlich willkommen.“

„Wisst ihr schon, wer alles entkommen konnte?“

Johannes zuckte nur mit den Achseln und sah Petry an.

„Wie denn? Wir haben nur gesehen, was direkt neben uns geschah. Und da sah ich, wie der gute Johann von einer Kugel getroffen wurde. Ansonsten sind wir nur gelaufen. Bei dir war es sicher nicht anders.“

Petry nickte. „Ich sah, wie der Rote Fink erschossen wurde.“

Johannes schloss die Augen. „Der also auch“, murmelte er. Dann sah er Petry wieder an und wies mit der Hand zur Seite. „Dort am Waldrand fließt ein Bach – falls du etwas trinken willst.“

Petry nickte. Dabei streifte sein Blick die Frau. Sie war schöner denn je, wie er selbst jetzt, nach dieser Flucht, feststellen musste – die Haare zerzaust, die Wangen gerötet und die vollen roten Lippen leicht geöffnet. Jetzt hatte sie bemerkt, dass er sie anschaute. Sie hob den Blick und sah ihm direkt in die Augen. Kalt und unnahbar. Er wandte den Blick ab und machte sich auf den Weg zum Bach. Beim Gehen warf ihm Zerfass einen Blick zu. Auf den konnte er sich immer noch verlassen. Das war gut. Petry hatte das Gefühl, dass er seine Hilfe schon bald brauchen konnte. Nachdem er getrunken hatte, planten sie ihre weitere Flucht. Es war viel zu riskant, in der Nacht ein Lager in einer alten Scheune oder einem anderen Gebäude aufzuschlagen. Dazu waren die Gendarmen viel zu nah. Sie mussten weiter fliehen, die ganze Nacht über laufen, wie sie sich schnell einig waren. Zweifellos wusste die Polizei, dass einige Räuber entkommen waren.

Ganz sicher hatten die Gendarmen die Verfolgung aufgenommen. Sie mussten überall auf den Straßen mit Polizeipatrouillen rechnen. Also waren sie, als sie sich auf den Weg machten, vor allem auf kleinen Pfaden im dichten Wald unterwegs. Erst als nach der Nacht der Morgen graute, wagten sie es, in einer verlassenen Scheune zu schlafen. Gegen Mittag wachten sie auf.

„Wir brauchen etwas zu essen“, knurrte Petry, als sie nach dem Aufwachen vor der Scheune zusammensaßen. Johannes nickte. Julchen hatte sich an ihn gelehnt. Petry sah, wie Schinderhannes seinen Arm um sie gelegt hatte. Seine Finger spielten gedankenverloren mit ihren Haaren. Die junge Frau hatte ihren Mantel geöffnet. Unter dem dicken Stoff des Leinenhemdes zeichneten sich ihre Brüste ab. Sie waren überraschend groß für eine so schlanke Frau, wie Petry bemerkte. Er musste sich zwingen, seine Augen abzuwenden. Julchen hatte seinen etwas zu langen Blick trotzdem bemerkt. Sie sah ihn an und schloss den Mantel vor ihrer Brust.

Zerfass begann zu sprechen: „Es wird sicher irgendwo in der Nähe ein paar Häuser geben. Vielleicht ein Dorf“, stellte er fest. „Es würde bestimmt nicht lange dauern, die Häuser zu erreichen.“

Petry tastete nach seinem Säbel und seinen Pistolen. „Habt ihr noch eure Waffen und Munition?“, wollte er wissen und sah Johannes an.

Dieser erwiderte den Blick, wobei sich eine Augenbrauen kurz hoben. Dann schüttelte er den Kopf und griff in eine Tasche seines Mantels. Ein Gegenstand flog auf Petry zu – eine Münze, ein Louisdor.

„Wozu Waffen?“, er lächelte leicht. „Wenn doch ein Louisdor reicht, uns alle satt zu kriegen. Dafür lässt uns der Bauer wahrscheinlich sogar an seinem Tisch in der Küche sitzen.“

„Wir können jeden Louisdor vielleicht noch gebrauchen“, sagte Petry. Seine Stimme klang hart und entschlossen. „Die Zeiten werden nicht besser.“

„Was kümmert es dich. Ich zahle. Und auf unserer Burg habe ich noch genug – so wie du sicher auch an einem verborgenen Ort."

Petry grinste.

„Gut. Dann machen wir es auf deine Art. Wir sollten uns aufteilen."

Johannes nickte. „Wir drei sehen uns die Umgebung an, jeder in einer anderen Richtung. Anschließend treffen wir uns hier wieder. Wir dürfen uns nicht zu viel Zeit dafür nehmen – höchstens so lange, wie in der Kirche die Predigt des Pfarrers dauert."

Petry hatte keine Ahnung, was Johannes meinte. Als Kind war er zum letzten Mal in der Kirche gewesen. Wie lange der Pfarrer gesprochen hatte, wusste er nicht mehr. Er warf einen Seitenblick auf Zerfass. Dem stand ins Gesicht geschrieben, dass er mit dem Hinweis des Schinderhannes auch nichts anfangen konnte.

Dieser sah von einem zum anderen. Dann stöhnte er leise. „Oder so lange, wie ihr über den Markt in Kirn oder Kreuznach bummelt, um euch umzusehen." Zerfass nickte. Petry brummte Zustimmung und Bückler fuhr fort: „Vielleicht finden wir Bauernhäuser oder sogar ein Dorf in dieser Zeit. Sonst ziehen wir weiter, sobald wir wieder zurück sind. Dann muss es ohne Essen gehen."

Einen Moment später waren sie auf dem Weg. Schon nach kurzer Zeit fand Petry einen kleinen Pfad, dem er weiter folgen konnte. Er kam jetzt besser voran als im dichten Unterholz des Waldes. Während er nach Osten lief, sahen sich Johannes und Zerfass im Norden und Westen um. Im Süden gab es keine Häuser. Die hätten sie auf dem Weg hierher bemerkt. Er marschierte weiter. Häuser konnte er nirgends entdecken. Er stolperte über eine Wurzel. Dabei strich seine Hand an seinem Gürtel vorbei. Er bemerkte sofort, dass etwas fehlte. Der Pulversack. Er hatte kein Pulver für seine Pistolen. Petry fluchte leise und blieb stehen. Was, wenn er die Waffen brauchen würde? Sie waren nicht geladen. Unschlüssig überlegte er einen Moment. Das Pulver lag sicher noch in der Scheune. Er war schon eine ganze Weile gegangen. Wie lange dauerte die Predigt eines Pfarrers? Er wischte den Gedanken fort. Egal. Es reichte, er hatte lange genug gesucht. Sollten die anderen sich ruhig länger umschauen. Er würde jetzt zurückgehen. Schnell sah er wieder die Scheune. Der Anblick überraschte ihn ein wenig. Er war weniger weit weg gewesen, als er gedacht hatte. Aber was machte das schon. Da konnte er sich noch ein wenig im Stroh ausruhen.

Die Scheune kam näher. Petry kämpfte sich durch die Büsche im Wald voran. Dann sah er Julchen. Sie stand vor der Scheune und drehte den Kopf in seine Richtung. Sie hatte etwas gehört. Jetzt sah sie ihn, ihre Blicke trafen sich. Petry war jetzt so nah heran, dass er ihre Augen sehen konnte. Wieder lag diese Herablassung in ihrem Blick. Doch nur kurz. Irgendetwas blitzte ganz kurz in den Augen der jungen Frau auf, ein Gedanke, und dann sah er Furcht. Sie hatte Angst. Im selben Augenblick wusste er, warum, wusste er, was er tun konnte, woran ihn niemand hindern würde. Sein Triumph war grenzenlos. Er spürte die Gier zwischen seinen Lenden, wie sich sein Glied schon bei dem Gedanken an das, was nun passieren würde, versteifte. Julchen wich einen Schritt zurück, starrte ihn an. Dann drehte sie sich um und begann zu laufen. Das würde ihr nichts nützen. Er wusste, dass er schneller war. Mit einem Satz sprang er über einen Busch und stürmte voran, die Augen starr auf sein Opfer gerichtet. Wie sie rannte. Der Anblick erregte ihn noch mehr. Schon jetzt hatte sich der Abstand zwischen ihnen deutlich verringert – und sie wurde langsamer, weil sie nun das Ende der Lichtung vor der Scheune erreichte und ihr dichte Dornen den Weg versperrten. Petry rannte weiter, während die junge Frau vor ihm nun nach rechts auf der Lichtung lief, parallel zu den Dornen. Nur noch wenige Schritte trennten ihn von ihr. Sie warf ihm einen kurzen Blick zu. Er sah die Angst in ihren Augen. Dann bog sie nach links in einen schmalen Pfad ein. Er roch einen Hauch ihres Duftes, war mit einem Satz ebenfalls im Wald, konnte sie jetzt fast greifen und sprang. Beinahe augenblicklich trafen seine Hände ihren Rücken, der sofort nachgab. Sie stolperte, fiel nach vorn, und er stürzte auf sie, rollte zur Seite. Blitzschnell wandte er sich ihr zu, sah, wie sie versuchte wieder auf die Beine zu kommen. Doch das würde er nicht zulassen. Mit einer schnellen Bewegung war er wieder bei ihr, packte sie am Oberkörper, riss sie herum und warf sich auf sie. Jetzt war es so weit. Jetzt gehörte sie ihm. Ihr Gesicht war direkt unter seinem. Gierig sog er ihren Geruch ein, spürte ihre Bewegungen unter sich, die ihn beinahe rasend machten. Mit einem Schlag traf sie seine Nase. Der Schmerz warf ihn zurück. Das sollte sie büßen. Er ballte die Faust und schlug zurück, einmal, zweimal traf er ihren Kopf. Er war zu wütend, um genau zu zielen. Sie schrie auf und bewegte sich sofort weniger. Er sah, wie sie blutete, öffnete seine Fäuste und riss ihr Hemd entzwei. Der Anblick ihrer Brüste raubte ihm den Atem. Er musste sie haben, sofort. Sie versuchte, noch einmal nach ihm zu schlagen, aber er blockte ihren Angriff mit seinem linken Arm, während er seinen rechten nach unten führte. Er spürte den Stoff ihres Rockes und riss ihn ein Stück nach oben. Sie schlug ihn wieder, dann noch einmal. Mit der linken Hand konnte er ihre Arme nicht halten. Er ließ den Rock los und ballte erneut die rechte Faust. In diesem Augenblick spürte er einen Ruck an seinem Rücken. Er wurde an seinem Mantel hochgezogen, ein Schlag traf ihn, dann noch einer. Der Schmerz explodierte in seinem Rücken, bevor er über den Boden gestoßen wurde, mit der Wirbelsäule gegen einen Baumstamm stieß und davor liegen blieb. Vor ihm kam Johannes näher. Die Fäuste geballt. In seinen Augen flammte grenzenlose Wut. Mit beiden Händen packte er Petry vor der Brust am Mantel, zog ihn in die Höhe und schlug mit der Faust zu. Der Schwarze Peter rollte über den Boden und blieb blutend vor dem dichten Unterholz des Waldes am Rand der Lichtung liegen. Mühsam stemmte er sich hoch. Schon wieder kam Johannes heran, noch immer diese Wut in den Augen. Petry bekam Angst. Dieser Mann würde ihn umbringen, wenn er weiterhin so zuschlug. Und er war am Ende seiner Kräfte und konnte sich nicht mehr wehren. Die Pistolen fielen ihm ein. Aber sie waren nicht geladen. Der Säbel. Aber der Schinderhannes hatte Pistolen und einen Degen. Er konnte nichts tun. Panik stieg in ihm auf. Er kroch auf das Unterholz zu, so schnell er noch konnte, war auch schon unter den Dornen und kroch weiter. Seine Fingernägel brachen ab, als sie über Steine kratzten, immer wieder rutschten seine Füße weg, mit denen er sich voranstrampelte. Jetzt gleich musste ihn Johannes erreichen, gleich würde er wieder einen Schlag spüren, dann weitere, bis das Leben aus ihm herausgeprügelt war. Aber nichts geschah. Ängstlich drehte er sich um, um zu sehen, wo Johannes blieb. Da stand er. Aber da war keine Wut mehr in seinen Augen – dafür etwas anders: Angst und große Sorge. Die Fäuste öffneten sich und er drehte sich um, begann jetzt von ihm wegzulaufen.

Das war Petrys Chance. Er konnte entkommen. Sollte sich doch der Schinderhannes um sein Weib kümmern. Petry stemmte sich hoch und machte einige zaghafte Schritte. Er konnte stehen, konnte gehen, wenn er auch immer noch den Schmerz im Rücken und Gesicht spürte. So würde es gehen, so konnte er entkommen – bevor es sich sein Kontrahent wieder anders überlegte. Er taumelte voran, torkelte zwischen den Bäumen und Sträuchern weiter, immer weiter. Die Zeit verging, mehrfach wechselte er aus Vorsicht die Richtung, auch wenn er wusste, dass Johannes ihn finden würde, wenn er es wollte. Dazu waren seine Spuren im Boden viel zu deutlich. Irgendwann dann sah er eine Gestalt im Wald, die zunächst zögerte, dann auf ihn zugerannt kam. Es war Jakob Zerfass. Er wusste, dass der ihm helfen und bei ihm bleiben würde. Er war gerettet.

Zerfass stützte Petry. So kamen sie schneller voran. Der junge Kerl hatte sich zunächst seine Wunden ansehen wollen. Die aber waren nicht so schlimm, wie Petry spürte. Er konnte schon wieder besser laufen. So drängte er Zerfass, weiterzugehen. Schließlich war es immer noch möglich, dass der Schinderhannes ihnen folgte. Sie redeten. Zerfass hatte auf seinem Weg durch den Wald auch keine Häuser und keine Bauern entdeckt. Dafür aber ein Lager der Polizei. Die Gendarmen hatten Zelte im Wald aufgestellt, einige Wagen, auf einem befand sich sogar eine kleine Küche. Von diesem Lager aus schienen ihre Patrouillen die ganze Region zu durchstreifen. Zerfass hatte sie warnen, sie zum schnellen Aufbruch auffordern wollen. Jetzt führte er Petry so, dass sie das Polizeilager in weitem Bogen nach Norden umgingen.

Petry hatte sofort eine Idee. „Du führst uns nördlich am Lager vorbei“, stellte er fest. „Lass uns direkt zu den Gendarmen gehen.“

Zerfass blieb stehen und sah ihn erstaunt an. Klug war der junge Räuber nicht, stellte Petry amüsiert fest. Aber er hielt treu zu ihm und war deshalb ein guter Mann, der ideale Gefährte und Vertraute für den Aufbau einer neuen Räuberbande.

Petry nahm den Arm von Zerfass' Schulter und ließ sich auf einen Fels sinken. Zerfass setzte sich ihm gegenüber und sah vom Boden zu ihm auf.

„Wir gehen direkt zu den Gendarmen und melden, dass wir einige Räuber im Wald gesehen haben. Auf diese Weise kassieren wir die Belohnung und sind gleich dazu auch noch den Schinderhannes los. Und dabei machen die Gendarmen die Arbeit.“

„Die Idee ist gut“, staunte Zerfass.

Petry nickte zufrieden und kratzte sich am Kopf. Dann verzog er leicht den Mund. „Ein Problem gibt es allerdings.“

Er sah Zerfass bedeutungsschwer an. Dann fuhr er fort: „Ich kann nicht zu den Gendarmen gehen. Mit meinen Haaren, meinem Bart erkennt mich jeder Polizist. Wenn wir Bückler an die Polizei verraten wollen, musst du das alleine tun.“

Zerfass nickte. Er hatte verstanden. Und er war bereit zu tun, was Petry wollte. Jetzt musste er mit ihm nur noch die Einzelheiten klären. „Du gibst nicht zu, dass du ein Räuber bist. Sag, du bist ein Knecht aus Kreuznach auf dem Weg, in Kirn einige Besorgungen zu machen."

Er drückte Zerfass drei Louisdor in die Hand. „Das ist das Geld, das dir dein Bauer dafür gegeben hat. Du bist durch den Wald gegangen, weil du auf der Straße Angst vor Räubern hast." Er blickte Zerfass in die Augen. „Hast du verstanden?"

Zerfass nickte.

„Gut."

Er machte eine Pause. Es war wichtig, dass Zerfass alles verstand. Er hatte die Erfahrung gemacht, dass die einfachen Männer seine Anweisungen besser verstanden, wenn er sie in kleine Häppchen aufteilte und beim Erzählen zwischendurch Pausen machte.

„Du bekommt das Geld der Belohnung von den Gendarmen nicht sofort. Sie werden deinen Hinweis überprüfen und dich wahrscheinlich nach Kirn mitnehmen. Die Belohnung bekommst du erst, wenn sich herausgestellt hat, dass du die Wahrheit sagst und sie den Schinderhannes gefangen haben. Bleibst du bei deiner Geschichte, wird dir nichts geschehen."

Er holte Luft und musterte den jungen Räuber. Dieser hatte ruhig und konzentriert zugehört. Gut so. Petry fuhr fort: „Anschließend treffen wir uns und teilen die Belohnung. Ich bin dann natürlich nicht mehr hier. Erinnerst du dich an die Höhle bei Waldfriede, in der wir einmal mit der Bande übernachtet haben?"

Zerfass nickte.

„Dorthin gehst du mit der Belohnung. Warte dort auf mich. Ich bin nicht in der Höhle. Aber ich werde dich dort finden. Habe Geduld, auch wenn es einige Tage dauert. Sind wir wieder zusammen, suchen wir uns Männer für eine neue Bande, die wir zusammen anführen. Vielleicht gehen wir dazu über den Rhein. Da ist das Risiko geringer und die Beute größer."

Er lächelte Zerfass aufmunternd zu. Dieser erwiderte den Blick konzentriert. Das war ein gutes Zeichen.

„Wann soll ich aufbrechen?“, fragte Zerfass nach einem kurzen Moment.

„Am besten sofort. Ich komme allein zurecht und weiß, wo ich mich sicher eine Weile ausruhen kann. Ich breche mit dir zusammen auf. Du musst dich beeilen. Sonst treffen die Gendarmen Bückler bei der Scheune nicht mehr an.“

Zerfass nickte. Petry schlug ihm freundschaftlich auf die Schulter. Dann drehte sich der junge Räuber auch schon um und machte sich auf den Weg.

27. Herz-Bube

Jakob Zerfass marschierte mit schnellen Schritten durch den Wald. Er musste sich tatsächlich beeilen. Da hatte der Schwarze Peter recht. Wenn alles gut ging, würde er Petry nie wiedersehen. Er wusste längst, dass es neben dem alten Räuber keinen zweiten Anführer in einer Bande geben konnte. Er dachte an die Worte des Schwarzen Peter und lächelte. Petry schien ihn für dumm zu halten, für hilfsbereit und dumm. Der sollte sich wundern. Er würde die Belohnung kassieren – und das Geld natürlich nicht zu Petry in den Wald tragen. Er war ja nicht blöd. Er konnte sich schon vorstellen, was dieser unter Teilen verstand. Dazu kannte er Petry bereits lange genug. Trotzdem musste er sich etwas einfallen lassen. Die Gefahr, dass Petry ihn fand, war groß. Davor hatte er Angst. Trotz aller Rückschläge kannte Petry immer noch viele Männer, Ehrbare, Hehler und Räuber, auch wenn sie jetzt im ganzen Land verstreut waren. Es würde nicht lange dauern, bis er wieder eine Bande um sich geschart hatte. Und Petry war nachtragend. Der vergaß nie. Irgendwann würde er ihn finden – und töten. Da machte sich Zerfass keine Illusionen.

Der Wald wurde lichter. Er kam jetzt zügiger voran. Noch eine Weile, dann würde er auf das Lager der Gendarmen stoßen.

Am besten war es, Petry auch gleich mit bei den Gendarmen zu melden. Aber der war ja schon wieder unterwegs. Und der alte Räuber kannte selbst im dichtesten Wald jeden noch so versteckten Pfad. Wahrscheinlich würde ihn die Polizei nicht finden. Das war zu gefährlich. Aber es gab noch eine andere Lösung. Und die gefiel ihm ohnehin besser. In Kreuznach hatte er einen Aushang gesehen, mit dem die französische Armee Freiwillige aus Deutschland suchte. Es gab guten Sold, reichhaltige Verpflegung und viele andere Vergünstigungen. Räubern und Dieben, so stand da geschrieben, wurde die Haft erlassen, wenn sie sich für den Dienst in der Armee meldeten. Diese Regel galt für alle Räuber – mit der Ausnahme des Schinderhannes und den Mitgliedern seiner Bande. In der französischen Armee war er auf jeden Fall vor Petry sicher. Er konnte dort eine Weile bleiben und abwarten, wie sich die Dingen entwickelten. Gefiel es ihm, würde er bei den Soldaten bleiben. Gefiel es ihm nicht, konnte er immer noch desertieren. Irgendwo anders, wohin ihn der Dienst in der Armee führte, oder auch hier, wenn sie Petry längst gefangen hatten. In jedem Fall würde er das Geld aus der Belohnung an einem sicheren Ort für später verstecken.

Er stolperte über eine Wurzel, so sehr war er in seine Gedanken versunken, konnte aber einen Sturz gerade noch vermeiden.

Damit durfte er sich natürlich nicht mehr als Knecht ausgeben, wenn er auf die Gendarmen traf. Er musste sich stattdessen als reuigen, aber kleinen und unbedeutenden Räuber selbst bei den Gendarmen anzeigen und bekannt geben, wo seine Räuberkumpane zu finden waren.

Er begann, leise ein Lied zu pfeifen. Was für eine gute Idee. Seine Laune wurde besser und besser. Einen Nachteil hatte sein Plan allerdings. Das Lied erstarb für einen kurzen Moment auf seinen Lippen. Dann pfiff er etwas leiser fröhlich weiter. So groß war dieser Nachteil aber auch nicht, wenn er es richtig betrachtete. Er durfte den Gendarmen nicht sagen, dass es der Schinderhannes war, den sie in der Scheune fangen konnten. Dann wäre klar gewesen, dass er als Räuber ein Mitglied von dessen Bande war. Und das hätte ihn in die Zelle von Johannes, nicht aber in die Armee gebracht. Besser war es, die Polizei nahm an, eine der zahllosen neuen Banden, die in den vergangenen Jahren entstanden waren, auszuheben. Die Belohnung erreichte nicht die Höhe dessen, was er für den Schinderhannes bekommen hätte. Aber, wenn er es recht bedachte, war das immer noch mehr als genug. Und wer wusste? Vielleicht konnte er später dann auch noch die Belohnung für den Schinderhannes bekommen. Mit etwas Glück war das möglich. Aber daran wollte er jetzt noch nicht denken.

Pfeifend marschierte er weiter, in Gedanken schon den Marschschritt der Soldaten übend. So spazierte er auch zwischen die Zelte der Gendarmen, ließ sich zum Kommandanten führen – einem kleinen, dicken Polizeileutnant – und machte seine Meldung. Einen Augenblick später befand er sich im Arrest in einem der Zelte. Mit Genugtuung hörte er, wie draußen Kommandos gebrüllt wurden, Pferde schnaubten, das Leder vieler Sättel knirschte und schließlich die Hufe der davonreitenden Pferde erklangen. Alles entwickelte sich so, wie er es geplant hatte.

28. Karo-Zehn

Die Sonne war bereits untergegangen. Es dämmerte. Julchen ging schneller über den Pfad. Sie musste sich beeilen. Der Weg war schon am Tag im dichten Gestrüpp des Waldes nur schwer zu erkennen. Wenn es noch dunkler wurde, würde sie dem Pfad schon bald nicht mehr folgen können. Dabei konnte es bis zur Scheune nicht mehr weit sein. Johannes war sicher längst wieder zurück. Bestimmt brannte bereits ein kleines Feuer, an dem vielleicht schon etwas Fleisch briet oder Wasser für ihren Tee kochte. Bestimmt hatte er etwas gefangen, einen Hasen vielleicht oder einen Fasan. Ihre Hand tastete nach den Kräutern, für die sie so weit gelaufen war. Johannes hätte es lieber gesehen, wenn sie nicht gegangen wäre, während er etwas Essbares beschaffen wollte. Aber es musste sein. Ihr war immer noch übel. Besonders der Kalmus, den sie am Ufer des Flusses gefunden hatte, würde ihr helfen. Eigentlich war es seltsam: So nah, wie die Scheune sein musste, hätte sie ein Feuer schon lange sehen müssen. Und vielleicht auch riechen. Der Wind kam genau aus der Richtung, in der die Scheune stand. Sie hörte Stimmen. Hatte Johannes Besuch? Offensichtlich war er nicht mehr allein.

Julchen blieb stehen und lauschte. Sie hörte Männerstimmen. Vielleicht einige der anderen Räuber, die auch beim Überfall hatten entkommen können. Sie hörte Gelächter. Es waren viele Männer. Das dumpfe Stampfen von Pferdehufen klang herüber – von mehreren Pferden. Sie kamen näher! Und das schnell. Julchens Herz hämmerte in ihrer Brust. Sie blickte sich um. Egal wer da kam. Es war besser, sich zunächst zu verstecken. Aber wo? Ihr Blick glitt über das Gestrüpp. Das war für Pferde kein Hindernis. Eher schon die dichten Tannen links von ihr. Oder die Dornen rechts vom Pfad? Die Eiche dahinter war tot. Noch immer breit und imposant ragte der kahle Stamm des mächtigen Baumes aus dem Dornengestrüpp in die Höhe. Das

Stampfen der Hufe kam näher. Die Tiere trabten nicht. Sie galoppierten. Julchen sah das Loch im Stamm des Baumes, dicht über dem Boden. Gerade groß genug, dass sie hineinkriechen konnte. Mit einem Satz lag sie auch schon flach auf der Erde, kroch unter die Dornen, kroch immer weiter, bis sie das Loch direkt vor sich sah. Hoffentlich war das nicht der Bau von Füchsen oder anderen Tieren. Sie wischte den Gedanken fort, fasste allen Mut zusammen und schob sich auch schon, mit den Beinen voran, in den Stamm. Hier war es finster – aber überraschend geräumig. Julchen hockte sich hin, tastete mit den Händen nach dem Holz des Baumes. Plötzlich raschelte etwas hinter ihr. Sie zuckte zusammen. Ein Tier fauchte leise und huschte, während sie sich mit dem Rücken an den Stamm presste, vor ihr vorbei. Im durch die Öffnung hereinfallenden Licht erkannte sie, was es war: ein Igel. Erleichtert stieß sie ihren Atem aus. Von draußen drang das Donnern der Hufe jetzt laut herüber. Mindestens zwei Pferde jagten rechts vom Baum an ihr vorbei, nicht weniger Tiere waren es auf der anderen Seite. Sie hörte Worte in französischer Sprache. Eine Frage, wie sie am Tonfall erkannte. Auch die Antwort wurde auf Französisch gerufen. Bestimmt waren das Soldaten. Oder Gendarmen. Ihr Magen krampfte sich zusammen. Die Übelkeit nahm wieder zu. Sie wusste, dass die Gendarmen Verstärkung erhalten hatten. Verstärkung aus Frankreich. Sie sank im Baum auf den Boden. Das Geräusch der Pferdehufe wurde leiser, war schließlich nicht mehr zu hören. Nach einer Weile kamen die Reiter zurück, galoppierten am Baum vorbei und trafen sich wieder mit ihren Kameraden. Wieder waren zahllose Männerstimmen zu hören, Kommandos, hin und wieder ein Lachen und Bemerkungen – bis sehr viele Pferde donnernd anritten und in der Ferne verschwanden. Stille senkte sich wieder über das Land. Kein Vogel zwitscherte, als sie aus dem Baum hervorkroch. Auch hier draußen war es mittlerweile dunkel. Dunkel und kalt. Und Johannes würde an keinem Feuer auf sie warten. Nie wieder. Das wusste sie.

29. *Pik-Ass*

Die Gendarmen hatten ihn gefangen. Wieder einmal. Die Hände auf dem Rücken gefesselt saß Johannes auf einem Pferd und ritt zwischen ihnen auf der Straße nach Westen. Sogar die Füße hatten sie ihm gebunden. Der Strick verlief unter dem Bauch des Pferdes. Die Polizisten hatten es eilig. Sie wollten irgendein Lager erreichen. So viel hatte er ihren Gesprächen und Kommandos entnommen. Viele davon auf Französisch, sodass er nicht alles verstand. Nur, weil sie es so eilig hatten, durfte er überhaupt auf dem Tier sitzen. Ansonsten hätten sie ihn sicher an einem Strick gefesselt zwischen sich laufen lassen. Sie waren enttäuscht gewesen, hatten gehofft, mehrere Räuber zu fangen. Einer reichte ihnen nicht. Aber auch bei der kurzen Suche im Wald, nach seiner Festnahme, hatten sie keinen weiteren Räuber mehr gefunden. Johannes atmete erleichtert aus. Zum Glück war ihnen Julchen nicht in die Hände geraten. Er hatte große Angst um sie gehabt, als er die Reiter lospreschen sah, genau in die Richtung, aus der sie kommen musste. Ein ganz feines Lächeln zog durch sein Gesicht. Vielleicht konnte er noch entkommen – so wie es ihm schon häufiger gelungen war. Ein Gedanke nahm in seinem Kopf Gestalt an – ganz zart und verschwommen. Er konnte es schaffen. Ganz anders als sonst, wenn er ihnen entkommen war. Aber er musste sehr vorsichtig sein. Er freute sich schon jetzt diebisch bei dem Gedanken daran. Sein großer Trumpf: Sie wussten nicht, wer er war. Und wenn er es geschickt anstellte, würden sie es auch nie erfahren. Und er erinnerte sich an eine neue Verordnung, die überall in den Städten aushing. Wenn er es richtig in Erinnerung hatte, erließen sie jedem einfachen Räuber seine Strafe, wenn er sich den Soldaten anschloss. Und von den Soldaten konnte man später desertieren. Das war nicht schwer.

Zwei Tage später saß er im Gefängnis von Kreuznach. Es dauerte nur zwei weitere Tage, bis er als neuer Rekrut von zwei

Gendarmen durch das Tor der nahe gelegenen Kaserne geführt wurde, Waffenrock und Stiefel entgegennahm und auf dem Exerzierplatz stillstehen durfte. Er war natürlich nicht allein. Neben ihm in zwei langen Reihen standen 50 weitere Männer und bemühten sich, so gerade und still wie nur möglich zu stehen und auf Kommando einen Schritt nach rechts zu machen. Viele Gesichter hatte Johannes schon einmal gesehen. Er sah drei Männer aus seiner Bande, junge Kerle, die er bei dem Überfall tot geglaubt hatte. Und er erkannte Jakob Zerfass. Auch den hatten sie also gefangen. Und als er dann auch noch den grinsenden Philipp Mosebach in der Reihe hinter sich erblickte, wusste er, dass er wahrlich nicht der einzige Räuber war, der das Soldatenleben für sich entdeckt hatte.

30. Pik-König

Was hatte er doch für ein Glück. Jakob Zerfass konnte es kaum fassen. In der Reihe links von ihm stand Johannes Bückler. Ganz offensichtlich hatten die Gendarmen nicht gemerkt, wer ihnen da in die Finger geraten war. Er wäre fast dem Impuls gefolgt, sich die Hände zu reiben, wenn ihm nicht im letzten Augenblick eingefallen wäre, dass er diese ja direkt an der Hosennaht halten musste. Schließlich war er jetzt Soldat. Und der Sergeant vor ihm verstand keinen Spaß – das hatte er schon gemerkt. Die Belohnung für die Festnahme des Räubers hatte er schon erhalten. Jetzt würde er noch die – viel höhere – Belohnung für die Festnahme des Schinderhannes bekommen. Was war er doch für ein Glückspilz. Er lächelte wider Willen und bemerkte, wie der Blick des Sergeanten auf ihm ruhte. Dieser schüttelte ganz leicht den Kopf, während er sie nach rechts und wieder zurück treten ließ. Einen Soldaten, der nach Stunden des Exerzierens immer noch vergnügt lächelte, hatte er wohl noch nie gesehen. Der Anblick schien ihm zu gefallen. Mit bellender Stimme forderte er die Männer zu einer Linkswendung auf und dazu, zu ihren Quartieren zu marschieren. Die Männer drehten sich nach links und marschierten los. Jakob Zerfass spitzte die Lippen, um die ersten Töne eines fröhlichen Liedes zu pfeifen, besann sich dann aber im letzten Augenblick eines Besseren. Er musste aufpassen. So etwas durfte ihm auf keinen Fall passieren. Denn schließlich wollte er nicht unangenehm vor dem Sergeanten auffallen. Vorsichtig glitt sein Blick zu ihrem Befehlshaber. Der aber hatte nichts bemerkt und blickte nach rechts, in eine ganze andere Richtung. Was war denn da so interessant? Vorsichtig folgten Zerfass' Augen dem Blick. Das, was er dann sah, überstieg beinahe sein Fassungsvermögen. An den Zaun war eine junge Frau getreten. Sie blickte den Soldaten mit traurigen Augen nach. Zerfass kannte diese Frau. Er hatte keinen Zweifel. Das war Juliana Bläsius, die Frau des Schinderhannes. Und für die würde er noch eine weitere Belohnung kassieren. Gleich hatten sie etwas Zeit. Sie sollten sich um ihre Ausrüstung kümmern, bevor die Essenszeit begann. Das war die beste Gelegenheit, um dem Sergeanten seine Beobachtung zu melden.

Ein Sturm zog auf. Aus Nordwesten jagten dunkle, fast schwarze Wolken heran. Ein erster Windstoß riss und schüttelte an den Kronen der Buchen und Eichen, die überall auf dem Kasernengelände standen. Mit dem Wind wurde es kühl. Eisik Fuchs zog den Mantel seiner Uniform vor der Brust zusammen und schloss die Knöpfe. Er schaute prüfend zum Himmel. Nicht mehr lange, und es würde regnen. Aber bis dahin sollte die Verhaftung eigentlich abgeschlossen sein, die Verhaftung von Johannes Bückler. Er sah zur Tür des gegenüberliegenden Kasernengebäudes. Endlich. Sie öffnete sich. Ein Sergeant kam heraus. Das verabredete Zeichen. Jetzt würde Bückler bald folgen, mit dem Befehl, sich beim Sergeanten auf dem Kasernenhof zu melden.

Der Sergeant schritt weiter. Eisik Fuchs' Blick glitt über den Kasernenhof. Er sah seine Männer in ihren Polizeiuniformen, mit ihren geladenen Gewehren, die Bajonette aufgepflanzt, die überall im Schatten der Wände von Hallen und Speichern standen. Sie waren bereit. Der Sergeant blieb in der Mitte des Kasernenhofes stehen. Eisik Fuchs hob die Hand. Sofort zogen sich seine Männer hinter die Gebäudeecken zurück. Zusammen mit zwei Offizieren und einem Sergeanten hatte er zuvor genau überprüft, wo die Polizisten stehen konnten, ohne dass ein Mann, der aus der Tür des Gebäudes trat, sie sofort sehen konnte. Sie hatten alles genau geplant, die gesamte Verhaftung, und dabei nichts dem Zufall überlassen. Er hoffte es jedenfalls. Eisik Fuchs fuhr sich mit der Hand über den Schnurrbart. Hatte er wirklich nichts übersehen? Johannes Bückler war der Polizei schön häufiger entkommen, aus Gefängnissen ausgebrochen. Er war klug und findig und das Kasernengelände war unübersichtlich und groß. Überall gab es verborgene Ecken und Winkel, Zäune und Mauern hatten an vielen Stellen Löcher. Und wer wusste? Vielleicht hatte Bückler sogar hier noch Freunde. Aber dieses Mal würde ihm das alles nichts helfen, nicht wenn er, Eisik Fuchs, die Planungen machte. Alle Polizisten waren jetzt auf ihren Plätzen, versteckt hinter Gebäuden und Mauern. Es konnte nichts mehr schiefgehen. Es war so weit. Bückler konnte kommen. Langsam ging Eisik Fuchs zurück, zu der Stelle, wo man ihn ebenfalls nicht mehr sehen konnte. Er lächelte leicht. Ein kluger Bursche war dieser Bückler wirklich. Hatte sich unter dem Namen Jakob Schweikart von der Armee anwerben lassen und Dienst getan – bis dann einer der anderen Soldaten Bückler erkannte und verriet. Wenig später hatte ihm der Kommandeur durch einen berittenen Soldaten eine Botschaft gesandt und ihn in die Kaserne befohlen. Er sollte den Verdacht überprüfen und Johannes Bückler identifizieren. Er war so schnell es ging nach Kreuznach geritten. Noch aus dem Zimmer des Befehlshabers hatte er die Männer beobachten können, wie sie exerzierten und anschließend vor dem Fenster vorbeimarschierten. Er erkannte den Schinderhannes sofort. Es gab keinen Zweifel. Bis jetzt hatte niemand Bückler über Eisik Fuchs' Anwesenheit informiert. Er wusste von nichts und fühlte sich immer noch völlig sicher. Der Soldat, der ihn gemeldet hatte, war vorsorglich zu einer anderen Einheit versetzt worden. Vor zwei Tagen hatten sie Juliana Bläsius, seine Räuberbraut, verhaftet. Sie stand – wie wohl schon öfter – am Kasernenzaun, um ihren Johannes zu sehen. Eine Polizeistreife hatte sie zunächst beobachtet und dann festgenommen.

Ein erster Regentropfen fiel. Ein zweiter folgte. Eisik Fuchs blickte zum Himmel. Es würde wohl doch nichts mit einer Verhaftung im Trockenen werden. Dass er und seine Männer nass werden würden, kümmerte ihn nicht. Dergleichen war er aus seinem Dienst als Polizist gewöhnt. Dafür sorgte er sich um die Gewehre. Wurden die Steinschlösser der Vorderlader nass, konnten sie nicht zünden – und damit die Soldaten nicht schießen.

Weitere Regentropfen fielen, noch vereinzelt. Der Wind peitschte weiter die Kronen der Bäume, frischte weiter auf und trieb die Wolken im rasenden Flug über den Himmel. Der bisher spärliche Regen hörte wieder auf. Eisik Fuchs streckte prüfend die Hand aus, musterte dann die nächsten schwarzen Wolken, die schnell näher kamen.

War Bückler schon aus der Tür des Kasernengebäudes getreten? Eisik Fuchs konnte es nicht mehr sehen, genauso wenig wie seine Männer. So verborgen sie für Bückler waren, so verwehrt war ihnen der Blick auf die Tür. Er hatte gehofft, zumindest das Geräusch der zuschlagenden Tür hören zu können. Aber selbst daran war bei diesem Wind nicht zu denken. Er presste die Lippen aufeinander. Hoffentlich konnten sie sich auf den Sergeanten verlassen, der ihnen ein Handzeichen geben sollte. Die Offiziere hatten sich für ihn verbürgt. Eisik Fuchs hielt die Luft an. Jetzt hob der Sergeant die Hand zum Kopf, fasste sich kurz an die Mütze. Das Zeichen. Er griff nach der Pistole und war mit wenigen Schritten auf dem Kasernenhof. Überall traten hinter Mauern und Ecken Polizisten mit Gewehren im Anschlag hervor.

„Johannes Bückler!"

Der Angerufene blieb stehen, sah sich erstaunt um. Er hatte den Sergeanten, der jetzt langsam zurückging, noch nicht einmal erreicht. Auch das war gut, so konnte er sich nicht an dem Mann vergreifen.

„Johannes Bückler!", sprach Eisik Fuchs den Mann in Uniform erneut an.

„Füsilier Schweikart!", salutierte dieser zackig. „Ich kenne keinen Bückler."

Eisik Fuchs musterte ihn kalt. Was für eine Unverfrorenheit. Er sagte nichts und ging einige Schritte auf ihn zu. Dann blieb er stehen und strich sich über den Schnurrbart. Der Räuber sah ihn an. Für einen Augenblick blitzte es in seinen Augen auf. Er hatte ihn erkannt.

Eisik Fuchs nickte leicht. „Aber ich kenne einen Bückler. Ich kenne dich. Wir haben uns schon einmal gesehen – Schinderhannes." Er sprach die Bezeichnung abfällig aus, spuckte sie ihm geradezu entgegen.

Fassungslos blickte Johannes mit großen Augen in die Runde. Er war gefasst. Er hatte verloren. Und er wusste es.

Triumphierend sah ihn Eisik Fuchs an. Endlich. Endlich war er am Ziel. Der Räuber war gefangen, die Bande zerschlagen. Jetzt herrschte wieder Ruhe im Land, waren die Straßen für Händler und Bauern wieder sicherer geworden ...

Er schluckte. Und Anna und Hendrik konnten in Frieden ruhen und er vielleicht endlich seinen Frieden finden.

„Festnehmen und abführen!", kommandierte er und nickte seinen Männern stolz zu. 30 Gewehre und Bajonette waren auf den Mann in ihrer Mitte gerichtet.

Johannes Bückler hob schweigend die Hände.

31. Kreuz-Neun

Es war so weit. Der Wagen rollte an. Der Ruck ließ Johannes zur Seite kippen. Aber er stürzte nicht. Die Fesseln, mit denen er an das Holz des Wagens gebunden war, hielten ihn an seinem Platz. Sein Herz begann wie rasend in seiner Brust zu schlagen. Jetzt war es tatsächlich so weit. Jetzt würde er sterben. Mit einem Mal war die Angst wieder da, die grauenvolle Angst, die er schon aus den vergangenen Nächten in der Gefängniszelle kannte, die immer dann gekommen war, wenn er an seinen bevorstehenden Tod gedacht hatte. Jetzt kam sie wieder, stärker denn je. Er schloss die Augen, zwang sich, an etwas anderes zu denken. Ein Raunen lief durch die Menge. Es mussten viele Tausend sein, die gekommen waren, um seinen Tod zu sehen. Und den Tod von 19 anderen Räubern, die sie nach und nach gefangen hatten. Viele von ihnen waren gute Freunde. Er saß auf dem Boden des Wagens und sah die drei Männer an, die auf der gegenüberliegenden Seite angebunden auf dem Boden hockten. Einer von ihnen trug ein rotes Hemd, so wie er. Das Zeichen des Mörders. Ihm hatten sie dazu noch eine weiße Mütze auf den Kopf gesetzt – sodass auch noch der am weitesten entfernt stehende Schaulustige ihn erkennen konnte, den Schinderhannes. Um dessen Tod zu sehen, waren viele der Zuschauer einen Tag und länger unterwegs gewesen. Franz Brixius, ein alter Förster, der nicht einmal fest zur Bande gehörte, saß ihm gegenüber. Johannes sah die Verzweiflung, die in seinen Augen brannte, sah dieselbe Angst, die auch er spürte. Brixius hatte den Tod nicht verdient. Er hatte nur an einem Überfall teilgenommen, zwei Louisdor und ein Schnupftuch als Lohn dafür empfangen. Er war ein guter Kerl, nicht einmal ein Mörder. Er trug ein weißes Hemd, wie die meisten seiner Männer. Wie konnte es sein, dass sie ihn für diesen einen Überfall zum Tode verurteilt hatten? Neben ihm saß Johann Porn in einem roten Hemd, daneben Peter Hassinger, wieder in Weiß. Er spürte erneut die Wut über dieses Urteil. Auch dieses Gefühl kannte er gut. Immer wenn die Wut kam, war die Angst gewichen. Der Wagen rollte langsam in eine Kurve. Durch das offene Geländer konnte Johannes die vier Wagen sehen, die ihnen folgten. Auf jedem waren an den Rand die Männer seiner Bande gebunden, die Männer in ihren roten und weißen Hemden. Keiner der Weißen hätte sterben dürfen. Davon war er überzeugt. Hinter den Wagen sah er die Menge. So viele Menschen hatte er noch nie zusammen an einem Ort gesehen. Er drehte den Kopf. Überall rund um den großen Platz am Rheinufer standen Menschen. Sein Blick glitt weiter – und erfasste zum ersten Mal die große Maschine, die ihn töten würde und die bisher von einer der Tribünen für die Stadtväter, für die Würdenträger der Kirche und der Polizei, verdeckt worden war: die Guillotine. Das glatte, schnörkellose Holzgestell sah kalt und böse aus. Er presste die Lippen zusammen, als sein Blick auf das rasiermesserscharfe, kalte Eisen fiel, das mit Seilen am Rahmen befestigt war und ihm den Kopf vom Rumpf schlagen würde. Unwillkürlich folgte sein Blick der Bahn, die das Messer beim Heruntersausen nehmen würde. Er sah die Einbuchtung, in die er den Kopf legen musste, und – er schauderte – den an der Guillotine befestigten Ledersack, in den sein Kopf fallen würde. Der Wagen rollte langsam auf die Guillotine zu. Die Tribünenplätze kamen in Sicht. Plötzlich war die Angst wieder da, die Angst vor dem Tod. War es denn wirklich unumgänglich, dass er jetzt sterben musste? Gab es nicht doch noch irgendwo einen Fluchtweg, eine Möglichkeit, das Schicksal zu wenden? Es gab keine. Er bemerkte, wie ihn Brixius beobachtete. Der Alte nickte wissend. Johannes zwang sich den Ansatz eines Lächelns ab und schloss die Augen. Als er sie wieder öffnete, sah er Julchen. Sie saß zwischen zwei Gendarmen auf der Tribüne. Sie blickte in seine Richtung. Ein kleines Bündel hatte sie fest an sich gepresst, einen Säugling, seinen Sohn. Er fühlte, wie sich sein Hals verkrampfte. Er konnte seine Gefühle nicht länger verbergen. Er weinte. Tränen liefen über seine Wangen. Er schluchzte wie ein Kind. Dann holte er tief Luft. Er musste sich zusammenreißen. So sollten sie ihn nicht sehen, wenn er vor die Guillotine trat. So nicht. Er weinte wegen Julchen und wegen dem Kind. Er weinte nicht aus Angst. Aber wer in der Menge würde das schon verstehen. Johannes hielt die Luft an und ließ sie dann langsam heraus. Jetzt ging es wieder. Der Wagen hielt. Der Ruck riss ihn erneut fast um. Wieder hielten ihn die Fesseln. Die Soldaten, die rechts und links der Wagen marschierten, standen still. Trommelwirbel erklangen. Die Menschen verstummten und auf der Tribüne trat ein Schreiber vor. Auf dem Platz war es ruhig, als er zu sprechen begann, ihre Namen vorlas und die Verbrechen, deretwegen sie verurteilt waren und nun sterben sollten. Eine schier endlose Menge an Überfällen, Einbrüchen und Morden leierte der Schreiber mit seiner monotonen Stimme herunter. Es gab Delikte, die fehlten auf der Liste. Andere Verbrechen aber, die der Schreiber verlas, hatten sie nie begangen. Wahrscheinlich waren es Überfälle und Morde des Schwarzen Peter oder anderer Männer gewesen. Johannes hörte nicht mehr zu, er hatte zu lange mit dem Richter und seinen Dienern darüber gestritten. Dann verstummte die Stimme des Schreibers. Ein Raunen lief durch die Menge, zwei Gendarmen kletterten auf den Wagen und schritten auf ihn zu, dabei sorgsam darauf achtend, nicht über die ausgestreckten Beine der auf der Pritsche gefesselten Männer zu stolpern. Schließlich hatten sie ihn erreicht. Er würde der Erste sein, der Erste, der seinen Kopf verlor. Sein Herz begann wieder schneller zu schlagen. Er holte tief Luft. Einer der Gendarmen beugte sich zu Johannes herunter, löste die Fesseln, mit denen er am Wagen festgebunden war, und zerrte ihn am Arm in die Höhe. Johannes stand. Beide Gendarmen packten ihn fest am Oberarm. Gemeinsam gingen sie zum Heck des Wagens, sprangen herunter, während sich schon zwei andere Polizisten anschickten, auf den Wagen zu klettern und einen weiteren Räuber zu holen. Hoch, kalt und schwarz ragte die Guillotine in den Himmel. Er schritt darauf zu, begleitet von beiden Gendarmen, die ihn immer noch festhielten.

Der Richter trat aus dem Schatten der Guillotine auf ihn zu. Er sah ihn an. „Sie haben das Recht, noch einige letzte Worte zu sprechen. Sehen Sie all die Menschen, die Ihnen zuhören?"

Johannes nickte und erhob die Stimme. Als er sprach, hallte seine Stimme über den Platz: „Ich habe gemordet und habe den Tod verdient. Von diesen dort aber", er wies mit der Hand in Richtung der stehenden Wagen, „sterben wenigstens zehn unschuldig, denn sie haben niemanden umgebracht."

Der Richter verzog keine Miene. Er nickte kurz beiden Gendarmen zu, die Johannes mit einem Ruck weiterschoben. Dann ließen sie ihn los. Die letzten Schritte sollte er alleine gehen, die letzten Meter bis zur schrecklichen Maschine, die nun unmittelbar vor ihm stand. Er sah die Einbuchtung, in die er den Kopf legen sollte, sah den Henker, der danebenstand und das Fallbeil bediente. Noch einmal drehte er den Kopf. Er sah Julchen. Er sah seinen Sohn. Dann schloss er die Augen und schritt voran.

19 Räuber starben am 21. November 1803 in Mainz unter dem Fallbeil zusammen mit Johannes Bückler. Juliana Bläsius entging der Hinrichtung. Das Gericht verurteilte sie zu einer zweijährigen Haftstrafe. Schon bald nach Johannes' Tod wurde ihr der Sohn genommen und der Familie eines Polizisten zur Erziehung übergeben. Julchen erfuhr weder den Namen des Mannes noch den Ort, an dem ihr Sohn aufwuchs. Sie sollte ihr Kind niemals wiedersehen. Nach Verbüßung ihrer Gefängnisstrafe heiratete sie. Ihr Mann starb früh und nach kurzer Ehe kehrte sie in ihr Heimatdorf zurück, wo sie 1814 einen Polizeidiener heiratete. In den folgenden Jahren brachte sie elf Kinder zur Welt. Sie starb am 3. Juli 1851 nach einem erfüllten Leben.

Schwarzer Peter (das Kartenspiel)

Aus der Zeit des Schinderhannes haben sich noch manche kleine Spuren bis in unsere Zeit erhalten. Eine davon ist das Kartenspiel Schwarzer Peter. Erfunden haben soll es der Schwarze Peter selbst, der noch viele Jahre nach der Festnahme von Johannes Bückler auf freiem Fuß war. Erst 1812 wurde er in Mainz für seine Verbrechen zu einer lebenslangen Freiheitsstrafe verurteilt, die er in Bicêtre bei Paris absitzen musste. Im Gefängnis erfand er das Kartenspiel, bevor er bald darauf im Säuferwahn starb.

Die Regeln des Spieles:

Benötigt wird ein Kartenspiel mit 32 oder 52 Karten. Die Zahl der Spieler ist beliebig. Ideal sind vier bis sechs Personen. Eine Runde dauert rund zehn Minuten.

Zunächst wird der Pik-Bube aus dem Kartenspiel genommen. Der Kreuz-Bube ist der Schwarze Peter. Einer der Spieler mischt die Karten und verteilt sie an die Mitspieler. Der jüngste Spieler beginnt. Er zieht eine Karte von seinem linken Nachbarn. Kann er nun mit den Karten ein Paar legen (zum Beispiel zwei schwarze Achten), legt er das Paar ab und zieht noch einmal. Kann er kein Paar bilden, kommt der nächste Spieler an die Reihe und zieht wiederum eine Karte bei seinem linken Nachbarn. Wer keine Karten mehr besitzt, scheidet aus. Verloren hat der Spieler, der nach dem Ablegen des letzten Kartenpaares noch im Besitz des Schwarzen Peter ist. In diesem Fall hilft es dann auch nicht, noch schnell eine Karte von einem anderen Spieler zu stibitzen – ein Wort, dessen Wurzeln ebenfalls in der Bande des Schinderhannes liegen, genauer bei Peter Stiebitz, der Johannes Bückler auf seinen Wegen eine Zeitlang begleitete.

Die Bedeutung der Spielkarten

Kartenspiele dienten den Menschen seit jeher nicht nur dem Vergnügen, sondern auch als Mittel, um etwas über die Zukunft und das eigene Schicksal zu erfahren. Das gilt auch für die Spielkarten, mit denen sich der Schwarze Peter im Gefängnis die Zeit vertrieb und mit denen er das gleichnamige Spiel erfand. Legt man die Karten in diesem Sinne, haben sie folgende Bedeutungen, die im „Schinderhannes" als Überschriften einen ersten Einblick in die jeweils folgenden Kapitel ermöglichen.

Karo-Sieben	Enttäuschung durch Unzulänglichkeiten
Karo-Acht	bemerkenswerte Erfolge, Verwaltung und Organisation im materiellen Bereich
Karo-Neun	Unzufriedenheit, starke Wünsche
Karo-Zehn	Besinnung auf den Wert von Besitz
Karo-Bube	ein Unterhändler
Karo-Dame	sachliches Urteil, gesellschaftliches Engagement
Karo-König	praktisch, Einblick in geschäftliche Dinge
Karo-Ass	Streben nach Besitz, „ich tue"
Herz-Sieben	Meinungsverschiedenheiten zwischen Liebenden
Herz-Acht	die treibende Kraft hinter den Kulissen
Herz-Neun	körperliches Wohlbehagen
Herz-Zehn	Selbstständigkeit in Beziehungen
Herz-Bube	ein Verführer, jemand, der untergräbt
Herz-Dame	magnetische Anziehungskraft, ein Spiegelbild
Herz-König	Vaterliebe

Herz-Ass	Sehnsucht nach Zuneigung, „ich fühle“
Pik-Sieben	plötzliche Einsicht, Umkehr
Pik-Acht	emotionale Beeinflussung
Pik-Neun	Verlust der intellektuellen Kontrolle, Störung, ein Abenteuer
Pik-Zehn	Enttäuschung, Versagen
Pik-Bube	ein unausgeglichener Sucher, ein abwertender Besserwisser
Pik-Dame	objektives, intellektuelles Urteilsvermögen, intuitive Beobachtungsgabe
Pik-König	intelligentes und kompetentes Urteil
Pik-Ass	Streben nach Wissen, „ich denke“
Kreuz-Sieben	Warnung vor drohendem Unheil
Kreuz-Acht	Streben nach Ausgewogenheit
Kreuz-Neun	emotionale Spannungen
Kreuz-Zehn	volle Entfaltung durch neue Einsichten
Kreuz-Bube	der Schwarze Peter, auch: ein hart arbeitender, idealistischer junger Freund
Kreuz-Dame	praktisch, intuitiv
Kreuz-König	Verwirklichung von Idealen
Kreuz-Ass	hohe Erwartungen, starke Leidenschaft, „ich will“